拉拉 著

图书在版编目（CIP）数据

周天·出云记.3 / 拉拉著. -- 重庆：重庆出版社，2023.6
ISBN 978-7-229-16079-1

Ⅰ.①周… Ⅱ.①拉… Ⅲ.①长篇小说-中国-当代 Ⅳ.①I247.5

中国版本图书馆CIP数据核字(2021)第196124号

周天·出云记 3
ZHOU TIAN·CHU YUN JI 3

拉 拉 著

联合统筹：海星创造
责任编辑：邹 禾　唐弋淄　王靓婷
特约编辑：师 博
封绘原画：吴冬青
装帧设计：李笑冰　杨秀春
责任校对：杨 婧

重庆出版集团 出版
重庆出版社

重庆市南岸区南滨路162号1幢　邮政编码：400061　http://www.cqph.com
重庆出版社艺术设计有限公司 制版
重庆市鹏程印务有限责任公司 印刷
重庆出版集团图书发行有限公司 发行
E-mail:fxchu@cqph.com　邮购电话：023-61520646
全国新华书店经销

开本：890mm×1230mm　1/32　印张：12.875　字数：308千
2023年6月第1版　2023年6月第1次印刷
ISBN 978-7-229-16079-1
定价：70.00元

如有印装问题，请向本集团图书发行有限公司调换：023-61520678

版权所有　侵权必究

目　录

序　章	001	第九章	227
第一章	025	第十章	263
第二章	059	第十一章	281
第三章	071	第十二章	301
第四章	103	第十三章	341
第五章	143	第十四章	379
第六章	153	末　章	397
第七章	173	尾　声	401
第八章	193	后　记	405

序 章

大周南境内外
穆王三年夏六月

云梦泽郁代国

  第一门火龙砲①出现在林线边缘时，刚刚才过戌时。火烧云布满天际，大地洒上了一层厚重诡异的红色，以至于根本无人留意到昏暗林线上的动静。

  接着是第二门、第三门。

  十余面旗帜从林中伸出来，来到火龙砲的旁边，继续保持着低垂的姿态。

  陆陆续续有人影出现。赤色的藤甲如同流淌的血河，无声而迅速地沿着林线蔓延开来，很快就将平坦的河谷填得满满当当。

  一切都在无声地进行。

  终于有人发现了这不同寻常的迹象。

---

① 此处"砲"为特别使用，指投石机，周代无火炮。

就在河谷的对岸，被夕阳染红的低矮城墙上，有人惊叫起来。城墙上人影慌乱地晃动，有人开始吹起号角。又过了好一会儿，多年不曾闭合的城门才开始轧轧关闭。

然而已经太晚了。

第一发火龙弹带着烈焰升空，掠过河谷中密密麻麻的赤色身影，正中城墙左侧的阙楼。高大的阙楼顿时陷入一片火海。

河谷中响起一声嘹亮的海螺声，人群发出震天动地的呐喊，潮水般涌向那道瑟瑟发抖的矮墙……

只过了半个时辰，在云梦泽中立国近百年之久的郁代国便告陷落。

城中到处都燃起了冲天大火，浓烟仿佛有生命的怪物般顺着街道蔓延，将火种喷吐到每个角落。站在城池中心的小丘顶上，已很难看清脚下的街道和居所，只有惨烈的呼号从四面八方传来，随着烈火一起冲向天际。

在最后关头，只有不到三十人聚集在古旧的大殿前。

"把箭都搬过来，火盆都点上。"身披犀甲、浑身是血的太子倚靠殿门边的柱子坐着，强撑着喊，"把柴……都靠墙……还有油……"

十余名伤痕累累的士卒手握剑戟守在他身边，另外十余名侍从慌慌张张地将成捆的柴薪沿着大殿堆放了一圈，泼上油。

人人脸上都是凄楚茫然的神色。就在半个时辰之前，根本没有人知道会有一场战争，更无人相信绵延了将近八百年的郁代一族会在太阳落山前灰飞烟灭。

浓烟不断地侵袭上来，士卒们瞪着血红的眼睛，希冀透过浓烟找到曾经的家园，然而除了大火和一面面赤色的旗帜，什么也看不见。

攻入郁代的敌军已经影影绰绰地出现在小丘下。以大殿所在的位置，他们只需一个冲锋就能结束一切，甚至只需一轮火箭，郁代城就会彻底葬身火海。但他们并没有立刻进攻，似乎在等待什么。

郁代国最后的士卒们在撕心裂肺的疼痛和极度的激愤中，一个个号叫着从山顶冲入敌阵，他们几乎是瞬间就消失在浓烟中，什么都没有留下。

太子在侍从的搀扶下也站了起来，他看着脚下的大火和如火云一般的敌阵，嘿嘿地笑起来。

"儿郎们，楚国的杂种，怕了！"

众侍从一起哈哈大笑起来。

"来！"太子从旁人手中接过一杆长戟，撑住自己的身子，"随我下去，再杀他三百楚狗！"

众人齐声呼诺，必死的决心已将众人脸上的恐惧抹去，每双眼中都露出求死的光芒。

正在这时，紧闭的大殿门发出沉重的声音，巨大的木扉在数名寺人的推动下缓缓打开。

郁代国君——当然是末代国君——头戴玄冕，身穿黑色衮袍，从大殿中庄严地走了出来。这身装束并非大周的诸侯国君所穿，而是已传承了近八百年的前商方国国主朝服。自纣王自燔于鹿台以来，已经有一个多甲子的岁月，再没有见过此等庄严肃杀之服。

没有人说话，在场的人一个个无声地跪下。人群中传来了低低的饮泣声。

太子看了看四周，用力将长戟扔在地上，自己也随之一屁股坐倒在地。

"父君……是时候了，觉悟吧！"太子泪流满面地吼道，"孩儿无能，郁代……亡了！"

国君冷冷地扫视周围。冲天的大火、滚滚的浓烟、四面八方传来的惨号对他而言似乎根本不存在。

"长生,"他淡淡地道,"拂若到哪里了?"

太子一愣:"三个月前传回的消息,妹妹已经抵达了庚城。"

国君微微一笑,抬起头,心满意足地对着天空闭上了眼。

"只要拂若活着,郁代就不会亡!"他大声道,"今日楚国人对我们做的一切,他日都会有人偿报回去。郁代,绝不会亡!"

山下密密麻麻的军阵出现新的骚动,一簇簇人群蚁附登山。太子挣扎着起来,扶着国君的手,两人一起看了眼大火笼罩下的郁代城,哈哈一笑,转身步入大殿。侍从们跟着走入。

几名寺人将大殿周围浇了油的柴火点燃,也依次退入殿中,关上了沉重的大门。

楚国人登上山顶时,烈焰已彻底吞没了郁代国最后的痕迹。古老的殿堂烧得发白,可怕的热气让人无法靠近,只能眼睁睁地看着它烧成灰烬。

"可惜了,千年古国的积藏付之一炬。"就在小山西边百丈开外,一张巨大伞盖下,楚尹哺落合德悠然地骑着马,仰望着山顶的大火,"这可糟糕了呀。"

"国师一再强调,要获得郁代的前代之宝……"离他最近的一名年轻楚国武官低声道,"尹相大人准备如何……"

"那有什么办法?"哺落合德满不在乎地道,"郁代人岂是甘于臣服之人?从攻入郁代的那一刻起,这结局就注定了。"

"那……国师的吩咐……"

"搜!"哺落合德果断地道,"那东西是一块石头,烧怕是没那么容易烧坏……掘地三尺,也要给我搜出来。"

"是!"

年轻武官带着一群侍卫匆匆离开。哺落合德对大火再无兴趣,他懒洋洋地打了个哈欠,掉转马头,从已经被焚成一片白地的街道中走了过去。

"江右七十七国啊,要全部消灭吗?真是可怕。"他嘟嘟囔囔地自言自语,"只怕楚国从此再无宁日。不过……嘿……那又如何?一切都逃不过我的筹算。"

在他的身后,小丘顶上传来一声巨大的轰鸣,郁代国的大殿倒塌下来,冒着火星的黑云将整座小丘都笼罩其中。

大周裴国当阳

"啊"的一声惊呼,少女猛地坐起身来。

她心头怦怦乱跳,"呼哧呼哧"地喘息着,单薄的里衣已被汗水浸透,巨大的恐惧遮蔽了她的双眼,一时间连自己身处何地都忘得干干净净,满心只想着跳起来逃离这恐惧。

"铮"的一声,胸口处传来轻微的撞击声,低头看去,穿髓流光发出微寒的紫光,在胸前轻微地晃动着。她呆呆地注视这光芒,怦怦乱跳的心一点一点地平静下来。

耳朵里还在嗡嗡作响,郁代大殿那持续不断的倒塌声仿佛还在梁木之上漆黑的天花板上滚动。

她眼中泪光闪动。出于某种难以言喻的原因,她知道梦中见到的一切都是真实的——就在这山间雾气弥漫眼前之时,自己的故乡正失陷在熊熊大火之中。

她痛苦地闭上眼,再睁开时目光闪烁,只剩下凶悍的神色。

"咚咚咚",传来轻轻的敲门声。

风拂若从狭小的床上下来,门就在眼前。她猛地一下拉开门,站在门前的胖子吓得一连退了两步。

"有何贵干?"风拂若冷冷地道。

看到风拂若的眼神,胖子像被抽了一鞭似的又退一步,咳嗽两声,才道:"风……风姑娘,睡好了?"

"有劳过问,小女子睡得很好。"

"那便好,"胖子装作瞧不见她脸上的泪痕,"国君有召,请随我来。"

风拂若一怔。那日她毛遂自荐要当裴国的舞者,当天便获得了裴寄的同意,从一众婆娘挤着住的茅屋里搬了出来,有了属于自己的小窝棚。但裴寄一直没有召见她,就让她这么孤单地在小屋里住了两个多月。

这窝棚位于裴国宫殿旁的小山丘上,湖水就在脚下数丈荡漾。此处将来会是宫廷后园的一角,裴国的太史宫也会修建在此处。换句话说,这里正是舞姬风拂若未来的居所。

胖子不再多言,转身便向山丘顶上走去。风拂若低头看看,自己只穿着一件单薄的中衣。她的随身物品早就丢在庚城,只剩身上这件衣服和几件裴国人手一件的粗布衣服,这时候总不能换上粗布衣服面君。

转念一想,对于舞者来说,穿着单薄的中衣面见国君才是常礼,因为随驾国君,本身就需要时刻准备跳舞以祀,一般最多只在外面披上一件披风。

她咬咬牙,用根丝带将头发往脑后一扎,跟着胖子就走。

小山丘上长满柏树,地面又硬又滑。两人沿着山路走了片刻,便见一人身披灰色狐毛大氅,背手站在山崖边。

胖子给风拂若使个眼色。风拂若平复了一下呼吸,走到那人身后,盈盈一拜:"小女子风拂若拜见国君。"

裴寄正站在崖边出神地注视着脚下的国都，只"嗯"了一声，并不说话。风拂若半跪半蹲，低头不语，耳听得脚步声响，裴寄转身走到她面前。

"这里是深山啊，"裴寄道，"你穿得太少了。"

"商礼，舞者见君，但着中衣，以备御祀之礼。"

"商礼，"裴寄苦笑一声，"那咱们大周的礼仪呢？"

"小女子来自边僻之国，不知天朝之礼。"风拂若不卑不亢地道。

忽然间背上一沉，裴寄已将狐毛大氅披在了她身上。风拂若大吃一惊，站起来道："国君，您……"

"这就是周礼，哈哈哈——"裴寄退开两步，满意地看看风拂若，笑道，"好好披着，小女孩儿家哪里经得起冻？"

"拂若何德何能，受国君此赐？"

"我这又穷又小的国家，只有一个舞者啊。"裴寄搓着双手，不知道是冷还是不好意思，"连一件合身的衣服都没有，要是病了，可上哪里再找一位愿意来这穷乡僻壤的舞者？"

一股久违了的暖意从背脊一直传遍全身。风拂若摸了摸温暖的狐毛，低头道："这国是好国，不是穷乡僻壤。"

"哦？是吗？"裴寄哈哈笑道，"舞姬，你是如何知道的？"

风拂若抬起头来，平静地看着裴寄。这是她第二次如此近地见到裴寄。和第一次公堂之上威风凛凛的中大夫比起来，三个月内裴寄老了很多，但目光更加深邃，不怒自威的气势也远非中大夫时可比。

"吹过当阳的风是暖风，"风拂若道，"风中充满泥土和果实的香气。拂若相信，只要假以时日，裴国必是一个兴盛之国。"

裴寄随手在空中一招，将手指放到鼻子前闻了闻，一时间没有言语。二人静静地站着，目光都不由自主地转向山丘下热火朝天的宫殿工地。

"你在陛下面前，跳的是圃庙大雷神舞。"裴寄忽然问道，"前商天子的祭祀之舞，裴某早已如雷贯耳。你是郁代国的？"

"是。"

"的……什么？"

"舞姬。"风拂若平心静气地道。

"你懂舞吗？"

风拂若微微抬起眼睛："不懂怎么跳呢？"

"哈哈哈哈！"裴寄被她顶得仰头笑起来，口气一转，"听闻郁代建国于夏代风后之世，为夏王八祭师之一，商代时为王族祭巫。其国世代相传的大雷神舞，传说能挟风雷之力，令商得以六百年间横扫天下。你既然会跳此舞，定是熟知此事，是也不是？"

风拂若脸色微微发白，一个声音陡然从她心底深处尘泥之中升起……

"长宁！长宁！"

七岁的长宁慌慌张张地冲进一方长满杂草的小院落，在一堵倒塌了半边的矮墙根坐下来，将小小的脑袋深深地埋进双手中不敢露头。

"长宁！长宁！"

长宁抱紧脑袋一动不动。小院周围到处是脚步声，人们呼喊着长宁的名字，渐渐远去。

周围貌似安静了下来，长宁却不敢稍动。不一会儿，又有奇怪的"嗡嗡"声响了起来。长宁忍不住从宽大的锦袍中探出头来，便见一只从未见过的小虫子，正在她头顶上打转。

这虫子长着大大的脑袋，长而弯曲的身子，透明的翅膀在空气中振动，快得几乎看不清楚。长宁伸出手去，那虫子毫不畏惧，轻轻地停在她的手指尖上。

长宁好奇地看着虫子在手指尖上爬着。忽地，小虫子沿着她的手背往下爬，长宁忍不住"咯咯"笑了起来，反手一抓，虫子已经不知去向。

长宁站起来，四下一望，忽然惊叫一声，后脑勺"砰"地撞在了矮墙上。

不知何时起，数百……不，数千，数万……数不清的小虫子，仿佛凝固在空中一般，布满了整座小院，密得几乎都看不清数丈之后的草丛。

长宁浑身爆起一层鸡皮疙瘩，吓得大声尖叫起来。

她的惊叫声仿佛惊醒了虫群，顿时所有虫子都转向了她，慢慢向她聚拢过来。长宁尖叫着挥动双手，所有被她碰到的虫子都化作一股青烟消失不见。但更多的虫子向她逼近，长宁的双手越来越沉重，挥得几下，便重得抬不起来。

她绝望地抱着头往矮墙下一钻，便觉仿佛下起了大雨一般，无数小虫疯狂地撞向她。虫子虽小，撞击的力道却不小，长宁只觉得背上、手上如无数根针刺一般疼痛，忍不住号啕大哭起来。

"父君！父君！"

忽然，雨停了，耳边传来奇怪的哧哧声。长宁偷偷抬起头，只见眼前火光晃动，一个模糊的人影手持火把在她头顶挥动，小虫撞上火焰，瞬间变为黑烟。那人大力挥动火把，虫群像是受到召唤一般，疯狂地向火焰冲去，火焰噼啪作响，几乎要被虫群卷起的怒云吞没。长宁担心地看着，但最终火焰还是从黑云中冒了出来，数不清的虫子被火焰舔舐殆尽。黑烟借着火焰的热气向上升腾，终于形成一根黑色的烟柱，直升到数百丈高的云层之中。

长宁跳起来，一头扎进那人的怀中，放声大哭。

那人蹲下来，温柔地拍着她的后背。长宁慢慢收了眼泪，却把头埋在那人怀中，不敢抬头。

一阵隐隐的雷鸣从头顶滚过，长宁不由得又把那人抱得更紧。

"长宁。"

"嗯。"

"抬起头来。"

长宁委屈地抬起头，看了一眼头顶，猛然瞪圆了眼睛。

低低压在头顶的云层之上，一道道闪电无声地在云隙间奔驰着、缠绕着，厚重的云团不时被照得通亮，却又几乎听不到雷声。过了好一会儿，闪电才渐次变得微弱，像无数条细蛇，钻入云中不见。

"父君……这是什么？"

"刚刚在大殿之前，你跳了什么舞？"国君低声问道。

"……"

"你为什么要躲起来？"

"……"

长宁不答，拼命地把头埋进国君的怀中。

"你是不是跳了不该跳的舞？"

长宁闷声闷气地"嗯"了一声。

国君笑了。他捏着长宁小小的下巴，把她的头抬起来，看着她的眼睛。

"外人以为我们郁代人世代都是宫廷的舞者。他们可不知道，郁代的舞，乃是上古的巫。我们跳的是代人通天的神舞。长宁！记住，郁代之舞，可以通天地，可以灭人国。永远不要跳大雷神之舞……除非你有想要灭掉的国家！"

……

"所以，你在天子驾前跳大雷神舞，是想要灭掉哪个国家？"

风拂若浑身一震，抬眼间，正见裴寄目光幽幽地盯着自己。她慌乱地垂下目光道:"不!不敢!小女子一介民女,岂敢行此大不敬之事!"

裴寄的目光变得更加幽深,冷冷地"哦"了一声。

"……是假的。"风拂若定了一下心道,"真正的大雷神舞跳起来,立刻便会风云舒卷,天地变色,雷虫遍布天下。天子年幼,小女子岂敢惊扰到天子。"

"是吗?"裴寄没想到她会如此干脆地承认,倒是愣了一下,"你在天子驾前跳假的祭舞,那可是欺君之罪!"

"大雷神舞是假的"风拂若道,"小女子跳的乃是圃田春日和舞,却不是假的。"

"圃田?"裴寄回头看了一眼胖子。胖子早已惊得下巴都合不拢,见裴寄的目光扫过来,忙换回一脸庄重的样子,向裴寄点头示意。

"圃田春日和舞是郁代的祖先为商王创作的祭舞。"风拂若坦然道,"在天子驾前舞此祭舞,为天下祈求安康太平、五谷丰登,小女子何罪之有?"

"胡闹!"胖子忍不住叫道,"天子驾前,岂能欺君!还好你只是个小小民女,不管你跳什么,也就是做个样子。天子难道还真的指望你跳个舞就天下太平啊!"

裴寄瞥了胖子一眼,有些奇怪为何这个没心没肺的胖子要跳出来,帮这个不相干的小女子。他咂了一下嘴,正要开口,不料风拂若却道:"小女子虽只是一介民女,但自幼受郁代舞师之教,每一支舞都足以震撼天下,这种能力岂是一介弄臣能明白的?"

胖子一张圆脸顿时涨得发紫。裴寄哈哈大笑,摇了摇手,胖子只得低头退下。

裴寄转过身,看看山下。太阳已经升起老高,遍地开工的裴国当阳城中到处都是忙碌的身影。宫殿已初具雏形，但工地仍是乱成一团，在更远处的山坡上，烧荒的烟尘冲天而起，连朝日的光芒都被染成了土黄色。

"那就给裴国舞吧，郁代来的民女。"裴寄淡淡地道，"我的国家，这片土地，需要五谷丰登，需要安康太平……跳吧，舞姬。只要你给我的土地带来丰收，我就会赐予你远高于民女的地位和财富！"

风拂若后退一步，盈盈下拜，道："拂若听候吩咐。"

太阳继续升高，万丈光芒从东向西，跃过群山，掠过江水，照亮了薄雾覆盖下的丹阳城。

楚国丹阳内城

二十八站在丹阳内城某处屋檐底下，注视着挂在屋檐上的水珠，看着阳光透过那些小小的水珠，折射出莫可名状的七彩光芒，水珠慢慢蒸发，消失在晨曦中。

"人生如朝露，留也留不住。"二十八长吁一口气道，"可笑凡尘俗子，难以窥透永生之妙。"

"你窥透了吗？"屋檐底下另一人问。

"大道至奥，二十八一介奴婢之子，岂能窥透？"二十八满不在乎地伸了个懒腰，"你接二连三地死，又老是死不了，敢问十七你老兄窥透了吗？"

那人微微一笑，上前两步，走到晨曦中来。在楚国丹阳的内宫之中，此人居然穿着大周中大夫的朝服，高高的峨冠，轻薄的罩衣，神情俊明，正是齐国清河伯之子、番士寮中大夫、庚城六奉行之一伯行。

"死的是别人，"十七一本正经地道，"我，从未死过。"

"当你夺舍之时，你进入的已经是一具尸体，"二十八冷冷地道，"那和死了有何区别？"

"有区别。"十七道，"别人死；我，活过来。"

"活过来是一种什么样的感觉？"

十七把玩着一枚略带血色的玉蝉，平静地道："就像穿过一条充满血腥味的地道，爬出满是腥气的泥土，吸进一口带着月夜暗香的空气，激动又平淡。"

二十八耸耸肩，嘴巴一撇："想想都恶心。"

十七淡然笑笑，将玉蝉收入怀中，拍拍手道："奴婢之子，你来找我，有何贵干？"

"奉总主之命，来告诉你一些事。"

"说。"

"你的这具身体，在归你之前，曾经属于周国的一名中大夫。"

"这我知道。"十七低头看了看自己的双手，似乎对这具保养得很好的身体十分满意。

"这位番士寮中大夫来楚国，是想刺探丹阳的楚廷内幕，可是他之前曾经在周王大射礼上担任过礼官，还曾与亚四交过手。"

十七沉稳地坐着，一副正牌中大夫的庄重坐相，淡然地看着二十八。

"据细作回报，亚四当时曾打败他，却又立刻殒命——不是死于刀剑，而是被一面重逾千斤的铜鼓活活砸死。"

十七的目光中猛然间充满了狂怒之色，但身体依然一动不动地坐着。

"不过是换具躯壳而已，哪里就会死。"

"对呀，哪里就至于死了呢？"二十八苦笑道，"可是，不管是亚四还是辛六乙，这两个人的魂魄都已经消散无踪，永无复活之日了。"

"周国也有高手在。"十七声音平静，但两只眼睛已然变得全黑，瞧不见眼白，脸上肌肉也不由自主地抽搐起来。

"对。有一个猜测，当日周王幕中有深谙魂魄之道的高手。十九跟着周王的銮驾，从庚城一直追到镐京，"二十八道，"可惜刚刚才知道，这个猜测行不通。"

"哦？"

"周国的金乌卫，目前正暗中大肆调动人手，也在寻找那个出手的人。"

"哦？！"

"一个既非盘龙城又非周国的高手隐藏在刺杀周王的大射礼中，"二十八忍不住摸着鼻翼，愁眉苦脸地道，"这可就有点难猜了啊。"

"我不信。"

"啊？"

十七注视着二十八，冷淡地道："你要是没猜到点端倪，绝不会来找我。"

二十八摸着鼻翼的手顿时僵住，过了一会儿才苦笑起来："看来是真瞒不住十七你啊。"

"这么多年来，总主养着我们这一群人。"十七面无表情地看着自己的手，"我和亚四、辛六乙，我们都是剑，是总主的剑。而你，你是总主的喉舌，他的眼睛，他的手臂……你说的话必须有所指，我们这些剑才知道斩向何方。要是你胡言乱语……我就先代总主斩了你。"

"说着说着，就说到没意思的地方了。"二十八无趣地瘪了瘪嘴，"好吧。总而言之，在大射礼之中发现了来头不得了的人。"

"嗯。"

"一群郁代国的乐师、舞姬，"二十八道，"亚四一开始就混进了这支楚国进献的女乐中，辛六乙也化作其中的瞎子琴师……但这两个笨蛋，居然都没发现郁代国中藏着高人。"

"……不可能，"十七稍一思索，摇头道，"辛六乙或许憨直，除了杀人什么都不懂。但亚四行走天下将近百年，是总主器重的人，他怎么会看走眼？"

二十八不言声，伸出手，借着栏杆上的露水写了两个字。

"御岱？"

二十八点点头。

"御岱……郁代？！"十七厉声叫了出来。他清隽的面容已然完全变形，像尸体般惨白。一双眼睛却没了眼白，如同两个漆黑的深洞一般。二十八咳嗽一声，十七立刻转过脸去，用袖口掩住自己的面目。

"对啰，这个郁代便是一百年前背叛大商、逃出朝歌的御岱一族。"二十八脸色阴郁地道，"本以为他们早已族灭，却没想到近百年来，他们全族就躲在楚国的羽翼之下！"

"是御岱的人杀了亚四和辛六乙，毁了他们的魂魄？"

"一直有一个传说，御岱有一件法宝与先总主有关。这件东西能毁了……"二十八青着脸，指了指自己和十七，"所有的。"

"你怎么总也说不出自称啊，连'咱们'两个字也说不出来？"

"当初……就是中了……御岱的邪术……"二十八打了个寒战道，"从此就再也……没法说出……"他结结巴巴地哽了半天，还是只有指了指自己和十七。

"是控魂的法宝？"

"对……对！"

"那为何先总主没有在大商未亡之前就灭了御岱一族？！"

二十八没有回答，只冷冷地摇摇头。

"那法宝呢？御岱呢？！"

"二十四个时辰之前，御岱已经亡国了。"二十八叹了口气道，"楚尹哺落合德亲自灭掉了这个国家，却没有找到任何法宝的影子。"

"怎会在御岱！"十七低声嘶吼起来，"必是在大射礼杀死亚四的人身上！"

"对啰，"二十八轻轻地笑了起来，"这就是二十八来找你的原因。"

"说。"

"你要利用你中大夫的身份到庚城去，"二十八低声道，"寻找到那个人……杀了她。"

"有线索吗？"

"有。有个郁代国的舞者在大射礼上跳了大雷神舞，大射礼结束之后此人就不知去向。十九正在打探她是否随驾周王回了京，不过一时半会儿难以确认。你还是先回庚城。"

"你知道她还在庚城？"

"二十八的直觉一向敏锐。"二十八揉了揉鼻子，脸上又满是不在乎的神色。

十七也恢复了原来的面色，定定地瞪着二十八。二十八毫不在意地瞪回去。

十七终于咳嗽一声，不再看他，甩开长袖，以标准的周人中大夫步伐向外走去。

走了几步，他又转回身来。

"还有一个人。"

"谁？"

"那日跌落城头的周国上士。"

"啊……"二十八仰起头想了想,"搜遍了下游三十里,都没有找到他的尸体。"

"他不会死的。"

"你怎么知道?"

"他不要他死。"十七拍了拍胸口,"在最后那一下,我能感觉到。"

"什么?"二十八大吃一惊,"在你身体里的那个人……还没有死?!"

"他死了,已经死了很久了。"十七有些疑惑地道,"可那个时候,我却明显感到他还没有死……还在左右着这具身体。最后那一斩我本下了杀手,那上士却……还活着……"

"那么……你认为那个上士会活着回去,揭穿你?"

十七点点头。

二十八摸着下巴在长廊里慢慢踱起步来,沉吟道:"当日他落入江中时已受重伤,就算能捡一条命,那也应当顺流而下。就算有人救得了他,那也应该是在先涛国。你不用担心,往庚城须得逆流而上,就算他要回到庚城,也是很久之后的事了。"

"不管他在哪里,在我去庚城之前,找到他。"

二十八默默地点点头。

十七知道他,越是沉默越是放在心上,当下也不再多言,一甩长袖,施施然地走了出去。

"奶奶的!"二十八注视着他的背影,忍不住爆了粗口,"该死的上士,你究竟在哪儿?"

荆山黑荆森林打骨寨

石斛不知道自己已成为别人心心念念的人物。他其实什么都不知道。

他只觉得身在浪里，永无休止地起起伏伏，吞没他的水充盈天地、无穷无尽，有时候热得仿佛沸汤，有时候又冷如冰窟——他无力挣扎，无法摆脱，甚至睁不开眼睛，只能在半昏半迷中拼命忍耐，咬牙支撑着……

冥冥中，似乎有许多人在高处俯视他……早已逝去的爹娘……始终隐身在帷幕之中见不到真身的天子……那一张张近在眼前的腐败却又生动的脸……伯行愕然的面孔，对着自己不断呼喊，却被身后卷动的黑云不断吞没，只剩下一只苍白的手无助地伸向自己……

石斛大叫一声，翻身坐起，冷汗涔涔而下。在睡梦中早已感觉不到的剧痛从周身百窍同时传来，他痛哼一声，又重重地倒下。

"啊！啊啊！"一个稚嫩的声音惊喜地喊了出来。

石斛疼得浑身缩成一团，忽觉头上冰冷，勉强睁眼一瞧，见一个瘦猴子般的少年跪在自己身前，正用湿布给自己擦汗。那布冷得像冰，石斛周身燥热，被冷水一激，顿时哆嗦起来。

"啊！"那少年见石斛满头大汗地抖起来，吓得将湿布一扔，转身就跑了出去。地板"咚咚咚"地跟着摇晃，石斛被摇得头昏脑涨，好一会儿才缓过劲儿来。

屋里一时间静悄悄的。石斛茫然四顾，见自己身在一间极其简陋的竹屋中，温和的阳光透过屋顶的缝隙投射下来，照亮了弥漫在空气中的水汽，整个竹屋中就自己身下一床单薄的布褥，其他再无一物。

不对……还有一个东西，悬挂在朦朦胧胧的水汽中……

石斛奋力睁大眼睛看去，那张高悬梁下的布幡在阳光下散发着微弱的紫色光芒。那是一张蜡染的布幡，上面隐隐的格子纹路组成一头雄鹿的图案。

就在这时，竹门被拉开，那少年带着一个身穿荆蛮服饰的老者进来。

石斛大叫一声，便欲引剑自绝，但是手摸遍腰间，只有一张裹得紧紧的兜裆布。卿士寮上士、扈国水监羞愤交加，顿时又晕了过去。

待他幽幽转醒，西斜的阳光从竹屋的另一扇气窗中照进来，依旧照射在那张布幡上。这次看得更加清晰，那方格子组成的紫色雄鹿周围是一层一层放射开来的红色火焰，正是传说中黑荆部落的幡旗！

他闭上眼，脑中一片空白。

留在记忆中最后的画面，是伯行那张隐入黑暗的脸，和不断向天空升去的丹阳城墙……自己落入了江水之中，就算侥幸不死，也该顺水而下，一路冲到楚国下游的先涛国，甚至更远的连名字都叫不出来的荆蛮国家才是。但以蜡染上色、以细小方格为图案的幡旗，天下间只有黑荆部落使用，黑荆明明在丹阳上游，深入荆山之中，自己怎会在这里？

"啊，啊啊！"

又是那个少年的声音。石斛睁眼瞧去，只见那猴子般精瘦的少年跪坐在两尺开外，正一脸惊喜地看着自己。石斛脑子昏昏的，无论如何也想不起来这是谁。目光向少年身后滑去，却见两名目光不善的荆楚男子，一人已经垂垂老矣，另一人则是个黑黑壮壮的青年，但还留着额发。按荆楚的传统，这代表他还未满十八岁，没有举行过剃发礼。这青年的面目和那老者十分相近，不是父子就是爷孙。

石斛疲惫地闭上眼，艰难地开口道："我……还活着？"

"幽冥路长，可是想得个好死，也没那么容易。"上了年纪的荆人柔声道，"周人，你是谁？"

"此地是何处？"

"周人！"那年轻的荆蛮怒喝道，"想活命，就老老实实回答！"

"我……是唐国人……"石斛低声道，"唐国……贾人……"

"是吗？阁下的手掌、手臂，怎么瞧都是多年用剑的高手。"那老头慢吞吞道，"可老头子听说，周国人中贾人地位最低，是不允许佩剑的？"

"在下……从前确是诸侯的家臣，后来落魄，为贾人做护卫。"石斛道，"没有护卫，我家主人岂敢这个时候来丹阳？"

"丹阳？"老者微微一愣，"你来自丹阳？"

"对，"石斛道，"我家主人不幸，在丹阳遇害，我落入水中……若能……若能将我送回庚城，必有厚报。"

那年轻人忍不住转头看了老头一眼。石斛立刻便知，这些人不是荆山深处那些原始得不与任何外人交流的黑荆，说不定真与汉水的周人有往来。

"你说你在丹阳落水？"那年轻人加重语气问道。

石斛心知不妙，但只能哽着嗓子道："正是。在下……咳咳……在下昏迷之前，确是从丹阳城头落水……不知……"

那年轻人冷笑一声，一抬手，将他身旁的竹窗抬了起来。

窗外，数百亩黄澄澄的油菜花几乎占满了视野。油菜花的尽头，是一片湿润葱郁的森林，顺着倾斜的山坡向高处蔓延，然后停在一道灰色的悬崖下。

那悬崖上方是更多的森林，森林上方是更高的悬崖……由此向上蔓延，直到一座刺向天顶的山峰，峰顶的皑皑白雪在阳光下闪烁着莫可名状的金光。

石斛看得目瞪口呆，一时竟不知道自己究竟是在梦中还是另一个世界。

"是丹阳吗?"那年轻人冷冷地问。

石斛抽搐一下,牵动了伤口,疼得直抽冷气,挣扎道:"这……这是何处?"

"是我问你话!"年轻人怒吼道,"你说你随主人去丹阳,那么丹阳呢?你主人呢?"

"……"

年轻人见石斛发呆,骂骂咧咧地便跪立起来,看样子想要踢他一脚。老者低声道:"坐下!"待那年轻人坐下,老者继续问道:"老朽也想问问。你说你主人在丹阳遇害,自己落水。那么,这位小哥,也是你主人家的奴仆?"

石斛一愣,那年轻人十分蛮横地将那少年往前一推。"问你是不是!这小子又是谁?"

石斛看那少年穿着一件不合体的荆蛮服饰,发髻样式却是周人的,正一脸惶恐地看着自己。石斛颤声道:"这……这位小兄弟,在下并不认识。"

"胡说八道!"年轻荆蛮怒道,"你们不是一条船上的吗!"

"船?"石斛头疼欲裂,"什么船?"

那少年听到"船"字,忽然"啊啊啊"地叫了起来。石斛这才明白,他是个哑巴!

"臭哑巴,叫什么叫!"那年轻人怒气愈盛,用力揉了一把少年的肩头。那少年猝不及防地往前一扑,扑在石斛面前,忙又翻身坐起,恐惧地远离那年轻人。

就这么一瞬间,石斛已瞧见他散乱的头发下,后颈上一个红色的疤痕,像是刚刚才愈合的伤口。

"黑肘吾！"老者淡淡地道，"出去。"

"阿爹！"年轻人一愣，不敢相信地看着老者。

"带这位小兄弟，出去。"老者脸上半点表情也没有，冷冰冰地道。

那年轻人不敢再说话，瞪了石斛一眼，站起来拉开门，恶狠狠地道："出来！"

"黑肘吾，听清楚——"老者微闭着眼，轻声道，"你再动他一根指头，我就抽你十杖。你皮痒了，只管动他。"

年轻人嘴角抽搐几下，低下头，愤愤地甩手离去。那少年一脸的惶恐，但显然丝毫不敢违逆，规规矩矩地跟在那年轻人身后出去了。

石斛闭上眼睛，尽力深长地呼吸，让自己保持冷静。这两人说的虽是大周官话，却是确切无疑的荆蛮。自己身负使命，一旦被识破，就须立刻自杀殉国——想到这里，他的心反而定了下来。

死则死尔！伯行疯了，燕三死了，我石斛纵然……

"幸好，你没死在那孩子的手上。"老者淡淡地道。

石斛万没料到话题忽然转移，讶异地睁开眼，困惑道："啊？"

"你当真不知道那孩子的来历？"

"惭愧得紧，我……在下甚至都还没看清那孩子的脸……他是谁？"

"你当真不知？"

石斛强忍着疼痛，道："在下……确实不知……"

"你和他不是一路的，老朽看得出来。"老者冷声道，"但发现你们时，你们都在那艘船上。你……什么都不记得了？"

石斛脑中闪过睡梦中依稀记得的一幕幕……那一张张熟悉的人脸，那永无止境的晃动……

他吃力地撑起上半身:"在下确实不记得了,敢问……尊驾是在哪里发现在下的?"

"是一艘被烧毁一半的船,搁浅在江心的沙洲上。"老者道,"要不是老朽的船经过,只怕再过半日就要沉入江中。"

"在哪里?"

老者眯着眼睛盯着他,低声道:"就在距离孚国都邑不到十里的江面上。"

孚国在江峡之口,已经是远在丹阳之上的江水上游。自己怎么会浮浮沉沉的,向上逆流了差不多两百多里地?自己究竟是被何人所救?上了什么样的船?

石斛心中一片茫然,却听老者道:"你与那孩子不是一路人。所以我才问你,你可知那孩子的底细?"

石斛歪着头想了半天,实在想不起曾经见过这样一个少年,摇摇头道:"在下落水之后,直到刚才方醒转,委实不知其间发生了什么。"

"你的胸口,还疼吧?"

石斛不由自主地摸到胸前,道:"还……还好吧?"

"你应该是已经死了,然后又活过来。"老者面无表情地道,"发现你的时候,你躺在烧毁了一半的船舱之中,胸口裹着布,但当时你的伤口从前胸越过左肋一直到背后,有十个人受这等伤,十个人也死了。"

石斛震惊地看着自己胸前:"劳驾,给我一把刀。"

老者也不多言,从腰间拔出一把小刀递给石斛。石斛屏住呼吸,用小刀轻轻挑开裹布,向下看去,只见自己胸口一条长脚蜈蚣一般的黑色伤口,从两乳中间向左一直延伸到腋下,现在已经不再流血,只是渗出许多淡红色的体液。他只看了一眼,便复骇然倒下,重重地喘息起来。

"换了普通人,早就死了。你的伤口被人用鱼筋缝起来,不知道用了什么法术,你活了。"老者道,"但那小孩断然不像是救你的人,你可想得起来是谁?"

"不……"石斛声音喑哑地道。

"救起你的时候,船舱中满满的都是血,你浸泡在血中,这小孩……光着身子,也就那么跪在血水中,除此之外再无一人。"老者声音竟也微微有些发抖,"船舱中密密麻麻贴满了符咒,血水之上漂着骨骸……那是一艘鬼船。"

石斛牙关相击,咯咯作响。他忙双手紧握,咬紧牙关,用尽全力让自己平静下来。

"所以,老朽再问你一次,你可知道这孩子是谁?"

石斛不知道该如何回答。从胸口、四肢传来的剧痛,让他已经没多少精力去思考。他在痛苦中转过头,望向窗外。

风停了,窗外的树木停止了摇摆,但天顶之上的云层却加快了脚步。刚刚还能瞧见的蓝天,现在已被无边无际的云层填满,那座露出雪顶的山峰也已消失在铅灰色的云层之后。

当它消失的时候,石斛才终于想起它的名字。那是神龙山,他曾经在那里遇到过另一位少年,一位眼睛清亮无比的少年。

第一章

> **大周汉水裴国**
> 穆王三年夏六月

岑诺浑身一震,睁开了眼睛。他坐在山崖边的短松下,不知何时睡着了,手里还捏着一撮树皮。

天上云层卷舒,阳光透下林冠,将他浑身晒得暖暖的。虽然这道山脉高出尘世,但盛夏还是悄悄在山脊上刻下痕迹。那无边无际的林冠之上,树叶已从翠绿变成靛青。无数片油晃晃的树叶反射着强烈的阳光,蒸腾而起的水汽从山谷中飘散出来,汇入头顶不时掠过的朵朵白云。

坐在悬崖边上,视线刚好可以越过对面那座山脊看到神龙山雪顶。来这里一个多月了,岑诺逐渐习惯了这高岭之上的生活,每日唯一的乐趣便是站在此处眺望雪顶。说来也怪,那个远远高出尘世的所在,在他看来却是最让他觉得还在人间的明证。

裴国人苦心经营的矿场分布于神龙山中一座陡峭山峰上,沿山脚向上，分别是第一、第二、第三矿场。当日建矿之时，曾有人建议裴寄恳请方伯唐侯赐名，裴寄一笑置之——不过是矿而已，何须佳名？于是仅仅以排位区分，在天下数百矿场中独树一帜。

但这简单的名字之中，隐藏着凶险的目的。岑诺可以确信，三个矿场——不，整个裴国——只有屈指可数的人知道其中的秘密。

秘密就隐藏在他手中那摞简陋的树皮中。

借着午后温暖的阳光，岑诺又在膝上展开树皮。

这其实是一本账册，上面满满的笔记分为两列，一列是开采以来，每日从当阳运送到第二矿场的物资、补给，另一列则是第二矿场的产出。

像那些成年计头一样，岑诺一翻开账册，眉头就习惯性地微微皱起。

从当阳送来的物资一天天减少。这很不合理。当阳在深山中仓促立国，一粒粟一尺帛都要仰仗庚城的供给，然后再经层层分发，最后运抵矿场。但采矿是一个体力活儿，且随着时间的推移，耗费的体力更甚，所需补给也当相应增加才是——裴寄是卿士寮将作少监出身，不是那种对采矿一无所知的贵胄官僚，他怎会犯这样的错误？

岑诺发愁地叹气。一年多以前，他还每日手捧长剑，跪侍在大周番士寮少卿、大行人岑伯的身后，看着他面对满案的文卷发愁。现在，仅仅是经手一个矿场的出入，自己就头大如斗了。

他心算了一会儿，在树皮上匆匆记了几笔，翻开下一张，眉头皱得更紧。

这是关于矿场产出的记录。作为计头，他的工作只需计算和安排从当阳来的物资即可，矿场的产出是由矿主裴林或是实际负责开采的矿头负责，跟他没半点关系。但岑诺是岑伯、陆叔精心调教出来的，深知只做好自己的工作，那永远也出不了头；须得眼观六路、耳听八方，把自己工作环节的一切都了然于心，关键时刻才能脱颖而出。

他的记录之详细，只怕裴林和矿头都没他清楚。第二矿场采掘得很不顺利，这里山高坡陡，发现的几条矿脉都深藏在灰白色岩层之下，一木镐下去连石皮都破不开。一群吃不饱的裴国矿丁干了整整一个月，才掀开两条不到十丈长的矿脉头，挖出的矿石还不到五百石。

裴寄开辟三个矿场时有言在先，以六个月为期，哪个矿场先开采出最多、最优质的矿，便考功第一，给予重赏，居后者重罚。这种考绩方式在卿士寮司空见惯，但在各诸侯国却是罕见，前来参与采矿的人中知道此事严重性的，只有包括岑诺在内的寥寥数人。

形势不妙啊……岑诺放下树皮，发愁地想。第二矿场的矿主裴林胆子大、脾气大，脑子却不怎么够使，对矿场发生的一切究竟清不清楚，岑诺心里实在没底。

"喂！岑娃子！"

一名瘦高的男子在几丈外的树底下招手。岑诺忙将树皮和炭条收回怀中，道："尹六大哥，有事吗？"

"裴大人回来了，叫你。"

"哦！"

那男子也不多言，转身便走。他身材高大，双腿一迈，岑诺就得甩开腿跑两步。他脚步不停，岑诺咬紧牙拼命跟上。

眼前这名叫尹六的男子来自杞国，是一名国人。但奇特的是，他先是以自愿随军苦力的身份来到庚城，不知为何从军未成，之后自愿加入了裴国，接着又自愿来到最苦的矿场。然而不管他怀着怎样的热血丹心，却总是处处碰壁——看他受裴林之命来唤自己，却又因为看不上这种小差遣而愤愤不平，可知此人十分不会做人。或许这也是他到处出风头却怎么也混不到一官半职的原因吧。

岑诺一边走，一边心中默默品评着尹六，不知不觉间已经来到矿场。

限于地势，第二矿场十分狭长，只在一座数十丈高的悬崖下开凿了两条矿道。几堆看上去和普通石头没什么区别的乱石堆积在矿口，那便是唐侯亲自下令、谢城宰寄予厚望的赤金铜矿石了。岑诺只瞥了一眼，便知今天所获寥寥，只怕还不到十石。

裴林赤裸着上身，只穿一条肥大的裤子站在矿口。矿头、门大家和几名小头目都小心地站在他周围。隔着十余丈远，便听见裴林气急败坏的骂声。

"……前日就说有脉，两天了，两天了！脉在哪里，啊？一天天的干饭管饱，就给这点东西？！"

矿头垂着头不敢说话，门大家赔着笑脸解释，裴林满脸不耐烦，一转眼看见岑诺，脸色顿时更加难看。

岑诺肚子里打着鼓，脸色沉静地走到裴林面前，微微弯腰行礼："裴大人，你找我？"

"岑娃子，"裴林冷笑一声，"你这计头，当得不错啊。"

"计头没有好坏，单看账目能不能做平而已。"

"是吗？老子不太懂，你来说说看，"裴林一指门大家等人，"都在说，这几日来吃的越来越少，大伙儿都饿得没力气下矿了，可是有的？"

岑诺扫一眼众人，众人都讪讪地避开他的目光。岑诺不怒反笑，挖矿不力怪到吃不饱肚子上，原也是相当有力的说辞。

"对，这几日给矿上送的伙食，按量算日日都有减少。"岑诺毫不避讳地道。

裴林愣了一下："是你？"

"我只是计头,只能量入为出,"岑诺摊手道,"山下送来的补给逐日减少,所以分配给大伙儿的伙食只能跟着减少。什么时候山下恢复补给,自然立刻恢复伙食。"

裴林冷冷地道:"是吗?山下减少了供给?我怎么不知道?"

岑诺从怀里掏出半张树皮,递给裴林。裴林展开胡乱地翻了两下,便掷回岑诺怀中,道:"我看不懂你这些鬼画符!记的什么?"

岑诺也不生气,道:"这是每日当阳送来补给的记录,大人想要知道山下如何供给,我便给大人细说。"说着,便从来此的第二日开始,将每日送到物资的种类、数量,一一道明。

裴林越听越心惊。他这样出身的下层官僚,从来就只知道个"多""少""大概",连数数都没超出手指脚趾的范畴,对于记账更是茫然。在他看来,简单记一下有哪些物资,大概就是计头的全部工作了,何曾想过岑诺这般日日有记录,件件有出处,进来多少,出去多少,盘存多少,每日矿丁的增减、口粮的分配……说到第十日,裴林已经头昏得不知人在何处,忙挥手道:"停!停!老子听不懂……你就说如今还有多少,能不能供应得上就行!"

"供应是一直能供应上的。"

裴林双目微虚,拖长了声音道:"哦——那么——"

"从当阳来的补给,以鱼干、肉干、粟为主,但最近十日来,鱼干、肉干每日供应都在减少,粟的供应却在增加。"岑诺坦然道,"所以,供应到矿口的一日两餐,粟七水三,插筷不倒,大人不信,可以问问他们。"

见裴林转过脸来,门大家忙赔笑道:"岑娃子说得是,这饭每日都供得足。"

"那……他娘的,为啥都跟我说干活儿没力气?"裴林压沉声音道,众人的心顿时都高高悬起。

"吃的分量多少并不重要，重要的是吃的是什么。"岑诺道，"大人可知卿士寮制定的《行军并阵六法》？"

"啊？"裴林茫然地问。

"因为每种食物食用后的效能不同，所以行军打仗携带的食物类型是不同的。以肉干、粟米为例，如果是普通立营、盘阵，军粮便按粟八肉二供应，行军粟六肉四，打仗之前埋锅造饭，便得粟肉对开。食粟充饥，但食肉才能使人有力气。采矿和打仗一样，需要的是硬斗硬的力气，光吃饱有什么用？"

裴林一脸茫然。他出身国人，要不是跟着裴寄来了裴国，估计一辈子都与"上士"二字无缘，更遑论什么肉与粟的区别、卿士寮的《行军并阵六法》。他哽了一下，看向门大家等人，众人慌忙摇头，哪个敢乱插嘴。

"俺跟着鲁国的军队来，一路上也埋锅造饭。"站在旁边的尹六低声开了口，"走路只需要吃粟米，但是挖土造营、野战突袭是要吃肉的。啥时候吃肉，啥时候吃粟，鲁国的规矩更多。"

裴林舔了舔嘴唇，拿不定主意："那……现在的补给，究竟是什么状况？"

"最初的半个月，基本能做到肉四粟六。"岑诺随手翻看树皮道，"十天前开始，肉干和鱼干的补给开始减少，粟的供给增加。到今日为止，矿上只能供应粟八肉二的伙食，再这样下去，矿上只能吃粟了——而且是粟米粥。"

裴林烦恼地搔搔本就不多的头发，道："他娘的……粟米饭就不能吃了吗？"

"果腹而已。而且，大人，你不觉得奇怪吗？"岑诺道。

"咋……咋又奇怪了？"

"国君是将作少监出身，这块矿场也是他亲自主持发掘的，他曾经又是天子行在六奉行，亲自指挥过庚城周围的禁军。"岑诺皱着眉沉吟道，"采矿需要什么样的补给，他应该比谁都清楚。最开始的肉四粟六就是他亲自制定的。为何只不过半个月时间，这条规矩就暗中改变了？"

"国君怎么想，难道你我还能猜到？"裴林冷哼道。

"采掘赤金矿，以供汉水之兵，这是国君一直挂在嘴边的国策。"岑诺陷入沉思，丝毫没留意到裴林的脸色，"国策不会轻动，这么做又是为什么？"

"会不会是庚城那边运送补给出了问题啊？"门大家迟疑道，"要把那么多补给送来当阳，又从当阳送到这荒山野岭……"

"如果是补给的人手不够，那么优先补给的就应该是肉干、鱼干，"岑诺笃定地道，"这些东西重量比粟米轻得多，路上的损耗也小，不可能颠倒过来，运送粟米而停止肉干的供给。如果真遇到紧急情况，我相信庚城的谢城宰宁可让人背着肉和鱼来当阳，也比大规模运送粟米要划算得多！"

裴林听得头晕目眩，费力地搔着后脑勺。岑诺看着他，心中暗叹口气。同样都是上士，他上一次见过的上士——卿士寮上士石斛——无论心智、见识，都远远在他之上。不过，以石斛的卿士寮上士品秩，在小君国裴国足可以拜相了，也不是裴林这等矿丁头子能比。

他耐心地等着裴林做出决断。在他看来，决断非常简单，减少矿丁的干活儿时间，加快轮班速度，通过短时间高强度的劳动，一样可以将产量提起来。这叫作更戍法，岑诺还是个小侍从时便知道该如何去做。

但裴林哽了半天，脚下的烂泥都被他踩得翻出浆来，才愤愤地啐了一口，清了清嗓子。

众人一起注视着他。裴林深吸口气，道："岑……岑娃子，我看你还是去一趟当阳吧。"

"啊？"岑诺顿时愣住。

"去当阳问问补给的事。"裴林下了决心，反而镇定下来，"老子们在这里卖命挖矿，当阳的那些人在干啥事？准是在糊弄老子，知道老子不会计数。"

他大力拍拍岑诺的肩头："别人老子不知道，老子就知道你不好糊弄。你去好好瞧一瞧，把这事给老子理清楚。"

岑诺万万没料到裴林思前想后，得出的是当阳有人私吞了补给这个结论，忙道："国君以军法治国，当阳的计头只怕不敢……"

"什么敢不敢！那帮浑球啥都敢做！忘了上次，要不是老子帮你一把，你就被那老浑球给整了！"

"可……"

"别说了！说起来，老子也是军法治矿。"裴林按着岑诺的肩头，不让他动弹，目光冷冷地瞥过来，"岑娃子你最懂事，什么军法民法你都知道。好好去当阳走一遭，把补给的事弄清楚。"

岑诺没有答话，转脸向众人看去。众人的视线本都集中在他身上，见他目光扫来，慌忙各自移开。门大家微微咳嗽一声，舔了舔嘴唇，没敢说话。

"好吧，"岑诺定了定心，拱手道，"大人有命，岑诺敢不从命？但岑诺一人前去当阳催要补给，大人如何相信？"

"我自是信得过你。"裴林目光一转，又笑道，"不过，你一个娃子家独自去当阳也是不妥。尹六，你个子大，陪岑娃子去当阳走一遭吧。"

尹六一愣："俺？可是俺……"

"我说去就去，多什么嘴？"裴林顿时冷了脸，"老子以军法治矿，说话都是放屁吗？"

尹六低头道："不敢。尹六听从吩咐。"

"那也别耽搁了，早去早回。"裴林拍拍手道，"好了好了，该干吗都干吗去！岑娃子答应了要把补给全带回来，你们还在担心什么？"

他语气轻松，在场所有人都打了个寒战。岑诺却是哈哈一笑，道："能不能带回来，那得看尹六大哥有多大能耐，我哪拿得动那许多东西。走吧，还没过午，咱们说不定还能赶到当阳吃夜宵。"

他毫无顾忌地转身便走。尹六嘟嘟囔囔半天，终于还是拗不过裴林，只得委委屈屈跟上来。走出去还没十丈远，便听见裴林大声吆喝："都站着干什么？岑娃子去了当阳，自然有你们吃得饱的饭！既然能吃饱，那就快干活儿，干活儿！"

岑诺心平气和地走着，脑子里却在飞速思考。一个矿上的小小计头要去当阳面见国君，声讨补给的短缺——这是嫌岑诺命长了？裴林身为裴国不多的上士之一，会全然不知补给短缺的理由？以上这些其实都不是问题，它们仅仅是裴林为了解决燃眉之急想出来的花样——裴林必然知晓补给短缺，现在只是需要一个借口哄骗着大伙儿枵腹从公而已。

从这一点上来看，裴林也不是真的蠢啊！

作为这件事唯一的受害者，岑诺却笑了起来。要是裴林看得懂他脸上的笑容，只怕要在大太阳底下打好几个寒战。可惜裴林瞧不见，只有尹六瞧见了。

"喂……岑娃子，你小子还有心思笑？"

"能去国都一趟，干吗不开心？"岑诺喜滋滋地道。

二人紧赶慢赶，终于赶在天擦黑前，见到了当阳城头的灯火。

一个多月不见，当阳又是一变。当日裴国人走上当阳台地的那条羊肠小道已变成宽阔的大道，路两旁停满了运送木材、石料、粮食和牲口的大车，拉车的大多为牛，也有马和骡子。赶车的人口音五花八门，以中原口音居多——裴国人本就来自天南地北，但很明显，石料、粮食和牲口都是来自汉水各诸侯国，只有木材取自本地。

借着天上晚霞的微光，岑诺一辆车一辆车地看过来，偶尔还要凑到车前，仔细瞧瞧车里载的东西。尹六人高腿长，跨一步当岑诺走两三步，被逼得不断停下来等着。眼看天都要黑尽了，两人才刚刚走到新建成的当阳城门口。

回头看去，长长的大道上停满了马车，一些不太明亮的火光还在远处森林中摇曳。补给当阳的物资几乎一眼望不到头，而最重要的矿场却得不到应有的补给，岑诺若有所思地站在门洞的阴影中。

"岑娃子！"

"唔？"

"矿主要你来办事的，不是来看热闹的！"

岑诺满不在乎地点点头，掏出树皮，借着门洞里火把的光写起来。门洞里几支火把都不甚亮，火苗像没有劲儿似的懒洋洋地燃烧着，岑诺眯着眼，看得很是吃力。忽然，一阵风猛然刮过门洞，火把猛烈燃烧，门洞里一时间大亮起来。

来来往往的人们都吓了一跳，岑诺抬头看看，微笑着摇摇头，低头快速写完最后几笔，合上了树皮。

"古怪煞的……"尹六抬头看看自己手里拿的火把,也像泼了油一般猛烈地燃烧着,吓得他有些拿不稳。岑诺将树皮收入怀中:"走吧,别大惊小怪的。"

两人穿出门洞,跟着人流向城内走去。

"你……你要小心。"昏暗中,尹六忽然道。

岑诺转头看看他。

"你要小心。"尹六将脸转到一边,轻声道,"裴大人……那样说,是要把补给的责任推给你,你要是不……不带东西回去,可小心军法。"

岑诺心中一热。他一直看不起尹六,觉得他又趋附又笨拙,没想到他却看穿了裴林的花招,还能想着提醒自己。

他笑道:"多谢尹六大哥。"

"你完不成,我也完不成,咱……咱们俩都要倒霉。"

岑诺忍不住笑了。看来尹六真的不笨,也不知是不是这么多年屡遭挫折,活活给逼聪明了。他慎重地向尹六一拱手道:"放心,我心里有数。一个小小的补给,倒也还难不倒我。"

尹六嗫嚅着,终于还是没再说什么。

一个月前,裴寄派出了裴国一半以上的人口去挖矿,在手里只剩三四百人的情况下,居然还是完成了当阳的规划和初步建设。首先便是这条贯穿整个当阳城的大街,已经初步夯实,用草绳灰画出了路界。依照当时诸侯国建城的规矩,路的两旁亦开始种植树木——树种都是精心挑选的,间距也有严格的规定,以期将来国家兴盛,百年不替,这些树木将成为城中的重要一景。

两人沿着街道走了不到一里便来到内城前。内城已初具规模,夯土墙打到齐腰高,倒也算是围着内城筑了一圈。这样的夯土墙需要经年累月的夯筑，不可能一蹴而就。有些诸侯立国近百年，还在不断地夯筑增高城墙。城门是一道木制的两开阔门，还未来得及上漆，城门周围弥漫着新鲜木料的气息。

大街在内城门前向左右两边延伸，尹六因为常来当阳押运补给，轻车熟路地向右拐去。岑诺却不断地回头看着那道宽大的门。

周制，诸侯国的内城墙可以随时更造，但内城门却不能随意拆换。齐国、鲁国、晋国，上百年的老牌封国，其国都的内城门至今也没重建过，以至于不得不在内城墙上另外开门，以便更大的马车通行。

眼前这座已然成形的内城门有一丈六尺高、三丈阔，这已经是伯国内城门的规制了，因此现在门两边还用木板封着，中间只留下一丈宽的门，刚够最大的马车通过。

从门的大小便能知道诸侯的气魄。裴寄虽然刚刚当上小君，其志向却甚为远大。岑诺边走边沉思——陆叔说过，决定地势的是山，决定命运的是格局。裴寄的格局已向伯侯看齐，自己呢？

他憋着一口气，走了好久才呼地一口吐出来。从裴林试图将补给不足、采矿不力的黑锅扔给自己开始，他就一直憋着这口气。连尹六都看得出来的把戏，他要当面拆穿易如反掌，但结局呢？不过是个矿场的小计头跟矿主争执而已，结局想都不用去想……

他毫不迟疑地接下了，要的就是超出计头的格局。

他回过头，加快脚步，不再去看那道门。小君家的门，不过如此而已！

天已经黑透，物料场内却是人声鼎沸，数百支火把将场中各个角落都照得通明，络绎不绝的马车从东门进去，卸载一空后又从西门出来。穿着各国服饰的人们脚步匆忙，其中还混杂着许多披盔戴甲的武人。乍一瞧上去，这里不像是物料场，倒像是大战前的补给要塞。

岑诺在门口站了一会儿，打算找个认识的人通报一声，忽听街上喝声连连，一大群人簇拥着一辆满载的马车过来。车上用稻草捆扎的包裹堆得老高，显然十分沉重，两头牛加上十余人齐声喊着号子，好不容易才推上了物料场门口那道小小的坡。

紧接着又是两辆这般大小的车过来，门口那条小小的坡道被压得残破不堪，两辆车都先后卡住了。一名裴国下士跳到车上大声吆喝，从物料场中叫出更多的人来帮忙。

岑诺和尹六被拥挤的人群挤得连连后退，不知不觉间退到了大路边的一间草棚底下。原来这里还摆着几口灶台，"咕嘟咕嘟"煮着热粥，一些浑身被泥浆糊得只看得见眼珠子的人坐在棚下几张烂草席上默默地喝着粥。灶台后面还有一处用竹帘围起来的棚子，棚里火光晃动，传出浓烈的酒味，显然是给身份更高的人准备的地方。

掌火的人见岑诺和尹六有些手足无措地站着，过来问道："二位要喝粥还是吃点啥？"

"哦？"岑诺惊讶于在裴国这样的穷乡僻壤，居然还有镐京一样的酒肆铺子，忙道，"抱歉，我们只是路过，没有钱。"

"呵呵，这是裴国的地方，谁都没有钱！"棚外一人大声道，"在当阳吃任何东西，都是国君请客。来干活儿的，人人都有一口吃的！"

岑诺一转头，便见一个臃肿的胖子走了进来，正是多日不见的前令狐国国君、今裴国弄臣胖子。

"原来是胖兄。"

"小岑兄弟。"

两人一本正经地见了礼，尹六正要行礼，胖子一摆手道："别杵着，来来，都坐！你们刚从矿上来吧？没吃东西吧？老货，给他们弄点热的、干的！"

那掌火的跟胖子熟稔极了的，嘿嘿一笑，便去准备吃食。这厢胖子一屁股坐到食案后，岑诺也坦然地坐下，尹六个头虽大，胆子却小，缩手缩脚地坐在一角。

岑诺坐下后并不说话，只直直地看着胖子。胖子适意地往食案上一靠，大声道："给老子的小兄弟端酒来，越热越好！"

掌火的在棚外答应了一声。

"她……好吗？"注视了胖子片刻，岑诺移开目光，低声道。

"唔？"胖子抹了一把脸上的汗水，"好，好得很，有我盯着，你还担心啥？"

"问问而已，"岑诺抬头看着粗木柱子上的火把，"我也知道她定是过得很好。"

"你小子在矿山上，天天跟蛇虫鼠蚁一起爬上爬下，你哪里知道？"胖子"哧"的一声笑道。

"我嘱托过你。她要过得不好，你不敢来见我。"

胖子尴尬地笑了一声，回头看看一脸茫然的尹六，更加尴尬地哈哈笑起来。"这……这是从何说起……你这小子……老是这么咄咄逼人……欸？酒呢？怎么还没有酒？想渴死人哪？！"

掌火的忙不迭地用木盘端着一小坛子酒上来，正要殷勤地往食案上放，胖子一手便将坛子拎到自己面前，举起对尹六道："来点？"

尹六刚要答话，胖子已经缩回手，仰头"咕嘟嘟"喝了一大口，含混不清地道："嗝……这酒啊，一股尿骚味儿，嗨！想当年……"

"要打仗了吧？"岑诺道。

"噗——"胖子满口的酒都喷了出来，食案上黄汤乱淌。尹六待要闪开，见岑诺坐着动也不动，便又坐回原位。胖子被呛得脸红筋涨，又咳又吐，半天才狼狈道："你、你……你听谁说的？"

岑诺一指外面热闹的场景："这还用听人说？从城外到此处，三分之一的车运载粮食，三分之一的车运载木石，还有三分之一的车运的什么，敢不敢让人瞧上一瞧？"

"不敢不敢！"胖子往左右瞟了几眼，低声道，"你小子不要命了，这种事也敢乱说！"

"只要敌国派个人站在城门口，一个下午就能把裴国的武力算得明明白白，还用我说？"

"瞧你说的……"胖子干笑着，"咱们裴国刚刚立国，打哪门子的仗啊？瞎说！喝酒，喝酒！"

"如果不是打仗，那就得把矿场的补给给足。"岑诺道，"我就是为这个来的。"

胖子舔舔嘴唇，眼珠子乱转，不知该如何回答。

"看来是要打仗了。"

"瞧你说的！"

说话间，掌火的端了两大碗热气腾腾的粥上来，浓郁的香气引得几个坐在角落里的人都转过头来。岑诺已经好久没有吃过这么香的粥了，顿时满口流津。但这时候岂能不端着点？他漠然地看看粥，又转脸看着胖子。

"咱能不能吃完了再说？"胖子小心翼翼地道。

岑诺看尹六眼珠子都瞪直了，便咳嗽一声，缓缓地端起碗，矜持地品了一口，发现这似乎不是粟也不是黍，而是一种从未尝过的味道，初尝起来怪怪的，但多喝几口便觉甘甜，和成日间喝的那黑乎乎的劣粥无疑有云泥之别。

喝着喝着,他目光扫到胖子,见他饶有兴致地看着自己,心中忽然一动,放下碗,慢吞吞地用衣角擦了擦嘴。

"如何？"胖子问道。

"若是这样,就说得通了。"

"对吧？"

岑诺点点头。

尹六看着他俩,一脸茫然,不知这几句没头没脑的话里,到底藏了何种机锋,怎么岑诺和胖子的脸色同时都变得平静下来？

"这东西……"

"叫作稻米。"胖子道,"楚人,还有江水下游的人,都吃这东西,是在放水浸没的田里种出来的。汉水这边,卿士寮已经强令各国学习栽种。这是去年收获的第一批,十天前才运来。"

岑诺点点头。他在镐京时便听说过,卿士寮五年前大张旗鼓地搞南征之策,第一件事就是考核南方诸国开荒种植水稻的殿最,为此还曾黜落过两名不开眼的子爵。被黜落的子爵上京受罚,被关在番士寮的后院,岑诺还曾经瞧见过。

他低头看看碗底沾着的灰白色米粒,百感交集。这就是用两名子爵的前程换来的新米吗？他本来带着重重疑问来当阳,一口粥喝下去,疑惑已经减轻了不少。

"这东西,比粟和黍更好？"

"好不好的咱也不知道,但在南方这破地方,这东西长得可好了。一亩地能多产四成,听说再往南边走,还能一年两熟,你说好不好？别担心矿上补给不够了,再过一个月,这玩意儿,管够！"

岑诺点点头，却道："那何时开始打仗？"

"你这个人是不是有毛病？"胖子有些狠狠地说，"谁说要打仗了？"

岑诺也不言声，指指外面的大路。又有两辆大车驶到物料场门口，数十人挥汗如雨地推着大车进门。

胖子呵呵一笑，往身后的棚柱上一靠。"按你说的，若真是要打仗，那咱们的对头只需要放一个人站在城门口，就能把裴国的底细摸得清清楚楚。国君岂是那么笨的人？"

"国君不笨，"岑诺道，"所以，这些只是做样子给人瞧的。"

"啊？"胖子发现自己已经完全追不上岑诺的思路，"你……你也知道这是给人瞧的？"

"对。裴国立国才一个月，就靠这两三百老弱、六百吃不饱的矿丁，能打得赢什么仗？国君把所有补给在城门口排着队给人瞧，不过是虚张声势，"岑诺摸摸光溜溜的下巴，"但愿敌人细作只看得懂这些。"

"那依你看，什么时候才是真正要打仗的时候呢？"一个懒洋洋的声音从竹帘后面传来。

岑诺一愣，却见两名身穿侍从服饰的少年从竹帘后走出来，躬身拉开竹帘。一位身着蓝色长袍的大汉箕坐在里间，目光不怒自威，正是裴国国君裴寄。

棚子里顿时一阵忙乱，胖子带头跪下，其余众人慌慌张张地离席匍匐在地。岑诺慢慢站起来，向裴寄弯腰行礼。

"喂，臭小子！"胖子趴在地下低声吼道，"见主君无礼，你不要小命了！"

"无妨，"裴寄道，"国人见君，常礼而已。都起来吧。"

在场众人参差不齐地谢了恩，先后爬起。那些躲在棚子里喝粥的，一个个低头翘屁股地倒退了出去。尹六也要退，但看一眼岑诺还坦然站着，顿时慌了神，不知道自己该退还是该留，只好偷偷缩到胖子身后。

"你好大的胆子，"裴寄凝视岑诺好一会儿才道，"你开口闭口要打仗了，却又说寡人在使计，那你说说，寡人要如何做，才能让你相信真要打仗了？"

"城门戒严，严查来往行旅，城内有半年储集，最重要的——"岑诺道，"是汉水诸侯国军队做好准备。"

"哦？"

"裴国现在没有兵力，连自保都困难。"岑诺毫不客气地道，"好在此地是在荆山深处，一时半会儿不会引人注意，也不会有什么灭国之虞。唯一需要提防的，不过是荆蛮的部落而已。"

"侃侃而谈，不过是些凡人之见。"裴寄冷笑道，"裴国有没有兵力，你一个小小的矿丁知道什么？荆蛮的部落众多，散布在我裴国周围，那也不是'而已'两个字能打发的。"

"是，荆蛮部落众多，坏就坏在'众多'二字。蛮人易散难聚，小小的荆山遍布数百部落，数百年未曾形成一个国家。要提防这样的部落，只需各个击破即可。"岑诺道，"至于裴国的兵力嘛……"

他沉吟了一会儿，眉头越皱越紧。胖子的目光在岑诺和裴寄之间转来转去，生怕岑诺说句难听的话，裴寄大怒之下牵连自己，可裴寄最烦的就是当面谄媚，要他说句转圜的话，他又不敢……

却见岑诺拍了一下手掌，轻声道："是我失言了。裴国有兵力。"

"哦？在哪儿？"裴寄淡然道。

"三处矿场。"

"……倒是新奇。"裴寄摆弄着手中酒杯，沉吟道，"说来听听？"

"打仗需要的不是人多势众,而是进退有序、舍生忘死。"岑诺道,"相比易散难聚的农夫,手胼足胝、生死相依、无处可归的矿丁,才是最好的兵力。"

饶是裴寄城府深沉,也禁不住眉毛跳了几跳。"唔……倒也……有些道理……"

"所以我斗胆从矿场回到城内,请问国君,"岑诺正色道,"采矿是国君亲口所言事关裴国生死的国策,何以不吭一声就削减补给,削弱矿丁的战力?"

"喂……"胖子额头上顿时渗出一层冷汗,"喂喂!"

裴寄一扬手,胖子立刻闭嘴。

"刚才他已经给你解释过了,你也亲口喝了米粥,"裴寄指着胖子道,"你还不明白?"

"他说的乃是结果,"岑诺毫不退缩地道,"我问的是原因。国君,当以恩信为立国之本。既然已决定用稻米替代粟黍,那就该对矿丁直言。何以暗中消减补给?如此何以取信于民?明事暗做,又给了下面操作之人,如矿主、计头之流中饱私囊的机会,他们回头又将减少补给的罪过推到国君头上——国君想一想,这么做划得来划不来?"

这就有点当面揭短的意思了。裴寄双眼渐渐眯成一条缝。他身为卿士寮中大夫时就已官威难犯,当国日久,威严更盛。胖子一张圆脸红了又黄,黄了又白,尹六更是脸色白得透明。两人大气都不敢出,绝望地盯着自己的脚尖,不敢稍动。

过了半晌,裴寄点点头,有些艰难地开口道:"是……裴林让你来打官司的?"

"不,"岑诺摇头道,"是我发现补给有异,所以特意冒死来为矿上的兄弟们问个明白。"

裴寄点点头:"也罢。这些军国重事,原是不需与你等小民说个分明的,你既然自己找出了答案,那我便再给你个机会。你答我一个问题,若是答对了,我现在便补齐你第二矿的补给,给你一个全功。若你答不上来,就自己回去跟矿丁解释,如何?"

"不知是何题目?"

裴寄站起来,在吱吱作响的竹地板上背着手踱步。"国家正面临战争,你没有看走眼。黑荆部落虽不团结,但总量却远远多过我裴国人丁,随便来两个部落,如今的裴国都得吃不了兜着走。城门口……"他忽然自失地一笑,摇摇头,"城门口的摆设,确是用来吓吓荆蛮的。知道为什么吗?"

"裴国需要时间准备。"

"对啰。"裴寄长叹一声。

"无论如何都要打仗吗?"岑诺小声地道。

"你觉得我想打吗?"

"不。"

"那么其他人呢?"

"无论是黑荆,还是江对岸的孚国,抑或是远在丹阳的楚国,"岑诺道,"莫不希望越早除掉裴国越好。"

裴寄哈哈大笑:"给他倒一碗酒。"

岑诺接过侍从递过来的酒盏,浅浅地饮了一口,许久未曾品尝过的酒味令他顿时浑身都热了起来。他的目光继续追随着裴寄的身影,道:"但这不是国君想要问的问题吧?"

"当然不是,军国重事,岂能随便咨询他人?"裴寄道,"不过,看上去你精于计算,我便考考你——黑荆部落中有六部,五日前提出,让裴国允许他们在当阳互市。"

岑诺心中一动,瞥了眼胖子。胖子满脸惊讶——这原是两天前裴寄与诸位大夫商议的话题,当时争议甚多,迟迟难下决断,想不到裴寄竟然拿这样的军国重事来跟岑诺这小小的矿丁打赌。

"国君是否在犹豫,该不该与黑荆互市?"

"当然不是,互市有何难处?"裴寄笑道,"寡人决定不下的是另一件事——市金。按理,应该对外夷收取市金作为关市费用,但若我如此做,黑荆必然强烈反对……这市金,收是不收呢?"

岑诺稍一沉吟,道:"自然得收。"

"为何?"

"裴国新立国,又是外来民,硬生生地插足荆山之中。国君想要广布恩信,应先当有信,再树恩。"岑诺道,"不收黑荆市金,那么准许他们交易也可,不许也可。许与不许在国君一念之间,甚至无须国君开口,一介关吏便可闭市。黑荆之民岂敢真信?国君说不收,那黑荆断然是不敢来的。收取市金,便是恩准他们互市的信用,为何不收?"

"市金虽少,但还是加重了黑荆的负担,这信是有了,恩又何在?"

"自然没有白拿的钱。收了市金,我裴国就得保证黑荆之民在裴国国土上自由交易。关键之时,甚至要真刀真枪地保护互市之路的平安,保护每一个自愿与我裴国互市的黑荆之民。黑荆之民知道这钱不是白花的,如此才算是恩信皆立。持之以恒,何愁黑荆不归附?"

听完最后一句话,裴寄停下脚步,坐回席上,盘腿看着岑诺。

"听说你在发配之前,曾是卿士寮的上士?"

"是,"岑诺心中微微一酸,忙低头道,"我在卿士寮做过一年半的上士。"

"把你这样的人发配边疆,卿士寮当真是疯了。"裴寄轻声嘀咕了一句,又提起嗓门道,"胖子!"

"哎!臣在!"胖子浑身肥肉惊得一抖,忙匍匐在地大声答应。

"明日就把第二矿场的补给优先补齐,后面米粮到了,优先供给第二矿场。"

"啊?是……是!"

岑诺向裴寄深深一躬:"多谢国君。"

"这是你自己挣的,无须多谢。"裴寄摇摇手道,"去吧。你也知道采矿是国本,照这个纲领去做事,总不会错。"

岑诺一拱手,转身便走。尹六终于反应过来,忙迈腿跟上。刚走了两步,却听裴寄道:"等等。"

岑诺回过身来:"国君还有何吩咐?"

"你……今晚且留下吧。明日还有一场盛事,你看一下再走。我裴国的子民,能来的,都应当来瞧一瞧。"

"敢问是何等盛事?"

"你从未见过的昌盛之舞。"

在窝棚中囫囵睡了一觉,不知不觉天已大亮。

岑诺都记不得自己上一次睡得如此深沉是何时了……似乎从记事起,就没有在天亮之后醒来过。和山上的硬石头地比起来,这间窝棚里的乱草窝实在太舒适,他几乎一倒头就睡着了,直到天光放亮,还醒不过来。

模糊中,似乎有人在他耳边轻轻地吹了口气,他一下子便睁开眼,目光炯炯。

空气中有淡淡的香气。岑诺深吸口气，那味道又消失不见了。他有些出神地望着被烟火熏得发黑的屋顶，似乎在那昏暗中看到了什么熟悉的影子。

一进入当阳，他便时刻感觉到风拂若的存在。她……知道自己来了吗？

他有些自嘲地笑笑，爬起来理了理衣服。裴寄所说的昌盛之舞，必是国家大祀之舞。按周人传统，上至天子，下至最小的小君，都须以舞蹈祭祀天地，以证君位正朔。想不到穷如裴国，也有了舞者……

是她！

岑诺一惊，忍不住哈哈笑了出来。只能是她！

"笑什么呢？"尹六打着哈欠道。

"走！"岑诺一把抓住他的胳膊，"去看看！"

两人钻出窝棚，便见大街上闹哄哄的，三五成群的裴国人、外地人，交头接耳、嬉戏打闹着，向内城的方向走去。一名庀人站在路边，头顶上竖着高高的鸡毛，一遍遍地大声喊道："奉国君之命，今日祭祀大典，裴国人、当阳中所有人皆可至内城观礼！"

岑诺也不多言，跟着人群便走，尹六跟在他身后。两人入城时，尹六人高马大，处处走在前头，过了一夜便自觉地跟在岑诺身后，一步也不敢超越。

内城如今也只是初具规模，沿着当日裴国人欢饮的湖边修建了几幢小木屋，勉强够国君和大夫们暂住。湖另一面的小小山丘下修建了一座大社，高耸的社木涂上鲜艳的红色，木顶数丈长的金色绥带随风飘荡，在阳光下反射出耀眼的光芒。

大社前临时搭建了一座宽阔的祭台。与中原诸国的土垒祭台不同，整座祭台用粗木凌空架起，台子上平坦开阔，铺着平整的木板，上了两层清漆，光可鉴人。

数十名武人在祭台下围成一圈。穿过人群的缝隙，岑诺远远地便见武人圈中有一溜二十多人低着脑袋跪在地下，心头猛然一紧——裴国，终于要杀人祭天了吗?

凡建国必人殉祭天，这是自黄帝时代开始便传下的规矩。大周以德治天下，禁绝了诸侯滥杀，但万事总有变通。以处决犯人、俘虏的形式，一次性杀几十人，对大多数诸侯来说并非难事。

裴国建国的那个月夜，裴寄以酒代血，岑诺为之激赏不已。但现在……他揉了揉眼睛，没有错，那些跪在地下的人都被剃光了头，五花大绑押在祭台之下。大社就是国家行刑的地方，这些因为犯罪而被剃光了头发的囚犯到此地只有死路一条。

守在祭台下的武人全身披挂赤金甲，腰悬长剑，手持长戈。这些武人不是诸侯驾前那些装点门面的侍从，个个都是精挑细选、上过战阵的甲士，吸饱了鲜血的赤金甲不再反射金光，而是又黑又冷。一名身着中大夫服饰的人站在一旁，岑诺认得那人——裴国只能有一名中大夫，此人在裴国就任国相，正是来自申国的中大夫赵石。

似乎因为肃杀之气太重，刚刚还在嬉笑的人群渐次安静下来。人们围着祭台站着，都小心地离武人远远的。岑诺倒是不怕，奋力挤到最内圈，来到那群死囚前面。

死囚早已知道等待自己的是何种命运，个个目光涣散、瘫软成泥。有人低声抽泣，大部分人连饿带吓，连哭的力气都没有了。只有一名身材高大的男子单膝跪在地上，倔强地扭着头。众死囚身后都用一根粗绳串在一起，若不是他身旁两个人瘫软在地拖着他，看他那架势，是连跪也不肯跪的。

岑诺盯着那人瞧了好一会儿,那人始终扭着头看着祭台之上,岑诺瞧不见他的面目。渐渐地,人们都留意到了这个倔强的汉子。开始有人起哄,也有人往那人头上扔石子。

"喂,死贼囚!"一个披头散发的壮汉大声叫道,"死在眼前了,还这么横啊?"

那人猛地转过头来,怒目而视,吼道:"老子不是贼囚!你他娘的才是狗贼囚!"

众人一片哄笑。又有人叫道:"贼囚,你是偷了宗庙还是挖了神道啊?"

"老子杀了人!"

众人一愣,继而哈哈大笑起来。

"死贼囚,杀人?这儿谁没有杀人?"那披头散发的壮汉用力掷了块泥土在那人头上,"杀个人有什么了不起?"

那人不再说话,目光只在那几个向他扔石头的人脸上转来转去。众人只是哄笑,泥土、石子雨点般地砸在那人头上。

守在囚徒前的武人转过脸去看赵石,赵石仰头望天,众武人也就由得人们乱扔乱砸。石头越扔越多,那人虽咬牙死撑,但额头上早被砸了好几条口子,血混合着泥浆糊了他半边脸,他仍是一声不吭。倒是他身边的几个囚徒已经哭喊了出来。

岑诺愤怒地扭头看着身后的人。这些人只怕已经忘了,就在不到两个月前,被关在庚城诏狱里的滋味了吧?

正在这时,一声号角响起,在场纹丝不动的武人同时举起手中的长戈往地下一杵,"轰"的一声,前面围观的人群不由自主地向后退了几步,后面的人顿时鼓噪起来。

裴寄身穿小君专有的灰色衮服,头戴无旒冕冠,手按剑柄,出现在祭台边上,威严地俯视他的国民。在他的注视下,乱糟糟的人群渐次安静下来。

一个身穿黄色锦袍的胖子,恭敬地捧着一只赤金盘站在他身后。裴寄目光扫来扫去,见四下都已安静,才转身在胖子捧着的盘中净了净手,然后抬头看看方位。

胖子恭敬地退到祭台边缘,放下盘子匍匐在地。

又一声号角响起,在场的武人同时单膝跪下,祭台周围数百人跟着"呼啦啦"地跪倒,再没人敢发出丁点动静。

裴寄转向南方,拔出长剑,朗声道:"明明在天,有日有月。"

然后转向西方,拱手道:"昊天极威,敷于下土。"

再转向北方,俯身道:"有国曰裴,在周之庭。"

最后转向东方,面对高高在上的太阳,匍匐下拜。在场所有人匍匐在地,听着裴寄庄严的声音从台上传下来:"锡我以民,膏我以粱,使朕疆土,国祚绵长!"

话音刚落,隆隆三声鼓响,胖子用尖锐得不似人声的嗓子叫道:"伏惟尚飨!"人们同时重重地磕了下头。

这是周人繁复礼仪中的一礼:社祭。上至天子,下至裴寄这样的小君,社祭都是重要的礼仪,是国君与臣子、庶民共同的礼仪。完成了社祭,国家才真正成为国家,国君也才算是真正践临君位。从此刻开始,裴国第一代君主,正式成为大周总计一千三百余名诸侯之一。

社祭完毕,胖子小心地捧着赤金盘站起,却步从台上退了下来。在场众人,国相、大夫、武人、平民、囚徒……人人都小心地竖着耳朵,等待着。

"国人！"终于，裴寄大声道，"都听寡人说！"

一片可怕的沉静中，人们都低着头，恭顺地听着。

"赖天之幸，天子垂怜，寡人和你们组成了一个国家。"裴寄在祭台上走动着，不时地弯下腰，严厉地看着众人，"这个国家前所未有，是寡人和你们一起，一手一脚、一砖一瓦搭建起来的！

"寡人应许你们，建立这个国家有多苦痛，将来你们所得就有多丰盛。在裴国，一份智，一份力，都有回报，绝不落空！

"寡人应许你们，这个国家将来必定开疆扩土，你们每个人都将拥有土地和财富。在裴国，一份开拓，一场战斗，都有所得，绝不落空！"

从来没有哪个国君做过如此应许。岑诺身边的这些人，不久之前还是流徒、贫民的裴国人，一个个都激动得呼吸急促起来。

"但是，你们都知道，裴国建在这座大山里头，离开中原千里，离最近的大周诸侯国也有两百里。我们是在一片莽荒之中，筚路蓝缕，创建这座城市，创建这个国家……"裴寄的声音渐渐低落下去，"裴国需要天佑，需要福泽……裴国，需要向天祈祷，才能活得下去。"

众人的心又慢慢地沉了下来。裴寄说得没有错，甚至还算客气。这些天南地北来的人深知自己的处境，说得难听点，这里甚至连流徒原先要去的戎所都不如，好歹那里还是大周的地界，还有已经存在的城邑、坞垒，这里什么都没有，唯一拥有的仅仅是看上去不那么重要的自由而已。

"都抬起头来！"裴寄忽然暴喝一声。

人们顺从地抬起头来。裴寄指着脚下那一串待毙的囚徒，大声道："为庆贺裴国建立，汉水方伯唐侯下令送来了一批死囚。今天，我就要问问你们——裴国人，你们怎么看？"

人群之中顿时响起"叽叽喳喳"的声音。

裴寄说到天佑、福泽,其实大多数人心中都懂了。天佑只能以血荐之,这是从黄帝时代传下的规矩。传说在最后一次神仙战争中,跟随伏羲大神向仙界进军之前,黄帝曾向天献祭了自己的长子,这才得到天佑,在仙界亲手斩下夏耕大神的头颅,终结了昊阊大帝的统治。从此以后,一切天佑的说辞都必须祭之以血,否则祈祷便会反噬,谁也承担不起上天降罪。

稍一迟疑,刚才用石头砸死囚的那壮汉便大声道:"还用问吗?杀人衅血,柴燎祭天!"

"祭天!祭天!"几个人跟着喊起来。

"古代祭天谓之暴,"一个老头颤巍巍地喊道,"暴晒十日而死,可免血污!"

"死老头子什么都不懂!"那壮汉道,"祭天就是要血!血!"

越来越多的人跟着起哄,那一群死囚个个面如死灰,连最桀骜不驯的那人都低下了头,牙齿咬得咯咯作响。

岑诺冷眼瞧去,其实大多数裴国人都没有跟着附和,而是脸色发青。什么柴燎祭天、杀人衅血,就在不久之前还是悬在一大半裴国人头上的噩梦。那几十个人闹得越凶,周围的人越是恐惧地后退。

他抬头看见裴寄背着手,在祭台上慢慢地走着,观察着人们的动静。岑诺心中一动,忽然之间哈哈大笑起来。

周围的人都不解地看着他。岑诺见那壮汉还在起劲地叫,顺手从地下捡起一块拳头大的石头,转头对尹六道:"你,跟我来。"

尹六迷茫地道:"啊——啊?"

岑诺坦然自若地走到那壮汉身后。壮汉正在跳着狂喊,丝毫没留意到这个满脸带笑的小子靠近自己。岑诺站在他身后,伸长手臂比画了一下。

"喂……岑……岑娃子!"尹六惊叫起来。

岑诺哪里等尹六叫出第二声,抡圆了胳膊一石头砸在那壮汉后背上。壮汉惨叫一声,往前跟跄了几步,回头一看,身后一个还没自己胸口高的半大小子正一脸无辜地看着自己,手指着他身后另一个汉子。那壮汉怒吼一声,冲着尹六就扑了上去。尹六惊叫着喊冤,壮汉哪里肯听?早被壮汉扑倒在地,扭打成一团,周围看清原委的人们顿时哄笑起来。

有人在社祭中扭打!中大夫赵石终于没法再装傻了,立刻过来大声喝止。几名侍从上前连踢带打,把壮汉和尹六分开,尹六大声尖叫冤枉,却无人肯听,几根禁杖往脖子上一夹,两个人都被死死地摁在了地下。周围的哄笑声更大,祭台下沉重的气氛一扫而空。

裴寄听见哄笑,也转了过来。赵石吓得脸都白了,跪下道:"主君息怒!是两个贱民互殴,已经把他们抓起来了!"

裴寄面色平静,一眼瞧见岑诺正站在被摁在地下的两人旁边,便微微一笑:"怎么了?"

"国君,这两人并无过错,"岑诺向裴寄一拱手,大声道,"他们是在殴戏。"

"哦?怎么讲?"

"昔日,先太师、齐侯姜尚在临淄立国的时候,就有百子殴戏,先太师以为此乃吉兆,并未惩罚任何人,齐国从此征战四方,国力遂强。"岑诺道,"今日我裴国立国社祭,国民欢喜难禁,至有殴戏者,这是吉兆。这二人不当受罚。"

裴寄点点头,道:"说得好。放开他们。"

几名侍从松开手,那壮汉一脸茫然,连连磕头称谢。尹六知道是被岑诺害了，但他吓破了胆，只要捡回一条命就谢天谢地了，忙也跟着胡乱磕头。

"好了，还不赶紧退下！"赵石叱道，"社祭大礼，岂容尔等胡来！"

"等一下！"岑诺双手一扬，大声道："今日还有一个吉兆，才是真正的祥瑞。"

赵石一愣，怒道："你胡说八道，哪有什么……"忽然惊觉，慌忙捂住嘴巴。

在周围人快乐的哄笑声中，岑诺上前两步，指着那一串死囚道："天欲光大裴国，天降祥瑞，在下恭贺国君！"

"哦？"裴寄眉头一扬，"怎么说？"

"裴国在蛮荒立国，百敌环伺，唯一能与国君共存亡的只有裴国的国人……不管他们来自哪个国家，他们都是与我等同文同种的周人！今日我裴国一口气便增加了二十人，岂不是天降祥瑞？"

裴寄眉毛微挑，沉吟不语。赵石忍不住吼道："这些都是待毙之囚，怎算祥瑞！"

"死与不死，全在国君的一句话，不由中大夫决定。"

"胡说八道！"赵石急了眼，"马上就要砍了这些人祭祀，你好大的胆子，胆敢破坏社祭大礼！"

"是吗？中大夫可知，先文王四年颁布的《佑民诰》，我大周从此禁绝一切活人祭祀？"岑诺毫不畏惧地瞪着赵石，"敢问中大夫，你是要学那前商暴君，杀人祭天吗？！"

赵石刹那间整张脸骇得惨白——旁边站着看热闹的人或许不知道，但这个罪名在卿大夫中可是死罪。他脚下一软，差点给岑诺跪倒，好在他心中尚有一丝清明，拼命转过身，向着裴寄大礼跪倒，哆嗦着道："主君！别……别听这小子的鬼话！主君已经向天祈祷，必须以血祭天！主君，大事不能胡来啊！"

"今日在裴国的人，哪个不是流汗流血，才能随国君建起这座城池？"岑诺大声道，"屠杀无辜者流的血，怎比得上为国流的血！将来这些人中，只要有一人为裴国而战，为裴国而死，便非今日白白枉死可比！"

赵石拙于辩才，自知根本说不过岑诺，只是叩头，叫道："主君，主君三思啊！"

一双黑色硬底云纹鞋出现在他面前，裴寄冷冷地道："中大夫，站起来。"

赵石手软脚软，挣扎着站起来。裴寄也不管他，淡然地瞥了一眼岑诺，转身向死囚走去。他是真正统领过大军、手刃过强敌的卿士寮中大夫，肃杀之气远超普通人，吓得死囚全都瘫软成一团。

那唯一抗争的人却咬牙跪着，倔强地盯着裴寄。

"名字？"裴寄平静地问。

"熙鲸！"那人粗声粗气地吼道。

"哪里人？"

"邢……邢国！"

裴寄猛地高举起剑，熙鲸梗着脖子闭上眼大喊一声。"嚓"的一声，熙鲸忽然浑身一松，睁开眼看时，紧缚住自己四肢的绳索已被一剑斩断。

"现在不是了，"裴寄淡淡地道，随即转身大声道，"现在你们，都已经是裴国人！"

整个祭台上下，死一般地沉默。

"赖天之灵，裴国有了新的子民。从今往后，非十恶不赦、大奸大恶之人，天下的流徒，只要踏上我裴国的土地，愿意与我裴国同生共死，就是裴国的子民!"裴寄大声道,"将我的话传到五湖四海,咸与天下知晓!"

"啊!"

熙鲸声嘶力竭地号叫起来。现场顿时炸开了锅,人们蜂拥般冲向死囚,死囚死里逃生的狂喊与国人欣喜若狂的欢呼响成一片。

裴寄将手中长剑一扔,跟在他身后的胖子忙捡起来,媚笑着还入剑鞘。

"来吧,擂起鼓,奏起乐,"裴寄张开双臂喊道,"跳起舞来!"

岑诺心头猛地一紧,抬头望去,却见风拂若那双黑得深不见底的眸子,正幽幽地看着自己。

不知何时,她已身着盛装站在离他不远的祭台阶梯旁,黑如深夜的秀发披散在肩头,两条鲜红的丝带从鬓边垂下。雪白的曳地长袍上满是连绵不断的淡黄色云纹,两名侍女跪在她身后,为她捧起长裙的下摆。

无论是面对诏狱、分解的尸骸还是一国之君,从来没有丝毫动摇过的岑诺,心"怦怦怦"地乱跳起来。

两人隔着三丈远,周围的喧闹声震耳欲聋,根本没办法说话,只能相互凝视着。风拂若竖起一根手指轻轻在空中画了个圈儿,一股温暖而馨香的微风刮过岑诺的脸庞。岑诺下意识地用手拂面,心中一热,似乎一个月来的种种磨难、辛苦、挣扎,在这瞬间便化作暖流流入心中。

岑诺长舒了口气,点头示意。风拂若嘴角边的笑意一闪而逝,转过身,在两名侍女的扶持下,庄严地踏上祭台。

岑诺注视着她的背影,看见被疾风刮落的枫叶旋转着落在风拂若的肩头……他有些恍惚,仿佛一阵风刮过,将他心底里满满的计谋、城府、韬略、梦想、野心……统统刮得一干二净。很久很久以后,他甚至都记不清当天大祭礼上的亩田春日和舞究竟是什么模样……

一切都美不过枫叶落在舞者肩头的那一瞬。

忽然,"嗒"的一声,一粒冰冷的东西落在他的额头,岑诺一抹,手中多了一粒冰凉的雪珠。

他疑惑地抬起头,看着天上忽然堆满的彤云。不对,这不是梦……这也不是冬天,但是"滴滴答答"地,越来越多的雪珠从天而降,周围响起了众人惊讶的喊声。

岑诺终于确定,这不是梦。不知道是何原因,他清晰地感觉到,自己的灵魂和命运都和那个女子深深地绑在了一起。她好似无处不在的风,时时刻刻都在自己身旁。

周围的人都不明白,这个看上去憨憨的小子为何看着满天雪珠子笑了起来。雪越下越大,人们却越挤越拢,围绕在宽大的祭台四周,看着巫女长袖飘飘卷动大雪的舞姿。

在这支已有整整一百二十七年未曾跳过的舞跳起之时,已经进入盛夏的裴国当阳下了一场大雪。雪一直下到第二日,皑皑白雪将裴国的山山水水完全覆盖。

因为重重山峦的阻隔,裴都之外几乎没有人看见这场罕见的大雪。但也并非无人知晓。

天亮的时候,在很远很远的地方,已经有人瞧见了这场舞蹈所带来的周天之气的逆转。

·

第二章

> 东昆仑八隅神城
> 穆王三年夏六月

太阳即将升起。

站在白露梁上望去,遥远东方那一层灰蒙之上,数道巨大的霞光刺破天穹。

那一片无上无下的灰蒙并非普通云层。

其实那里根本没有云。云层到不了那等高度。

但那也不是虚无。在凡界没有真的虚无,虚无太过虚空渊妙,无法存在于清、浊混沌构成的凡界之中。

那是介于虚无与实在、无尽与有限、凡与非凡、神与非神、秩序与混乱之间的某物……数千年来,凡界的开化之族为之着迷,为之神往,为之倾倒,甚至为之存在,或为之毁灭。

他们给它取了无数的名字,每一个名字都代表着某个创世神话、某位创造神,甚至可以一直上溯到始神。

这个世界一共有三位始神:时间之神静,周天之神爱庆,以及创造万物的东皇太一。

世界唯一的祖神盘古,在用他那把神斧"开物"劈开这混沌后,便一直居于混沌之外。混沌虽被劈开,清者上升,浊者下沉,然而混沌依旧是混沌,除去浩渺的烟尘,一无所有。

始神东皇太一经历累世,在时间之神静和周天之神爱庆的辅佐下改造混沌,作为万物基础,并以之构建天下。今日凡界所见所闻所知的一切,都源自东皇太一那近乎永不枯竭的神力,历经沧桑,逐渐成形。因此,盘古去后,东皇太一取而代之,成为混沌世界的最高神——正神。

东皇太一创造世界的秘密,现在已经尽人皆知——他将自己的无穷神力,分解为五行之力,将混沌抽丝剥茧,一一纳入五行之中。有形则有质,有质乃有相。五行生,天地平,万物由一而生。

可惜创造这一切的东皇太一,已经不在这个世界上了。

十六万七千五百年前,正在仙界碧空岛碧黎殿中端坐,等待众神前来朝觐的东皇太一忽然心中生念。作为世间唯一的统治神,他的神念难以言喻、难以描述,一动念间,三千年便过去了,世间反反复复,又不知多少个春秋。

《天下兴平记》载:"东皇太一诏令天下众神朝觐。东皇太一居神界甚久,神念飞升,欲脱离周天之境,入虚无缥缈。飞升前,欲观天下众神,可立者,立以为正神。"

东皇太一已经知道自己大限将至,他想要逆创世神盘古真身返回凡界化作日月星辰的做法,飞升脱离神界,去往世界之外,成为亘古不灭的存在。

在此之前,他须得召见天下众神,将正神之位传于后继者,令天下安泰,如此他便可逍遥飞升。为此,他不得不从神界来到由空间之神昊阖为他专门在仙界建造的碧空岛碧黎殿,等待诸神到来。

可是左等右等,没有一名神祇来到碧黎殿中。这便是东皇太一神念一动的原因——神祇都上哪里去了?竟敢不响应他这正神的诏令?

他站起身来,决定亲自到殿外看看。他迈下神座——就在这时,神座前的地面刹那间虚化,东皇太一这一步踩入了完全游离于仙界之外的另一个空间。即便以正神之尊,他也在恍惚间失去平衡,不由得重重摔倒在地。

他抬起头来——空间之神昊阖浑身笼罩着扭曲虚无产生的黑烟,出现在他身旁。东皇太一神念乍动,已然洞悉一切:一万年来昊阖的野心、计谋、准备、策划,空间的扭曲,诸神的压服,甚至是数万年后的神仙战争、众神的陨落……

他在那一瞬间知晓了数万年前他不知道的事,以及数万年后还没有发生的事。可惜无论怎样都已太晚。昊阖将那柄名叫断痕的神剑用力劈下,无所不知的东皇太一大神却只能狼狈而徒劳地伸出双手格挡,断痕如劈开空气般斩断了那两只手,又狠狠地劈开了东皇太一的头颅。

正神在神界乃虚无的存在,距离世界之外的缥缈只差一步之遥。可是东皇太一受昊阖所骗下到仙界,便有了半虚半真的实体,而断痕这把神剑剑如其名,能斩断虚空幻影。

于是,当不得其门而入的众神终于等到碧黎殿大门开启的那一刻,他们心惊胆战地步入大殿,只见大神昊阖端坐大殿之上,怀中抱着东皇太一的尸身——大神在做什么?大神正在撕扯、吞噬始神的身躯!东皇太一强烈的意志在殿中奔驰咆哮,众神魂飞魄散、匍匐在地,眼睁睁地看着自盘古开天地以来便君临天下的东皇太一的神体被昊阎吞噬一空，并由此宣告昊阎取代东皇太一，成为君临整个世界的正神。

自那之后，又不知过去多少岁月。

被断痕斩下的两只手坠落凡尘，化作了一对兄妹神明。这一对兄妹神明在昆仑盘古的遗骸中——传说他们受到盘古遗骸的庇佑——生活了数千年，终于兄妹交媾，生下了人身蛇尾的巫族，并在此登仙。后又历万年之久，在同样由他们创造的人族的帮助下，打败昊阎，进入神界，重新掌握了整个世界的统治权。

获得统治权的兄妹中的哥哥伏羲，在得知昊阎已然失踪的消息后，脱去沾满诸神神血的战衣，独自走入碧黎神殿，将他的妹妹女娲、人族英雄黄帝及其十二神将等，统统关在门外。

他独自在神殿中思考了一夜。

这"一夜"是如此定义的：伏羲大神在里面待了多久，天下就黑了多久。曾经日日升起的太阳无影无踪，只有月亮高挂在天上。凡界失去了太阳的光辉，顿时陷入数十年可怕的荒凉之中，而那些在众神战争中站错了队、被伏羲发配到凡界的神明更是惶恐不安，他们永不衰朽的神体看样子也要寿终了。

因为伏羲大神一直无声无息地待在殿中，在黄帝的授意下，身为十二神将之一的昴化作一只雄鸡，在殿外鸣叫。自古以来都是母鸡下蛋后鸣叫，这开天辟地的第一声雄鸡之鸣，使火红日头跃起于东方的海面，天下骤然大白。

碧黎神殿亦在那一刻土崩瓦解，粉碎成泥。待烟尘散尽后，诸神没有在灰烬中找到伏羲大神的神体。他已经脱离了仙界，高高地上升到神界，并且关闭了仙界通往神界的大门。

第二章

《天文纪年》载:"伏羲大神降下神谕:其令以太素、鸿蒙分野,三界壅闭,神、仙、凡各居其位,勿使相通。其有不顺者贬。其以日出之时,为元年元月元日元时。"

神界与仙界、仙界与凡界之间的通道从此关闭。周天之神爰庆响应了伏羲的召唤,从太阳升起的那一刻起,令周天之气重新运行,从此在凡界与仙界之间,周天之气成为一道永远的屏障,"秩序"取代了"混乱",一切都依照周天之气而运转,天下大势,从此由神人共同决断。

——这就是在白露梁上望去,遥远东方那一层灰蒙之物。

那不是绝对的虚空,那里有一种叫作鸿蒙的极轻极淡之物。

它在凡界之巅流动,起自东海碧涛之始,终于西海沙漠之尽头,这种流动,便叫作周天之气。

每日日出之时,巫闲都要在白露梁边上欣赏日出。在这个位置能够俯瞰整个八隅神城,要是视力够好,几乎能远眺到千里之外的蜀山。但是他从来都不看上一眼。他只关注日出,看太阳如一轮火球般从极东之虚无中出现,刹那间光芒万丈,就如同八千九百多年前的"元年元月元日"时一样。

凡界传说,白露梁是凡界最高之所在。这实在是胡说八道,凡界真正最高处乃与西昆仑相邻而立的缥缈、雷鸣二峰,其中缥缈峰绝世而立,乃凡界最高峰。只不过对中原的凡人而言,西昆仑远在数万里外,与中原几乎不通,而缥缈、雷鸣二峰又是天下第一修仙洞府泮宫之主西王圣母的居殿,就连泮宫弟子也无法登顶缥缈峰,凡人自然知之甚少。

倒是地近中原、乘坐浮空舟便可抵达的八隅神城,天下人皆知是"世间第一神城",无知凡人把这里当作他们所知的凡界之巅,自也无可厚非。

巫族本是伏羲大神与女娲大神兄妹相通所生的后裔，乃是真正的神裔。随着两位大神离开凡界，数千年以降，巫人的血脉也慢慢降为与凡夫俗子无异。六千多年前，巫族第四代大长老巫隅主持修建八隅神城，名虽为神，却是巫人从神裔堕落为凡界之族的重要标志。从那时起，巫人便生于八隅，长于八隅，从伏羲大神在凡界的代表，渐渐蜕化为争霸凡界、称霸一方的"巫族"。

今时今日，巫族在凡界尚存的一丁点受世间诸族认同的神裔身份，来源有三——南天门、史官厅、天下帖。

以上三者，皆是神迹的代表。

巫族的史官厅乃天下历史的记录之所在。在白露梁悬崖边上，那座用神树建木所建造的气势恢宏的庞殿，便是史官厅。

庞殿建筑形式简单，看上去就是一道长长屋脊，下面是高高的殿堂，屋梁上没有装饰的兽头，瓦无瓦当，门、柱、墙没有任何修饰，唯清漆涂为黑色而已。

然而这是世间最高大的殿，高三十三丈又三尺七寸，比现今镐京明堂宫核心的明堂殿——算上其座下的三层高台——还要高大。巫隅当年雄心万丈，要令巫族摆脱一千多年来被黄帝世系压制的窘境，重返神裔之尊，因此决心建造一座存放一切典籍的殿堂。此殿修造历时七十一年，以神树建木为基础，杂以无比珍贵的龙骨木以及数不清的巫族秘符混合建造而成，其后又花了整个巫族将近七百年的心力，才将自开天辟地以来的历史典籍抄本统统收罗于此殿中。

一切收集完毕那日，正神伏羲便自飞升神界以来第一次——也是最后一次——下到凡界，进入庞殿。正神如何翻阅，又查看了哪些典籍，自然无人得知，但一刻钟后神灵离开，巫人启阁而入，便见满地满架散落着帛书、竹简、符文,甚至有数十卷书永久地悬浮在空气中,半敞开着,保持当日正神阅览它们时的模样。从那时起到现在——并到无穷远的将来——庑殿底部两层藏书阁便永远保持着这一幕,无论岁月如何更迭,白露梁下云海涨了又落,这里仍永无变化。

伏羲大神对巫人记载天下之事十分欣赏,于是降下神恩,允准巫人书写"正在发生的历史",这便是巫闲的职位——保章氏。

梁下的庑殿传来清脆悦耳的钟声,巫闲深深地吸了一口冷冽的空气,转身步下山梁。

远远看去,高大的庑殿似乎是建筑在白露梁的绝壁上,近看才知道,庑殿本身与绝壁并无相交——侧面没有相接,下面更无任何支撑,完全是靠着难以言喻的神力悬在绝壁外的空中。从梁上有一座木桥通向庑殿,厚厚的一块木板而已,没有任何遮拦,桥下是近千丈高的深谷。巫闲背着手,略有心事地走过木桥,几乎没有注意到桥下那一浪一浪拍打在绝壁上的云海。

木桥通往庑殿的顶层。大步迈过一丈宽、三尺厚的大门,巫闲没有理会那站得笔直的八名虎贲,直接走侧面的小梯,下了一层。饶是如此,那八名虎贲还是不敢大意,依次跟在他身后。

这些身躯庞大的虎贲并非大周所谓的虎贲卫——恰恰相反,虎贲卫这名字正是来自他们这一族。这些身高一丈有余、虎头人身的护卫,来自堕神族虎族。自从六千多年前他们的祖神消失,他们便一直在人间流浪,直到与巫族相遇,成为巫族世代雇佣的侍卫——虎贲身形巨大、力大无穷、敏捷无比,且忠心不二,实在是世间难得一见的侍卫首选。仰慕巫族的周人也为之倾倒,便将拱卫王室的精锐武人称为"虎贲卫",以求能借助虎贲的威名。

位于庑殿底部的第三层殿堂十分通透，正面一排落地长窗几乎横亘整个庑殿，每扇窗都高达三丈，垂着素色的纱幕，阳光透过纱幕柔和地投在殿中地板上。殿中摆放着数百架书柜，上上下下都塞满挂着标签的竹简。数十名身高仅如凡人幼童、头大身小的宿鬼正在忙忙碌碌地收拾着。

　　宿鬼亦是堕神族之一，曾经是某个神明留在凡界的玩物。他们被巫族收服的时间比虎贲还久，而且虎贲乃是被巫族雇佣，宿鬼一族却完完全全是巫族的奴婢，全族都在八隅城中服役。宿鬼个头虽小，看上去笨头笨脑，其实十分聪明，精通符咒、算术、器物和文字，是八隅城中不可或缺的存在。

　　宿鬼、虎贲都是堕神族中罕见的不受精神法力控制的种族，却偏偏都臣服于精神控制力乃凡界最强的巫族，一直以来都是世间难解的谜团。

　　距离楼梯近的宿鬼似乎早就知道巫闲会下来，全体垂手站在原地，低头行礼。巫闲轻轻步下楼梯，一言不发地走向大殿中央。

　　殿中央三四十丈方圆内，干净清透，只有一张不大的书案摆放在窗前。此时此刻，这张造型古朴简洁的木案正在疯狂地升腾起浓烟。

　　巫闲快步走到案前，抚摸了一下案面。案面干燥而冰冷，实在看不出浓烟是怎样从那质地紧密、光可鉴人的神木案面冒出来的。

　　他没有犹豫，直接在案前坐了下来。

　　窗外阳光穿透纱幕，穿透那无形无质的烟雾，大殿中的光影变得光怪陆离，闪烁不定。镜面般的书案上，五彩斑斓的光影如幽灵般倏忽变化。

　　巫闲静坐了好一会儿，才慢慢伸出右手，在烟雾中一抓，便将一支粗大的毛笔抓在手中。他左手在案面上慢慢移过，好像在展开一张看不见的缣帛……事实上，随着左手的移动，真有一张似缣帛又非缣帛的半透明之物出现在案上——火浣纱。

这不是普通的缣帛。宿鬼族人用昆仑山上的火浣草，沤烂了，一层一层地糊在细纱上。待得细纱干透，用火烧之——附着在纱上的草绒遇火焚光，留下一层似纱非纱的东西，那便是火浣纱。整个凡间，也只有八隅城的史官厅才能拥有这样的缣帛，人间帝王亦无福消受。

两名宿鬼从书架间走出来，牵着一头矮小如豚的动物。那动物长得粗陋，一身褐色短毛，不过奇怪的是短毛并非全为一色，而是深浅不一，隐然组成一圈一圈符文般的图案；从毛发上看，此乃天然生成，绝非人工修饰。这种豚一样的动物叫作"寄麟"，与传说中的神兽麒麟只有一字之差。在八隅城中，巫人圈养这种天然具有符文之力的动物作为法器的载物。

寄麟拖着一辆吱吱作响的小车，车上载着一口浅浅的鉴。来到几案边，两名宿鬼合力将鉴托起，放在案边，又垂着手庄严地退下。拉车的寄麟却不走，哼哼着趴在案下。

巫闲摸了摸寄麟浅浅的毛发，揭开了鉴上的盖子。阳光射进浅浅的鉴中，内里微波摇动，明明是液体，却不反射一点阳光。

巫闲用毛笔在鉴中吸饱了液体，提起笔来，却不急着落笔，微微沉吟了一会儿——他不是在沉吟，事实上，在那一会儿，他心中什么也没有想。

史官厅中一片屏气凝神，无人敢出大气，连那在大殿穹顶之上呜咽的风声都小了下去。

静寂的殿中，只有寄麟在哼哼着。

突然，巫闲动了。

笔尖稳稳地落在火浣纱之上，墨色竟是血红。他一落笔，便毫不迟疑地写下去：

> 历 天文八千九百七十七年
> 天子返京
> 耶邪马台南迁
> 裴寄建裴国于当阳

偌大的二十九个殷红的字，端端正正落在火浣纱上。最后一个字弯弯转转地刚写完，从案面上升蒸出的烟气便骤然停止。巫闲疲累得仿佛抄写了一万字那般，抬起头长吁一口气，看着余烟袅袅升上殿顶的藻井。

这便是加诸巫族的第二个神迹"天下帖"。伏羲大神的神恩，永久地盘萦于这座殿堂中，每当有影响、动摇天下的重大事件发生时，名为"漆宝案"的神木书案就会升起青烟，而代代相传的巫族保章氏须得端坐于此案前，用龙血写下正在发生的历史，号称"龙血史笔"。写的人并不知所写为何物，一旦落笔，便永不能更改——龙血痕迹无法擦去，火浣纱则是火烬之物，水火不侵，永不毁坏。至于用龙血写下，那一定是正在发生的、即将影响天下的历史。

即便是仰仗神恩，写下这重逾万斤的历史也耗尽了巫闲的体力。青烟不再冒出，殿中的光影也不再闪烁。宿鬼一个个忙自己的事务去了，几名宿鬼轻手轻脚地过来为巫闲按摩肩背。

巫闲摆摆手，让他们退下。他确实疲累不堪，但今天有些特别……他需要好好想想……

做了将近三百年的保章氏，巫闲已算是阅尽天下之事。大到巫族、周人联手逆周天之气覆亡前商，小到齐晋这样的诸侯国建立，或是东海鲛人建立城市，只要属于影响"天下"的事，漆宝案便会升起烟雾，留下历史。

可是今日所记录的"裴寄建裴国于当阳"是什么意思？裴寄？这是人名？按史书的定例，建国者称其氏，比如当年周克商时，头一年的记录还是"姬发伐殷,盟于河津",第二年武王在朝歌斩下纣王的头颅,那一年开春时的记录便是"周王克商于殷都"。又比如,太公望在史书中一再以"姜尚"的名字出现,待他受封齐国,此事的记录则是"齐侯立国"。

何以这个裴寄,连个新氏都没有,就创建了国家?裴国,那是个什么国?哪有直接用国君的旧氏做国名的诸侯国?周人分封诸侯十分讲究,国名都是由天子亲自裁定,自开国以来分封了近千诸侯国,没有哪个是以国君旧氏为国名的,对这一点,周人自己恐怕都还没有保章氏巫闲清楚。

巫闲凝神想了片刻,也不记得这个裴国的当阳在哪里。更为关键的是——齐国,与东夷作战百年,改变了千里海岱的局势;晋国,世镇北境,是大周抵抗北戎南下、维系整个中原版图的核心。这样的诸侯国家,几乎每隔几年就会出现在火浣纱上,毫不奇怪。可裴这个国家究竟为何物,竟然也会出现?

一定有一件无人知晓的大事正在发生,它甚至影响了周天之气的流转,才会被记载于天下帖上。

寄麟在案下哼哼着,巫闲摸了摸它短短的毛发、暖暖的身子,定下神来。

人世间发生的一切,皆有定数,乃是依照周天之气的流转而运行的。既然他已依照神恩所示,将这一切记录下来,那么一切已成定论,接下来,就该那些凡间的君王将相去担心这些事了。八隅神城高高在上,凡间众庶只能仰望,就如云海永远无法漫过白露梁一样,凡间之事与神城圣域了无干系。

他微一凝目,十余丈外一名虎贲便已感知他的召唤,忙走上前,屈身待命。

巫闲将天下帖小心地卷起，塞进一根赤金打造的细管中，用刻满符文、包着绒布的赤金塞塞好，递到虎贲手中，道："拿下去，交太玄存档。"

"喏。"

"再让他们复录一份。"

"喏。"

"交给……"巫闲略沉吟一下，盘算着自己这么做可能带来的后果，"观风阁，让他们转交大周的执政。"

虎贲一一应喏，见巫闲不再说话，便将赤金管双手捧着，下楼去了。

巫闲站起身来，转向长窗。几名宿鬼赶紧拉开纱幕，将整个八隅城显露在他面前。

他站在窗前，沉吟远眺。今天天气不好，八隅城被滚滚云海淹没，极目望去，只能看见两三个冒出云海的塔顶，被阳光映照得闪闪发光。在云海的前方，是虚空的鸿蒙。在那片鸿蒙的底下，应该就是中原了吧？

不知道那个叫作"裴"的国家，到底在什么样的地方？巫闲发现自己的思绪已经离不开那个奇怪的小国了。

一匹翅展宽达六丈的飞廉从他脚下的殿宇中跃出，先向下坠落了一百多丈，这才猛然张开翅膀，乘着强烈的寒风滑向云海。那名虎贲骑在飞廉背上。巫闲知道，下面太玄阁中的复录工作已经完成，他的龙血史笔现在已经存放在万年阴沉木制作的书架之上，而这名虎贲将在半个时辰内，将复录稿送到八隅城君巫昊的手中。

要不到三天，承载这几十个字的飞书就会送到数千里之外的大周京师。巫闲的思绪随着飞廉飘飘悠悠地飞向云海——听闻大周现在的执政不过是个十七岁的小孩，即便以人族的寿考来计算也尚未成年。这样的一个孩子，该如何来理解这段历史所代表的含义呢？

第三章

> **大周王畿镐京**
> 穆王三年夏六月

　　远远出乎保章氏大人预料的是，大周的监国——周公姬瞒——只略略眨了下眼睛，就明白了他百思不得其解的事情。

　　"看来这步棋走对了。"姬瞒放下那薄如蝉翼的帛书，注视着御车窗外不断闪过的景色，喃喃道，"在荆楚的棋盘里下一粒子，果然不同凡响。"

　　"哦？"坐在他身旁的齐侯挪动了一下身子，"殿下也是这样看？"

　　"老师说过，真正的棋手，要看得懂闲子。"姬瞒懒洋洋地道，"裴国这步闲子，如果荆楚有人看破，那倒真是强劲对手，嘿。"

　　齐侯微微一笑。他现在的正式职衔是少师、齐侯、卿士寮首卿，理论上也是姬瞒的师父，姬瞒的史和占都是由他亲自教授的。但姬瞒口中的老师只有一位，便是那师氏世袭首领、东八师的统帅师亚夫。

但这个姬瞒曾事之如父的人，现在已不在姬瞒身旁。

表面上看，去年姬瞒亲自掀起的政争大获全胜，师亚夫在幕后运筹帷幄居功至伟。然而窦公的下台、岑伯的自杀，并没有平息此次政争带来的滔天巨浪。先昭王是康王的第五子，康王十六子中，唯有他只有两个儿子，势单力孤。要不是窦公当年潜回镐京拥立穆王，当今的天子可能早就换作是康王其他儿子了。

窦公败政后，天子和周公年齿尚幼，正是主少国疑之时。姬瞒倒窦的精彩细节并没有传出去，反倒是国人喜闻乐见的各种演义传遍天下。本就对昭王一系虎视眈眈的康王诸子，借着倒窦引起的风浪暗中运作，政争过去了快一年，京师仍是骚然不宁。今年三月，一直默默支持姬瞒的师亚夫终于扛不住"擅自调动东八师"的弹劾，黯然出京，将姬瞒一个人留在了风雨愈发绵密的权力之巅。

车身微微摇晃，窗外传来御者唤马的哨声。齐侯偷偷看了一眼姬瞒，见他稳稳地坐着，脸上并无异样的神色。

他们二人乘坐的辂车是天子驾六的御车之一，四轮、六马，巨大的厢体用牛皮封顶，饰以金带围，四角竖立一丈高的旗纛，雄伟华丽，俗称"皮车"。自前商武丁以来，六驾都是天子的专用马车，人臣乘之者死。但姬瞒与天子姬满从生下来就同乘一车，天子登基之后专门下诏，除祭祀用的玉辂，其他天子车驾任由姬瞒乘坐，以示优崇。

天子……想到这位久违了的至尊，齐侯的心头不由得一紧。

去年十二月底，天子就离开了汉水庚城，但他仍然在外优游了整整三个月，直到三月底师亚夫离开了镐京，才施施然返回京师。然而，回到京师的天子只在库门接见了前来拜谒的文武百官，便掉转车头，去了城外的西六师驻地，自此再不踏足镐京一步，对外宣称是天子习射于召公。

天子回京不回宫，也是开天辟地头一遭。京师如今流言遍地，哪能放过如此精彩的大戏？都说天子惧怕周公滔天的权势不敢入城，只有在西六师的驻地里才睡得着觉——这流言十分下作，天子为此还专门下诏予以驳斥。但在齐侯看来，不解释才是正确做法。这么一解释，不该浑的水也浑了。

　　不，这不是解释。这是明示。天子已经不满自己弟弟的专权了。

　　去年姬瞒与窦公的政争是在九卿暗中支持下进行的。彼时召公陪同天子在庚城，窦公统率西六师和王畿诸军，其实是干着太保的事，但骤然插手行政，却惹翻了九卿。九卿最烦武人干政，岂能不跟着姬瞒倒窦？

　　但倒窦胜利之后的姬瞒却不知道收敛，从去年八月到今年三月，由姬瞒部署，卿士寮在全国范围内开展轰轰烈烈的"天下水利考"，是真的伤到了天下诸侯。利用督办水利之机，卿士寮将权力渗透到所有诸侯国的卿大夫中，大批诸侯的卿大夫成为卿士寮属员，被迫随着卿士寮的节奏起舞。诸侯则逐渐失去了对自己国家的掌控……

　　周公人在镐京，封地在洛邑，本就是天下的主宰。九卿却各有封国，即便身为执政，暗地里也对失去自己国家的控制权心怀不满。作为水利考的直接执行者，齐侯最是处境尴尬。一方面，水利考令他这个卿士寮首卿权势大涨，成为立国以来最具实权的首卿；另一方面，他还得自己咽下失去齐国控制权的苦果……个中滋味，真是难以言喻。

　　天子虽然年纪尚轻，却不是傻瓜。他人在南方，身边的扈从大臣都是方伯级的诸侯，这种事岂能瞒得过他的眼睛？他回京不回宫，本身就透露出强烈的政治意味，至于天子心中究竟怎么想的……

　　形势发展至此，入京担任卿士寮首卿数载的齐侯，平生第一次觉得自己看不清眼前的时局。齐侯不知道姬瞒是如何想的，但看他现在依旧大摇大摆乘坐天子皮车招摇过市,便知他根本没看清那些暗藏在平静水面之下的滚滚浊流。作为卿士寮首卿,齐侯的政治立场几乎必然与传统上主掌朝廷行政的周公保持一致,但……除了周公的那个"老师",天下有几人够胆在周公面前,道破他与天子之间的嫌隙?

皮车摇摇晃晃地前行,姬瞒和齐侯都沉默不语。车外不断传来战马嘶鸣,六十名虎贲卫骑士前呼后拥地拱卫着车驾,这也是天子才有的仪仗。身为太保的召公,虽然礼绝百僚,但也只能使用四十名虎贲卫而已。

想到这里,齐侯的头更疼了。

车身的颠簸加剧,他们出了镐京的西门,正向西北面那一片微微倾斜的台地驶去。绕过那片台地,便是大周朝的武力中心——西六师的所在。

忽然,姬瞒睁开眼道:"停车。"

匍匐在车厢角落里昏昏欲睡的寺人唤作仆荧,他一下子惊醒过来:"啊?啊?"

"停车。"姬瞒冷冷地道。

"啊?是!"仆荧抹了一把嘴角跳起来,"砰砰砰"地敲起车厢,"停驾!"

车厢外响起短促的号角声,车身立刻放缓了速度,"隆隆"地停了下来。仆荧跳起来,想要拉开后厢门,姬瞒摇摇手,自己拉开了小窗,向外望去。

这是一片缓缓起伏的小坡,坡上长满了芦苇,并无他物。虎贲卫不知道为何停车,立刻四散开来,将警戒范围扩大到三十丈之外。风吹动芦苇微微弯腰,露出那些弯弓搭箭、神情肃穆的武人。

姬瞒愣愣地注视芦苇丛,淡然的眼神中竟有一丝惆怅。齐侯和仆荧都不安起来,仆荧最是机警,立马趴下装死。齐侯呆了一下,硬着头皮打破沉默:"殿下……"

"这里叫作喊天堡,是一个……鸟不拉屎的地方。"

"哦,殿下对此微末之地也熟知于心?"

"孤曾在这里见过两个人。"

"哦?"

"一个垂死的老者,还有一个……眼睛好像明月一般的小孩。"姬瞒自失地一笑,"其实,比孤也小不到哪里去。"

"是哪个诸侯的家臣吗?"齐侯小心地问道。

姬瞒摇摇头:"看起来不像,只是仆役而已。"

齐侯不安地挪动了一下坐得发麻的腿。

"京师才是天下的核心,一切权力汇聚之所在。"姬瞒晦涩地道,"不管是天子也好,诸侯也罢,只有留在京师,才能号令天下。任何离开这座城市的人,都最终会被权力抛弃。"

齐侯悚然而惊,不由自主地跪立起来。"殿下,这……"

姬瞒点点头。

"真是至理名言……"齐侯在心中将这句话翻来覆去地品味,"这位老者,还说了什么?"

姬瞒仰起头,沉思半晌才道:"他说,他希望将来天下的人,即便是远方的小国寡民,都能在镐京受到优待。"

"难以置信。"齐侯道,"这位老者现在何处?"

姬瞒摇摇头,忽然眉头一皱,用力拉下小窗,拍着车壁大声道:"还待着干什么?走!"

沉重的车身一晃,又开始行驶起来。姬瞒闭上眼,背靠车壁沉默地坐着。齐侯看着他略显消瘦的侧脸和微微皱起的眉头,忽然间心中一沉——姬瞒知道了！不管他知道了什么，这必将是他最后一次乘坐皮车。他与天子之间无比信任依赖的时代，已经一去不复返！

从前天子不在镐京，姬瞒便是王权的代表；天子回来，权力便须重新回到他的手上，但用什么方式证明呢？他登基的第二个月就离开镐京去了南方，整整三年时间，权力都集中在姬瞒身上。加上倒窦政争大胜、水利考颁行天下，姬瞒的权势如日中天，天子要以何种方式宣告权力回到自己身上？

所以，他藏身西六师大营，并非是因为被权力抛弃，而是一种姿态——不得到姬瞒亲手奉上的权力，他绝不回宫。现在，姬瞒在等待了三个月之后，终于要向他的兄长认输了……亲自前往西六师大营，交还权力，还有这辆皮车……

这就是大周的政局。不要看周公在国家位置孤高、权倾朝野，一旦天子专权，那周公就只是个名位而已。而齐侯自己身为卿士寮首卿，虽然在政争中处于相对超然的地位，但政治终究是政治，没有人能完全置身事外。

就在三年前，姬满和姬瞒还是刚满十五岁的少年。在重臣拥立的大典上，两个脸色惨白的少年相依而坐的情景仿佛还在眼前，一转眼，便都是操弄政治的高手了。

齐侯深吸一口气，把脸转开。片刻之前，他还在担心姬瞒，现在他开始担心自己了，脸色也更加惨白。

皮车摇摇晃晃地行驶着，随着地面逐渐变得坚硬，颠簸得也越来越厉害。忽然，前方传来一声号角，皮车立刻放慢了速度。不一会儿，便听见御者低沉的声音：

"监国周公殿下、卿士寮首卿齐侯阁下车驾在此！"

皮车的速度越来越缓，齐侯并非第一次乘车进入西六师大营，即便以他卿士寮首卿在大周的地位，进入西六师照样得下车接受检查，通报之后方可入内。他正想着何时停车，忽然车速又提了起来，很快就恢复到全速行驶。

齐侯心中暗叹，这就是周公的权势，也是皮车这辆装潢精美的辂车所代表的权力。这样的权力令人目眩神迷，但一旦当权者失去它，也必将被它反噬。

大热的天，马车里又闷热不堪，齐侯却背上生寒，不由自主地捏紧了腰带上的玉钩。

"叔侯。"姬瞒忽然轻声道。

"……殿下！"齐侯猛然清醒过来，忙答道。

"就要见到陛下了，"姬瞒神色自若地道，"待会儿，咱们谈好的事，还得好好跟天子唠唠。"

齐侯哽了一下，才道："是！姜嗣明白。"

姬瞒点点头，不再说话。

皮车在六十名虎贲卫的护卫下，庄严地驶入西六师大营。这片大营，堪称古往今来第一大营盘，从一百六十多年前的文王时代就开始营建，时至今日，此处营盘已经囊括了六座被周人视为祖山的山脉，四条河流，数万顷土地、森林、田园。大周历代天子陵寝也在此大营范围之内，受到西六师总共六万七千余人的保护。

自武王伐纣、周代商兴以来，大周的行政、军政权力被精心地划分为壁垒森严的两个系统——周公一系从法统上占据行政权力，召公一系则世代将军政掌握在手中。周公可以在镐京城内明堂宫中，号令天下，无令不行，而召公所在的西六师则是这一切权力所依仗的基础——反过来，也是历代周公头上悬着的那把利剑。周公王若,不管有多"王",也只是个"若"而已。大周立国之初设立的政治制衡,已经深入这个国家礼法的每一个字眼之中。

但周公的权威,还是允许他在这片大营之中通行无阻。车队拐过一座山丘,前方出现一大片相互连接的木制城寨。刚过晌午,城寨中到处升起烟雾,一队队的车骑、步卒在大营附近集结、调动,一队队黑盔黑甲的骑兵在奔驰往来,队列中吹哨应答之声不绝。打着周公蛙旗的车队所经之处,行伍队列无不毕恭毕敬列队道边,行礼致敬。不到片刻,车队就直入城寨之中,在正中那座巨大的帐篷前停下。

待车一停稳,仆荧立刻推开车厢后门,跳下车去,将挂在车后的赤金打造的折叠步梯打开。齐侯先行下来,在阶梯边站好,等着扶姬瞒。不料姬瞒的身影刚刚出现,一个黑影猛地从齐侯身后蹿出来,抢在前面弯下腰,双手上举,大声道:"老臣恭迎殿下!"

齐侯被吓得退了两步,定神一看,却是头发胡子都已经花白了的堂堂番士寮首卿曾侯!姬瞒似乎也被吓了一跳,愣在车门前。曾侯笑道:"殿下来得好早,老臣前脚刚到,差一点没赶上迎接殿下。殿下,请!"

他高举着手,欲扶姬瞒下车。姬瞒愣怔,似乎拿不定主意,再抬眼一瞧,宋公子侈、兕公姬酉、晋侯姬松、虢公姬遣、宗伯姬祈等人都在驾前!

出城来见天子的事只有齐侯一人知晓,却不料在京的议政九卿全都先一步赶到!姬瞒心中顿生不祥之感,再看众人,虽然个个恭谨,却无人理睬曾侯,都离得远远地站着。

仅仅数年之前,曾侯不过是番士寮的列卿,靠着党附窦公才勉强挤入议政之列。在那场惊心动魄的倒窦政争的最后关头,身为窦公系核心干将的他亲手给姬瞒递上了捅向窦公的致命尖刀。窦公黯然离京后,曾侯便坐上了番士寮首卿的九卿之位——真正靠着资历、出身登上九卿之位的，哪个正眼瞧他？

但姬瞒不能不给他面子。在此非常时刻，若曾侯倒下，便意味着姬瞒自己政治控制力的彻底丧失。他咳嗽一声，扶着曾侯的手走下车驾。宋公等人这才上前，恭谨地与姬瞒行礼相见。

"诸卿都来了啊。"姬瞒淡淡地道。

"殿下安康，"宋公恭谨地道，"微臣受虢公之邀，一起来陛见天子。"

姬瞒目光转动，听懂了宋公话中的意思，不由得有些感动地道："宋公辛苦。"

"不敢。"

曾侯、宋公弯腰让路，姬瞒走到众臣中间。他的个头在人群中最矮，但众人哪里敢比他高，都恭敬地弯下腰来。姬瞒扫视一遍众人，就这么日日相见的几个人，今日瞧上去，似乎面目都有些看不清了。要是换了往日，他必要冷嘲热讽一顿，但现下哪有这番心思，只是淡淡地道："诸位辛苦了。既然都来了，咱们便一起觐见天子吧。"

众人齐声称是。姬瞒不再说话，领头站到大帐的台阶前，众人悄无声息地分班次站好。没人搭理曾侯，身为番士寮首卿的他，规规矩矩站到了队列的最后。

齐侯这才发现自己孤零零地站在一边，忙咳嗽一声走过去。众臣无声地后退，为他让出姬瞒身后的位置——无人敢于挑战大周卿士寮首卿的地位。

众人在台阶下等了片刻。此处不同于明堂宫，大帐周围数十名全副铠甲的甲士持戈而立，但个个站得像钉在地上一般，无人来理睬这群重臣。直到大帐中有人咳嗽，不一会儿便见一名内侍掀开帐帘出来。

那内侍亦是宫中老人，抬眼见姬瞒站在阶下，不由得一愣，揉揉眼睛，再一看，姬瞒和九卿都毕恭毕敬地站在台阶下，顿时脚下一软，"咕咚咕咚"从台阶上滚了下来，帽子都跌飞了。他哪里顾得上自己摔得鼻青脸肿，直接匍匐在地，惨叫道："奴婢不知殿下驾到，死罪！"

"这有什么？陛下不宣，臣等就在此等候。"姬瞒淡淡地道。

"殿下，"内侍破着喉咙道，"陛陛陛陛下不不……不在！"

"哦？"姬瞒的声音并未有什么变化，但身后九卿的头同时往下压了压。齐侯也不由得愣了——若无事奏请，九卿绝不会不请自来。但天子既然开了口，怎么又临时变卦了？难道……听到周公亲自前来的消息，天子竟然避而不见？齐侯心中疑云大起，看了看姬瞒的背影，犹豫着要不要干脆提醒姬瞒一下……

"舅公可在帐中？"姬瞒口气平静地问。

那内侍趴在地下不敢稍动，颤抖着道："……在，在的！"

姬瞒点点头，抬脚便走上阶梯。众大臣跟在他身后，毫不迟疑地迈过抖若筛糠的内侍，走入大帐。

中军大帐修建得极其考究，地下铺着一层砾石，数十根粗大的木梁将整个地面抬高到四尺悬空，再以漆木铺就光滑的地板，上面再覆盖踩上去几无声息的四层草垫。三根粗大的楠木立柱将巨大的牛皮帐幕高高撑起，给大帐留下两丈多高的空间。

大帐正中摆放着一张八足盘螭楠木巨榻，榻前安放着两溜共八张小榻。一位须发皆白的老者盘膝坐在巨榻中间，双肘撑在几案上，正聚精会神地看着案上的棋盘。听到众人进来，他头也不回，只扬了扬手，示意众人各自安坐。

诸大臣孰敢"安坐"，紧随姬瞒身后来到榻前。姬瞒拱手一礼，道：

"太保公,久违了。"

诸大臣一起跪下,齐声道:"小臣等拜见殿下!"

大周太保、天下各国诸侯军队统帅、召公姬宁终于转过脸来,向众人点点头:"诸公不必多礼,请起。"

待诸大臣站起来,姬瞒忙又跪倒拜下。"侄孙拜见舅公!您老人家可大安?"

召公姬宁的脸上终于掠过一丝笑容:"许久不见,你又长高了。快起来,陪舅公坐坐。"

姬瞒答应一声,爬起来,直接上了巨榻。巨榻正中的几案正好将巨榻分为两半,姬瞒毫不客气地与召公隔着几案并排而坐,下首的诸大臣这才各自按品级秩序入座。

坐在这榻上往下一瞧,朝廷九卿落座,毕恭毕敬地垂首屏气,不正是平日听政所见的光景吗?有那么片刻,姬瞒内心稍稍有些激动,但立刻又冷了下来。

天子刚刚离开,在他离开之前,还在和召公下棋。但他宁可落荒而逃也不愿意见自己一面。这话,可怎么说起?

他忍不住偷偷看了眼坐在身旁的召公,但见召公虽冷着脸,目光却在一众重臣间扫视。

作为先召公的最后一个儿子、康王的妻弟、昭王的舅舅、当今天子的舅公,召公姬宁在朝廷中乃是一座嵯峨的山峰。康王终生称他为弟,从不以官职相称;昭王见他,须得离席见礼;当今天子见他和姬瞒一样,先行朝礼,再跪拜行家礼。就是这么一个地位尊崇到无以复加的人,在长达七十五年的人生中一直与真正的朝廷大权失之交臂,只能老老实实做他的召公、太保。历代天子虽然尊崇,却不会让召公一系插手大周的行政。大周立国日久，国初时的军政并列早成过眼云烟，而今没有行政权的召公，对朝廷的影响还赶不上在座任意一个毕恭毕敬的九卿。

但是现在，情况不一样了。

天子回京不回宫，赖在召公的军营里，不管出于何种目的，只要他一天不返回明堂宫，召公在朝廷的政治影响力就会不断地上升。与康王、昭王明面上尊崇、背地里打压不同，当今天子一即位便在召公的陪同下去了南方，在南方待了整整三年。在此期间，不管姬瞒、窦公如何折腾，天子一直在以自己的诏令完成对天下诸国的号召和统治。毫无疑问，这些诏令都包含了召公的建言，甚至许多直接就是经召公之手发出。天子对召公的信赖，远远超出先王，甚至……

"诸公，"终于，召公开口了，"天步艰难，有赖诸公，朝廷宁静，陛下在南方，也甚是欣慰。"

"臣等不敢不尽心竭力。"诸大臣一起低头道。

姬瞒傲然地坐着。他虽然是来向天子低头，却不是来向召公低头的。大周立国百年，周召二公体系已经完全成形，不以人物的更换而变化。如果不是召公跟随天子去了南方三年，按理，他是没有资格代表天子说这话的。

"阿瞒，"召公转向周公，笑道，"多日未见，你倒好像比天子更高一头了。"

"阿瞒不敢。"姬瞒笑道，"从陛下登基那一日起，阿瞒就不能再与哥哥并肩而立，更不敢以臣论天子。"

召公熟视他良久，笑道："你果然是长大了。来！陛下刚刚才跟老夫下棋，下到一半就跑了。你来帮你哥下完，如何？"

姬瞒一坐上来就瞟了棋盘几眼，盘面上的落子清清楚楚。执黑先行的天子姬满是个臭棋篓子,在盘面上下得惊心动魄地烂。白棋用尽力气在敷衍黑棋,即便这样,黑棋也眼看着要满盘皆输的样子。

姬瞒稍一踌躇,便道:"舅公开了口,阿瞒敢不从命?只是阿瞒不太会下棋,还请舅公包涵。"

"不用多说,来吧。"召公说着,举起白棋便落了一子,显然是胸有成竹。姬瞒微一沉吟,应了一子。

"太保公……"见两个人竟然真的下起了棋,虢公忍不住道,"我等九卿,特地来觐见陛下,不知……"

"陛下刚刚打猎去了。"召公注视着棋盘,头也不抬地道。

"刚刚?"

"见到诸位的车驾驶进大营,天子便以打猎为名,避了出去。"召公淡淡地道。

"这是何意?!"虢公大声叫了出来,在场众人无不动容,"太保公!我等备位九卿,是为天子执掌天下的股肱,天子岂能避而不见?!"

"这、这、这真是……"

"臣等当立刻面见陛下!"

"太保公,汝要隔绝中外?!"

召公抬眼看看姬瞒,姬瞒凝视着棋盘,眼皮都不抬一下。召公微微一笑,又应了一手,才道:"诸公不用着急。天子不是不见各位,老夫也没权力隔绝中外。天子让老夫代他问各位一个问题。问题有了答案,天子心中忧虑尽去,自然就肯见各位了。"

"哦,什么问题?"虢公茫然地问。

"虢公,不可孟浪!"齐侯喝止道,"太保公,不管天子提不提问题,臣等答不答题,天子不见九卿,这事于理、于礼都不合。请太保公代为转达。"

"这还用你说？老夫自然已经劝诫了天子。"召公淡然道，"天子说，身为天下之任，当优游闲散，总大纲而已，不然要臣子何用？这也是天子周游南方时所遇仙人之言。"

齐侯脸上一红，咬着牙低下头。几大公卿都面色不善地瞪着眼前的座席，仿佛要从座席的缝隙里把天子瞪出来。天子南巡遇仙的事，早在民间传开，说是天子游历云梦泽时，见有老者，脚踩一叶渡波而来，传以治国之策。这些乱七八糟的谣言传到京师，齐侯下令惩戒了卿士寮两个嘴碎的中大夫，才算暂且平息，哪知道召公竟然当面提了出来！

"舅公，"姬瞒道，"王兄不是擅发诳语之人，遇仙之事必是有的。但是国朝传统，以德治国，非以仙道、诡道治国。齐侯家先祖先太师太公望出身仙门，从驾先文王、武王、成王、康王八十余载，闭口不提仙道之事。"说着，在一大堆白棋当中落了一子。

召公皱起眉头，思忖着应了一子。"这孩子，确是长大了些。是老夫失言了。"

"太保公，"曾侯谄媚地道，"陛下问了什么问题？微臣等若能为陛下解疑，那是臣子的本分。"

他话音刚落，周围就投来混杂了鄙视和愤怒的目光。谄媚君上，那是中层官员才干的事，似这一屋子九卿重臣，死谏天子、封还诏书才是他们的责任。但在场众人确也想知道，天子究竟问了什么，搞出这么个花样，因此瞪完曾侯，又一起望向召公。

召公端起茶杯抿了一口，目光一刻不曾离开棋盘，慢慢地道："陛下欲问九卿，譬如有人出猎，北山有狼，南山有豺，东园有鸦，有贼西来，当如何应对？以何为先？"

一时间，大帐里一片沉默。

周室秉承八隅神城巫人的传统，说话往往隐晦含蓄，即便是在朝堂上也常用代称。天子这话却说得十分明白，如今北方有北戎，南方有荆楚，东有东夷，而西方云中族的浮空城曜青，近年来以肉眼可见的速度渐渐逼近大周，一时之间可谓是四面皆敌，形势比昭王年间要险恶得多。

四面八方都是敌人，当如何应对？哪一方会优先开战？

这就是天子避而不见，故意给大臣留下的问题。看来，要是解决不了这个问题，天子会一直躲着不见大臣。

这是什么奇怪的天子！重臣们一时都涨红了脸。但天子问的是真正关乎国运的大事，又不能不答。

稍一沉吟，齐侯便欲开口，不料又被曾侯抢在前面。

"陛下圣明，如今天下承平，四海全盛，有些小小边患，不足为惧。"曾侯笑道，"以微臣看来，如今天下之患，南方最大，东方次之，北方又次之。至于西方的浮空城，据说是因为周天之气的影响，千百年来无一城真正靠近过中原。所以，以微臣之见，西方之患并不存在。"

"西方之患并不存在，很好。"召公淡淡地道，皱着眉头注视着棋盘。棋盘上现在黑子渐渐追了上来，场面上已经比天子留下的残局好看了很多。

"臣也赞同曾侯的说法。"宗伯跟着道，坐在他对面的齐侯只好再次怏怏地闭上嘴，"如今大患在南方。江水下游、云梦泽以及更远的南方荒服小国皆臣服楚国，荆楚的势力正在快速扩张，对我大周汉阳诸姬的压力与日俱增，绝不可小觑。"

"荆蛮叛服不定，确是隐忧。"宋公看了一眼齐侯，又看一眼姬瞒，小心地道，"不过，微臣以为，如今大周的心腹大患……"

"楚国诚然是祸害，四方之中，唯楚国最需提防！"虢公最看不惯宋公畏首畏尾，大声打断他道，"但如今国家真正的隐忧在内，不在外！"

齐侯长长地叹了口气，终于决定不再抢着发言了。虢公想尽办法，终于把话题绕到了今日诸大臣来此地的目的上——卿士寮、水利考。

召公眼皮都不抬一下，似乎在思考棋局，淡然道："家大业大，内忧外患，何时无之？你想说什么？"

虢公决绝地看了齐侯一眼，道："与前商不同，我大周以礼法立国，以德治天下。天下之重，在于诸侯藩屏。只要诸侯藩屏永固，大周四疆的边患，便不足为惧。"

"嗒"的一声，召公又下了一子，眼角余光扫了眼姬瞒。姬瞒面无表情地立刻回了一子，好像根本没听到虢公说的话。

"但如今，大周藩屏正在瓦解！"

"虢公，"齐侯皱眉道，"言重了。"

"我还未说，齐侯就觉得言重了？"虢公冷笑一声，"去年以来，卿士寮举着水利考的大旗，侵夺天下诸侯之权，难道就不嫌严重？天下诸国中大夫以上，尽数成为卿士寮之属，任意调动诸国人口、武备，开掘河池，丈量田亩，诸国国君只能束手旁观。请问，严重不严重？"

"只是水利调查与重建而已。"齐侯道。

"卿士寮稽查天下，这没什么大不了的，"晋侯咳嗽一声道，"但开阡陌、掘河道，这一来侵夺诸侯国之权，二来，行无用之役，天下骚然，这，这……"

"田亩丈量，是开国以来一直都在进行的，不然诸位封国时的千顷万亩哪里来的？至于水利，更不是一国一邦能兴建的，若不由卿士寮主持，靠谁？"一直沉默不语的兕公沉声道。

"若万事都要卿士寮主持,还要你我方伯何用?"晋侯道,"前商国何以灭?商王侵夺天下之权,动辄灭国亡族,王族内斗,百年不息,才被我大周一战灭国。我大周立国,分封诸侯,乃先周公旦一大创举!由外而内,外姓诸侯、同姓诸侯、畿内侯层层藩屏,大周国才稳如泰山!兕公以为然否?"

"先人不幸……"宋公仰头看天,苦笑着喃喃自语道。

"天子混一四海,分封诸侯,不是让诸侯在各地当富家翁的。"宗伯道,"诸侯才是国之藩屏,在座诸公,谁人身后不是代表了天下数十甚至上百诸侯?诸侯建国,再以卿士身份入朝为大周之辅弼,而天子以王室大宗,统领天下诸姬小宗,由此盘根错节,稳固江山。如今卿士寮侵夺诸侯君权,齐侯,这是在刨大周的根哪!"

齐侯微微一笑,并不言语。宗伯也不看他。事实上,在场所有人都将目光投向榻上那个稍嫌瘦弱的人——大周执政之首、王若、周公姬瞒。

姬瞒手里扣着一枚棋子,沉静地盯着棋盘,身上却微微地发抖。来了,终于来了!他一直在思索着这一刻何时到来,已经失眠了几日,现在终于等到了。

表面上,宗伯、虢公等人都是冲着卿士寮而来,但政争永远都需要借口。他们真正争论的乃是姬瞒和他手中的权势。姬瞒忽然觉得这场面既滑稽又可悲——窦公在时,权势滔天,这些人被压得喘不过气来,却屁都不敢放一个。撺掇着初生牛犊不怕虎的姬瞒把窦公斗倒了,现在他们又看上了姬瞒的权势。他不顾一切坐上这个位置,是真正打算要为天下做些事,但现在才发现,留在这个位置比坐上来艰难一百倍。

"政争常常都以闹剧开始,但一定是以悲剧结尾。"这是师亚夫离开镐京前留下的话。

他现在开始怀念窦公了。起码在那个时候，敌人是确定的，战场也是确定的。现在呢？满屋子公卿，你认得准究竟谁是敌人？谁是依靠？谁又是真心假意？拿斧头扛大旗的不用怕，又怎知道什么时候被人背地里捅一刀？

冰冷的棋子硌疼了手心，姬瞒猛然警醒。现在不是自怨自艾的时候！这些人既然已经开始了，自己就绝不能坐以待毙！

他平静地将棋子落下，才抬起头，看了看宗伯，道："哦？宗伯的意思，齐侯乃是大周的反贼了？"

齐侯"扑哧"一笑。宗伯怒道："微臣怎会有此意！宰执乃国之重臣，岂会造反！殿下曲解臣意！"

宰执是前商国相的称呼，大周并无此职位。但随着卿士寮权势日涨，已经有人这样私下称呼卿士寮首卿了。宗伯当面说出来，其实还是在讽刺齐侯。

姬瞒的目光变得冰冷："那，宗伯是何意？"

"殿下，臣等说的不是卿士寮反叛与否，"虢公今天打定了主意，不达目的不罢休，直杠杠地道，"臣等议论的，乃是卿士寮弊端重重的水利考！"

"水利考是孤的主意，"姬瞒恶狠狠地道，"孤下的诏令《天下水利考》，你没有看过？下诰之时，九卿副署，诰上亦有你的名字！"

"下诰之初，臣等是赞成的。但水利考实行一年弊端重重，且违反祖制，臣等备位九卿，难道坐视天下疲敝而闭口不言？"

"水利考违反祖制？"齐侯咳嗽一声，悠然地道，"虢公，你是当真的？"

"岂能不真？"虢公横了齐侯一眼，"父死，三年不改其道。先王才驾崩几年,你们就匆忙推出水利考,弄得天下汹汹!"

"是吗?"齐侯微笑道,"改先王之道而至于天下汹汹?"

虢公哽了一下。大帐里都是成了精的人,谁看不出来齐侯正在引他的话?见虢公卡住,姬瞒在棋盘上又落一子,淡淡地道:"虢公,是阁下汹汹,还是天下汹汹?"

"当然……是天下汹汹!"虢公无路可退,硬邦邦地回道。

齐侯冷笑一声,从怀中掏出卷轴一抖,展开来一尺多长的帛书。"这是先昭王六年时亲笔写的手诏,《大考天下水利诏》,要不要给你念念?"

虢公大吃一惊,跪立起来,差点忍不住伸手去夺齐侯手中的帛书,一想到此乃诏书,吓得又一屁股坐回席间。"这……这……"

"先昭王六年,以天下井田、野田、山、泽、水、林,产出未准,乃颁《大考天下水利诏》——"齐侯把帛书在手中扬了扬,"十五年前,虢公还在方伯任上吧?你不记得了?"

"这……"虢公目瞪口呆,冷汗涔涔。先昭王驾崩才满三年,天子和天下臣民出服未久,这时候当朝九卿说一声不记得先王的诏书,这乐子可就大了。

"不记得也是对的。"齐侯长叹一声,算是放过了虢公,"这份诏书,本就是先王对卿士寮下的密诏。"

"是吗……密诏……"虢公趁机抹了一把汗,心虚地道,"原来如此……"

"根据先王手诏,卿士寮从昭王七年开始,对全国的田地、山川、河流进行了全面核查,这是开国以来第一次全面查验。卿士寮调集了全国数以万计的人力,花了近十五年时间,直到今年上半年才完成。殿下所下的《天下水利考》,便是对先王所颁诏书的回应。"齐侯目光冷冷地扫过在场众大臣,"诸位,可有异议?"

"没有没有没有,"曾侯抢着摇手,"此乃富国强民的大事,我等岂有异议!"

在场诸大臣中,虢公、晋侯、宗伯全都脸色发白,不敢开口。召公口中啧啧地品味着什么,在棋盘上再落一子,并不开口。

"不光是核查土地,"齐侯见终于镇住了场子,吁口气道,"去年以来,太史宫、各国的史官也参与了查验。"

"哦?"兕公问道,"是要查土地过去的归属?"

"是要大周所有史官配合,查验各国过去六十年的雨、旱、暑、寒的记录,"齐侯道,"以便查清数十年来,中原雨旱的走势。"

"唔……唔!"

卿士寮轰轰烈烈的水利考,动员的全是各国的中层官员,诸侯对水利考真实目的知之甚少,以为就是调查农田水利。齐侯的话一出,在场公卿同时用小扇击打着手心,烦恼地思索起来。

晋侯忍不住问:"前六十年的水旱都要查清?"

"上国查一百年,中国查八十年,下国查六十年。各国史官都存有立国以来详细的雨水记载,将这些记载统计上来,我等发现……"

"先昭王七年以前,天下一直是南涝北旱,北方一年的雨水不到现今半年。北方以晋为首的大国,每年新垦的井田耕种面积,年成大好的只有不到五百亩,年成不好,可能还会收缩将近两百亩。与之同时,我齐、鲁、邾、鄫国等海岱诸侯,一年新垦的耕种面积接近千亩。"

"这么说起来,你齐国不用十年就有两个晋国那么大了?"晋侯忍不住打断齐侯道。

"这是年均新增的田亩,"齐侯道,"但齐鲁等国,立国时人口太少,这般新垦田亩，每十年才须进行一次。而晋、邢这样的国家，人口众多，不得不每年增加田亩，却始终无法突破开垦田亩的上限。"

"这番查验真是令人大开眼界，"兕公道，"但是新垦田亩，与我等所议国事，有何关联？"

"有的。诸位大人，以昭王七年为限，自那以后，北方诸国每年新垦田亩的数量逐年增长。仅仅是去年，晋、邢两国就各增加了九百亩的新田。"

众人脸上都是茫然之色。

一直捏着白子不放的召公忽然伸长手臂，在棋盘一角落子，沉稳地道："周天之气逆转。"

众人皆惊。齐侯道："正是！太保公心思敏锐，无人能及。自先王七年起，北方降雨连年增加，且有越来越大之趋势。去年降雨，几乎有五年前，也就是先王十七年时一倍那么多。北方诸国在去年的查验中，一共登记了六条新河和一百多处湖泊。"

"更北的地方，"姬瞒接口道，"也一样！"

"是！"齐侯严肃地道，"北方诸国的气候与相邻的北戎草原相差不大。北方多雨，井田大量新增，更北的地方水草必然也年年丰盛。此非一月一年之变，而是已经连续变化了十五年。目下看来，还不知道此次周天之气逆转会持续多久，但北方多雨的结果，很可能马上就要显现出来。"

"北方……"晋侯喃喃道，忽然一惊，"北方！"

眼看话题就要被齐侯完全控制，虢公擦擦额头上的汗，向宗伯使个眼色。

"诸位，我等奉天子之命，答天子之疑。"宗伯立刻打断晋侯，朗声道,"说这些无关之事,有何裨益?"

"诸位不是说,我大周的忧患在内不在外吗?"姬瞒又落下一子,接口道,"齐侯说的,正是既答天子之疑,又解诸位之惑,宗伯听不懂吗?"

"老臣倒要请教。"宗伯被姬瞒一激,顿时又亢奋起来,直杠杠地道。

姬瞒一笑,从怀中掏出那张薄如蝉翼的缣帛,放到几案上。

"这是今日早上才送到的,来自八隅城保章氏的天下帖。"

"哦!"几位大臣悚然而惊,连召公都无法保持平静。八隅保章氏的天下帖,每隔数年甚至十余年才会出现一次,每一张帖都能精确预测天下的态势,故称为"天下帖"。传说武王首次观兵孟津,会盟八百诸侯后,又收兵回镐京,直到二年之后才正式伐商,就是因为在孟津收到了天下帖的急报。因此,大周朝廷一直将天下帖视为至宝。

召公双手捧起帛书,急速地看了几眼,一言不发地递出去。离他最近的齐侯忙上前双手接过,自己却不看,直接递给下首的晋侯。

重臣们一一看完,帛布最后又传回几案上。大帐中陷入一片诡异的寂静,晦涩的眼神在昏暗中复杂地交流着。

每个人都看到了最重要的那句话:耶邪马台南迁。

姬瞒见众人都在沉吟,便道:"耶邪马台?孤不太清楚。是哪个耶邪马台?"

"世上能有几个耶邪马台呢?"曾侯忙赔笑道,"殿下,耶邪马台又唤作耶邪部,和阿勒扎部、泰尔泰部并称北戎三大部族。"

"唔。"姬瞒捏起一子,点点头,示意他说下去。

曾侯想要咳嗽一声清清嗓子,看了眼周围严正端坐的众大臣,没敢,又咽了回去。

"北戎世称黄帝神将贰负之后,其实不然。北戎东起极东、极寒之地的东金山，西至西海沙漠，东西距离近四万里。中间群山、大漠、瀚海、草原……诸位大人可以想一想，这么大的范围，哪有可能就一个贰负之族？

"根据我番士寮百余年的侦察，以及北军的密报、从八隅城获得的情报，我国所称的北戎，至少有一百个部落，其中又以耶邪马台、阿勒扎和泰尔泰三大部族的实力最为雄厚，各有帐篷十万以上，披甲执锐者也在十万左右。

"这三部中，以阿勒扎部最尊。目前所知，北戎的王城，世称寒冰阿勒扎的，始建于三千年前，乃世间仅次于八隅城的古城。只是因为建造在北冥海的浮冰之上，气候恶劣，物产又薄，所以至今只有不到两千步周长，常住人口亦不过千余帐。但阿勒扎部由此宣称他们是贰负的直系后裔，在北戎中倒也颇有号召力，一直被尊为王室。"

"哼！化外之民，敢称王室！"宋公子侈打从鼻子里哼了出来。宋乃前商的直系后裔，前商强大数百年，北戎人一直不敢犯边，宋公这种轻蔑简直可算是传了十几代的。

"那可不是？"曾侯赔笑着，鼻子眼睛都瞧不见了，顿了一下，继而道，"再说，贰负乃是黄帝时代的人物。虽然传说他最后带着部族北迁，消失在北方荒野，但那毕竟是传说，至今无人知其下落。"

"黄帝时代一直传到今的，只有我等先祖弃一支，乃神人后裔，"宗伯姬祈厉声道，"其他的都已族灭数千年。贰负之传代，只到七千六百年前，便已消失无踪，哪里来的后裔？北戎人的妄语，不值一驳！以后还请不要再提贰负之事！"

宗伯位秩只是封伯，但是管理的是姬姓宗族，和齐侯一样是世卿重臣。曾侯不敢稍有违逆，立刻道："是。戎狄之人，能说出什么好话来？

那自然是攀附上古神人，以愚弄小民而已。"

他顿了顿，又道："三部族中，人口最多的乃是靠近东金山的泰尔泰部。东金山水草丰茂，据说其山北面还有陆桥通往东海的岛屿，因此泰尔泰部族富裕，人口众多，三部之中，最为强大。

"其实这一百多年来，真正一直与我国作战的，正是三族中的耶邪部。此部族常年游弋于北冥海与我大周北境之间方圆一万两千里的草原上，部族逐水草而生，有时聚为五六万帐的大部，有时又散为数百个百帐小部，散居草海之中。每当北方水草丰茂之时，这一族常常以受阿勒扎王命的名义南侵犯边。我大周与北戎之战，也几乎一直是以耶邪马台为直接对手。"

姬瞒长吁了口气，点点头。最近一次与北戎的大战，结束于四十多年前，远在姬满、姬瞒兄弟出生前，现在大周朝堂上真正了解对北戎事务的人实在少之又少。曾侯背叛窦公，在朝廷里一直抬不起头来，不过这番话说完，在座列位重臣倒是不由得高看了他一眼。

"耶邪马台诚为我国之患，"晋侯低声道，"但这份帛书上所言耶邪马台南迁……又是何意？"

"耶邪马台年年都在南迁。"曾侯赔笑道，"北戎不耐炎热，每年春夏便远遁北冥海；秋冬时节，北方大寒，这才又向南方靠拢。自先康王二十一年远征瀚海以来，北戎从未逼近过邢国以北的边境。"

"正是如此！"虢公一拍大腿道，"耶邪马台禽兽之贼，来如风去如电，南迁不过是惯例而已，有何可惧？"

"虢公，"宗伯声音低沉地道，"想一想水利考的结论……"

"耶邪马台南迁，不是南征，"兕公也冷着脸道，"这次恐怕就不是来如风去如电了……如果北方常年多雨、水草肥茂，足以支持耶邪马台越过阴山以北的沙漠,持续南下。"

"他们敢!"

"他们敢的。"齐侯轻声道,"大周与云中族争霸期间,北戎人可是一再逼近北陇山。其部族入主中原之心千年不灭,自夏而商,而国朝,从未死心!"

"赖祖宗社稷之灵……"宋公喃喃道。

齐侯瞥了他一眼,道:"是,正是,前商阻遏河套,令北戎不能南下,咱们中原才有这七百多年的昌盛礼法。一旦北戎入主中原,那就什么都没有了!"

"那哪里能?"宋公忙赔笑道,"我大周以德配天,不是那与畜生无异的戎狄可以战胜的。"

"天下帖已经证实了水利考的结论。北方连续十余年的丰茂,北戎……"齐侯扫视在场众人一眼,"可能已经准备好了。"

"可……"

虢公看向召公,召公手中握着一子,沉稳地落在棋盘上。"阿瞒,两年不见,你的棋艺又长进了啊。在老夫看来,比天子强了不少。"

"舅公见笑了。"

虢公心中一沉,呆了半晌,狠狠地一拳砸在席上。表面上看似乎是在痛恨北戎,但姬瞒看得出,他是在痛恨失去了水利考这把斩向自己的利剑。姬瞒顿时心情大好。

"这么说,"宗伯叹息一声道,"北戎的入侵,就在眼前了?"

"诸位,不管是水利考得到的证据也好,天下帖也好,说的都只是一个势。"

"哦?"

"势乃示也。"姬瞒道，"天下大势，不是一年两年，而是十年八年才见得到的图景。周天之气的逆转演化，也须得以十年计。

"但——"他加重语气道，"这势一旦形成，就难以逆转。若真如天下帖所言，耶邪马台南迁，那么我大周北境面临的将不是一两场入侵，也非三五年的战争，乃是一场可能超过十年甚至绵延数十年的迁徙战争。"

"诚然，天下帖和水利考所言的势，确实已经存在，"晋侯慎重地道，"但此时我大周正与南方的荆楚用兵。荆楚亦是天下大国，先王当年耗费国力，好容易才压服荆楚，如今荆楚桀骜不驯——北戎的入侵最多是个势，与荆楚的战事却就在眼前。南方与中原不同，阡陌不通，水网密布，难以大规模整治。用水利考成法离心南方诸国，恐似不妥。"

姬瞒随手应了一子，在一大片棋中巧妙地造了个假眼，他自己也对这一步甚为满意，拍了拍手，道："与荆楚之战，绝无可能。"

"殿下如此自信？"晋侯大声道。

"天下事，斗不过一个势。"姬瞒道，"荆楚再强，也不过南方一小国，外无强援，内无雄兵，兵士还穿着竹甲。先王带六千人过江，楚子就匍匐迎降。这样的国家，根本无须大周以倾国之力应对，汉水方伯一人便可制之——而且，楚国已经降服，不会再有战争了。"

"何以见得？"

"天海原是要奉还她的孽子，才与我大周起了冲突。"姬瞒道，"前日她的《待罪伏诛奏》已到镐京，一路传阅，天下诸侯都已知荆楚臣服。天海心性甚高，不会拿这种事来开玩笑。这份奏表，便是楚国降服的明证。"

晋侯看了一眼只盯着棋盘的召公，长吁一口气，低头道："诚如殿下所言。"

姬瞒见这个自己一向看重的重臣终于心服口服，心中百般熨帖。转脸看去，在场诸卿都不敢作声，个个眼观鼻鼻观心，纹丝不动。

九卿以为抓到了卿士寮和姬瞒的把柄，想要发动一场突袭，现在已经一阵风似的散去。只要齐侯手中的先王手诏与姬瞒手中的天下帖不假，天下水利考的国策就稳如泰山。这些都是久经政局的顶尖人精，根本不需要多费口舌，便在彼此的沉默中默契地完成了对刚才那场政争的结局的确认和重新站队。

晋侯抬起头来，眼中已经不再迷茫，道："既然确定了用兵北方，那请殿下、太保公示下，我等北方诸侯当立刻着手，以备大战。"

召公长长的寿眉微微抖动，盯着姬瞒刚刚造的假眼。这一步棋极其关键，若是被姬瞒抢先，那他就要被这小子提子了——而且是后着绵绵，反复提子。在场诸重臣说了什么，他似乎已经完全不闻不问。

见晋侯尴尬，曾侯笑道："晋侯无须担心。此事殿下在部署水利考之时便已有定计。与北戎交战，胜在国力之争，不在一城一地的得失。"

"说得好！"姬瞒心中焦虑既去，满心都是兴奋，听曾侯如此说，更是搔到他内心的痒处，忍不住拍着几案道，"北戎是中原大患，我大周百年劲敌。从前北戎限于地理、补给之困，无法越过沙漠深入中原。但如今形势变换，北戎对我大周的威胁远胜从前，所以我大周的应对亦得随时而变。水利考调查天下田亩产出、山泽之利，接下来便要再进一步：卿士寮、诸卿要摒弃诸侯国之间的壁垒和成见，和衷共济，举我大周全国之力抗击北戎。"

周公话说得漂亮，但众人脸色都有些难看。姬瞒此番话无异于宣布，将会令卿士寮更深地介入各国政务，甚至随时以抗击北戎之名，将诸侯国直接纳入卿士寮的管辖中，令他们这些诸侯变成只有土地没有权力的富家翁。但此刻姬瞒国策在手，天子不在，召公不语，谁敢说话？

便在这时，沉默良久的召公动了一下，捏起棋子，在棋盘中间一块空白处落了一子。

这个地方远离刚才两人激烈争夺的区域，周围早已被姬瞒悄悄布下闲子。对于召公来说，这一子落得全无道理，可说是在最紧要关头放弃了与姬瞒的争斗。真正的高手只要抓住这个契机，这一盘基本上就胜券在握。

师从朝廷两大棋术国手师亚夫和齐侯的姬瞒，绝对算得上他这个年龄的顶尖高手，岂有看不懂之理？不用说他，坐得近的齐侯、宋公都已经看清了这一手——

这一手，实在是太过明显的陷阱！

姬瞒手夹一子，沉默地盯着棋盘，心中翻江倒海，满是懊恼。

今日，他是来向王兄低头的，是来交还大部分权力的，是来重建与天子之间的信任的。这一步棋，从师亚夫离开镐京开始就在布局，来来回回地暗示，通过整个天下的布防来达成协议，终于走到了这一步。然而，他却在最最紧要的关头，一步踏进了虢公、宗伯、晋侯的陷阱。

不对，这是召公的陷阱。他抬起头，看了对面须发皆白的老者一眼。这个陷阱，是用来猎捕对天下权柄不放手的周公的。天子的一个提问，成了引诱他跳进陷阱的诱饵，只要他赢了今日这盘棋，胜了九卿争权的局面，就会彻底落入与天子交恶的死局之中。

这一步棋，他下还是不下？姬瞒的心"怦怦怦"地狂跳起来。

他伸出手，毫不犹豫地将黑子落在一大片白棋中，生生塞死了黑棋的最后一口气。

大帐之中，顿时响起一阵阵压抑而急促的呼吸声。

"啧！"姬瞒大声道，"落错了！舅公可允阿瞒悔棋？"

召公两条寿眉舒展开来，满脸都是笑意。"你这小鬼头！依你！"

姬瞒坐着，并没有把棋子捡回来，召公也不再看棋盘，而是从怀中掏出一张沾满血迹的帛书，放到棋盘上。

"这是刚刚收到的汉水急报。"召公淡淡地道，"天子使节夏侯丰一行三十六人，在丹阳城外被杀，只有两人生还。"

大帐外一声沉闷的雷声，在场九卿重臣如石雕一般，僵直不动……

大雨轰然撞击着大地，站在大帐中放眼望去，整个天地都被灰白色的雨雾笼罩，什么也看不清晰。

召公背着手，沉默地站在幕帐门口，丝毫也不顾及溅入的雨水打湿了长袍下摆。

他注视的是九卿重臣离去的方向。在雨落下来之前，重臣们就已离去，现在大概进城了吧？

一名浑身湿透的内侍从雨里过来，不敢进帐，直接长跪在雨中，大声道："殿下！陛下已回营，正在沐浴更衣！"

"知道了，"召公懒洋洋地道，"还有什么事？"

"曾侯大人在门前求见。"

召公目光猛地一闪，杀气毕露，又将其隐去，淡淡地道："让他进来吧。"

这场大雨下了整整一夜，直到凌晨仍旧倾泻如注。

坐在明堂宫东配殿高大的屋檐下，姬瞒静静地注视着银线般的雨水垂落下来。他已经在这里枯坐了一个通宵，倾听着，沉思着。

除了雨，昨晚还有许多东西闹腾了一夜，姬瞒并非不知道，但这一次他不想追究，也不再打算破局。他沉稳地坐在屋檐下，等待着。

天已经亮了。内侍全都跪得远远的，无人胆敢上前打扰沉默的周公，直到外院忽然响起敲门声。

姬瞒坐着没动，内侍亦不敢动弹。敲门声不徐不疾地响着，并不急促，但也没有要放弃的意思。终于，姬瞒站起身来，面对大门的方向，怒道："这里的人都死光了吗？听不到敲门声吗？！"

几名内侍慌慌张张地冲进大雨中，拉开了高大的院门。院门外，宗伯一身朝服，站在一张罗伞下，十名手持禁杖的近畿卫尉站在齐踝深的水中护卫着他。

见大门打开，宗伯一言不发地走进院门，他的护卫、罗伞都留在门外，几名内侍慌忙为他撑起雨伞，陪同他一直来到殿前台阶下。

姬瞒站在台阶顶端，漠然地看着他，并没有要退后的意思。台阶只有三步高，如果姬瞒不让开，宗伯就根本无法踏上台阶，他只好停在台阶下，向姬瞒行了一礼。

"殿下。"

"宗伯。"

"奉陛下之命，前来问候殿下。"

"谢陛下挂念。有劳宗伯。"

"不敢。"

"陛下托某来问殿下，如今天下纷乱，四方扰攘。殿下还是以为，北方将乱而南方大安吗？"

"天下祸害来自北方，"姬瞒毫不迟疑地厉声道，"南方癣疥之患，不足挂齿！"

"某知道了,当原话回禀陛下。"

"有劳了。"

宗伯浑身上下已被雨淋透,却仍稳稳地站着,从怀中掏出一张帛布,小心地展开,朗声道:"奉陛下之命,前来问殿下,孤发国假太子、使臣身死之事,殿下知情否?"

一阵隐然的雷鸣贴着头顶厚重的云层滚过去。姬瞒傲然站着,冷冷地看着宗伯,一言不发。

第四章

> 大周从江汉到荆山
> 穆王三年秋七月

荆楚孚国江水渡口

"周公就此闭门不出,让出了执政之位?"楚国少府婴支祁骑在马上,惊讶地大声道。

二十八与他并骑而行,懒洋洋地道:"并没有。天子不会让他弟弟过于难堪,据说回头又申斥了宗伯,说他在雨里宣诏,不谨为人臣,罚铜三十斤,闭门思过一个月。"

"啊,这又是为何?"

"这都不明白?"二十八哑然失笑道,"天子想让他弟弟少管国事,正好周公又犯了错,就找个周公讨厌的人去说一说,周公自己就懂了。但宗伯前去宣旨时,周公把他堵在大雨里,逼得他当众宣旨,闹得很大,伤了天子亲亲之义,天子当然就要反过来敲打宗伯。"

婴支祁一愣,想了半天才摇摇头道:"俺就看不惯周人那酸丁样子,屁大个事情,来来回回瞎折腾,折腾完了也不知道谁对谁错。周国都搞成这样了,有意思吗?"

"政治嘛,就是玩不动明的就玩阴的,大多数时候得同时玩两手。不过这样也好。"二十八脚下用力,胯下骏马奋力一跃,上了一道土坎。"哺落合德搞的那一手,看来很是有效,现在周国朝廷肯定在头疼,到底是跟荆楚交战好,还是拿着贵女的待罪奏装糊涂好。嘿……这么一糊涂,有些事就由不得他周国了。"

"如此甚好。还有别的消息吗?"

"为了将这条消息送到,动员了十六名死士、一艘浮空舟,耗费百万贝币才赶在第十六日送到此地。"二十八苦笑道,"这已是天下最快的消息,以汉水方伯唐侯之尊,只怕还要再过些日子才收得到消息呢!你还想知道什么?"

"贵城主真是力能通天啊。"

"惭愧。"

两人聊着天,登上一座小丘。

这是一座紧临江水的小山,脚下就是滔滔江水。七月的江水浪高水浑,十余里宽的浑黄江面上,无数从上游冲下的乱木、草团纠结缠绕,以一种令人目眩的速度奔腾而下。江对岸笼罩在一片雨雾中,看样子过不了多久,雨云就会蔓延到江的这一面来。

在他们身后,亦是大雾弥漫,只有一些并不高大的杂树树冠隐没在雾气中。这是江右常见的团雾,又热又湿。雾气中传来听不大分明的嚓嚓声,仿佛雾气有了实质,在摩擦着河岸前进。

婴支祁一抬手,一名背着认旗的斥候立刻打马过来,抱拳行礼。

"离渡口还有多远？"

"禀报大人，还有六里！"

"磨磨蹭蹭干什么？"婴支祁皱眉道，"传令下去，加快速度，今夜之前，必须全军渡过江去。"

"是！"斥候打马冲下小丘。一时间，远远近近都响起了低沉的海螺声。

一支庞大的队伍出现在小丘下。他们中大多数身穿黑色藤甲，也有少数身着赤甲的骑士，他们的身影在雾气中时隐时现，只听得见细如密雨的衣甲碰撞声，又很快地隐没在上游的浓雾中。

"这个季节渡江……"二十八看了一眼滔滔江水，似乎有些犹豫，"要么大胜，要么就只能望江兴叹。再过一个月，水升两丈，谁也没法过江去救你们。"

"哈！你堂堂二十八也怂了？"婴支祁豪气万丈地大笑起来，"黑荆本就是我荆楚子民，我有这五百精锐足以横行荆山。不用担心，两个月之内，荆山三百部族，必重回我大楚治下！"

"难说。"二十八道，"据二十八所知，江右的赤荆、黄荆与江北的黑荆，已有近百年未曾行过君臣之礼。人心易散难聚，只怕没你想的那么容易。"

"黑荆世代是奴婢之国，"婴支祁傲然道，"赤黄之命他们胆敢不听，是想自绝于祝融大神？"

"祝融大神……也不过是大社里的木根土偶罢了。"二十八懒洋洋地道，"难道祝融大神会再现真身，迫使他们听命于赤、黄二荆？"

"你这番话，十分可怕。"

"殷商已亡，天下再没有真正的君权、神权。"二十八一手指天，认真地道,"以黑荆常年对丹阳暧昧不清的态度,或许你要他们进贡、纳质,这些黑荆也就贡了纳了。但你要他们出人出力、跟人打仗,只怕人人都跟你打马虎眼。"

婴支祁猛地拉住马缰,严厉地看着二十八。

"二十八,这个渡江大计,可是你提出来的。"

"对,正是二十八,"二十八笑道,"所以二十八专程来送你……送你一个锦囊妙计。"

从不远处传来一阵海螺声。一队赤甲士卒从雾中匆匆出现,又匆匆消失在雾中。婴支祁"唰"地甩了下马鞭,道:"愿闻其详。"

"黑荆诸寨世代分裂,最大的不过千余户,不管是哪一家都没有反抗丹阳的实力,所以你在黑荆森林立足是没有问题的。"二十八道,"这事儿难在令黑荆乖乖听话。须知你要建立的,是与丹阳共进退的黑荆之国,不是叛服无常的仆从军,这事就很难。"

"这有何难?"

"黑荆畏惧丹阳,片刻服从没多大问题。可如果要让他们建立黑荆国,和丹阳一起与周人为敌,承受可能延续数十年的战乱,换了你,你会心甘情愿?"

"我自然会有想法……"

"忠勇如你也会有想法,那黑荆自在惯了,岂能轻易就范?再说了,一旦与周国交兵,丹阳与周国毕竟还隔着大江,黑荆与周国可就只隔一线丛莽。周国奈何不了丹阳,还能奈何不了黑荆?这道理黑荆可比你清楚得多。若无天大的好处,黑荆凭什么要为丹阳火中取栗?"

"难道要丹阳利诱黑荆?不说有没有那么多财帛,即便有,利诱而来的,岂有忠贞之士?"婴支祁皱眉道。

二十八嘿嘿一笑，一夹胯下骏马，那马轻巧地跃上更高一层的江岸。

婴支祁忙打马追上去。岸上江风更急，水点"啪啪"地打在婴支祁的铠甲上，二十八轻薄的褐衣紧紧贴在他瘦弱的身躯上，似乎对这样的风涛毫无感觉。

"依你说，该当如何？"

"利益有两种，傻瓜。"

"唔？"

"丹阳给黑荆人财帛，那算是利益。可还有一种利益，黑荆人为了它，嘿嘿……会真的拼命。"

"是什么？"

"便是黑荆人自己。"

婴支祁讶然道："黑荆人自己？"

"对。"二十八悠闲地打量着自己的手，似乎对被江水打湿的手指十分感兴趣。"黑荆人在黑荆森林中繁衍千年，他们的寨子、田野、水源、猎场……乃至妻儿老小，全都是他们看得比命还重的东西，难道不算利益？"

"你……"婴支祁张大了嘴，"你是要我去抢黑荆人的身家性命？！"

"当然不是，"二十八甩了甩手上的水，"你这人怎么傻得如此可爱？"

"那究竟是何意？"

"譬如……"二十八烦恼地搔着后脑勺，"你养的兔子跑了，你追不上怎么办？"

"……让狗去追？"

"对啰！反过来也一样。野兔子不肯回你的窝，你就得放狗去抓。"

婴支祁盯着他沉吟不语。

"周人刚刚派了一条恶狗到黑荆森林,叫作裴国。"二十八低声道,"周人经营汉水多年,早已与黑荆往来通货,这个裴国却是直接建在了荆山之中……"

"在汉水尚可通货,入荆山则为强盗?"

"说得没错。你只需好好用活裴国这条狗,兔子自然乖乖地回来。"

"你……是说……"婴支祁凝滞的目光忽然有一丝松动,"让裴国去抢黑荆人,咱们便可得黑荆人的忠心?"

"对啰。但凡是坏事,都让裴国去做。"

"二十八,这可就难说了。"婴支祁道,"周人一向自称以德治天下,遍观周人百年来的开疆辟土,很少有穷凶极恶的。这裴国,怕是不会轻易按咱们想的去做。"

"你有时候傻,有时候不傻。有时候一句话里头,前面不傻后面傻。"二十八不屑地道,"你只要记住一句话——但凡是坏事,都是裴国做的!"

"唔……唔唔!"婴支祁恍然大悟,"明白了,明白了!"

二十八长长地叹了口气,道:"但愿是真明白了。记住,对奴婢之国,不要太过客气,与其施恩,不如立威。另外,二十八还得提醒你,千万千万,小心那个裴国。"

婴支祁仰天放声大笑起来。

"瞧你说的!一个立国还没半年的国家,值得担心?二十八,你不是比我还狂妄吗,如今倒是怕起蝼蚁来了?"

"天下帖不是写着玩的。"二十八沉着脸道,"凡所记,必有应验。这么重要的东西里,不会无缘无故提到裴国。"

"天下帖真有那么神?"婴支祁笑道,"怎么我从来没听人说起过?"

"天下帖所记都是以十年为期、改变天下的大事,"二十八冷漠地道,

"你一介凡人，岂能未占卜先知这些改天换地的大事？"

婴支祁哈哈大笑。他是丹阳土生土长的黄荆贵族，本来十分讨厌二十八等来历不明的所谓"盘龙城人"，但这几个月都是他与二十八一起策划、部署，相处久了，觉得二十八虽然为人狡诈，脾气又臭，但还算个真小人。两人臭味相投，倒有些惺惺相惜了。

"裴寄不是普通人。"二十八脸色更加阴郁，"这个人从一介平民做到周国卿士寮中大夫、小君，绝不能以常人视之。而且，裴国最近也有动作，你这里还没有渡江，裴国人已经开始在黑荆森林里兴风作浪了。"

"哦，他们已经动手了？"

"比这还要危险，"二十八道，"裴寄已经准许与黑荆部落的互市贸易。"

婴支祁的脸顿时沉了下来。

"知道厉害了吧？"二十八冷笑道，"裴寄身为卿士寮中大夫，肯亲自屈尊与黑荆交往互市，这可比明刀明枪打仗危险多了。你要是晚几个月渡江，只怕大半个黑荆部族都不知道'丹阳'二字了。"

婴支祁忽地眼珠一转，道："你说要给我一个锦囊妙计？"

二十八"哈"地一笑，随手一扔。婴支祁本能地伸手，一只沉甸甸的布包落入手中。他掂了掂，疑惑地打开一看，惊道："就这？"

"可不就这？"

二十八饶有兴致地看着婴支祁脸上表情变换。终于，婴支祁眼前一亮，却不说话，慎重地将布包放入怀中。

"这样一来，黑荆人就不得不跟裴国干到底了。"他由衷地舒了口气道。

"所以，裴国一旦知道丹阳派兵进入黑荆森林，也不得不跟你干到底了。"二十八道,"此番渡江,便意味着与裴国决胜的开始。记住,你是去出征,不是去游猎,黑荆人再亲近,那里也非丹阳的属地,一切全靠你自己。真要打起仗来,你最多有五天的补给……还有可消耗的人。"

这可就是掏心窝子的话了。婴支祁思虑片刻,忽地一笑,拍了拍二十八的肩头,道:"无所谓!吾等现在所做,不都是改天换地的事吗?大好男儿,抛头颅洒热血,令天地变色,岂不快哉!"

说完便拍马冲下江岸。十余名斥候"隆隆"地跟在他身后,须臾,都隐入了江雾之中。

二十八在江岸矗立不动。他的脸色变得极其可怕,目光如刀锋般注视着那支消失在雾中的军队。

"丹阳的五百精锐,只不过用来试试周国的成色……"他冷哼道,"且看看裴寄能否应对吧……"

雾里传来嘹亮的海螺声,楚人开始渡江了。缭绕在江上的雾气受到船队扰动,向着岸边扑来,终于与岸上的雾气融为一体。茫茫雾气铺天盖地,滔滔江水、赳赳军队,甚至连天地都已消失不见,只有二十八一人一骑,好似站在世界的中心一般。他一动不动,似在倾听着什么。

过了一会儿,雾气中传来清脆的振翅声。二十八嘘了声口哨,高高举起左臂。雾气卷动,一只花白的猫头鹰忽然从雾中飞出,扑棱着落在他的手臂上。

猫头鹰脚上捆着个小小的竹管,二十八取下竹管,将手一扬,猫头鹰跳了起来,却并不飞走,而是直接落在了他的头顶,一屁股蹲在他满头乱发上。

二十八笑骂一声,倒也不计较,倒出竹管里的帛布看了起来。帛布上就区区几个字,他却看了良久,眉头也越皱越紧。

终于，他咂了咂嘴，将帛布一扬，帛布迎风燃了起来，须臾便化作轻烟飘散。

二十八伸手从怀里抓了把小鱼干出来。猫头鹰"扑"地一下又跳到他左手臂上。二十八一边喂猫头鹰，一边自言自语："祭祀之日，下了大雪……原来她也去了裴国……嘿嘿嘿……不过没关系。整个荆山，很快就要变成一片火海。等着瞧吧，周人。"

一股江风裹挟着更加浓重的雾气卷来，弥漫上小丘，又沿着小丘爬下。就这么一晃眼，小丘上已空无一人。空中响起了奋力振翅的声音，向着江对岸而去。

大周权国樟城

清晨，那个看上去很像伯行的人在城门前的小树林边停下了脚步。

樟城是汉水的第二大城市，然而这个第二和第一的唐国庚城比起来，实在是小得不像话。庚城的范围早就远远超出了城墙，其高大的外城墙被绵延数十里的居住区环绕，倒像是内城墙一般。但樟城外城墙下只有冷清的护城河，再向外便是绵延的森林和田野，以及星星点点散布在田野间的农庄。

这也并不奇怪。权国作为汉水第三大国，几乎是直面楚国的最前线，一旦荆楚大规模渡江北犯，樟城便是计划中用来迟滞楚军的前线堡垒。经过多年的营建，樟城城墙既高且大，足以在战时容纳上万的军队和随军粮秣。

十七的记忆中，隐隐约约有着樟城的一切。他有种非常真切的感觉，自己曾来过这里多次——这是幻觉，他不断地提醒自己，这是那个死去的周国番士寮中大夫的记忆。

一般而言，通过夺舍之法夺取他人身躯应在他人刚死未僵之时，那样方能完全控制身体。只是这个时机很难把握。在人死透之后夺舍，或者夺舍那些本就奄奄一息的垂死之人，得到的身躯便会冰冷沉重，难以忍受。在十七过去数不清的夺舍经历中，这种感觉一直让他生不如死。

但伯行不同。当时屈鸠已被斩首，而伯行仍然生龙活虎，在不得已的情况下，十七利用了屈鸠府地板下的符咒阵强行施法，硬生生地钻进了伯行的脑子，占据了他的身躯。

结果便是伯行的魂魄并未立刻死去，甚至在他与石斛交手时还一度干扰了他。这具身躯年轻、强大、温暖，却总是在抗拒他，火热的灵魂令他痛苦不堪……终于，在挣扎了一个多月后，伯行的灵魂被他清除干净，他现在完整地拥有了这具身躯——以及他曾经的记忆。

十七嘴边露出微笑。他现在只需要穿上中大夫朝服，便能大摇大摆走进樟城，见到权伯，并且当场杀了他……不过这并非他的急务，他也不是卑微的楚谍。只要按照他们的计划，荆楚迟早与周国一战，此乃百年大局，不急在此一时。

小树林紧贴着通往城门的道路，树林里不远处有一条清澈的小河流淌。彼时天还未亮，许多行脚赶路的人便在树林边休息。十七穿着一身汉水常见的周人平民服饰，头发也乱糟糟的，丝毫不惹人注意地混在人群中，随意地听着旁人的议论。

"娘的，这鬼天气！"一个农夫模样的人坐在离十七不远的地方，用一只手遮着抬眼看着日头，嘴上骂骂咧咧，"先涝两个月，又来旱两月，这狗日的天气能活人不？"

"还是要热上一阵，"同伴叹着气拍打着酸疼的肩头，"久涝必疫，没毒日头晒晒，不知道多少地儿要传瘟呢。"

"庄稼可怎么得了……"前一人沉重地叹着气。

"还是得种水田。"后一人道,"南方这地方不比咱中原,春天没个晴日子,种粟和黍,那是活不下去的。"

"老子才不种那玩意儿,"前一人一口唾在地下,"难伺候得紧,又磨不成粉,怎么吃?"

"稻米是煮来吃的,不是磨面的。"后一人笑道,"你老哥来了汉水快十年了,还是搞不清爽。"

"老子吃不惯那玩意儿!"

后一人往城门方向张望几眼,压低声音道:"你小心点,国君奉了方伯的命令,明年开始就要强推栽稻,谁说都不好使。不种稻的,据说要多交一成粮。"

"什么?!"前一人大叫一声,脸上的横肉跟着抖动,"水田怎么种?我等小民啥都不知道,这不是要逼死人吗?"

"听说,方伯派出了十名使臣,都挂着卿士寮上士的衔儿,就是派到各国来指导种稻的。"

"胡扯!"

两人正在争执,忽然传来一声低沉的号角声。城门方向火光大亮,一支打着杏花旗幡的军队走出城门。十七默默隐在一棵树后,看见一名肥肥胖胖的武官骑在高头大马上,赤金胸甲在日光下闪闪发亮。穿这样的胸甲,至少是权国中大夫一级。两名甲士紧随其后,一人手扶一丈高的大旗,另一人高举着火把。

他们身后是二十余名身背认旗的骑士。按照大周的习惯,这些都是中士、下士一级的武人,他们不仅是武官的亲卫,而且还要在战争中担任传令和斥候的任务。一旦战斗开打,武官的意志需要这些行伍中坚快速地传递到每一名士卒。

再后面是大约两百名手持长矛的步卒，他们两人一排，沉默地列队行进，每个人背上都背着鼓鼓囊囊的布甲。南方卑湿，夏天又热，只有在正式开战前这些士卒才会穿上厚重的布甲。

队伍的最后是十余辆大车，由征召来的民夫推着，车上都是草绳捆扎的沉甸甸的粮食。十七冷眼旁观，轻易便计算出这支军队出征的时间——如果只食用随军携带的补给，他们出征的时间应当在一个月以上。

一个月？十七不禁起了疑心。周制，诸侯国之间不得相互征讨。权伯不可能拿他的军队去对付周边姬姓诸侯，当然更不可能拿这点人马去跟荆楚抗衡。这支军队说多不多，但出征时间就长得可疑……这些人是要去哪里呢？

十七忽然一愣，这才发现自己一直在用伯行的方式思考。他打了个寒战，用力摇摇头，将这些危险的想法甩出脑子。

等到那支队伍的旗帜消失在大路尽头，天顶已经发白。在小树林边休息的人们纷纷起身进城，只有十七装作系绑腿落在后面，等到周围都没人了，他才站起身，从容地走进树林。

片刻之后，他从树林的另一边走出来。这里已是荒野，数条小河蜿蜒着流向远方的森林，在森林的另一边，已能依稀看见神龙山的雪顶。

在林子另一边，还能隐约瞧见那支队伍打起的旗帜。他们是向着神龙山的方向去的？十七心中充满疑惑。这本不是他的事，但不知为何，身体总是忍不住想要跟上那支队伍。

十七又打了个寒战，在一丛灌木边停了下来。他感到一阵阵的头晕目眩，脑海中翻滚着奇怪的画面……望不到边的军队……高高的台阶……一张张陌生又熟悉的面孔……石斛的脸……

最后这个画面吓得十七大叫一声……等他从天旋地转中清醒过来，已是浑身大汗，满脸满身都是草叶。他手里拿着剑，而身旁的灌木丛只剩了冒出地面不到三寸的光秃秃的主干。

天地都黯然失声，只听得见自己的心脏打雷一般狂跳着……从第一次夺舍以来将近百年，十七头一次如此痛恨心跳声。他大声嘶喊，疯狂地捶打自己的胸口，忽然，他猛地转过身——

三个乡农打扮的人，正呆呆地在小河另一边看着他。一见十七凶狠的目光扫来，三个乡农拔腿就跑。十七气得眼前发黑，但这么一打岔，刚才那阵翻江倒海般的混沌感觉消失了，十七——这个出生在前商时代的人——又回到了这具躯壳上。

他顾不得地面泥泞，跪下来，拔出小刀就在左小臂上划了条深深的口子，鲜血立刻顺着手臂滴下，一滴滴渗入泥地中。片刻之后，血从鲜红腥味变为酱色臭味，他才从怀中掏出张布条，将伤口紧紧地缠起来。他耐心地等着所有的鲜血都渗入泥地中，才用小刀翻挖泥土，将所有渗血的土壤都深深地埋入地下。

做完这一切，天空变得更加湛蓝。太阳应该升起来了，但现在还看不到，它依旧被神龙山高高的雪顶遮蔽着，而神龙山此刻也被云雾整个儿笼罩着。

十七微微喘气，从背囊中翻出带细纱的斗笠戴在头上。他忽然听见一阵熟悉的振翅声。一只猫头鹰飞出森林，贴着田野，箭一般地向他飞来。十七举起手，猫头鹰就"啪"的一声停在了他的手臂上。

"寒影，你怎么来了？"十七又惊又喜。猫头鹰"咕咕"地叫着，似乎也很高兴见到他。十七抚摸着它与众不同的灰白色羽毛，玩了一会儿，才取下它携带的布囊。

他的目光顿时亮了起来，抬头望向神龙山。

"原来你在那里……有趣……有趣！"

他深吸口气，看看周围，整理了一下自己的长袍，便向着森林的方向走去。猫头鹰围着他飞舞，像一道萦绕的青烟，忽然它好像发现了什么，离开十七，箭一般地射向远方的迷雾。

大周裴国当阳

"砰"的一声，风拂若从榻上蹦了起来。

周围一片大雾，猫头鹰可怕的"咕咕"声仿佛还在身旁萦绕，风拂若吓得双手乱摸，"啪"地一下手拍到了坚硬的木板上。

风拂若一愣，使劲睁大眼睛，却见自己身旁就是熟悉的墙壁。摸着墙上熟悉的尚未褪去的树皮，她怦怦狂跳的心慢慢平息下来。

是梦……

一场繁杂而疯狂的梦。一场充满大雾的梦。

奇怪，周围真的弥漫着大雾，比梦中之雾还要浓厚冰冷……风拂若有些疑惑，自己究竟是醒来了，还是尚在梦中？

她无意识地抚摸着墙壁，忽地一皱眉，手已被墙板上的木刺扎破。手指头上一跳一跳的痛感十分真实，可是，她的脑子还是有些迷糊。

刚才从大雾中撞过来的猫头鹰，是梦？

她哈了口气，注视着雾气在眼前慢慢散开，自己的小屋渐渐地显露出来。

当阳地处深山，云和雾在这里已很难分得清楚——说是雾太干，说是云又太湿。绝大多数时候，当阳都沉浸在厚厚的云雾中。用原木搭就的房屋到处透风，当云雾笼罩当阳时，屋内也会弥漫厚重的雾气。看样子，今晨的雾特别大。

她又哈了一口气。这一次雾气没有分开，反而迅速地合拢，一下子将她包围在白茫茫的雾气中。

她更加迷糊了。雾气仿佛是道薄薄的纱帘，在纱帘的另一面，梦境之中的场景疯狂闪烁着——箭一般从雾中射来的猫头鹰……密密的森林……冲天而起的大火炙烤着巨大的树冠……裴寄纵马奔驰，猩红色大氅如同一道火焰……岑诺的面孔，火光在他漆黑如镜的眸子中跳动……

忽然，一股熟悉的气味令她惊觉……血腥气……在神龙山上，在大射礼上，这种气息都曾出现过。即便知道是在回忆梦境，她还是不由自主地捏紧了拳头……

一个高大的、微微佝偻的身影从雾气中浮现。他穿着一身长长的白衣，手里拖着长剑，头颅低垂瞧不见面目，风拂若却记得这身长袍。真奇怪！为何他的身影，会和那充满恶臭的不死残躯重合在一起？

她以为自己是醒着的，可是眼前的梦境又过于真实，她没有察觉到自己在恍惚中已经陷入梦境与现实之间的夹缝……

腐臭的味道随着雾气在她周遭蔓延开来。风拂若冷冷地注视那个身影。他一边蹒跚着向前，一边似乎想要抬起头来，但他的身体在不停抽搐，那颗头颅艰难扭动，却怎么也抬不起来。

"抬起头来，抬起来……"风拂若在心中默念，"抬起来……让我瞧瞧……"

现实中，小小的屋子里有了不同寻常的动静。屋梁"嘎嘎嘎"地响，墙角似乎也在"咯咯"地抖动，像有无数只老鼠在满屋子乱窜一般。渐渐地，整个屋子都抖动了起来，放在地上的盆盆罐罐"咚咚咚"地跳起来。只有风拂若端坐在榻上，紧闭双眼，手在胸口处紧握着冰冷的坠饰，纹丝不动。

"抬起来……抬起头来！"

那高大的身影剧烈地抽搐着，一团黑雾笼罩了他的上半身。透过浓雾，风拂若能看见他的头在抬头与低头之间疯狂地切换，仿佛有无数张面孔在那头颅上同时浮现。猛然间，他的头抬了起来，一张腐败的脸对着她，烂成洞的两个眼窝中闪烁着寒光。

"砰"的一声巨响，雾气以小屋为圆心向外激射，形成一个不断扩散的圆形气团。气团所过之处，雾气被扫得干干净净，被遮蔽的草木、山丘，都清楚地显现了出来。

风拂若睁开眼睛，平静地望着被晨曦照亮的小屋。

是手心传来的剧痛将她彻底唤醒。她摊开手，穿髓流光在手心发出微弱的光，套住它的赤金小钩刺破了她手心。穿髓流光内那永无休止地流转着的光亮透过淡淡的血迹射出来，在手心上投下五彩而怪异的光影。

她深吸口气，将穿髓流光紧紧地贴在胸口，低声抽泣起来。

直到这时，刚才那声爆响才从周围的群山之中回荡过来，巨大的轰鸣连绵不绝，像夏日的闷雷"隆隆"地撼动着小屋。

"哦，好精彩，"有人在小屋外拍着手道，"我就把它当作是旗开得胜的鼓声吧。"

风拂若一惊，从榻上站起来。小小的屋子四面透风，她穿着里衣，便觉得好似光着身子站在屋外一般。正慌乱间，听见不知是衣甲还是刀剑碰在山石上清脆的撞击声，那人显然是坐了下来，风拂若方才松了口气。

她镇定下来，细心地穿好红色的巫女服，系上红色头绳和腰带，将穿髓流光小心地贴身戴好，拉开屋门走出去。

裴国国君、卿士寮中大夫裴寄一身戎装，背对小屋坐在屋前小石凳上，似乎正在凝视山丘之下。风拂若缓步走到裴寄身后，行了一礼，裴寄不开口，她也不说话，静静地站在他身后。

被驱散的云雾正在默默地自四面八方重新围拢，山丘、树林、草地像是被吞噬一般不断消失。山丘之下生长着一簇低矮的猩红色灌木，大雾吞噬了周围的一切，唯有它那单薄的身影在雾中影影绰绰。不知不觉间，连风拂若身后的小屋都已重新被大雾吞没，整个白茫茫的天地间，只有那簇猩红灌木坚强地挺立着。

周围响起飒飒的风声，大雾就要强行将那簇灌木吞没，风拂若忍不住抬起手，不料裴寄背上生了眼睛一般，立刻道："不要动。"风拂若稍一迟疑，猩红灌木便消失在雾气之中。他们所在的天地又变成无边无际的白色苍茫。

裴寄转过身来，风拂若后退一步，在他身旁跪下。

"无妨，"裴寄道，"无须多礼。"

"巫女陪侍国君，这是该有的礼节。"

裴寄沉吟了一下："你这是前商的礼节吧。"

"是。"

"你的国家，也是历史悠远的国度呢。"

"是。"

"我是来报灾的……"裴寄叹息一声，拍了拍膝盖，"刚得到消息，很不幸，一个月前，贵国被楚国所灭。"

风拂若猛地抬起头来，眼中瞬间汪满了泪水，又慢慢低下头去。

"作为巫女，已经有所预感吧？"

"离开家的时候，父兄已做永别的嘱托。"风拂若低声道，声音听上去很是镇定，但身体止不住地发抖，衣衫都抖得簌簌作响。

"楚国已经下定决心要称霸江右。或迟或早，江右诸国都会臣服或者毁于荆楚，"裴寄道，"便如同那簇灌木，被大雾吞没只是迟早之事，你一个人左右不了天地。"

"天地间，也不仅仅是大雾。"风拂若含着泪，咬牙切齿道，"太阳出来，雾终要消散！"

"对，所以要活到太阳出来的一刻。"

"是！"

"裴国也是荆楚的眼中钉，必欲除之而后快，战争马上就要开始。"裴寄张开双手，仰头看天，"巫女，为我祈祷吧。为裴国祈祷，能做到吗？"

"恕小女子无能，小女子只知舞蹈之道，不懂祈祷之道，更不懂预言、观天之道。"风拂若低声道。

"哦，是吗……"裴寄脸上倒也没多少遗憾。

"但是，祈祷和预言只能看到眼前，舞蹈带来的繁盛却是长期的。国运不是人的命运，请国君远看十年之后，不用在意一时之幸厄。"

"真是至理名言啊。"裴寄叹息着拍了拍大腿，随即又笑起来，"实在太尴尬了，这么穷一个国家，只能把宝贵的舞姬当巫女用，唉！"

"国家不在穷富，在于有无朝气，"风拂若黯然道，"小女子的国家……已经行到暮年，再多的舞蹈，再好的舞姬，也救不了那样的国家。"

"我的国家看起来满眼都是穷气吧。"裴寄苦笑道。

风拂若有些入神地注视着裴寄的侧脸。同是中年男子的他，侧脸与父兄大不相同，他的天庭更加饱满，稍一思索便全是皱纹。他的鼻梁更高，比所有郁代国男子都更挺拔。相对较薄的上下唇紧紧抿着，令他的侧脸更加英挺。

这张侧脸好生熟悉。她猛地想起，就在刚才那个好不容易才醒来的梦中，她曾经见过！

"国君……是要去打仗了吧？"

裴寄低头看看自己的浑身披挂，拍了拍甲衣，点点头。

"您这是来宜社。"

"姑娘家学渊源，真是什么都懂，"裴寄苦笑道，"但宜社是前商出征时的祭祀之法。我裴国人口本来就少，哪敢随便杀人祭祀？我不过是来坐坐……"

"国君是来祈祷战胜的，对吧？"

"我已经放弃了。"裴寄笑道，"若真上天垂怜，我宁可让国运长久，不求一时的胜败。"

火光冲天，裴寄高举长剑杀入敌阵的画面在风拂若脑海中闪过。她轻轻地"啊"了一声。

"怎么？"

风拂若摇摇头，道："不，不用祈祷。"

"哦？"

风拂若将右手放在裴寄的膝上，凝视他的眼睛。"一切都会平安，但要小心火。"

"是吗？我们要战胜的，正是祝融的后裔……"

"不用担心。"

裴寄看着她坚定的目光，忽然笑了起来。"既然你这么说，那就没什么好担心的了。"

风拂若站起来，手向前方一指。一股看不见的劲风刮向裴寄来时的路，云雾猛然向两旁闪开，露出道路和那簇猩红灌木。裴寄的爱马"攀风"正在小路上静静地等待着。

风拂若慎重地道:"小女子在此恭祝国君凯旋。"

裴寄站起来,原本就高大的身材裹以重甲、大氅,几乎有两个风拂若那么大。他刚走出两步,忽然又转回身来,上下打量了风拂若几眼:"这件衣服,还合身吗?"

"……很好,小女子感谢国君的馈赠。"

"很惭愧,一直没有告诉你,我这个穷国君什么都没有,"裴寄低声道,"这套衣服,是我女儿生前预做的吉服改的。"

风拂若惊讶地抬起头来。裴寄若有所思地审视着她:"她若还活着,也有你这般大了。我一直以为再也没有机会看到……"

他忽然仰头无声地一笑,转身大步走下台阶,边走边高举起右拳,大声道:"我已得到巫女的预示,裴国,必将全胜!"

雾气中传来数百人的齐声呼号:"全胜!全胜!全胜!"

被这充满阳刚之气的呼号声一激,雾气猛烈地向后退散,露出了整齐排列在小丘下的军队。这支还不到三百人的队伍穿戴整齐、衣甲鲜明,昂首挺胸地站在潮湿的地面上。

裴寄翻身上马,裴寄的车右、裴国上士杜伍勒马上前,将一丈高的黑红色国君认旗高高举起。没有更多的言语,裴寄拉转马缰,再不回头看一眼小丘上的风拂若,打马便向着城门方向而去,杜伍紧跟其后。

裴国军队紧随着他们,步伐整齐地走进大雾中。

风拂若站在山丘顶端,注视着他们远去。即便以她不多的经验也看得出来,裴寄此番出征与往常不同,这是一场押上了命运和国运的豪赌。在走下山丘之前,裴寄的眼中只有决绝,并没有必胜的自信。

她觉得有些喘不过气来,不由得抓紧了领口。不知道为什么,在这个令人屏息的时刻,她忽然间满脑子都是岑诺的模样,似乎只有站在他的身旁，才能让这狂跳的心平息下来。

"只不过是一场乡下人的战争而已。"一个气喘吁吁的声音忽然从身后传来，"战争嘛……嘿……哪年哪月没有过？只要是个国家，就有战争。"

风拂若没有回头，木然地站着。

"我的国家已经不在了。"

"啊，我听说了。"胖子随意地坐在裴寄刚坐过的石头墩子上，摇着蒲扇大的手扇风，"国家嘛，也是亡啊兴的……我的国不也早就灭了？"

风拂若平静地站着，长发、裙摆纹丝不动。胖子扇了半天风，觉得不对，蹑手蹑脚走到风拂若面前一看，却见她双眼赤红，眼泪扑簌簌地落个不停，胸前都打湿了一大片，只是一直咬着牙，死也不发一声。

"哎哟哟……这可怎么地……"胖子想要用胖手给她擦，伸出手又觉得不妥，忙又缩回来，在自己脏兮兮的衣襟上擦擦手。

风拂若终于憋不住出了口气，眼泪更是断线珠子般滚下来。胖子以为她要开始放声大哭了，风拂若却双手捂住嘴，胸口剧烈起伏，就是不哭出声来。

"唉……"胖子叹息一声，"以你的能力，应该早就有预感了吧？"

风拂若"呼哧呼哧"地抽泣着，浑身发抖。

胖子掏掏耳朵，看了一眼手指甲上的耳屎，随手弹飞。"你我都是亡国之人啊……你才亡了一国，我嘛，啧啧啧……也不知道还要经历多少个亡国，这辈子才算完了。没事啊，没事，没那么可怕。眼睛一闭，一睁，过去的家国就是很久之前的事了。"

"父君……兄长……竟是永别！"

风拂若呜呜咽咽地开了口，却再也说不下去。

"知道风是什么吗？"胖子淡淡地道，"风没有家。有家的就不是风了。"

风拂若浑身一震，呜咽声顿时小了很多。

"来到这个国家的每个人都是从自己原来的国家中剥离出来的，一旦来到这里就再也回不去了。"胖子道，"你要想清楚啰，这儿，嘿，便是咱的家。前商的女孩子出嫁，临出门时，母亲哭得死去活来，一边哭一边祝祷女儿永远不要回来——这才是正理，我那可怜的老姐，她……"

胖子忽然一愣，慌忙用手掩住嘴。风拂若一下子不哭了，扭过头来问："你老姐？你还有姐姐？她怎么了？"

"咳……要不是她嫁给了鬼方的老头，咱也不至于失了国，流浪这么多年。"

"鬼方？"风拂若眼睛里还汪着眼泪，边抹边道，"那不是前商的方国吗？"

"是啊，"胖子叹息道，"我的娘，抱着姐姐的腿，哭哦……我那时候还小……"

"你……"风拂若抽了下鼻子，"你还小？那是一百多年前啊！"

"唉，往事不堪回首。"胖子两手一摊道，"这一百多年来，我历经了六个国家，一个个都灭了，如今我也只能栖身在这个小小的国家，祈祷着它不会又灭了，让我无家可归。"

风拂若又抹了一把脸，抽泣着道："胡说八道，哪有从前商一直活到现在的人？"

"如果风九愿意，"胖子幽幽地道，"她说不定到现在也还活着。"

风拂若浑身一震，瞪圆了眼睛看着胖子。

"郁代国的当家国主,当年红极朝歌的舞姬,古往今来可称舞姬第一人的风九。"胖子懒洋洋地道,"我姐姐,曾经是她的弟子。"

风拂若一把揪住胖子的手腕,指甲深入肥肉,胖子尖声叫了起来。

"你……你跟我说说,你真的见过……风九?"

"你轻点!"胖子嚷道,"掐到肉里了!刚刚不是说了吗?我老姐远嫁鬼方的那天,风九还送她到朝歌城外。商亡之前,风九带领郁代一族出走前,曾经邀请我近狐一族共同流亡。可惜啊,我那死硬的老娘啊……"

"风九她……她是我的祖先,"风拂若放开胖子的手,后退一步,道,"可是,我对她一无所知!你能不能告诉我?"

"当然不能。"胖子嘿嘿一笑,"风九是世上最后一个真正的御风者,从她之后,郁代人便落入凡尘,再不复御风族的辉煌。说实话,这些往事应该随着风九一起消失,不该存在世上。"

他吁了口气,摇摆着有两个半风拂若那么大的身躯,慢慢地向小路下走去。

忽然一声低沉的呼啸从身后响起,小路两旁的灌木丛同时深深地弯下腰,无数树枝、草叶甚或泥土被一股旋风卷起,形成了一道充满草叶气味的风墙,横亘在小路的前方。

"你说谎!你是故意说起风九!"风拂若愤怒的声音从身后传来,"你到底想说什么?不要以为没有了风九,这世上就没有御风者了!"

胖子苦笑一声,转回头来:"看来,你真的不了解何谓御风者!"

风拂若怒气勃发,以她足尖为圆心的旋风呜咽咆哮,卷动她的长袍、长发,带着无数细细的枝叶腾空而起,数十丈之内噼里啪啦,像是下起了倾盆大雨。

"……但，倒是个可怕的御风者。"胖子咽了口口水道。

荆山黑荆森林黑檀寨

日光穿过树林，懒洋洋地投射在一片绿油油的田野上。

石斛斜披着蜡染的葛布披风，穿着只到膝盖的膝裈，赤脚站在田坎上。从他的一脸风霜，几乎已经认不出这位在庚城统领三百士卒的卿士寮上士、唐国刺奸中大夫本来的模样。

他身旁还站着那个谜一般的少年。一个月过去，少年一直梳着周人样式的发髻，但额头两边的头发还很短，依稀看得出从前剃光的痕迹。只有荆蛮才会在年幼时剃光额头两侧的头发，谓之"髡首"。

头上的云层变幻莫测，穿透乌云的阳光变成一束束光柱，在田野间缓慢地移动着。石斛眯着眼睛，目光穿过光柱，望着远方的神龙山雪顶。

"啊，啊啊！"少年忽然指着远处叫了起来。十余条人影在田野尽头的树林出现，快速地向他们走来。石斛看清那是寨主的大儿子一行人，拍了拍少年的肩头，让他安静下来。

寨主之子披着蓑衣，浑身上下沾满了露水，显然是连夜赶路而来。他气喘吁吁地经过石斛和少年，目光凶狠地瞪了石斛一眼，却也没说什么，带着众人匆匆而去。

石斛漠然地转过身，注视着他们冲进寨中，一路不停地向祖屋走去。

世人都只知道荆蛮乃荆山之民，却不知荆人分为赤、黄、黑、白四支。按照与祝融神裔的血缘远近，赤荆地位最高，黑荆地位最低，而那些与中原人同化通婚的白荆，则为荆蛮异类。

与已经去了江水中下游，在丹阳、云梦泽畔建国的赤、黄荆人不同，数十万黑荆人至今仍生活在广袤的荆山、巫山之中。不知是荆山茫茫丛莽的限制，还是黑荆部落古老传统所致，这数十万黑荆人至今未形成一个统一的国家，种落分散，仅石斛现在目力所及之处，就有数十个氏族、上千个家庭生活在这片不大的谷地之中。

他们所在的黑檀寨是方圆二十里内最大的氏族，寨主黑肩年事已高，膝下只有两个儿子。黑肩是黑荆部族中少有的倾向于与大周通货的族长，其长子黑方舟却是极力反对。最近，黑方舟每日都带着几个人在附近的部族中游走串联。看着他的背影，石斛忽然生出不祥之感。

少年碰碰他的袖口，"啊啊"了两声。石斛拍拍他的脑袋，示意他不用害怕。

这个据说是坐在血污中给他的肚子、手臂缝好了伤口的少年，却是一个哑巴，只能发出"啊啊"的声音。这一个月来，他寸步不离石斛左右，石斛现在已能大致听懂他那些"啊啊啊啊"的意思。

"别怕，菖蒲，"石斛叫着自己给他取的名字，"咱们过两天就走。我带你回大周，回庚城，别怕，啊。"

"啊啊啊，啊啊！"

眼看着黑方舟一行人大摇大摆进了祖屋，两名守在祖屋门口的寨主亲信都被他们推搡到一边，石斛心中不由得发冷——看样子是等不了两天了。他手本能地下滑，摸向腰间，随即脸上浮出苦涩的笑——他的剑早在跳下丹阳城头的时候就不知去向，现在手边连一根称手的木棍都没有。

天已近晌午，田野里散布的黑檀寨族人开始三三两两地往回走，到处都响起女人柔美的歌声和男人的喧闹声。石斛目光忧郁地看着那些无忧无虑的人，心中明白，这些他熟悉的人很快就再也快乐不起来了。

黑荆部落正在被一股未知力量暗中串联。他不由得想起丹阳城中所见的一切。楚国人，还有那不知来头的又怪又邪之人……在那一切怪异的背后，必然是一场惊天的阴谋。可惜，真正看到阴谋的人，现在已经变成另外一个人了。

石斛心头不由得抽痛起来，还牵动了肚腹上的伤口。这伤口是被伯行长剑所伤，深达内腑。少年连续半个月每日用蜂蜜为他涂抹伤口，才避免了大范围感染。他的命几乎可以说是这个哑巴少年救回来的。

不管他是什么人，一定要带他远离即将到来的战乱。石斛下定决心，将心中那些乱七八糟的焦虑一扫而空。

"走，咱们回去。"

他们二人住的小屋就在祖屋旁边。黑方舟带来的几个壮汉目光不善地盯着他俩，其中一人上前手一张："外来的周狗，不准过来！"

石斛目光冷冷地扫过去："我等受寨主所邀住在此处，与你何干？"

那人怒气冲冲地上前就推石斛肩头，石斛微微侧身让开，顺手抓住他的手掌往下一拧。那人手腕"咔"的一声，顿时失声惨叫起来。

另外几人同时拔出挂在腰间的柴刀，正要上前，一个穿着华丽的少年从石斛身后的小径跑过来，怒吼道："干什么！收起刀来，这是祖屋！"

石斛松开那人的手腕。那人还没来得及退后，那少年已经直冲过来，小路狭窄，那人避无可避，只好直接跳到了路旁的烂泥中。

那少年看也不看石斛二人，冲到祖屋前，大声道："你们在这里做什么？兄长呢？叫他滚出来！爹爹身体不好，他日日来闹,什么意思？！"

这少年却是石斛曾见过的黑肘吾，脾气暴烈，比黑方舟还难惹。几个人对视一眼，都乖乖地闪到一边。黑肘吾扫了石斛二人一眼，并不言语，推开门走进大屋，门随即被重重地摔上。

黑肘吾脾气如此，先进屋的黑方舟怕是讨不了好。黑方舟手下的几个人默默地再退几步，躲到了田坎下，再也没人有心思管石斛二人。

石斛松了口气，拉着菖蒲进了自己的小屋。

小屋内陈设极其简单，除了一口架在火塘上的小陶罐、一张小几、一只漆匣，别无他物。

但这只漆匣放在屋里，就十分打眼了。匣子四周雕刻着精美的龙虎图案，盖和底各刻着一双相对展翅的凤凰，镂雕工艺让两只凤凰栩栩如生，似乎随时都会从盒面上飞出来。以石斛的眼光来看，只怕方伯唐侯的府上也未必有这般做工奢豪、漆画精美的宝匣。

匣子长长扁扁的，是双面开合的形制。顶盖打开，里面装满了针、药，甚至还有一个标满穴位的木头小人。下半截却上了一道赤金锁，没有钥匙，怎么也打不开。

赤金锁乃前商时代王室匠人为商王打造的锁具，直到现在大周也仿制不出来，传世的赤金锁都是从商代遗留下来的。光是配上这么一把锁，这漆匣就价值连城。据黑肩说，这匣子菖蒲一直贴身背，菖蒲就是用匣子里的针线缝合了石斛的伤口。

石斛指指匣子："把东西收起来吧。"

菖蒲跪在小几前，将鱼骨针和鱼线收进匣中。忽然"砰"的一声巨响从祖屋中传出，菖蒲吓得浑身一抖，手中零碎东西撒落一地。

石斛靠在墙上侧耳听去，只听从祖屋中传出的争吵声越来越大。石斛听不懂黑荆话，但一直听不到黑肩的声音，只有黑方舟与黑肘吾暴怒的争吵声。他摇摇手，示意菖蒲继续收拾。

菖蒲胆子极小，刚刚脸色苍白地把针线捡起，祖屋的门就被重重地踹开，黑方舟疾冲而出，反手将门"啪"地摔回，头也不回地向寨外冲去。

石斛从门缝里注视着黑方舟带着他的几个人冲出了寨子，随后才回过头来。果不其然，菖蒲又狼狈地在地下找着撒落一地的零碎。

"不要怕，"石斛沉重地道，"我们明天一早就走。"

两人整个下午都待在小屋之中。东西倒没什么可收拾了，除了那只漆匣，就只有身上穿的简陋衣服，别无长物。过去的一个月里，石斛每日下午都会在附近的农地里走走，用木棍练习劈砍，但今天他只盘膝坐在木门前，将平日里用的短木棍放在膝上，闭目不动。菖蒲更是在角落中缩成一团，半点声音都不敢发出来。

天很快黑了。今日的黑檀寨，似乎人人都知道些什么，再没有往日的喧闹。天还没黑透，寨子里便家家户户紧闭大门，连狗叫声都没有。屋梁下的气窗先是变黑，接着又慢慢亮起来。月亮正在升起，照在黑乎乎的寨子上。

菖蒲不知何时睡着了，头埋在膝上，轻微地打着鼾。忽然"咯"的一声轻响，菖蒲睡得极浅，一下子惊醒过来。

门开了，一个黑影站在门前。菖蒲正要惊叫，一只大手猛地掩住他的嘴。

"您亲自来，有何要事？"石斛低声道。

那人走进屋中，气窗射进的月光照在他脸上，正是寨主黑肩。

他身披厚厚的黑羽披风，脸色略显苍白，冰冷的目光在石斛和菖蒲脸上扫了几眼，却不言语，只慢慢地从披风下抽出一柄长剑。屋中寒光一闪，月光从雪亮的剑身上反射到菖蒲脸上，菖蒲打了个透心凉的寒战，闪身躲到石斛身后。

"我等受难流落至此，若不见容，请允许我等自行离开，我等感恩不尽。"

黑肩并不答话，慢慢地举起剑，指向石斛。

石斛强行抑制住夺剑的冲动——黑肩老矣，但神智并不乱，此番孤身前来必有后手，自己只要一动手，只怕立刻就是万箭齐发。他并不怕死，但菖蒲暖暖的小手抓着他的手，他不能冒这个险。

"若族长以为……"

"你只有一次机会，说一句话。"黑肩冷冷地道，"你们两个人的生死，就在这一句话上。说吧。"

石斛回头看了菖蒲一眼，忽然笑了，朗声道："我乃是大周卿士寮上士、唐国中大夫、天子行在虎臣。你可以把我的头交给楚人，但让这孩子走。"

手心里菖蒲的小手猛地变得冰冷。石斛回过头，月光照亮了菖蒲的脸，只见他一脸恐惧之色，使劲地摇着头。石斛笑笑，低声道："放心。你不会有事的。"

"周人，你的话可当真？"

石斛话已出口，倒是轻松了不少，大声道："老子就是从丹阳逃出来，才受了这鸟伤的。你把老子的头交到丹阳，保你奇功一件。来，给爷个痛快！"

黑肩长长地叹了口气，手中长剑弛然地垂了下来。

石斛一愣，黑肩忽然手腕一翻，将剑柄倒转递到他面前。

"这把兵刃，是百年前一名受伤流浪到此的前商之人留下的。"黑肩淡然地道，"老朽见识浅薄，倒还没有见过比这更好的剑。"

石斛茫然地伸手接过，手臂往下一沉——那剑不知是用什么材料铸成，比普通赤金剑重得多，但显然经过名师调校，剑身前后的轻重平衡十分精准。石斛忍不住轻轻一挥，剑身发出"嗡"的一声轻响，屋中光线瞬间变暗，仿佛月光都被这剑斩断了一般。

"好剑。"石斛声音有些发抖。

"你们走吧。"黑肩声音低沉地道,"从寨口往东走,过了前面那个山坳口,再走数十里,便可到周人的地界。现在就走。"

"在下……无功不受禄,这剑……"

"不是白给你的,"黑肩道,"你要答应一件事。"

石斛沉默地看着黑肩。

"不是什么为难的事。"黑肩道,"老夫只要求,将来周国与黑荆交战,不要伤我黑檀寨的老幼。"

"你……是想站在周国一边?"石斛惊讶地道。

"只是不想站在丹阳一边。"

"为何?你们是黑荆,丹阳是赤荆、黄荆……"

"周人!"黑肩冷冷地道,"我们是荆人,不是奴婢,更不是随时可以被遗忘、需要的时候又捡起来的贱民!我们是在这里生活,不是在这里等着主子召唤!你们周人也别想奴役我们!"

"我大周不奴役方国。要么臣服,与我等一起臣属大周,要么……灭亡。"

"周人,你还在我的部落里。"

"在下感恩不尽,所以才实言相告。"石斛拱手道,"看看汉水周围的方国,如今都是大周正式的臣属,除了天子,不需要向任何人弯腰屈膝。"

黑暗中,黑肩目光如炬。石斛毫不畏惧地与他对视。过了好一会儿,丛林中传来几声"咕咕"的鸟叫声,黑肩忽然叹了口气,身体在黑暗中更加佝偻。

"一切……都已经太晚了,周人……"

"已经开战了？！"石斛大吃一惊。

"别问了，走吧，快走！"黑肩忽然转身，向门口走去。

"我会把你的决定转告汉水方伯和城宰。"

"还有一件事……"黑肩停下脚步道，"……黑肘吾乃黑檀寨的传人，是上下十二溪的主人。周人，不能忘了这一点。"

"答我一句话，是不是要打仗了！"

"已经……开始了……"黑肩苦涩地笑起来，脸上的皱纹挤成了深深的沟壑，"周人，战火马上就要烧遍这座莽林……"

"是谁？"石斛低声问道，"是谁向你们开战了？庚城，还是丹阳？"

"你回到周国，便什么都知道了。"黑肩后退一步，站到门外，"快走吧，要是再晚就走不了了。"说着一转身，顿时整个人都没入了黑暗之中。

"咯咯咯……咯咯咯……"石斛回头一瞧，却见菖蒲整个人缩在他身后，牙齿止不住地叩击着，脸都吓白了。这小子一定与丹阳楚人有仇——石斛心中忽然闪过这个念头。但此时哪里顾得了这个，他奋力将自己左边袖子撕下来，将剑一裹，利落地捆在背上，抓起菖蒲的手，道："走！"

他们走出黑檀寨，月光正明，数百亩水田闪闪发光，仿佛一大片破碎的水面。走了一个时辰不到，便来到山岭边的林线。

菖蒲忽然嚷了一声。石斛回过头，只见月华满天、星斗稀落，在西边黑压压林冠的后方升起一股浓烟。看样子，距离黑檀寨不过十余里远。

他心里"咯噔"一下，顾不上多看，拉起菖蒲的手，低一脚高一脚地奔进了莽林之中。

荆山黑荆森林六鹿寨

事实上，因为山间云气的流动，那股烟比石斛估计的要远得多。

也大得多。

熊熊烈火，正在吞噬一棵参天大树。

这非是普通的树。事实上，这棵参天榕树树根部的径围已经达到了一百六十多丈，这是由榕树巨大的树干、繁茂的气生根和数百座已经与树身融为一体的层层叠叠的木屋构成的。

大火从数百个窗户、门框中"呼呼"地向外喷吐裹挟着热流的浓烟，撕心裂肺的惨号声在树身周围回荡。

受到树顶上面积超过三十亩的巨大树冠的遮蔽，狂暴的火焰被迫向着周围喷射，在距离火场一两百丈外，仍然能感受到扑面而来的灼热气浪。

楚国少府婴支祁稳稳地骑在马上，这燎尽汗毛的热浪似乎令他格外开心。

"快哉，快哉！"他还饶有兴致地摇着一把小小的团扇，"祝融大神今日享受飨宴，必定开心不已。"

他转过头，斜睨着身后那群微微发抖的人："对不对，诸位？"

二十多名黑荆族长浑身大汗，不知是吓的还是被热浪烤出来的。当先一人满脸油光，上前谄笑道："大人所言极是。这火……又旺又烈，祝融大神必定喜爱。"

周围的人都铁青着脸，但他们身后是一百名披盔戴甲的赤荆卫，手都放在剑柄上，由不得众人不服，若真有不服者——在他们左边一片稻田中，齐膝深的水中还跪着一百多个五花大绑的农夫模样的人，在倒映着火光的水中瑟瑟发抖。在半日之前，他们都还是眼前着火的树寨中的居民，现在则是一堆任人宰割的肉——这总令人服气了吧？

"诸位父老,"婴支祁的目光在众人脸上扫过,微笑道,"我等奉王命而来……"

"哪个王?"人群中一人打断他道,"是朝歌的王,还是镐京的王?"

"自然是丹阳的王。"

"丹阳的王?"那人冷冷地道,"丹阳现在连君都没有,还有王?"

婴支祁的脸冷了下来,盯着那人看,见他身材高大,黑脸颊上满是凌乱的络腮胡子,鹤立鸡群地站在族长中间。

"不知阁下……"

"不敢,"那人一拱手道,"俺是打骨寨的柯老五。"

"原来是打骨寨的族长。"婴支祁见他拱手的手势和周人一模一样,心中了然,面上却满是笑意道,"我等在丹阳,也曾听闻打骨寨乃是黑荆第一强寨……"

"俺们不是什么强寨,"柯老五硬邦邦地回道,"俺们只知道,过去六十年,丹阳从未干涉过江北之事,丹阳早就忘了还有荆山存在!"

"丹阳当然记得!怕是尔等身在荆山,却忘记荆山的规矩了吧!"

"黑荆承认赤荆为主、黄荆为贵,这是老辈子传下来的规矩,俺们没忘记。"柯老五哼了一声,"但是,莫名其妙地就让俺们跟大周开战,俺们得想一想。"

婴支祁脸皮不自觉地抽动几下,强行抑制住抽刀砍了柯老五的冲动,冷声道:"柯族长总算还知道赤荆为主、黄荆为贵。荆山是祝融大神的神山,赤、黄、黑荆的传承是神谕,不是凡界的规矩,千年万年也不能变!如今赤荆之主有令,黑荆就敢装听不到吗?"

他不待柯老五答话,手往跪着的那群人一指。

"天生荆人,便是以远近亲疏分高下,赤荆、黄荆、黑荆,各列其位。"

婴支祁的声音盖过火焰的咆哮,"荆人须服畏贵种,不管有没有王,丹阳就是尔等的主人!六鹿寨悖逆丹阳,与当阳周人私相往来,罪不容诛,祝融大神自会收了他们!动手!"

一声凄厉的海螺声响起,赤荆卫拔出长剑,踏入水田,向那群跪着的人身后走去。人群中顿时响起凄厉的号叫声。

"大人!"柯老五忍不住叫道,"六鹿寨寨主一家已经畏罪自杀,祝融大神有灵,必……必不……"

婴支祁冷冷的目光扫过来,柯老五终于不敢再回瞪,低下了头。

"啊……你说得对。"婴支祁道,"为首者,已经畏罪自杀,纵然挫骨扬灰也无法再给予惩罚,祝融大神必不满意。"

"在下并无此意……"

婴支祁懒得听他再说,手一扬,正在逼近农人的赤荆卫一起停下。

"放开他们,"婴支祁朗声道,"让祝融大神……给予他们惩戒!"

赤荆卫齐声答应,长剑挥处,农人的绳索纷纷被斩断。又一声海螺号响,赤荆卫同时后退数步,在那些囚徒身后排成整齐的一列。再一声号响,数十支张开的弓从赤荆卫排成的人墙缝隙中露了出来。

囚徒还没来得及反应,"嗖嗖"的一阵破空声响,离赤荆卫最近的一排人直挺挺地倒下,身上插着的羽箭还在颤抖。剩下的囚徒发出破胆的狂号,四散狂奔——赤荆卫弓手箭无虚发,所有向两旁跑的囚徒一个个中箭倒地,只有迎着大火去的无人去管。水田中惨号阵阵,被羽箭驱赶得无路可逃的人们,只得在田中挤成一团。赤荆卫的利箭片刻不停地落下,人们撕心裂肺地号叫着,绝望地向大火退去。

"大人!"

柯老五忍不住上前一步,"唰唰"两声,两名赤荆卫拔剑架在他的胸前。

婴支祁先扫一眼众族长,见人人都恐惧地低头弯腰,才冷冷一笑,转向柯老五。

"柯族长有何高见?"

"大人是要逼死一族的男女老弱,连幼儿都不放过吗?!"柯老五浑身都在发抖,"这岂是祝融大神光耀四野的神意所欲?!"

"火即祝融,祝融即火!"婴支祁厉声道,"见过火风燎原吗?所过之处,皆为焦炭,何须分男女老幼!"

"我等皆是祝融后裔,祝融的子民!"

"背叛者,不再是了。"

说话间,百多囚徒中只剩下十余人,挤在田坎的一侧——田坎对面,便是奔腾呼啸的大火,这些人身上的泥水都被烤干,头发都冒起了火苗,已是无路可走。

箭雨稍稍停了一下。赤荆卫垂下长弓,齐齐地注视着婴支祁。

婴支祁的目光,傲慢地从大火移到那群囚徒身上,又从囚徒身上移到眼前的族长们头上,冷哼一声,将手一扬。

一声号响,赤荆卫的队列中又露出一排整齐的箭头。

族长们彻底失去了看下去的勇气,一个个垂首掩目。柯老五双手抓住横在他胸前的两把长剑,血顺着开刃的刀锋向下滴落,浑身发抖,却再也说不出话来。

忽然,一个苍老的声音高喊着:"祝融大神在上,今日我全族以身相殉,他日丹阳必焚于大火,与我等同归祝融之炎!"

婴支祁大怒,刚举起手,却见那十余人手挽着手从田中一起跃起,扑进了火海。火头"轰"的一声爆燃开来,喷溅的火焰横扫水田,几名站得稍稍靠前的赤荆卫也着了火,狂喊着滚倒在水田中……那十余人的身影在火中隐隐闪现，仿佛随着火浪舞蹈……终于消散无踪，只有大火不知疲倦地随风猎猎作响。

婴支祁心头狂跳，大火燎得他头发都枯了，背上却淌了一层冷汗。他不敢在众族长面前露怯，强自镇定道："弃神之徒，死不足惜。"

树屋的大火越烧越旺，每一扇窗户、每一条树缝都在向外喷射着白色的烈焰，近五十丈高的树干已经变成一支透亮的巨烛。然而树冠始终不曾着火，巨大的烟柱向天空升起，在数百丈高处受风所激，四散开来，变成一团压在森林上空的黑云。

婴支祁被热浪烤得口干舌燥，胯下的马不安地骚动着。一人伸手过来帮他拉住马缰，却是他的副手屈通空。

"大人！您……"

"我没事……没事！"婴支祁烦躁地看了一眼周围，见诸族长都还匍匐在地，忙挺直了背，重重地咳嗽一声。

"你……你们……都瞧见了，这就是违逆丹阳的下场！"婴支祁嘶声道，"遵从丹阳者，必受庇佑；违逆者……"

"丹阳为主，那是因为丹阳有主。"柯老五红着眼睛大声道，"怎么俺们听说，楚君已经不在丹阳城中了？"

"胡说八道！谁说丹阳没有国君？"婴支祁吼道，"先君之子、当今的楚君，就在丹阳城中！"

"如此说来，那倒简单了。"柯老五站直了身子，扫视一圈，举起血淋淋的双手高声道，"只要楚君来到江北，登岸之地，俺们匍匐相迎。敢问大人，楚君何在？"

婴支祁忍不住回头看了看身后那排寒光森森的队列，但立刻又警觉地转回头来。

此地二十多名黑荆族长代表的是将近十万人的黑荆部族。刚刚烧杀六鹿寨虽然立了威，但要再动屠刀，那就不是立威，是在找死。自己手下的几百人一个都别想活着离开黑荆森林。就算逃得出去，黑荆的人心再也聚不拢了，自己除了跳江自杀没有第二条路。

他嘴边不由得浮现出一丝冷笑。事情果然如二十八所言。也幸好……他手里还有狗可驱使。

"主君年幼，尚未亲政，"婴支祁道，"派我等来此，实在是主君心系黑荆各脉，不忍心看着诸位丧家失地，弃祖宗坟墓而逃，所以……"

"大人不妨说清楚。"柯老五双眼血红，毫不客气地打断他道，"江北黑荆在此已延续千年，何以要弃祖宗坟墓而逃？"

婴支祁冷笑一声，从马背上立起来，马鞭向远处一指："看见神龙山了吗？看见雪岭了吗？那是祝融大神的神域，都记得吧？现在那里，已经成为周人的国度——尔等自称祝融后裔，可是半年多来，你们就看着周人在那里建立国家、砍伐神山？"

黑荆族长面面相觑，人群中满是"叽叽喳喳"的议论声。裴国人在神龙山东麓建都，在黑荆部落中早就不是什么新鲜事。裴寄十分擅长结交，在立国之初就与附近黑荆部落互市，卖的都是黑荆人缺乏的盐、铜、麻，以及产自大周的铜镜、农具，甚至是奢侈品。从前黑荆需要白荆作为与周国交易的中间人，平白受到盘剥，如今有周人与他们就近交易，实在是天大的便宜——裴都当阳又处在深山中，与黑荆赖以生存的谷地田野并无交集，因此周围的黑荆部落谁在乎周人在神龙山上开采矿石？

"楚人弃荆山而去，季连旧部也早去了江右，神龙山荒僻无人已逾百年，"柯老五扫了周围一眼，平静地道，"周人就算在神龙山麓建国又如何？凡界之人，反正也上不了雪岭，祝融大神无人可以打扰。"

"是吗？"婴支祁大声道，"那尔等可知，周人在山上开挖矿坑，掘神山之根？又可知周人正在通过白荆开辟的蛇丛道，源源不绝地送进补给、军队？就在这个月，当阳城中驻扎了超过三百骑士、一千两百名步卒！尔等以为他们是来打猎的吗？可悲可笑！若非我赤、黄荆垂怜尔等，特命我等前来镇抚，你们的寨子，早就烧成白地了！"

场子里的议论声忽然小了下来。千百年来，黑荆部族之间的战争永无止境，表面上对赤、黄二荆的臣服，也是因为赤、黄荆团结强大，黑荆各部宁可争当前者的奴婢，也不愿意相互团结。对这些从一生下来就陷入战乱的人而言，三百骑士、一千多步卒代表什么含义，根本是不言自明。

"周人……百余年来与我黑荆无冤无仇……"一个头发花白的族长颤巍巍地道，"他住他的汉水，咱们住荆山，两不相干，怎么会……"

婴支祁一挥手，屈通空拍马上前，右手高高地拎着一个布袋。昏暗中白光一闪，婴支祁还剑回鞘，那布袋已被斩成两段，白花花的稻米洒落遍地。

"知道这是哪里来的吗？是昨日刚从周人补给当阳的车队里抢来的！看清楚是什么了吗？是米！"婴支祁喊道，"周人，终于开始在汉水种稻了。你们知道这是什么意思吗？从前，你们的山，你们的谷，你们的水田，周人不来抢，是因为周人食黍！吃不惯磨不成粉的稻米！现在周人也种稻米了，不久之后，汉水将稻田密布，不久之后……你们要么滚蛋，要么死！因为周人将占据你们耕种了数百年的肥沃稻田！这就是那一千多周军要来做的事！"

仿佛一阵冰风刮进场中，终于，所有族长都陷入一片死般的沉默。

中原的商人、周人进入汉水流域已经超过百年，但对于南方荆蛮而言，中原人与自身相隔玄远，中原人再经营汉水，也不会越过汉水往南——仅仅是对食物的选择，便决定了这是一条无法逾越的鸿沟，这也是黑荆诸部能够安心与汉水的周人交易的原因。

但稻米，这可笑的理由，是真正触动众族长的心了。今日周人开始吃稻米，明日便来抢夺黑荆经营了上千年的熟田，这种朴实逻辑十分简单有用，连反驳的余地都没有。

"祝融大神在上……"那头发花白的族长咕哝了一声。

"祝融大神在上！荆人是神裔之后，世居荆山，一旦周人侵入，就永无宁日！"婴支祁的声音在人们耳中回荡，"赤荆、黄荆、黑荆，本为一体！从今日起，丹阳将全力支持尔等，反抗周人，夺回神龙山！"

在场众族长面面相觑，终于，一名老族长带头跪倒。哗啦啦地，族长们低头匍匐了一地。

婴支祁骑在马上，冷漠地注视场中。他微微偏过头，屈通空立刻凑上来。

"探到了？"

"有六支庚城来的军队进入了森林中，目前不知去向。今日中午，裴寄离开当阳，麾下大约有三百人，目前已穿过裴国的矿场，行踪不明。而且……"

"嗯？"

"裴寄离开时，似乎举行了祀礼。"

"那就是宣战了。"婴支祁无所谓地道，"这人倒也果决，只不过，他根本不知道面对的究竟是何等的雷霆，呵！"

他直起身子，扫视了一遍场中，道："各寨联军准备好了吗？"

"诸寨都拖拖拉拉……"屈通空犹豫了一下道，"都在等着看四大寨的眼色。"

婴支祁双目微闭，扬起下巴。屈通空以为他就要大发雷霆，却听他低声道："四大寨都来了吗？"

"来了三个……呃……四个……"

婴支祁不满地瞪了屈通空一眼。

"三大寨先到，黑檀寨的黑肩没有来，但是他的长子来了。"

"黑肩派他长子来的？"

"他的长子是这么说的。"屈通空结结巴巴地道，"但他只带了十几个人来，还出首说黑肩与周人暗通，还说裴寄约好要去黑檀寨拜访。"

婴支祁目光一跳，道："黑肩还有这般孝顺的儿子？"

"大人……"

"既然人家礼都送到了，何必客气？"婴支祁眼中满是嘲讽的笑意，"待会儿叫他过来，我要亲自见他。"

"是！"

"这些老东西活得太久，"婴支祁看了看身后的族长们，满脸鄙夷，"规矩都忘干净了，还是年轻人可靠。"

"大人……"屈通空小声道。

"嗯？"

"柯老五刚才偷偷地离开了。"

"没有关系。"婴支祁喃喃自语道，"人不敬祝融，祝融必降罚于人。今日只是一座六鹿寨，明日……我要给你们看看什么叫作冲天之炎。"

第五章

> **大周裴国当阳**
> 穆王三年秋七月

在那个夜晚,并不是只有石斛看到了那股冲天而起的烟尘。

"起火了。"风拂若刚刚走上山梁那条陡峭狭窄的山路,忽然停下脚步,回头望向远方。

"啊?"跟在她身后的胖子举着火把,慌忙回过头张望,"哪里?大殿,还是城门?"

"很远。"

在他们脚下不远处,当阳已经沉沉睡去,除去几支孤零零的火把,再看不到任何光亮。偌大的当阳城,高耸的城门,宽阔的大殿,密集的民居……都隐没在深沉的黑暗之中。

胖子使劲地眯着眼,往更远处望去。今夜云层厚重,星月无踪,漫无边际的荆山都沉睡在昏暗中,胖子瞪了半天,什么也没有瞧见。

"很远,"风拂若又说了一遍,"很大。"

说完,她转过头,继续向山梁上走去,胖子疲惫地喘了口气,举着火把勉力跟上。

这条当阳背后的山梁与周围莽莽群山不同,全是灰白色乱石,寸草不生,如同苍翠莽林中一条巨大的伤痕。沿着山梁向上,就到了当阳背后那座山峰的顶端。裴国人私下称这座山为"驼背岭",看上去是一个人背着双手、低头前行的样子,像极了大半裴国人来此之前的狼狈模样。

山顶之下半里路,是一处垂直的绝壁,建着一间用来瞭望敌情的小草亭。两人刚刚靠近亭旁,便听一个苍老的声音厉声道:"站住!何人来此?"

胖子爬得浑身大汗,满脸通红,像个蒸熟的螃蟹一般"呼哧呼哧"地喘着,一时间竟开不了口。风拂若静立原地,一名老卒佝偻着身子过来,举起手中的火把,待看清风拂若的脸庞,吓得腰弯得更厉害了,道:"原来是巫女。请恕小人无礼!"

"您老辛苦了。"风拂若淡淡地道,"我们来此,是想瞧瞧国君的队伍到了何处。"

"哦!"老卒忙弯腰将二人引到草亭边。从这里望出去,群山皆在脚下,当阳沉在黑暗中,远处一溜隐约的山岭被云层后投下的微光映出黑黝黝的脊线。一些如萤火虫般微弱的光点,正在那巨大的黑色山体上游走着。

"那是——"风拂若指着那些光点。

"是火把,"老卒道,"离开当阳的队伍正在爬山。"

"是国君的队伍?"

"主君今日午时就已经翻过了凉风垭。"老卒笑道,指着更远的地方,"未时三刻,第一矿场有烟升起,主君应该是直接穿过了矿场,向更西边去了。"

"更西边?"胖子双手撑在膝盖上,有出气没进气地道,"西边……那是哪边?"

"反正不是裴国。"老卒道,"越出第一矿场的地界,就不再是裴国了。"

"第一矿场……"风拂若喃喃地道,"那么第二矿场呢?"

"在这个位置看不到。"老卒笑道,"第二矿场在山另一面的山坡上,在当阳是瞧不见的。"

说话间,又一队萤火虫般的火光出现在当阳城门外,向着西方的山脉而去。不久又是一队……仔细看去,整座山脉之上,到处都有闪烁着的火光,不知道有多少人正在连夜穿山而去。

"第六队了,"老卒喃喃地道,"从昨日到现在,六支队伍往西边去了……嘿……不知道现在当阳城中,可还有人否?"

"胡说八道!"胖子脸色一变,斥道,"这非你所知,闭上嘴,退下!"

老卒吓了一跳,慌忙弯腰行礼,退了下去。胖子冷眼瞧着他一直退到十余丈外的小树林中,才冷哼一声,转回头来。

"城里已经没士卒了吧?"风拂若淡淡地道。

"什么都瞒不过姑娘的眼睛。"同样一句话,胖子的回答温顺得像只绵羊。

"国君孤注一掷了,"风拂若道,"可我看不到什么赢的希望。"

"是吗?"胖子擦着冷汗,"姑娘你、你、你……你也瞧不见?"

"你们都把我当作巫女,"风拂若微微懊恼道,"可我并不是什么巫女。

什么占卜起卦，我统统都不懂。我怎么会知道那些我不知道的事？"

"占卜起卦，那是巫的事，大周也就齐侯有家学渊源。其他的，也就哄哄小孩子，"胖子笑道，"但预知天下事的本领，可不仅仅是巫专有。"

风拂若若有所思地凝视着他。胖子捧着大肚子走到悬崖边，胖手在空中挥了挥："你怎么知道起火了？"

"闻到的。"

"我就没闻到。"胖子道，"胖子我的鼻子，天下也就朝歌东门那一窝狗比我强，难道姑娘你比朝歌东门的狗……"

"风……"风拂若低声道，"风传来的消息。"

"风也不会无缘无故给人带来消息。"胖子背手望天，"天下的风多了，凡人只知道凉风、暖风，修仙者知道罡风、龙息，可谁也没从风里听出些什么来。"

"所以，我是个……怪物？"

胖子指着风拂若的鼻子哈哈大笑起来。风拂若疑惑地摸摸自己的脸，既而眉头一皱，怒容满面。

"对了，对了，"胖子笑道，"御风者便是这般容易发脾气。天地万物之中，风是最喜怒无常的……你还不算得一个合格的御风者。"

"御风者到底是什么？"

"你从风的国度来，却什么也不知道？"

"父君……"风拂若哽了一下，"父亲并没有告诉我什么。"

忽然，胖子抓住风拂若的手腕，将她一把拽到自己身旁。风拂若大怒，但胖子毫不畏惧地盯着风拂若的眼睛，大声道："你以为，这世间还会有别的什么人，随随便便就有御风者的能力？你身上流着风九的血，别以为我瞧不出来！"

"风……风九究竟有何能耐？我什么也不知道！"

"瞧瞧你的眼睛，"胖子的语气如从冰缝中渗出来一般，"瞳孔蓝得发紫。这是风九的眼睛，过了一百多年，我也不会忘记！"

"告诉我风九的事！"风拂若气喘吁吁地道。

"为何我要告诉你？"胖子冷笑道，"你以为你是岑诺那小子，可以对我予取予求吗？"

"你把我叫到这里来，你说起风九，"风拂若越说越怒，"你是故意的！你想要我求你！"

"对，求我。"

风拂若拼命挣扎的身体忽然放松了，手腕任由胖子抓着，低下了头，不再说话。

"怎么样？"胖子扬扬得意道，"你们都以为老子软弱可欺，人人都可以……"

他肥胖的身躯忽然晃动了一下，脚往后一滑，几块石头被他踩落了悬崖。

"喂……喂！"

风拂若低着头，一动不动。但是迎面而来的看不见的压力，让胖子站不稳身子，摇晃着又往后退了一步。更多的碎石"噼里啪啦"地滚落悬崖。

"喂喂喂！喂！"

风拂若猛地抬起头来，仿佛有一道白色的帘幕从她身后扑来。胖子眼前一花，本能地双手遮面……并没有什么扑到他的脸上，但他觉得有点眩晕，脚下发虚，好像踩在什么着不了力的软东西上。

他睁开眼，看着风拂若，一时间不明白为何在一瞬间，风拂若和自己之间竟然相隔了三丈远——不对，风拂若站在悬崖边，并没有动弹。

他疑惑地看了眼脚下，顿时发出一声破音的猫叫。

风拂若一只手虚握，胖子三百多斤的庞大身躯像一片被风卷起的树叶，在距离悬崖数丈外的空中晃荡着。

"喵！喵！"

"风九究竟是什么人？我又是什么人？！"

"放我下来！"

"说！"

"你、你、你、你、你……你离家之前，难道他们什么都没给过你吗？！"

风拂若胸口猛然刺痛，猝不及防之下，她手上劲头一松。胖子忽然失去了支撑，像个秤砣一样直直地向下坠去。

"妈妈！喵！妈妈！"

风拂若慌了神，双手一起伸出，只听数十丈之下，胖子一声惨叫，不对，不是一声，而是连绵不绝的惨叫……

风拂若双手上举，胖子的惨叫声从底下慢慢升起，一直升到她面前。胖子双手捂脸，惨叫不绝。风拂若慢慢后退，那无形的风力将胖子送回悬崖边。刚刚接近悬崖，胖子猛地一扑，抱住了悬崖边的山石再不撒手。

风拂若垂下双手，脑门上全是冷汗。

"你……你知道你在做什么吗？"胖子牙齿咔嗒相击，问道。

风拂若疑惑地看着自己的双手："不……我不知道……"

"你老爹……真是疯了……"胖子哆哆嗦嗦地道，"把如此重要的东西给你……就好比一把绝世宝剑，拿给什么都不知道的三岁小孩……"

风拂若摸摸胸口，穿髓流光冰冷地贴着肌肤。刚才便是这东西忽然刺痛了自己。

"你知道这东西?"

"风九戴在她的胸前,我当然瞧得清清楚楚!"胖子捡回条命,羞愤地叫道,"风九是什么人?她是商王的舞姬,是闻仲死后商王最信任的人!商王如此信任,她却提前流亡江海,眼睁睁地看着商王死去,大商灰飞烟灭。你说,这是为何?!"

"我……"风拂若茫然道,"我怎么知道?"

"见到菜之前,闻得到味道吗?"

"当然。"

"见到血之前,闻得到味道吗?"

"当然……"

"还未发生之事……看得到吗?"

岑诺、裴寄、看不见面孔的伯行的身影,从脑海中"嗖嗖"地掠过,风拂若后退一步,颤声道:"看得到。"

胖子"嘿嘿嘿"地笑了起来。

"这世上除了光,还有什么比一切先来到眼前?"

"……风。"

"对啰。"胖子长叹一声,揉了揉膝盖,"风九是何人?前商享国六百年,算得上高人的屈指可数,风九也就屈居苏屠明灭、闻仲之后。她早就知道大商的灭亡乃是天命,比世上任何人都清楚,甚至比昆仑山上自诩为神裔的巫族更清楚。所以她才会在纣王面前卑躬屈膝,付出沉重代价,让纣王允许自己带着族人离开朝歌。当年在朝歌城中数百修仙炼气之徒,一个个都为高官厚禄而来,最后全都跟着纣王葬身大火。要说到知天达命,全天下也没一个比得上风九——风告诉了她关于未来的一切。"

"我……我不明白！"风拂若艰难地道，"为何风能告诉风九这一切？"

"当日伏羲大神是在两位始神——时间之神静和周天之神爱庆的默许下，开启伏羲治世的。"胖子望着天顶，喃喃地道，"他离开仙界登上神界的那一刹那，周天之气开始运转，从此天下万物由东皇太一所创的五行组成，而天下万事则由周天之气驱动。说到底，周天之气也是风啊……始神爱庆的神恩，便是通过风遍布天下。除了极少极少的人，没有人听得懂风在说什么；也只有极少极少的人，能配得上御风者这样的称号。"

"可是我……我只是模模糊糊知道一些风告诉我的事，也只是模模糊糊看见一些还未发生的事……可我不明白，也不知道该怎么办。"风拂若道，"那些似梦非梦的事，有些发生了，有些……似乎在我做完梦后就再也没有发生过……"

"所以说御风和占卜起卦不一样。占卜起卦，结果已在卦中，那是改不了的。风是动的，风不仅带来消息，它还会改变本将发生的事。你想想看，"胖子耐心地道，"风不仅带来草木的气息，还能摧林拔木；能带来烟的焦臭，还能吹火燎原！想想看，真正能听懂风的声息，又能改变一切的，才叫作御风者！"

草亭忽然陷入一片沉寂，只听见从山顶上传来的松涛声，一浪高过一浪地呜咽着。

风拂若呆呆地站着，目光穿过前方的虚空，投射到不知多远的地方。

"所以，我问问你，"胖子道，"即将到来的关乎裴国生死的战争，你可曾看到什么、听到什么，又能为裴国做点什么？"

过了很久，风拂若的目光才从虚空中收回。她手按在胸口，有些喘息不过来。"胖子，你知不知道，裴国有一团无法熄灭的大火？"

"火？什么火？"胖子一指眼前的当阳城，"眼前便是裴国的一切，哪有什么大火？"

"有的，在不远的将来，一团决定裴国命运的大火。我看得见，风也带来了烧焦的气味，不会有错！"

胖子悚然一惊："决定命运的大火？那可不是什么吉兆！我曾经见过朝歌的大火，将天幕都烧裂了……等等，等等！火可不是什么好东西！再说，此地乃是神龙山，是祝融大神的居所，此地若燃起大火，那……那必会吞没当阳！"

"我也不知道那火究竟会吞噬什么，"风拂若皱紧眉头，眼望虚空，"但我们必须抢先一步找到它！就像你说的那样，风带来的消息没有结果，只有找到它，我们才会知道命运安在。"

"你说的这团火，何时会……"

"非常、非常近了。"风拂若缓缓地道。

第六章

> 大周裴国第二矿场
> 穆王三年秋七月九日巳时

不知哪里来的罡风猛烈地刮过树林，林冠上"叽叽喳喳"的鸟群轰然跃起，箭雨一般地四射奔散，好一会儿都安静不下来。

岑诺仰头看看，强烈的日光透过树林，照得他有些睁不开眼。他低下头，继续注视手中的树皮。

这摞树皮现在已有两寸多厚，记满了各种复杂的数字和文字。得益于岑伯的家学渊源，他精通算术，会写巫、周、商的文字，懂筹谋、经算之道。陆叔几乎将毕生所学倾囊相授，为的是有一日他能辅佐岑国太子立于朝堂之上。

现在——一丝苦笑挂在岑诺嘴角——这些经世绝学，被用来统计和计算一个小小矿坑的补给和产出，给一帮只数得清手指脚趾的人看。陆叔在天有灵，想必是要无力地长叹一声"这都是势"吧。

天下没有凭空流淌的河流，这是陆叔常说的话。势如水，水无常性。大江大河，都是由条条小溪、河流汇聚而成的。天下的势也是一样。

岑诺皱着眉头，仔细翻阅着树皮。他深信关于裴国的势都藏在这些密密麻麻的文字中。过去几个月的所见所闻，在他脑海中构成了一幅壮阔的图景——

半年以来，裴国以远超预计的速度在扩展。三处矿场的开辟不仅仅给裴国带来了赤金矿，更是为裴国在神龙山麓开辟了一大块新的国土。

面对神龙山背面数不清的黑荆寨子，裴寄展现出远超寻常君主的才干。他手中拥有庚城源源不断的补给，将这些补给作为本钱，诱使新归附的寨子在黑荆森林中进行大规模的交易。通过互市，黑荆部落对裴国的敌视态度快速转变，裴国的势力也越发深入黑荆森林。

但这样做并非没有隐忧。岑诺想，但凡楚国君臣有一丝争霸之心，就绝不会坐视裴国与黑荆部落往来。光是从庚城源源不断送往当阳的补给，就能让楚国人坐立难安。岑诺非常有把握，楚国已经开始针对裴国进行战略部署，最终必有一战，只看时间早晚。

脑子里正在响着金戈铁马之声，一股隐隐的煳味飘来，岑诺抽了抽鼻子，"啊哟"一声，跳起来就跑。

窝棚旁边的灶坑里，一口巨大的陶罐正"噗噗"地冒着白汽。岑诺冲到陶罐边，伸手要端，立刻被烫得一声惨叫。他顾不上手疼，抓过一根木棍就掏灶坑里的火，但坑里都是烧结成团的木炭，一时哪里掏得出来？

他正要冒险再去端，忽然眼前一黑，一个高大的身影抢在他前面，轻巧地便将陶罐端下来，放到一旁。

岑诺松了口气,道:"熙老兄,多谢!"

那高个子点点头,粗声粗气地道:"不敢,不敢!"说着退后几步,似乎怕自己挡住了岑诺的路。

此人便是那个在刑场上宁死不屈的熙鲸。死里逃生的第二日,他就被发派到了第二矿场。他认定是岑诺一席话救了所有人的命,从此视岑诺为恩人。不管岑诺做什么,他总是默默地出现,帮上一帮,然后默默退开,绝不居功。

这人身世奇特,本是鲁国治下一个小君国的侍卫。老国君去世,新国君荒淫贪暴,竟然逼死同胞兄妹,引起国中大乱。宫乱之时,熙鲸怒杀新君,就这么被判了极刑。不料还未行刑,朝廷黑衣御史赶到,以人伦大罪穷治当事君国,该小君国就此除国,众卿大夫无一幸免,统统获罪。熙鲸竟与判他死刑的人一同发配汉水,最终活着抵达庚城的只剩下他一个人。

他是以死刑改判发配的,但因为与此案牵连的人都死得干干净净,汉水诏狱竟然找不到相关的改判证明,糊里糊涂地将他继续打入死牢,最终被唐侯送来裴国做"礼物",在一个他听都没听过的地方开始了新的生活。

岑诺对此感慨万千。能够在无数可怕的事件中活下来,穿越千山万水来到这个国家的,都不是普通人哪。

熙鲸退后几步,背起一挑石斧、石犁便走。这些物资都是山下送来的采矿器械,因为采矿消耗惊人,每天都要不断补充。岑诺看着他的背影,叫了声:"熙兄,慢走!"

熙鲸一溜烟地走了,岑诺这才来看陶罐。其实陶罐里还有水,但他煮的这玩意儿极其容易沾在罐壁上,火大了,一不留神就烧煳。

他用木勺舀起一勺，看着这灰乎乎、硬邦邦的食物苦笑。这种被称为"稻米"的主食便是裴寄承诺优先供给第二矿的水稻。这种米粒硬，无法磨面，只能用水煮，中原来的周国人很是吃不惯，但在饿死和吃不惯之间，倒也没多少挑头。

然而，即便是这吃不惯的汤汤水水也到了难以为继的地步。半个月来，送上矿场的补给每日都在减少。按岑诺的计算，再过两三天，当阳那边就会彻底切断各个矿的补给。

然后呢？难道又要被裴林逼着去一趟当阳？岑诺忽然心底闪过一个念头：如果真是断粮，那必然是战事开始的信号。

这个念头令他悚然一惊，正要翻开树皮卷再推算，山下传来一阵急促的马蹄声。

岑诺一惊，回身望去，见四匹马出现在山谷下方的道路上，正向着第二矿场疾驰，骑士的身影在浓密的树荫中时隐时现。但岑诺耐心看了很久，也没看见任何马车出现，他的心顿时提了起来——来了！这不是补给，这是警讯！

他压抑着心头的紧张，脑子飞快运转，想着可能发生的一切。马蹄声在山谷中隆隆回荡，越来越近，不久之后，小树林的尽头露出一面三角认旗，紧接着便见四名身着藤甲的骑士策马奔腾而上。这里山高林茂，马匹和人都累得浑身大汗，当先的人兀自大声催促，显然是有重要的急务。

来者身材高大，满脸胡子拉碴，正是矿场的主人裴林。岑诺心中奇怪：这人不是几天前去了当阳吗？怎么如此气急败坏地赶了回来？

裴林的脾气在裴国官吏中出了名地暴躁，今日似乎更加狂暴。他纵马冲上小树林，一眼看见林中空空荡荡，顿时大怒，喝道："人呢！泥腿子们统统给我滚出来！"

岑诺本打算迎上前去，一听这话顿时恼上心头，停在路边不动。裴林正在怒急攻心之时，眼见一人杵在路边，顺手"唰"的一马鞭便抽下来，岑诺的肩头立时浮起一条血痕。

"傻站着干什么！狗崽子，想把老子惊下马吗？！"

岑诺咬咬牙，不去摸火烧火辣的肩头，也不说话。

裴林胯下的马刹得急了，连着转了两圈才停下来，他这才看清楚马下站的是何人，顿时火爆的口气减了三分："喂，小子！人都上哪儿去了？！"

"大人，人都上矿上去了。"岑诺缓缓道。

裴林跳下马，看了岑诺一眼，见这小子面色平静，不由得暗自松了口气。他自是知道岑诺的身份，也从裴寄那里听说社祭那日，岑诺如何当面顶得中大夫赵石下不来台，而且这小子还是谢城宰念念在心的人物，可是轻易打坏不得的。要是伤了这小子，他这等小国的上士，连庚城门吏都比他腰杆子硬，号称汉水半边天的谢城宰眨一下眼皮，自己这五大三粗的身板就要灰飞烟灭了。

跟在后面的骑士纷纷赶到。这些人骑上马是裴国的武人，下了马便是泥腿子矿丁，和岑诺都熟得很。见他无故挨了一鞭子，还如此硬气地顶着不低头，众人都不敢说话，为他捏了把冷汗。

裴林一肚子气早化作冷汗散去，满心懊恼，看了岑诺几眼。"小子……你在做饭？"

"是。"

裴林将手中缰绳往身后一扔，大声道："饭好了吗？"

"快好了。"

"那还不赶紧盛上来？"

岑诺点头称是，转身带头向窝棚走去。裴林强装生气，骂骂咧咧地跟在后面。众人忙将马牵去林中系放，裴林顺手揪住一人的领子："快去矿上，把矿头、门大家那几个统统给我叫来。快去，滚！"

那人连滚带爬地向矿场跑去了。裴林这才走到窝棚边，在火坑旁一块石头上坐下来。

岑诺腰上系着一条脏兮兮的围裙，单膝跪地，手脚麻利地为围坐在四周的人盛上热气腾腾的混合了芋头的粥饭。他面色沉稳，双手捧碗高过头顶，但脸上丝毫没有低人一等的神情，如当年在岑府上一般。围坐的人一个个沉着脸，不由自主地被岑诺带得庄重起来。

裴林赶了一上午的路，早饿得发慌，匆匆就着咸菜刨了几口饭。他出身下层士家，家里吃的饭也比这个好不到哪里去，倒也习惯。

正吃着，便听见林中一阵骚动，数人狂奔而来，门大家则被矿上个头最壮的熙鲸背着。一行人奔到窝棚旁，顾不上喘气便一起匍匐在地，门大家从熙鲸背上下来，颤巍巍地也要跪下。裴林放下碗，满不在乎地用袖口擦擦嘴："门大家就不要多礼了。都起来，坐吧，少趴着，老子也不好说话。"

众人答应，爬起来，盘腿坐下。门大家究竟还是颤巍巍地行了礼，才在熙鲸的扶持下正坐。对于裴林的突然召唤，众人心中隐隐有感，脸色都不好看。

裴林站起来，在火坑边转了几圈，才道："最近，矿上都还好吧？"

"托大人的福，一切还好。"门大家看看周围一张张惶恐的脸，叹息一声道。

"矿上就怕出事，主君对尔等的性命是看得很重的，"裴林眼窝发黑，疲惫地看着众人，"都还好吧？"

"还好……只有一个人断了腰,"矿头小心翼翼地道,"其他也不过断个手断个脚……都还好,都还好!孩儿们精神都好!"

"大伙儿都不容易。娘的,谁叫我们摊上这么个矿!"

裴林背着手,来回地只是转。众人都知道他肯定一肚皮的不痛快,又不知他气从何来,只好眼巴巴地瞅着。

转了几圈,裴林慢吞吞地道:"大伙儿辛苦,我也是知道的。老裴一向心软,对大伙儿如何?"

众人眼观鼻鼻观心,个个做了锯嘴葫芦,场中一片死寂。终于,门大家摸着膝头道:"裴大人宅心仁厚,咱们大伙儿都是感念在心的。"

"那便好。"裴林坦然接受,指着门大家道,"你这老东西,就是不会说假话……也好。我今天就得听听真话!"

别人倒也罢了,矿头的脑袋往下一沉,只给裴林留下后脑勺。但裴林偏偏走到他面前,蹲下来,拍拍他的后脑勺道:"说说看,咱们这三个月,往当阳的堆矿场上运了多少矿?"

"呃……这个嘛……"

"嗯?"

"大约有八百石吧?"矿头抓挠着下巴道,"我们这边运了差不多有……唔,四十车的样子……呃……"

"到底有多少?"

矿头抬起头来为难地看着裴林,苦笑道:"大人不是不知道,小人已经有一个月没回当阳。这上面采了多少,心里有数,这运下去嘛……"

"放你的狗屁!"裴林火冒三丈道,"老子让你来当矿头,你矿的什么头!要是这都算不清楚,那就给我滚去老老实实挖矿!嗯?!"

"嗯,咯咯……这个……"

"六百五十六石。"

"嗯?"

"嗯嗯?"

众人和裴林一起转头,想看看是谁说话,转了一圈,人人面面相觑,竟无一人开口。

"什么?六百五十六石?"矿头反应过来,顿时出的气都粗了,叫道,"怎么会是六百五十六石!老子——"他看了眼裴林,咽了口气,"俺算得清清楚楚,一共送下山四十三车矿石……"

"四十一车,"那声音又道,"今天的两车还未下山。"

众人一起回头,却见正是站在旁边的岑诺。矿头大声道:"岑娃子,饭烧煳了没关系,话可不能乱讲!"

"四十一车,小子没说错,"一个蹲在角落里的汉子含糊不清地嚷道,"老子还要吃了饭才走!"

众人一阵哄笑。

矿头涨红了脸,叫道:"四十一车!上好五尺车,一车二十石旺旺的!八……八百二十石!"

裴林却不看他,只把岑诺盯着。在众人的注视中,岑诺道:"难道矿头把路上的损耗给忘了?"

"……"

"凡转运必有损耗。就是在平原,一车矿石的损耗也在十一之数。"岑诺道,"咱们这里山高林险,损耗起码在三一之数。这么大的损耗,从这里运下去八百二十石,实际能有多少运到?"

"这山,呸!"那负责运输的汉子大咧咧地道,"老子跑一趟,车能翻二次。八百石,能有六百石运到,老子算对得起天地良心了!"

"可是朝廷的规矩，"岑诺慢慢道，"远途运粮的损耗可以为三一，因为考虑到运输的人也要吃饭。但短途拉矿的损耗不能超过五一。"

"什么！老子怎么没听说过这规矩？！"

"康王十一年的《天下农矿制典》。"岑诺冷冷地道，"从那以后，朝廷可从来没有说过要改变。"

矿头顿时涨得脸红脖子粗。在场的人连裴林在内，谁曾听说这么个典章？但岑诺说得言之凿凿，不由得众人不信。

"可是……"裴林皱眉沉吟道，"咱们主君仁德，只怕会有所通融吧？"

"敢问大人，"岑诺道，"咱们裴国立国不到半年，却拥有三家矿场，比普通的男国、伯国的矿场还要多。小小的裴国，要这么多矿场来做什么？"

"这是汉水方伯唐侯殿下，"裴林双手抱拳，向空一揖，"还有庚城谢城宰大人的命令。"

"那便是了。"岑诺道，"如果是咱们裴国自己采矿，国君仁德，只要咱们能将矿石送下去，还有什么要说的？但现在是为朝廷采矿，确切地说，是在为汉水方伯采矿。只有采出矿来，才能有裴国的存在。所以国君定会一切以满足朝廷的要求为准绳，其他的都不在他的考虑之内。"

众人一起点头。

"这么一算，我们矿上运下去八百二十石矿，不仅达不到六百五十六石，还要差上几十石。为此还得多运下去近百石，才能勉强达到大人奏报的数量。"在场的人侧耳倾听，已经没有人在意岑诺那还明显稚气的声音，"大人请留意，以后我们矿场送矿，必须得以损耗五一为目标，加强运输的人手，减少损耗，同时要提前准备好补上额外损耗的部分。大人以后向国君和中大夫奏报，也得多个心眼才是。"

裴林眼神闪烁不定,好半天才拍了下脑门,叹息一声。

"大人,"矿头心中更加忐忑不安,小心翼翼道,"难道……有什么变化?"

"呵,"裴林一声冷笑,"你们猜猜,我今天这么不要命地赶回来,是为什么?"

"呃……"

"老子四五天没有睡觉了,在黑荆林子里,陪着庚城来的大人们日夜奔走。"裴林满脸的疲倦,抹了把脸,"昨儿个夜里我才回到当阳,路过下面的第一矿场——你们猜怎么着?"

众人哪敢胡猜?纷纷摇头,不敢说话。

"中大夫赵石大人,昨天已经到了第一矿场。"

"啪"的一声,众人一起回过头去,却是岑诺摔了一只碗。好在这地方虽穷,但那比湿泥巴稍好点的土碗倒是不值钱,也无人觉得他脸色有异,继续匍匐在地,不敢抬头。

"中大夫赵石是裴国的国相,他到第一矿场,知道啥意思吗?"

裴林目光扫来扫去,奈何所有人都有志一同地只给他看后脑勺。倒是站在圈子边上的岑诺一脸期待地看着他。裴林目光不敢与岑诺相交,转回来道:"马上就要大祸临头了!"

这下子,众人终于都忍不住抬起头来看着他。

"三处矿一同开采,当先者赏,居后者斩!"裴林口不择言地吼道,"中大夫已经开始查验第一矿场,只怕明日就到咱们这儿,那岂不是大祸临头?"

"大人,"岑诺忍不住道,"你确定赵石是去第一矿场查验矿石的?"

"要不然还能为啥?"裴林怒道,"咱们三处矿都归中大夫管,这三个月来,他可曾踏出当阳一步?!"

岑诺皱紧眉,疑惑道:"查验矿石,难道不该运到当阳时再查吗?这路上损耗……"

裴林根本不理睬他,大声道:"门大家、矿头!你们知道上面郁老三的矿场,这三个月采了多少吗?"

门大家雪白的眉头皱得紧紧的:"大人,郁大人的矿,咱们比不了。他那里是露天的石绿矿场,一镐子下去就是矿石啊!"

"估摸着,怎么也得一千两三百石了吧?"矿头嘟囔道。

"一千两三百?"裴林重重地往他脚前吐了口唾沫,"一千八百石——这还是半个多月前的消息!"

"一千八!那怎么可能!"矿头惊叫起来。

裴林脸色阴沉,在矿头面前停下。众人都等着瞧他啥时候一个窝心脚把矿头踹翻在地,矿头哆哆嗦嗦道:"大、大人,这个消息,您是从哪里听来的?"

"自然是偷听来的!"裴林大声嚷道,"郁老三老奸巨猾,他至今没有奏报主君,就是想等到主君正式验收三家矿场产出的时候,一口气把我们两家都压得死死的,永无翻身的余地!"

他说得杀气腾腾,周围的一圈人个个都变了脸色。裴林争强好胜,性子又残暴,三个月前他算计失败,为了争抢位于山腰的这处矿场,差点跟另外两队闹出人命。裴林是下层士家出身,跟了裴寄改了姓氏才有了小国上士的微末官职,一心想要向上爬的心思时刻都要满溢出来似的,要是采矿的第一阶段就落在第二,这家伙说不定……

"要加紧采矿了。"裴林的声调忽然降低了八度,冷森森地道,"门大家,你说是不是?"

众人心中都是一寒。门大家赔笑道:"大人有令,咱们自当加紧,加紧。"

"所以说从今天开始,每日的采掘量要增加一倍!"裴林的声音猛然间又蹿高了八度,厉声道,"从今日起不再往山下送矿,所有的人手都下去采,分作三队,一队干四六个时辰,换人不停工——门大家,你来安排!"

"噗"的一声,正在圈子外围狼吞虎咽、负责运送矿物下山的那家伙嘴里的粥饭喷得漫天都是,呛得脸红筋涨,但所有人都没瞧他一眼——众人死死地盯着裴林,脸色都变得煞白。

"怎么?"裴林毫不客气地扫视场中,"办不到?"

"大人,您明鉴。"门大家苦笑道,"现在这样儿,孩儿们……其实已经是拼了命了……咱们这座矿是深矿脉,矿脉和黑泥是一层夹一层,越往下,泥……"

"我没问你泥巴,"裴林冷冷地打断他,"我问你,我刚才说的,你可听清了?"

门大家头上苍苍白发抖动着,哽了半天,才道:"大人……就算增加人手,也没多少。负责运矿的人加起来,也编不了一组。"

"把所有人都加上,全部——唔,"裴林目光在一众噤若寒蝉的矿丁身上跳来跳去,忽见站在一边的岑诺,便道,"把岑娃子也算上!所有人都给我下矿,下矿!"

"吃饭的事,怎么办?"

"转到矿场去!"裴林虽然粗鲁,但显然心中早已有了成算,"都下矿了,还住到这里来做什么?睡觉、休息,就在矿口!我让下面的人做了干粮送到矿上,可以顶上好一阵子了。"他恶狠狠地在所有人脸上扫视,"我只有半个月的时间!半个月之内,我要矿产达到一千两百石以上,不能更低!"

"大人……"

"我没有什么耐心,"裴林冷冷地道,"你们这些泥腿子、流徒、奴婢,既然来到裴国,还想着过镐京、临淄的好日子吗?死了这条心吧!老子说什么,就是什么!"

"就算这样,你也不要想采到足够的矿。只怕连原来定下的九百石的目标都别想。"

"……还有那几个建窝棚的,连带……"裴林说了两句,忽然觉得不对劲,一下子转过来,盯着岑诺道,"是你在说话?"

"正是。"

裴林脸上的横肉抽动了几下,众人都倒吸口冷气,等着瞧他去抽腰带上的鞭子,他却居然忍住了,道:"你……说什么?"

"就算所有人手都下矿,也不可能加大开采量。"岑诺脸色阴沉地道,"再说,不运矿石也不行。不把矿运下去,最终还是不能算作采出来的量,现在已经积压了不少矿,所以还得添加人手,才能把矿石运下去。大人明鉴。"

"……你……"

"大人的心思在矿石产量上,我明白。"岑诺在包括国君裴寄在内的所有人面前都自称"我",从无自谦之称,"但是短期之内,矿石的产量是上不去的。以门大家的说法,咱们挖得越深,产量就越难上升,而且是必然下降。矿井里就像狗洞一样,都是一手一脚挖出来的,大人现在就是把所有人都扔进矿坑里,除了让里面所有的人都施展不开手脚,还能有什么作用?

"得另想法子。"他顿了一下，加重语气道。

裴林"嘿嘿"地笑起来，道："这么说，你有法子。"

岑诺双手抱在胸前，考虑了一会儿。周围鸦雀无声。十多个身材高大、满脸大胡子、粗鲁得像野人一般的汉子，围在一个还没长开的小孩子周围毕恭毕敬、大气也不敢出的情景，看上去实在滑稽，但在场却无一人觉得有何可笑。

谁也不知道，岑诺不是在思考办法，而是在压抑满腔怒火。

裴林，一个小君国的上士，竟敢……竟然……要他这个国君之子，趴下来，下到矿井里去，爬行在那漆黑、潮湿的坑道里！

他要自己这个国君之子，趴在地下当狗！

岑诺眼中闪过一波又一波难以抑制的愤怒光芒。当裴国人是一回事，当裴君的奴婢又是另一回事。他宁可选择来矿山，也绝不做奴婢。但是来矿山做饭是一回事，要他下到矿坑中……他宁可选择……可是他有选择吗？

他必须要选择。没有选择，也要创造选择。矿场的补给终止了，国相中大夫赵石来到裴国最前线的第一矿场，战争只怕比所有人想象的来得更快，甚至是已经到来。但是岑诺现在满脑子想的却是一脚踹翻裴林，大喊一声：老子（这是这两个字第一次出现在他脑海里）不会趴下来给你采矿！

他装作低头沉吟，将自己因为愤怒和屈辱而引起的颤抖，隐藏在宽大的布袍中。

裴林耐着性子等了片刻，正要发火，岑诺严厉的目光忽然松动。矿头忙道："可……可是有办法了？"

"嗯，倒是有一个办法。"岑诺斟词酌句地道，"去找郁大人，让他把矿分我们三分之一。"

一片沉默。裴林脸上的假笑慢慢收起,一张马脸拉了下来,手在马鞭把子上用力按了按。

岑诺并不害怕,沉稳地一点头道:"嗯!正是这样。请郁大人把矿分我们三分之一。"

"好啊,好办法!你打算怎么做?"裴林强忍着怒气道。

"郁大人的矿场之所以产量这么高,是因为他那里位于山巅,是石绿的露天矿,对吧?"岑诺转头问门大家。那老头子点点头,叹息道:"运气好啊……露天石绿矿,百年也难遇一啊……"

"郁大人那里采掘的,很可能不止一千八百石,但是他不报,并不是要给主君什么惊喜。"岑诺眼前一亮,竟然微笑起来,"郁大人聪明得紧。他和我们遇到的麻烦一样——运输损耗。而且他们比我们严重得多。他们位于山巅,林深坡陡,我们这里还能拉车上来,他那里想要往下搬运,就得人挑肩扛。可是他哪有那么多人力!就是不计算损耗,他要想在国君验矿之日到来前把这一千多石运下山,也困难得紧!"

他站起来,举起一只小胳膊道:"所以我们便有可与之交换的东西。我们矿上出人,帮他把矿石运下山,降低他的损耗,他给我们矿石——这交易公平得紧,想来郁大人不会连这都算不清吧?"

裴林满心都想抽这不知死活的小东西一顿,但他脾气虽大,也不是轻易会丧失理智的那种人——乡下小士家出身,拼命打拼想往上爬的都没有得这种病的福气——稍微动动脑子便知岑诺说得倒还真有点道理。但是……他忽然舌头打了结,不知道该怎么把这话接下去了。

"郁上士大人的性子……"门大家愁眉苦脸地道,"似乎不是大方的人,他会把自己的功劳白白地送给我们?"

"不是白送，"岑诺加重语气道，"是交换。他人手不足，往下转运又太艰辛，光靠他手上的那点人力，损耗只有更高，他也承受不起。"

"郁老三——呸！"裴林恶狠狠地往地上吐了口痰，终于找回了舌头，"我看他宁可放在那里晒太阳，也绝不会交换给我们……哼！必然是如此。那家伙心胸狭隘，宁可自己完不成，也绝不给旁人超过自己的机会！"

"有好处为何不同意？"岑诺道，"光靠他自己，运不下来，和我们采不出来有何区别？郁大人不是傻子，不会连这也想不到。"

裴林歪头想了半晌，还是甩脑袋，一脸大胡子乱摇道："不！不行！老子宁可死了，也不去求郁老三！"

林子里一片沉默，只听得见火坑里偶尔一声"噼啪"。

门大家艰难地挪了一下屁股，道："岑娃子说的……有点盼头……如果实在不行，那老头子就去走这么一趟吧。"

"不行，"裴林立刻道，"矿上怎么能离开你？马上就要抓紧开矿，我说，你们给老子都死了这个心……"

"我，"岑诺道，"可以去试一试。"

"唔？不行！马上就要抓紧开矿，都要下井，谁有那闲工夫去做那没指望的事？！"

"差不了我一个。"岑诺道，"我去，晚饭之前就能回来。"

"……唔……"

岑诺冷冷地看着裴林，看他左右为难地皱着眉头。这家伙心理阴暗，总是试图做出一副凡事都要三思而后行的样子，其实不过是头蠢猪而已。

岑诺摸摸自己的脸颊，把鄙夷的目光隐去。

门大家咳嗽两声，赔笑道："左右岑娃子下矿也出不得大力……要不，大人就让这娃子去试一试？"

"如果郁老三见我的人求上门去，便知道老子矿场的窘境，"裴林一脸为难的样子，道，"万一那小子落井下石，咱们怎么办？"

"我自有我的法子，绝不会说这是大人的主意。"岑诺道，"郁大人就算加罪于我，也只不过是一个炊饭的小子突发狂想，与大人无关。"

"郁老三——"裴林拖长了嗓门道，"可没老子的心地好。惹恼了他，嘿嘿，小命倒不至于，但是断个手断个脚什么的，可别怨自己的命不好。"

"那是自然。"

裴林眼睛眯成一条缝，从那条缝中射出的光在岑诺脸上扫来扫去，终于他从嘴里吐出几个字："明早之前——回来。"

"必是如此。"居然还多宽限了一个晚上，裴林的心思可想而知。岑诺且不管他花花肠子如何绕，庄重地行了一礼，应承下来。

"好了！"裴林怒视周围，大喝一声，"都坐着干什么？还没吃够吗？！你们以为岑娃儿真能说动郁老三那老啬嗇鬼？都下矿去！还有十六天，要是采不足，你们一个个都给我等着瞧！"

说着"唰"的一声，终于把摸了半天的鞭子抽了出来，往空中"啪"地一抖，转身踢开几个挡路的人，径直往屋后去了。几名骑士忙不迭地把没吃完的饭往嘴里塞，连滚带爬地跟上。屋后马蹄声乱响，裴林骑上马，大喊一声，几骑隆隆地往矿坑方向去了。

林子里一片死寂，人人脸上都不胜悲愤之色，但裴林积威之下，谁也不敢说半个不字，只得一个个站起来，走到棚屋后面，拿起工具——不过是些粗制的石铲、石斧，偶尔有一两件铜镐。两三人抬起了岑诺做好的饭食，挑到矿口去。

负责运矿下山的几个人在人群中聒噪，大叫不公。

门大家枯坐在原地不动，怔怔地盯着眼前冒着青烟的灰烬堆，过了好一会儿才长叹一声，道："其实大伙儿拼命的话，哪怕赶在期限到来之前采完六成，或许裴大人也就认了。"

"运不下去，始终是不行的。"岑诺从屋里出来，已经换上了一身更厚的袍服，背上还背了一个用四根棍子扎成的简易小马扎，上面放着厚厚的羊皮袄。这件羊皮袄，整个棚屋里就三件，只有夜里需要起来巡夜的人才能穿。

"你打算在山上过夜？"

"虽然只有二十里路，但如果郁大人客气，留我吃晚饭，那可就得走夜路了。"岑诺麻利地往自己身上挽着带子，又用鹿皮将自己的脚裹起来，"说不定还要在山上过夜呢。"

"要不……"门大家看了一眼兀自等着背自己的熙鲸，"让熙大个儿陪你去吧？"

"那可不行，"岑诺笑道，"裴林恨不得连我都投进矿里，走了大个子哪行？"

门大家长叹一声，捶了捶膝头，不再开口。挖矿确实是这个世上最危险的事。矿井幽深，下通黄泉，挖矿的人九死一生，像门大家这般活到快七十岁的简直凤毛麟角。似岑诺这样的孩子，很难在矿井里活到成年。但是郁老三的出身与裴林一样，都是下层士家，谁知道这位没见过面的大人脾气如何？岑诺这么傻乎乎地上门去找他要矿，和自寻死路只怕也没多大区别……左右都不是活路，看岑诺如此从容镇定，他心里一团乱麻，不知如何是好。

"走得快的话，太阳一打偏就能到。"岑诺似乎完全察觉不到门大家忧郁的心思，经过熙鲸身旁，拍了拍他的手臂，"我走了！"

门大家眼睁睁地看着岑诺小小的身影穿过营地，走进树林，不由得长长地叹了口气，委顿地垂下头。

熙鲸看看岑诺，又看看门大家，搔了搔头，只好弯腰下来，将门大家背上，转身便走。

"熙大个子……"走着走着，门大家拍拍他的后脑勺。

"唔？"

"将来，要是有那一天……"门大家颤巍巍地道，"记着，跟岑娃子走，别犹豫！不要……烂在这矿坑里！"

熙鲸默不作声地走着，脚步放得更轻柔。远远地，传来了矿坑里叮叮当当的喧闹声。

第七章

> **大周裴国第三矿场**
> 穆王三年秋七月九日申时

　　裴国上士、第三矿场矿主郁苍站在悬崖之巅，长时间地沉吟着。

　　在他的脚下，是近乎两百丈高的玄武岩绝壁；而在他面前，是广达三百多里的连绵起伏的森林。

　　第三矿场位于神龙山余脉之巅，山高千余丈，在方圆四百里的莽莽群山中一枝独秀。站在山巅绝壁望向西南，甚至能够在夜里看见权国都邑的灯火。当阳在东南方向——距离不到五十里，但夜间的灯火简直只能用惨淡来形容。

　　话又说回来，眼前的森林看似葱郁幽静，一到夜间便变得如夜空一般，到处都是星星点点的灯火。当阳陷在这数不清的星火中，显得苍白而孤单。每次想到这里面每一点灯火都代表了一处黑荆村寨，郁苍就觉得背上生寒。裴国到目前为止不过八百国人，其中超过三分之一还在远离国都的矿山上劳作。一旦这遍地星火汇聚起来，转眼间就能将当阳烧个干干净净。

昨天晚上真的有一把大火烧起来了。好在那地方远在森林深处，距离当阳还远得很。但那场大火来得十分古怪，范围不大，火头却是不小。午夜时分烧得天际通红，可到了天亮一瞧，除了一股子烟，几乎看不见森林有何变化。

郁苍昨夜看了一晚上的火，觉得应该是一座寨子彻底烧光了。作为裴寄的股肱之臣，他对黑荆也知之甚深，知道黑荆人最重寨子。两个黑荆部落打仗打到灭族，也绝不会有任何一方做出烧寨子这样的举动。可奇怪的是，一个寨子被烧了个精光，黑荆部落中却似乎一切如常。

一切如常才有了鬼呢，郁苍心中默默地道。

第三矿场比第二矿场离当阳更远，他却远比裴林消息灵通。就在昨日，裴寄已经动员全国，全师出击，如今已深入森林之中。裴寄还没出动，黑荆森林就发生如此不同寻常的事，足见在看不见的地方，各种势力之间已到水火不容的地步。裴寄这么贸然深入森林之中，真的有把握吗？

郁苍两天没睡，强瞪着发干的眼睛，在森林中徒劳地寻找着裴寄大军的踪影。

"大人，"侍从打断了郁苍，"外面有人求见。"

"哦？嗯……"郁苍回过神来，"是当阳来的人吗？"

"呃……"年轻的侍从脸现尴尬之色，"他自称是山腰裴大人矿上的。"

"哦？"郁苍微一沉吟，道，"带过来吧。"

侍从答应一声，拖沓着脚步下岗楼跑了，身上披着的略显肥大的皮甲在瘦弱的身躯上拍打得"啪啪"作响。侍从只有十五岁，是郁苍的小家臣。以郁苍家世代二十五石的俸禄，也只能维持一家四口勉强温饱而已，因此这一回裴寄邀请卿士寮的下级官吏随他来开辟建国，郁苍毫不迟疑地答应下来,这位小家臣也就跟了过来。按大周礼法,如果郁苍死在这里又无嗣,他就是郁苍的继承人。

郁苍绕过崖边的泉眼与溪流走回营地,经过前门。门口的泥地上堆着两大堆一丈多高的乱石,每块乱石上都覆盖着一层灰蒙蒙的厚泥,即便如此,当阳光照射其上,这堆石头还是如璀璨的宝石一般发光。

是那些从泥下微微显露出来的石头棱角在反射阳光。这是一种被称作石绿的宝石。自古以来,这种宝石便和玉石一样,是流行于上层贵族中的珍藏,但对于有经验的矿丁而言,石绿的出现意味着另一种宝藏——含量和纯度都远远超过普通矿石的赤金矿。

走在超过两千四百石的富矿中间,郁苍沉重的心情终于变得好起来。几名站在矿堆边的小吏见他过来,忙弯腰行礼。郁苍站在他们旁边,看他们用一丈长的绳子"称"着矿石。在如此规模的矿石采掘量面前,大周天下是没有什么能够用来"称"重的,只能靠丈量矿石堆的体积来大致估算重量。

"今日已有多少了?"

"大人,一共是两千四百八十石。"一名小吏弯腰道,"若加上今日井下还未运上来的,就要超过两千五百石了。"

"韦处道他们回来没有?"

两名小吏对看一眼,另一人道:"还没有。韦处道他们昨天开了一条道,还是不行,今天打算从南面的侧岭那里再找一条道。"

郁苍叹息一声,挥挥手让他们继续。家家都有本难念的经,就在裴林将所有人都扔下矿井的时候,郁苍却派出大量的人手,只有一个目标:寻找一条能够将大量矿石运送下山的道路。和裴林一样,他们面对的难题到目前为止都还无解。

穿过矿石堆,远远便见侍从站在他的屋前,旁边站着一个小个子。郁苍不由得眯起了眼睛——这个又瘦又小、眼睛大得有些吓人的小崽子就是裴林派来的人?

他咳嗽一声,放慢脚步走过去。那瘦得像猴的少年平静地看着他走近,待郁苍在面前停下脚步,才微微弯腰行礼:"上士大人。"

那少年并不介意郁苍近乎无礼的瞪视,迎着他的目光道:"我叫作岑诺,从第二矿场来。"

郁苍忽然间不知道该如何回答。

从这小子的衣着看,不过是最普通的底层矿丁而已,以他裴国上士的身份,根本不用搭理他。只消看他身份如此低微竟敢在裴国上士面前挺身站立,郁苍便是抽上几鞭子也无所谓,只要不打死打残便可。

但这少年谈吐从容,还带着浓浓的镐京口音……郁苍忽然心中一动,想起在裴人中传言的那个来自镐京的小流徒。

"唔——你是裴林派来的?"

"不,"岑诺大大方方地回道,"我是自己来的。"

"那为何我的侍从通报,说你是裴林派来的?"

"大人以军法治矿,不以公事通报,我怎进得来?"岑诺道。

"既知我这里是军法治矿,那便知无论诳语、欺瞒,依军法可都是斩首的罪过!"郁苍乍然作色道,"说!你到底是何人?所为何来?"

"听说大人这里的晚饭做得不错,所以特地来瞧瞧。"

郁苍仰天打了个无声的哈哈,低下头来。"哦?是吗?你瞧到了什么吗?"

"瞧到了,"岑诺道,"我瞧到大人似面有忧色。"

"哦?哈哈,"郁苍指着自己的脸,笑道,"我忧愁?"

"不，不是忧愁。"岑诺一本正经地道，"大人这里满地的矿，何以为愁？真正该苦恼发愁的，是挖不出矿来的裴大人。"

"哈哈哈哈！"郁苍捧腹大笑，摆摆手道，"好一个苦恼发愁！那么你说我面有忧色，哈哈，我哪会有忧？"

"大人的矿场确是得天独厚，采矿如探囊取物，根本不用像裴大人一样天天发愁采不到矿石。不过，天下事却并非事事顺意。"岑诺道，"诗不云乎？'我东曰归，我心西悲。'有得就有失，有喜总有忧。"

"说得蛮像那么回事，"郁苍冷笑道，"那你说说我忧在何处？"

岑诺深吸口气，道："大人忧心的乃是如何把这么多矿石平平安安地运下山，送进当阳的矿石场中。"

郁苍吞声一笑："原来是裴林的说客！嗯，倒是个人物。"

"我不是裴大人的说客。"岑诺道，"我出来之前裴大人说得清清楚楚，我所说所做，绝不代表他。我说过的话，他绝不承认，就当我什么也没有说。"

"哦……那你……"

"我是来品尝大人这里传说中的饭食的。"

"哈，哈哈！哈哈哈！"

"当然我也不是白白来品尝。"岑诺并不惧怕郁苍的大笑，"我能看出大人面带忧色，大人自己当然知道，这有何可卖弄的？我能看见的，是大人自己瞧不见的隐忧。"

郁苍冷冷地扫了他一眼，转身大步踏上棚屋前的木阶，道："那好。我倒要好好听听高论！带他进来！"

那侍从年纪比岑诺大三四岁，傲慢地道："大人让你进去，进去吧。"说着捧着郁苍的剑、弓，跟在郁苍的身后上楼进屋。

下人的傲慢无礼，岑诺并不介意，向他的背影含笑称谢，然后才踏上木阶。

阶梯的第三级上，几双脏兮兮的鞋整齐地摆放着，岑诺便也在那里脱下自己的鞋。说是鞋，其实都不过是用藤条、稻草编织的草履，勉强不至于赤足着地而已。这样的鞋子，在镐京就连最下等的贱御者都不会穿。

他借着把鞋子放好的时机，平复了一下心头的紧张。

郁苍已经认真起来。如果说刚才那些对话无伤大雅，郁苍再有不屑，了不起也不过抽自己几鞭子，赶下山去也就罢了。但是郁苍既然招自己升堂入室，便是要以官员的身份接见自己。只要稍有个应对不妥，郁苍以擅离矿场、匪言惑众之罪打自己个半死，就算裴寄那里也无可指摘。

要退缩吗？

岑诺瞥了一眼自己沾满泥土的破鞋，毫不犹豫地迈了上去。

我是国君之子，他心里念着，这不是我要穿的鞋。

郁苍的屋子足有岑诺等人住的棚屋两倍还要大，一道粗陋的屏风将屋子隔为内外两半，郁苍端坐在屏风之下的正位，两旁客位摆满了草垫子，大约是给矿上有头有脸的人留的座席。

那侍从长跪在门边正对郁苍的位置上——那是下人觐见主人时的位置——旁边还摆放着一张破烂的草垫，当然是给岑诺留的。

岑诺走到门前，瞥了一眼侍从，没有丝毫犹豫，直接迈过草垫，大步走进厅中。

身后"嚓"的一声，侍从伸手按剑。可是郁苍没有出声，他便不敢放肆，只有眼睁睁地看着岑诺走到离郁苍最近的客座边，向郁苍行了一礼，然后施施然跪坐到软软的草垫上。

侍从满脸涨得通红，忙又爬起来疾步走到郁苍身后，将剑从腰间取下，竖持在手中，然后才长跪在郁苍身后——这么一来，便是正式的主客对峙的局面。侍从心中惶然不安，不明白以郁苍这样的身份，这个比自己还小、还卑微的穷小子，何以竟敢登堂入室、端坐上席？

郁苍歪撑在小小的扶手上，待岑诺坐定，才道："不知……"他哽了下，跳过称谓，"……有何见教？"

"大人觉得国君是何许人？"岑诺开口道。

"这——"郁苍一怔，"明达之君。"

"那么大人觉得国君开采矿场的制度，如何？"

不问开采的计划，却问制度。郁苍愣怔了一下，不由得直了直腰。"制度么……唔……自然是……"

"外面都在传言，说大人运气、眼光独到，选了最好的一块矿场。"岑诺转眼又跳开话题，"三个月来，已经开采了两千石的优质好矿，不知是也不是？"

"嗯？岂有此理，这是哪里在胡乱……"

"以我在大人营中所见，此言只怕还没真正一窥大人的气量。"

"哦？是吗？"

"进营之前，我稍稍看了看大人的矿坑。"岑诺直言道，"有六洞十道，问了问，最深的不过四丈，矿石的品相甚佳。从外面堆积如山的矿石来看，大约在这个月末，大人当可开采两千三到两千五百石矿石。"

郁苍挪了一下身子，既不否认也不承认地把岑诺盯着。

岑诺却住了嘴，伸手在草垫前空无一物的地板上摸了摸，咳嗽一声。

"把茶汤端上来。"郁苍回头瞥了眼小侍从，不满地道，"傻呆呆地坐着,这岂是待客之道?"

小侍从惊讶地看了眼岑诺,忙放下剑,快步出厅,在厅门前的小炉子那里取了水;又咬咬牙,从旁边小柜子里取出一个包得严严实实的布包。

彼时饮茶并不盛行。传说茶乃黄帝时代神农氏所创,当时只在他修炼的九阳山上一处绝壁下,有三株茶树,世传叫作黄团老株,一直是历代王室才能享用的极品珍宝。世间流行的茶树,则大多是从南方妖族城市朱提移栽过来的。好的茶叶自然流入上层社会,民间流传的则是这些茶树经过数百代杂交后培育出的后代,味道自然相差玄远,烹制方式也只不过是晒、蒸、晾,用来煮茶,徒具其味而已。

就算这样的破茶,在裴国这个穷地方也实在是珍品了。侍从犹豫了一下,才从包中掏出几片晒得干干的茶叶,放进小陶炉中,就水滚了两下,便注入两只陶杯中,用一个粗木托盘端上来。

郁苍和岑诺先后接过茶杯。郁苍瞥了岑诺一眼,却见他熟练地双手交握着杯子,在手中转了两圈,观察了水面的泡沫,这才端到嘴边,浅浅一尝,闭目不语。

郁苍心中暗叹一声,这等气度,连他在自己原来的主君家都未曾见过。关于这小子的传言,看来定是不假了。

岑诺放下杯子,伸手卷了卷袖口——粗布的袖口,磨得都毛了边,且一股浓浓的烟熏火燎的味道,有什么好卷的?他却好似轻挽丝绸袍服一般,淡淡地道:"实话实说,山下的裴大人,现在忧愁的是如何把矿从深深的矿坑之中采掘出来。但他的营地低,邻近新建的两条驰道,大车可以直达,因此裴大人可以将运输的人手和损耗都降到最低。大人开采顺利,但两千石委实不是个小数目,更何况大人这里山高林密,用于运输的人力物力，比山下起码多一倍，损耗恐怕多不止一倍。"

"唔。"

岑诺继续道："不过这仍然不是大人应该忧虑的事。以大人之智，这样的事当然已经有了办法。"

"唔。"郁苍还是既不承认也不否定，只从鼻孔里哼了一声出来。岑诺脸上并无不安，道："大人采矿顺利，运输问题虽大，却也不是不可以解决。所以，大人的隐忧不在眼前，而在——三个月后。"

郁苍皱紧眉头。他倒不是怕什么隐忧。什么隐忧？哪来的隐忧？狗屁隐忧！这小子纯粹胡说八道！他忽然大为失望——自己是不是太过轻信这小子？居然请他堂而皇之地登堂入室，说了半天，就这点危言耸听的废话？他心里开始盘算怎么收场——是抽这小子一顿扔出去，还是就坡下驴，客客气气送他出去，以免伤了自己的面子？

"大人，我有一个故事，不知大人可有兴趣听？"

郁苍摸了下自己的杯子，正在考虑要不要给他最后一个机会，岑诺却自顾自地说了起来。

"先父在世时，曾经带我参加过京师的赛马会。"

"唔。"见岑诺提到先父，郁苍无论如何得坐直身子。岑伯虽然在应门前自杀身亡，闹得国灭家破，但毕竟是前番士寮少卿，这等地位，就算是小国的国君都不敢在他面前放肆。

"参赛的马匹，分别来自执政周公殿下和大司马窦公殿下。"

见到郁苍终于提起了兴趣，岑诺微微一笑，继续道：

"当日，窦公殿下得了一匹良马。那是齐国的贾人从西域三十六国花重金购得的良马，用浮空舟万里迢迢运到京师，运抵之日京师轰动，号称天马。窦公殿下花了六千金，才从贾人手中买得此马。此马可说是中原百年难得一见的良马，世间传说，只有当今天子的御骑'赤云吞月'才能比上一比。"

"哦！是造父大人所御的赤云吞月吗？！"郁苍忍不住动容道。

"正是，"岑诺道，"赤云吞月，我没有见过。但是窦公殿下的天马，我却亲眼所见。马头高八尺，身长九尺八寸，全身乌黑，而四蹄雪白。窦公殿下一见便倾心不已，亲自为之命名为'乌云盖夜'。"

"哦，哦！"郁苍端正了身子，一脸虔诚的模样。中下级官吏在听到上层秘辛时，便得行止端庄，否则便是失礼。再说天子的赤云吞月，乃是百年难得一见的骏马，更是中下级武官憧憬的神物。窦公殿下那匹西域天马若真如岑诺所形容的那样，那自然也是难得的神驹了。

"那时候，窦公殿下还没有和执政周公殿下政争，周公殿下亦称窦公殿下为叔侯，十分地尊崇。"岑诺捧着热乎乎的陶杯，坦然地坐着，好像还端坐在镐京的岑伯府中一般，"那年秋天，周公殿下曾以一匹'青锋追日'，赢了齐侯、晋侯、虢公的良马，该马被称为当年京师的第一名马。窦公殿下得了乌云盖夜，便兴冲冲地来找周公殿下，要与他的青锋追日一较高低。

"乌云盖夜的威名轰动京师，周公殿下早有耳闻。窦公殿下来找周公殿下约赛的当夜，周公殿下便将京师的相马大师郝元寄招到宫中。据说，郝元寄对周公殿下言道，青锋追日虽是天下名驹，但乌云盖夜乃是不世出的名马，非一时名驹所能相提并论。"

"郝元寄大师我曾有幸得见一面。"郁苍终于忍不住插嘴道，"他相马五十余年，从未有错，竟然连他也这么说？那……"

"周公殿下好好地感激了郝元寄大师，前脚送他出门，回头便答应了窦公殿下的挑战。"

"哦？！"郁苍惊道，"难道周公殿下不信郝大师的话？"

"周公殿下亲自令郝元寄大师为天子挑选了赤云吞月，又怎么会不相信他的话？"

"那……那怎么……"

岑诺见郁苍一脸惊诧的模样，微微一笑，放下杯子道："有些蹊跷，是吧？郝元寄大师的话，窦公殿下的威望，乌云盖夜的名声，周公殿下竟似全然不顾，与窦公约好，于元年十月十一日在京师郊外的西苑比赛。

"那日我也随先父前往观赛。"岑诺眯缝着眼睛，喃喃道，"窦公的乌云盖夜，果然神骏，比周公殿下的青锋追日高了整整一头，整个西苑之中没有任何一匹良驹能与之相提并论。乌云盖夜仰头长嘶时，青锋追日甚至不敢走进它十丈之内。

"这场比试轰动京师，在京的公卿大臣纷纷到场，当日之盛况，竟然比先昭王十六年春天举行的那场天下赛马大会还要宏大。在场众人都以为，周公殿下必输无疑。担任当日赛马主持的，是番士寮的宇大人。"

"可是王室近支的畿内侯宇大人？"

"正是。宇大人是赛马行家，周公殿下与窦公殿下的比赛，自然得由他来主持。

"比赛倒是十分简单。赛场上只有乌云盖夜和青锋追日，再无其他赛马。

"但见宇大人团扇一落，两匹骏马飞驰而出。乌云盖夜果然神骏异常，一开始便将青锋追日远远甩开。偌大的赛马场，一匹寻常赛马需要一刻钟才能绕行一圈，它只用了三分之一刻便回到起跑线，比青锋追日足足快了三分之一刻。"

"哦！"郁苍显然也是在京师看过赛马的，"两匹都是神骏啊！"

"窦公殿下轻而易举地赢了,周公殿下却不以为意,只是提出来,要求一刻钟后再比赛一场。

"窦公殿下正在兴头上,又怎么会拂了周公殿下之意?于是一刻钟后,两匹神骏再次比拼。这一次,乌云盖夜又是轻松获胜,比青锋追日快了四分之一刻。"

郁苍若有所思地"哦"了一声。

"周公殿下还是什么也没说,只是要求,一刻钟后再比拼一次。"

"哦,还真是穷追不舍啊,周公殿下。"

"大人懂赛马吗?"

"唔?"郁苍被岑诺突如其来的问题问得一愣怔,哽了一下才道,"我只随寮中的大人们观看过一两次,哪里谈得上懂?"

"赛马奔驰,便如战阵冲锋一般。上战场的兵车,一次冲锋通常只前进半里,最多一里,冲到两里的战马实际上已经失去了冲击力,而且超过一半会因心脏爆裂而死。赛马也是一样。大人,那赛马场一圈也有六里多长,赛马又是全速奔驰,连续两次奔腾下来,还有多少体力?"

"唔……那么窦公殿下……"

岑诺笑了,道:"以窦公殿下当日在朝中的威严,总是不惜一切代价要压倒周公殿下,又怎么会让步?就算把乌云盖夜跑死了,也必要力压青锋追日。于是两匹神骏进行了第三次比赛。

"第三次比赛,乌云盖夜已是疲惫之极,奇怪的是,青锋追日却还是神气活现。两匹神骏一圈跑下来,乌云盖夜拼尽全力,也只比青锋追日快了那么一马头而已。

"周公殿下什么也没有说,只是要求进行第四场比赛。"

郁苍动容道:"还要比?!"

"那是自然，"岑诺道，"周公殿下也是个执拗的性子，否则怎会在一年后就将窦公殿下赶回国去？他既然说了要比赛，窦公殿下明知已不可行，又怎么能够当着数百公卿大臣的面，说一声不？

"比赛再次进行。这一次，传说中的神骏乌云盖夜终于再也跑不动了。虽然是拼尽全力，可最后终于还是落后青锋追日一个身位，输了比赛。

"四场比赛，窦公殿下只输了一场，认真说起来，窦公殿下算是赢了。可是最后一场毕竟是乌云盖夜输了。当时瞧青锋追日那神闲气定的模样，只怕再跑下去，乌云盖夜连它的尾巴都追不到。窦公殿下极其恼怒，拂袖而去。京师里传说，窦公殿下与周公殿下的政争便起于这场比赛。但又有人说，窦公殿下上了周公殿下的当。周公殿下的青锋追日，乃是一胞所产的四匹良驹，长得几乎一模一样。周公殿下用文绣将四匹马打扮一下，谁能分得出来？窦公用一匹马和四匹马比赛，怎么可能赢得了？这场比赛，周公殿下从头到尾都在耍赖，可是窦公却要和他硬碰硬，便如第二年的政争一般，窦公又岂是周公殿下的对手？"

郁苍长长地出了口气。他这样的下级官吏，一辈子也难窥镐京公卿阶层的门径，自然难以知晓这些上层秘辛，一时间不由得有些困惑，呆了半晌，才道："这……这个故事，就是这样吗？"

"可不就是这样。"岑诺淡淡地笑道。

"你专程赶来，就是给我讲这个故事？"郁苍心中已然明了，仅凭眼前这小子的身世以及与镐京千丝万缕的关系，就绝不可以普通人待之。把这小子抽打一顿赶出去，他现在已经没有这个胆量，但是岑诺讲的故事，和他今天找上门来，又有什么关系？

"大人知道窦公离场之时所说的最后一句话是什么吗？"

"唔……"

"窦公说，还以为是千里马，原来不过是十里之才。"

"是说……乌云盖夜？"

"正是。"

郁苍皱紧了眉头，总觉得岑诺言中似有所指，但想了又想……

"国君给三个矿场立下的制度，以三个月为一个期限考之，最上者赏，居后者罚。说穿了是一种争先制，先进者获利，落后者遭殃。"岑诺突兀地道，"大人以为，可是如此？"

"啊……"郁苍不想岑诺忽然转回原来的话题，愣怔道，"是……呃……"

"大人聪颖，当初不与裴大人争地利，结果却被大人得了天时，拥有了露天石绿矿脉。依靠发掘这条矿脉，大人获利匪浅。另外两处矿场还在为了那一千石目标苦苦挣扎，大人已经有了两千多石在手。大人这可算是大赢特赢了？"

"呃……唔……如此说来……"

"可是国君的比赛，便如那赛马一样，不是一场比拼。三月一考，也并不是说头三个月的最殿，就决定了最终的考绩。大人还要跟另外两处矿场至少比拼到今年末，或者明年初。换句话说，要庚城的城宰大人满意了，这场比拼才能最终决出胜负，大人以为可是如此？"

"啊，是……呃……"

"大人现在坐拥富矿。且不论这些矿能否顺利运下山去，姑且当作这些矿一石都不少地到了当阳，"岑诺咄咄逼人地道，"大人以绝对的优势夺得第一，是毫无问题。那么接下来呢？"

"唔……"郁苍手足无措，实在跟不上岑诺的思路，脸涨得通红，却说不出话来。

"山顶的石绿矿脉乃是赤金矿的脉络露在地外,由此可以轻松开采。可是露在外面的毕竟是少量,真正的矿脉还在地下。"岑诺道,"大人现在全力开采,不久后地表的浅矿脉就会掘尽,彼时大人不得不开始深挖矿井,就如同第一、第二矿场现在所做那样。但是另外两矿眼下开采缓慢,是因为他们花了大量时间开挖矿井,只要矿井一旦成形,以后的出产便大致稳定。而大人一旦深挖矿井,产量便会急剧下降,这,恐怕大人不会想不到吧?"

郁苍默然无语。

"大人现在一骑绝尘,抛下二矿很远,将来却注定要大幅下降。二矿现在差得很远,可是一来矿井逐渐成形,二来占有地利,开采出的矿石能够以较少的损耗送下山。大人这里的高损耗却是无解,而且一旦开始深挖矿井,大人势必还得减少用在运输矿石上的人力,彼时的损耗更高。石绿矿脉再好挖,也不会再有优势。说不定到某一刻,大人的开采与损耗相加,便再敌不过山下两矿。"

岑诺说到这里,"啪"地一拍座席。"大人辛苦一场,换来的却是国君一句'不过是十里之才',难道不是这样吗?"

郁苍额上汗珠涔涔,一时失神。他身后的侍从怒叱道:"大胆!竟敢无礼……"

郁苍霍地转过头,怒道:"给我住嘴!还不快奉茶,傻坐着做什么!"

侍从不敢相信地看了眼郁苍,忙又爬起来冲到门外,掏出布包煮茶。这边厢郁苍已收起怒容,竟在席上向岑诺施礼。"不知……何以教我?"

岑诺从容受礼:"大人只需和裴大人做个交易,由他派遣全部人手来为你搬运矿石,裴大人为大人运下去一千两百石矿石,大人便给他三百石作为补偿,让他以九百石通过考绩。一来,可以大幅减少矿石损耗;

二来，可以限制第二矿场的开采；三来，确保大人的矿石始终留有余地。"

他顿了一下，见郁苍目不转睛地盯着自己，微微一笑。"大人的目标只有一个，只要保证每一次考绩，都比另外两矿多上那么三分之一，且次次如此。大人可以想想，在国君的眼中，千里马和十里才，难道还分不清楚吗？"

郁苍恍然大悟，转念一想，其实这不正是自己一直猜测的岑诺的来意吗？如果这小子一进门就这么说，自己会不会答应呢？仔细想想，自己其实早就已经意识到运输损耗的问题，只要岑诺代裴林开口，自己应该会答应的，但必得狠狠地杀上一番价，让裴林那小子讨不了好去。但岑诺的故事一讲完，自己竟然不知不觉间觉得已经占了很大好处，甚至有"亏得如此提醒"之感。

关键在于岑诺的提议不仅仅是一笔买卖交易，更是准确地指出了整个环节中最核心之处——如何完成国君的任务才算得尽善尽美。岑诺的建议在裴君的国策、裴林的困境和自己的隐忧之中，轻轻巧巧转了个弯子，便落得各方皆大欢喜的局面。他再看岑诺的眼光，便不由得又有几分不同。

侍从为郁苍和岑诺面前的杯子添上新煮的茶。郁苍端起茶饮了一口，瞥见岑诺，却是只一沾唇便放下了。这少年来头不小，曾经过的是郁苍无法想象的日子。但是如今呢？郁苍心中一动，忽然明白了岑诺来此的真正原因。

他不动声色地放下杯子，道："取笔墨来。"

侍从从旁边的架子上取来竹简和笔，郁苍随手草草写完，卷起竹简，用一根粗粗的绳子捆了起来，递给侍从。侍从双手接下，转过来交到岑诺手中。

郁苍道："这份手书，便托足下交给裴大人了。"

"一定不负所托。"岑诺说着,看也不看,便将竹简放入怀中。

"对了,刚才在营门口,你说你……是来做什么的?"

"尝尝大人营中的饭食。"

郁苍哈哈大笑,感慨道:"换了我是国君,你今天的一席话当得起食俸禄,岂止是一顿饭而已!"他搓搓手,似乎感到难为情的样子,冲着外面道,"喂!有什么能吃的没有?说了半天话,早就饿了!"

侍从忙又"腾腾腾"地跑出去。不一时,几名同样衣着褴褛的下人端着木盘子进来。紧接着更多的人进到厅中,他们也不说话,一进来便在厅中各自找位置坐下。这些人显然刚刚还在矿上劳作,一个个黑炭似的脸色,身上脚上的泥弄得地板上到处都是,郁苍却一言不发。

不久之后,所有人的面前都有了食物,连那些端盘子的人也在厅中找到自己的位置,摆上了食物。在场众人全都盘膝而坐,沉默地盯着郁苍,无人开口。

郁苍端起一只土碗,侍从跪在旁边,忙上前给他碗中斟满了浊酒。在场众人一起伏地行礼,郁苍饮下酒,沉声道:"大伙儿辛苦了。来吧,好好地吃上一顿!"

"喏!"众人齐声答应。

岑诺冷眼瞧着,明白了。

和只把矿丁当作苦力的裴林不同,郁苍显然将他属下的所有矿丁都统统收为了家臣。在这般艰苦的条件下,将如此多的人收作家臣,看上去实属不智之举。这意味着郁苍几乎无法像裴林那样享受开矿所获的绝大部分,而是要将自己所获降到几乎与众人一致的水平上。

但岑诺却暗自赞许,觉得郁苍做了笔划得来的买卖。

彼时裴国人中,除了极少数如郁苍一般,是裴寄从卿士寮带来的下属外,还有少数如裴林一样,是裴寄就地从庚城招募来的下级武人,其余绝大多数都是流徒。

何谓流徒?在大周,流徒乃是身份的象征,而且地位不低。不是所有的刑徒都有流放的资格。同样的罪行,微寒出身的人可能就地斩首、斩去下肢,或者卖为官奴。无论是朝廷还是诸侯国,谁也不会将粮食浪费在这些微不足道之人身上。按照康王十三年颁布的《御章诰》,为示朝廷恩布天下,凡贵族出身、拥有中士以上朝廷品秩或者拥有十顷以上公室井田的家族,若犯十恶之外罪行,便可免死流放。康王为恩抚天下诸侯,才推行了这条刑律,可不久之后便变了味儿——只有贵族出身、拥有中士以上朝廷品秩或者拥有至少十顷以上公室井田的人,才能享受流放的待遇。

很多裴国人现在尽管地位低下,但出身却个个都不含糊。这年头一切都以出身而论,国人出身的人,自然远没有世家出身的人受到的教育更好、传承的知识更丰富。更不用说这些曾经的流徒背后散布大周各方家族,只要还未败亡,将来总有可能成为可以依靠的强大助力。裴林把这些人当平民矿丁来使唤,实在是愚不可及。而将所有人统统收为家臣,将来便可助他向上攀爬,对郁苍这样出身寒微的人来说,这才是真正可遇而不可求的财富。

在场的人都出身卿大夫家室,虽然肮脏,却不失礼仪。这么多人一起用饭,只听见咀嚼声和吞咽之声。郁苍提供给家臣的和他自己的一样,都是一簋米粥、一块肉、一碗酒——确实如传说中那样,可比裴林营地里的饭食丰富多了。

岑诺自己面前的木盘里也是一样。他心中清楚,这是从众人口中省下来的。第二矿场的补给已经中断,这里只可能更糟。但郁苍还是毫不犹豫地拿出了所有……难道……

　　他心中一动——郁苍的心性、见识、谋略都远在裴林之上,难道他已经知道了什么?

　　正在这时,座席中忽然一阵骚动,人们的视线穿过房门望向外面的天空,还有人站了起来。

　　岑诺一愣,顺着众人的目光望出去,只见一道黑烟不知何时已经横亘整个西方的天空,淡淡的烟气遮蔽日头,天色昏暗下去。

　　"这是哪里来的烟?"岑诺惊讶地道,"森林着火了?"

第八章

> 大周江水荆山
> 穆王三年秋七月九日夜

黑荆森林打骨寨

稍早之前，第三矿场还被阳光照耀，矿石反射出金光时，山谷中已经提前进入了黄昏。

从高处看来，山谷似乎被莽林所覆盖，然而真正踏足这片山谷，却满眼都是层层叠叠的稻田。经过荆人千年的开发，这片山谷每一寸可供耕种的土地都种上了粮食，无数条精心设计的沟渠反射着高空的云霞，像数不清的彩带蜿蜒在金色的谷地间。

裴寄端坐马上，有些入神地凝视眼前的一切。这片肥沃的土地，与当阳那几亩薄田相比无异云泥之别，甚至连自己家乡的田野也比不了。当然，这片田野只出产稻米，但他早有决断，要想在这片土地世世代代生活下去，吃稻米是唯一的选择，他自己的一日三餐都已经换成了米饭，不再食黍。

车右杜伍从前面黑黝黝的寨门口一口气跑回来,道:"主君,似乎有点不对头。"

周围的几名侍卫立刻警觉地将手按在剑柄上,裴寄一扬手,众人又将手放下。

"敲了门,里面有应声的。但是他们要见到主君才开门。"

"混账!"一名中士气哼哼地道,"主君亲自驾临打骨寨,柯老五不匍匐出迎,还敢让主君去叫门?"

裴寄看了看百丈外的寨子大门,又扫了一眼周围。

打骨寨和黑荆森林中的其他寨子一样,是环绕着一棵参天大榕树建起来的。这处大寨是周围十六个小寨之主,庇佑它的榕树也格外高大,云朵一般的树冠横亘数里。他们离寨子还有百余丈,居然也在树冠下方。

跟着他来的骑士散布在四周,围成一个小小的圈子。树荫底下,安静又凉快,马匹都安静地低着头。田野间吹着微风,金黄的稻浪随风波动。

一切都显得宁静而平和。但……似乎过于平和了。

"赵石在什么地方?"裴寄问。

"中大夫大人已在六里之外。"裴寄的贴身亲卫子钮抱拳道,"奉主君之命,他停止前进,正在警戒。"

"何辛欣呢?"

"一个时辰之前,下大夫大人在洞口溪寨外列阵,但对方没有回应。"

"婴支祁呢?"裴寄问道。

"最后一次发现楚军,还是在十二个时辰前,"杜伍道,"在六鹿寨。寨子起火之后,楚军就失去了踪迹。"

"会不会有诈,主君?"

裴寄摸着赤金盔上垂下来的朱缨,沉吟不语。

岑诺的怀疑十分准确,事实上,从楚军渡江的那一刻起,战事就开始了。天子离开汉水,留后的诸位臣工早就预测到楚国会进行一场军事冒险。在谢昌的精心策划下,汉水诸国的数支军队以补给当阳作为掩护,在几日之内陆续抵达当阳,做好了围歼楚国渡江军队的准备。

但坐在谢昌那样的位置,最多只能进行战略上的谋划,是不可能亲自指挥这场战争的。在汉水前线,眼下也只有裴寄可以以卿士寮中大夫、庚城六奉行的职位,直接在前线节制诸师,临敌指挥。

然而人和人之间的"战争"是不同的。

唐侯、谢昌要的是一场酣畅淋漓的胜利,以求彻底消灭楚军,并顺带横扫整个黑荆森林,将大周的疆域彻底推进到江水北岸。但对裴寄来说,他不仅要战胜楚军,还需要完整的黑荆诸寨——眼前肥沃的田野再次提醒他,如果战争的结果是黑荆各部为之一空,田野变成一片荒芜,那战争对他而言,即便不是失败,也是惨胜。作为大周最穷的国家,人口是裴寄日夜渴望的财富,无论如何他都不能让战事失去控制。

立国短短半年,他已成功地拉拢了相当一部分黑荆族长,有两家黑荆族长已经答应与当阳站在一起,其余的暂且中立。如果再给他半年,说不定还能争取到更多,但现在也只有硬着头皮上了。

眼前的打骨寨便是两家立场坚定的盟友之一。开战之前,裴寄必须与柯老五面谈,这是关乎战略成败的关键。

"再去敲门,用约定的暗号喊话,就说裴寄马上就到门前亲自拜访。"裴寄长出了口气,淡然道。

杜伍惊讶地看了看裴寄,抱拳低头,转身便跑向大门。

"主君,要不要让中大夫大人再靠近一些?"子钮低声道,"现在只有十六名人手，属下担心……"

"不要疑神疑鬼，"裴寄伸手摘下赤金盔，往胸前一扔，翻身下马，"柯老五绝不会负我。走。"

十余名侍卫跟着下马，四人将所有马匹拢在一起，其余人等学着裴寄的样子摘下赤金盔夹在腋下，跟在他身后向寨门走去。

已有六百多年历史的打骨寨门笼罩在一片茂密的藤蔓之下，藤根比水缸还粗大，原木搭就的门就躲在根下。

杜伍守在门口，见裴寄等人过来，便走上前去"啪啪啪"地拍响了门环。

"喂，打开大门！我家主君亲自前来拜访！"

门中有人应："门前大路朝天走，不是洞人莫进来。"

回："来者，大周卿士寮中大夫、裴国国君裴寄！"

门中人应："荆山森林乃天赐，只有洞主无天子！"

回："天子在京师！主君代天子，征战四方！"

门中人应："荆人洞中无日月，不被火来不被征！"

回："主君请见洞主！"

等了半晌，也没有人回话。偌大的寨中一片寂静，连狗叫声都没有。几只水鸟"呀呀"地飞过田野，钻进树林之中。

就在这个时候，起烟了。

子钮率先发现寨子后方升起了一股青烟。因为林子里弥漫着若雾若云的烟气，直到闻到柴火燃烧的气味，才骤然惊觉，看到寨子后面升起的青烟。

"火？"

"着火了！"

首先喊出着火的，是下士裴敬，队伍顿时骚动起来。

裴寄背着双手，在大门前稳稳地站着。他身边的几名侍卫大声喝止，众人才慢慢平息下来。

青烟从寨子后头不停地升起。可是，打骨寨中仍然一片平静，既听不到火舌肆虐之声，也听不到风声或人兽的声音。子钮打了个手势，周围的人全部拔剑在手，一半人面对寨门，一半人面向田野，人人屏息等待。

这时候，门里有人朗声道："贱姓柯五，拜见国君，请国君门前一见。"

裴寄将袖口一抖，便要上前，忽然有人紧紧抓住他的袖子，转头一瞧，却是子钮。子钮用力地摇摇头，指了指自己的鼻子。

裴寄稍一犹豫，子钮将手中裴寄的白缨赤金盔往自己头上一戴，抢上几步，来到门前。

"开门。"他憋住嗓子，低沉地喝道。

门上"哗啦啦"地响了一阵，一个小小的窗口出现在离地一丈高的地方。子钮正仰头去看，不料门洞里"嗖嗖"两声。子钮低沉地喊了一声，转过身来，两支弩箭深深地插在他的眼窝之中。

杜伍狂喊一声："上当了，走！"

门上"嗖嗖嗖嗖"一阵乱响，两名靠得近的侍卫立时僵直地倒下。杜伍双手张开向前扑出，正挡在裴寄面前，他的身体剧烈地抖动几下，一口血"噗"地吐出来，喷了裴寄一头一脸。

裴寄低声咆哮，上前紧抓住杜伍的肩头。杜伍用尽全身力气转身将他一推，裴寄一个趔趄摔倒在地。

"嗖嗖嗖嗖"连声不断，又一排箭矢从门洞中射而出，杜伍狂喊一声，奋力张开双臂承受了大部分的箭羽。近距离的劲射让箭羽穿透了他的身体，将他胸前的甲胄高高顶了起来。杜伍跟跄着往前走了两步，低头看了看胸前，喉头咕噜作响："走……"就此僵直不动，死死地站在门洞前方。

瞬息之间便倒下了四人，众侍卫这才反应过来，大喊着围上来。两名侍卫架起裴寄就往田野跑，边跑边狂喊着："马！马！"

树冠上也是"嗖嗖"声连响，一名牵马的侍卫僵硬地扑倒，他牵的三匹马也中了数箭，疯狂地乱跳乱踢，嘶鸣声响彻四野，另外三人拼尽全力拉住马缰。几名侍卫冲到马旁，张弓与树上对射。这些侍卫用的都是十二石以上的硬弓，两轮射击后，侍卫倒下两人，树上也"哗啦啦"地掉下四人。

趁着对射的工夫，裴寄已经上马。慌乱之中，一名侍卫将自己的头盔强塞到裴寄手中。裴寄大喝一声，将头盔扔开，便要伸手去拔剑。不料那侍卫反手便在裴寄的马臀上重重抽了一鞭，那马吃疼，箭一般地蹿了出去。

裴寄差点被颠落马下，好容易稳住，胯下的战马已奔出数十丈远。回身望去，只有两三人纵马跟上，剩下的人全都失陷在不知哪里冒出来的黑压压的荆人中，混乱的喊杀声中刀光闪闪，劈砍声响成一片。

裴寄怒号一声，拉住马头。他最小的侍卫苏青荻眼明手快，打马过来扯住他的缰绳。

"主君！"苏青荻尚未变声，稚声稚气地喊着，"主君快走，青荻为主君断后！"

就这么一瞬间，身后的喊杀声骤然低落。裴寄心如刀割，但苏青荻稚气的声音让他惊醒，他夺回缰绳，大喊道："后路断了，跟着我向西走，冲出包围！"

"赵石大人呢？"

"他比我冷静!"裴寄叫道,"跟我来!"

几人拨转马头,出人意料地向着西方黑压压的山脉奔去。他们来时的树林中号角齐鸣,数不清的影子出现在林线边,但已然太晚,只能眼睁睁地看着那几骑消失在田野中。

一股火头"轰"的一声蹿上了打骨寨中心的树冠,大火终于肆无忌惮地吞噬起这座古老的寨子。它向空中喷出的浓烟,将在片刻之后被身在第三矿场的岑诺看见。

裴国第二矿场

戌正,月亮终于出现在茂密的林冠之上,傍晚时分的烟尘消尽,夜空又恢复了往日的澄净。今夜月朗星疏,月光穿过树林,纷洒在树林间。

岑诺踩着月光,心事重重地走着。黑荆森林中出了大事,郁苍已没心思留岑诺深谈,岑诺也忧心忡忡地想要快点回到矿场。那股烟尘之高,怕是在当阳都能瞧到。知晓此事的裴寄,和裴国大大小小的官员会作何想法?裴林那个笨蛋,又在干什么?

身后一直响着"嚓嚓嚓"的声音,那是郁苍侍从不合身的皮甲发出的摩擦声。郁苍坚持要侍从送他到第二矿场,但岑诺看得出来,他这是借机让侍从下山——第三矿场地处偏僻,当阳的消息很难及时送到,大变在即,郁苍不得不派出最信任的人去打探消息。

走着走着,岑诺忽然"咦"了一声。

山下营地里的灯火,比平日里可多得多了。从营门口到棚屋,点着数十支火把,营地中间还生了好几团篝火。看这样子,差不多点着了营地里整整一个月的柴火。有那么一瞬间,岑诺还以为营地着火了,但是稍一凝目,又能看见火光间走动的人影。发生了什么事?裴林疯了?

二人穿过营地前稀疏的小树林，忽见前方火光一闪，一名骑在高头大马上的骑士举着火把冒了出来，厉声喝道："站住！什么人？"

那骑士不是裴国士卒穿戴，背负长弓，斜背着长矛，从头到脚赤金盔甲，脸上还戴着一张狰狞的赤金面具。侍从大喝一声，扔下火把就去拔腰间长剑。岑诺看得清清楚楚，那正是镐京精锐的西八师的斥候装束，忙大声道："住手，是朝廷的兵马！"

侍从一愣，停下了手。

岑诺走到那骑士面前，还没有马头高，仰起头来道："我叫作岑诺，是这座营中的计头。敢问阁下是？"

那人见他的衣着、模样、口音，果然是熟悉的镐京人物，便道："我乃是唐侯殿下的家臣，现在是裴国下大夫何辛欣。你们不在矿井里挖矿，从哪里来的？"

裴寄手下的官员，每一个报名的时候都会争先恐后地将自己本来的出身和官职报出，生怕人家以为他们是土生土长的裴国人。既然是唐侯派来裴国当官的，那必然是从下级士家中挑选出来，又配备了一定的士卒。岑诺往左右瞧瞧，果见黑暗中影影绰绰地散落着十余个黑影。

"我们刚从第三矿场郁苍大人那里来。这里怎么了？"

何辛欣打量他们几眼，哼道："进去吧！"随后他轻轻一提缰绳，马小跑着向林子的另一边奔去。那十余人无声无息地又隐入林中，看样子竟是在暗中守卫着营地。

岑诺心中掠过一丝不祥。这情形，像极了半年多以前，镐京近畿卫封堵窦公府邸的样儿……难道裴林现在已经被捕，押往庚城了？一转眼，他又哑然失笑。裴林是个什么货色，他要真的犯事，庚城派一名中士来就可立地斩了他，何需如此大费周折？

他带着侍从穿过营地向棚屋走去,营地中走动的都是持械的武人,但其中也有不少是裴林的手下。这些人岑诺都认识,一见他全须全尾地回来,不少人脸上都露出惊讶的神色。岑诺向认识的人一一行礼,别人也都回礼,说明营中一切如常,并未有异变发生。

　　岑诺的心却绷得更紧了。如果只是把裴林斩了,那还算简单!现在营地一切如常,却陡然增加了大批士卒,情况只可能更糟,也许比所能想象的还要糟。不知道他出门半日,营地里究竟发生了什么?莫非和那情况不明的烟雾有关?

　　走到棚屋前,屋中灯火通明,两名士卒在门口持械而立,但是并未阻拦他们。岑诺走到门前,从破败的门缝望进去,却见矿上的众头目——门大家、矿头和号子手,穿得整整齐齐,按次序跪坐满堂。

　　岑诺手放在门上,犹豫了一下,却听里面裴林恶狠狠地道:"谁?有消息了吗?快进来!"

　　岑诺心中一直想着裴林被斩首时那大快人心的场面,没提防他一嗓门嚷出来,倒吓了一跳。他无处可躲,只好推开门,在门口行礼道:"我回来了。"

　　裴林眼珠子瞪得浑圆,惊讶地道:"啊,你还真的回来了?"

　　岑诺对他的态度大为奇怪,显然他并不是在等自己,但也无法回避他的问题,只好道:"是。郁苍大人已经有了回信,所以我连夜带回来。"

　　裴林的脸刹那间涨得发紫,沉下脸来,低声道:"好了!今天不谈别的事情,你先下去吧。"

　　岑诺这才猛然惊觉,屋子里不知什么时候竟然多了一张宽大的屏风,是那种用薄牛皮绷面、赤金杆为架的野外屏风,通常只有在诸侯上阵时才会张起。怎么到了这屋里?难道……

裴林脸色一沉，岑诺忙恭敬地行礼道："是。那我告退了。"

"去吧。"裴林面色难看地道。

岑诺后退两步，转身便走，却听一人低声问道："郁苍的回信？是什么东西？"

"啊！"裴林慌乱地叫了一声。岑诺回头看时，却见那屏风旁不知何时站了一名头顶高冠、身披罩衣、手捧长剑的少年。屏风之后燃起了火烛，将说话那人端坐的影子投在屏风上。

裴林"砰"的一声跪下，满屋子的人一起伏地拜倒。岑诺心念电闪，知道屏风后为何人，却还装作不知，傻傻地站在原地。

"无礼之人，"站在屏风边的苏青荻喝道，"见到主君还不行礼？"

"哦，参见国君。"岑诺忙让到一旁，跪坐下来，却也只是浅浅的一礼。他直起身来时，满地的人都还翘着屁股趴着。

"郁苍的回信，是什么呀？"屏风后，裴寄淡淡地道，"是给裴林的吗？"

岑诺道："是。"从怀中掏出郁苍的竹简，捧在手上。苏青荻放下手中的剑，上来拿过。岑诺瞥了眼裴林，见他整张脸都已吓得惨白——身为开矿的监工，相互串联，试图勾兑矿石交差。这个罪名一定下来，只怕裴林立刻就要被扒去官服，拖出去挖矿了。

见到他忽然投过来一个严厉的眼神，岑诺微微点头。裴林不过是要自己担责任而已！这有什么难处？岑诺心中冷笑，担了便是。他根本不用考虑如何分说此事，心里头倒是在纠结：何以裴寄忽然驾临矿山？是与白天那场大火有关，还是单纯为巡检矿场而来？之前三个月，裴寄都未曾巡检过矿场，现在突然驾临，是否意味着采矿的国策有变？

他心里不停地嘀咕，冷眼看着苏青荻将竹简递入屏风之后。

忽然，"哈！哈哈哈，哈哈哈！"屏风后面爆发出大笑，裴林吓得脸无人色，却听"哗啦"一声，整扇屏风直挺挺地倒了下来。

裴国国君裴寄披散着头发，高大的身体半挂着重甲，右边的护肩却已取下，重甲之下的锦袍也掀开，露出半边结实强壮的身体，右肩和臂膀都裹在白色布条中，竟然是受了伤！

他手里拿着竹简，一脚踩在翻倒的屏风的赤金座上，喝道："裴林！"

"小……小臣在！"

"这是郁苍写给你的信啊，"裴寄意味深长地看了岑诺一眼，"你怎么看？"

裴林吓得脸上无半点人色，颤声道："小……小臣不知道郁苍有……有什么事，小臣从来……不曾与他暗通款曲。"

"很有趣的信啊，"裴寄冷笑道，"你知道吗？"

裴林头上冷汗涔涔："小臣……不知！小臣实在不知郁、郁……郁大人写信给小臣……有何用意。"

"说得很清楚啊。"裴寄将竹简展开，"郁苍说，他愿意用四百石矿石，从你这里换取岑诺一人。"

在场众人一起抬起头来，看看目瞪口呆的裴林，又看看一脸茫然的岑诺。

"小……小臣绝无此意！"裴林哽了半天，终于惊叫起来。

"四百石……"裴寄喃喃地道，"足够将你这三个月可怜巴巴的矿产提高到一千石了吧？"

"主君明鉴！"裴林吓得魂飞天外，挣扎着道，"这、这、这……这真是岂有此理，好好的，郁大人开……的什么玩笑？再说……岑诺这小子，怎么可能值四百石矿石？"

"主君，"岑诺冷冷地道，"在下确实不知郁大人回信竟然如此说。但若真是如此，在下相信，这四百石矿石不是买我的价钱。"

"哦？那是什么？"裴寄道。

"只不过是补偿一下裴林大人的损失。"岑诺微微弯腰道。

"哦？哈哈哈哈，"裴寄笑道，"这么说来就更有意思了。何以郁苍要用这笔不菲的代价来补偿裴林，就为换取你这个小人儿啊？说个理由出来？"

岑诺看了眼裴林，裴林正死死地盯着他。岑诺幅度极小地点了点头，不管别人看出来没有，反正他瞧见裴林明显松了口气。

"因为我向郁苍大人进言，用裴林大人矿上的人力，换取郁苍大人的四百石矿石，以缓解裴林大人采掘量远远不足的困境。"他看了眼裴林，忽然间很是欣赏他那渐渐紫涨起来的脸，跪坐在他身旁的小头目也都一个个瞠目结舌。"另外，也能征集足够多的人手，缓解郁苍大人那里无法将矿石下运的困境。我想，这是对双方都有好处的事，所以没有问裴林大人，就自作主张地去游说郁苍大人了。郁苍大人觉我的办法还算公道合理，所以答应了以四百石来换取人手。"

"这、这、这……这真是岂有此、此、此理……"裴林结结巴巴地道，但是明显已经松了口气。

裴寄脸色不变："哦？呵呵……不错……这是个不错的法子。郁苍能听进去建言，也算是不错了。"

"是的，郁苍大人善纳良言，"岑诺从容地道，"至于郁大人何以在信中，以四百石来交换我，我觉得大概是郁大人笔误。这应当是以四百石来交换搬运之力，请主君明察。"

裴寄看看岑诺，又看看软倒在地的裴林，再看看手中的竹简，似笑非笑道:"看来的确是郁苍的笔误,嘿嘿,好。都是好臣子,一个个都不差!"

说着坐回屏风后的小几上,头一偏,站在他身旁的苏青荻毫不犹豫地上前一步,冰冷的长剑架在裴林脖子上。裴林一瞪眼睛,大喊道:"主君!"

"锵锒锒"一阵刀剑出鞘,屋子四周的裴寄侍卫们一起拔出剑来,满地跪坐着的工头人人脖子上都架上了白刃。矿头白眼一翻,"咚"的一声晕倒在地板上。

"你们好大的胆子!"裴寄厉声道,"身为矿场的主官,竟然私相授受。拿主君的东西互换好处,把我当傻瓜糊弄,啊?!"

"小臣……"裴林斜眼看了看架在脖子上的剑,"小臣委实……不知!"

"嗯——"

"主君把臣下当猴耍,臣下自然把主君当猴糊弄。"岑诺微笑道,好像满屋子闪闪的白刃不存在一般,"诗不云乎?'投我以木瓜,报之以琼琚'。国君要以嫌疑驱使下臣,却反过来埋怨下臣以嫌疑自处,这岂是国君御下之道?"

"我以嫌疑驱使下臣?"

"不敢。我只想问问国君,您离开繁华的镐京,离开天下权力中心的卿士寮,来到这群山峻岭、化外偏僻之地立国,以何立国?"

裴寄乃是布衣出身,从卿士寮底层一路干到中大夫的高位,很是不喜欢这类充满空洞词汇的高谈阔论,喝道:"以何立国?哼,自然是以刀剑还有我订立的制度,才能在这蛮夷之地立国!"

"国君错了,"岑诺道,"国君在这里立国,靠的不过是人。没有人,您的刀剑和制度，不过是句空话而已。"

裴寄被他顶得一噎，不过这几个月来他被岑诺都顶得习惯了，知道他后面必定又有一番大道理等着，遂冷笑道："好个巧言令色之徒。是人又怎么样？没有制度，不过是一盘散沙、一群无头苍蝇。"他瞥了一眼裴林，"有令不行，更是一盘散沙。"

"正是制度的问题。国君以为，您以三处矿场同时开矿，课之以最殿之法何如？"岑诺道，"此乃是卿士寮的传统，国君是卿士寮的高官，这一套制度自然是玩得娴熟无比。平心而言，这乃是令各方努力博弈的上上之策。三处矿场便如兄弟登山，各自争先，要完成主君开矿立国的大计，是最好不过。"

"听你的意思，自然觉得如此不妥当啰？"

"这套方法，放在国力强盛、幅员广阔的千乘之国，或者立国百年、人口繁盛之族，可也。大国事务繁重，人口又多，事多则人易生疲怠之心，人多则易起相互推诿之事，所以要课之以殿最，奖励先行，严惩怠惰。但是在新建之裴国，行不通。"岑诺毫不客气地道，"跟随国君来此崇山峻岭中的，都是心甘情愿为国君、为裴国拼尽全力，打出一片天地的人——"

"都是流徒。"苏青荻忍不住打岔道。

"混账！"岑诺顿时勃然大怒，"国君开狱征召之日，已经有言在先，留在狱中则为流徒，登上墙头者为裴人！这里满屋子坐的，都是自愿随同国君来裴国开疆辟土的裴人，哪里来的流徒！"

苏青荻被吓得浑身一颤，退了一步。

岑诺横了他一眼，又恢复一副从容淡定的模样，继续道："——整个国家，不过八百来人户，人口既少，国事又重。国君分派人口，连一个多余的都没有,所有人都肩负重责。敢问主君,这时候还用争先之法,可行乎?"

裴寄也被他刚才那一嗓门吓了一跳,一时间还没回过味来,怔道:"何以不可行?"

"争先之法,重在限制部属众多时的推诿,虽然可以激励整体,却难免在相互争先中造成猜忌。裴国人本来就少得无可推诿,在荆蛮环伺、豺狼虎豹出没的山岭之间开辟国土和矿场,需要的是国人之间相互信任、协助。说得不好听点,国君,必要的时候,各处矿场之间是要相互为对方效死命的!一旦荆蛮倾国来攻,国人便得肩并肩、背靠背地出来以死相拼。国君平日里不令国人交好,却动辄斥以私相授受的罪名,逼迫矿场各图自保,甚至互视为仇敌,敢问主君,等到那一日,您想国人出来并肩为国而战,其可得乎?"

听到最后一句,裴寄不由自主地从席中站起,却牵得左边肩头一阵抽痛,他忍不住伸手扶住左肩。苏青荻忙上前扶他,裴寄顺手一把推开,气喘吁吁地站住了。

屋子里一片死般的寂静,那些拔剑的武人一个个都走了真魂,剑也不知何时垂下。趴在地下的众人茫然地抬起头来,数十双眼睛在裴寄、岑诺之间来回扫视。

"裴大人的矿场采掘量实在无法达到国君的要求,而郁大人的矿场也远远达不到国君的要求,为什么呢?因为他根本运不下来,采再多也等于零。但是两个矿场却会因为彼此的问题而嫉恨对方。所以,我想了一个法子,"岑诺根本不管众人的目光,从容道,"用裴大人的人力,换取郁大人的矿石,最后运下来的却远远大于两家矿场独自能运到的。这岂不是于人于国,一举三得,皆大欢喜?"

裴寄捂着肩膀，好半天才长长地吁了口气，坐回小几子，沉吟不言。裴林虽粗疏，却不笨，已经听出岑诺说的乃是正理，裴寄决计辩驳不过，索性心一横，爬起来道："对……对了，这是小……呃……岑诺与小臣商量后，不得已出此下策，以全臣等的……臣道。"

"总算想起来了？"裴寄冷冷地道。

裴林脸红筋涨，正要再说，忽听外面一声凄厉的马鸣。数人在营地外大喝："站住！此乃国君的驻地！"

"在下是中大夫赵大人派来的！"

裴寄腾地站起，大声道："让他进来！"

一名浑身大汗蒸腾的骑士跟跄着进来，跪下道："参见主君！"

"赵石在哪里？"裴寄不等他说话，直截了当地问道。

"赵大人已经赶回山下，在第一矿场驻扎。"那人气喘吁吁地道，"打骨寨的大火仍未熄灭，派出去的斥候回来说，他们在打骨寨周围梭巡很久，没有看到有打骨寨的人逃出来，也没见到袭击者。赵大人说，他相信打骨寨已被屠戮干净，无人幸免……回来的路上，咱们经过了乌崮、黑脚、四姑娘、下溪等寨子，赵大人特意使人去问话，寨子里的人没有出来，也没有开门让咱们的人进去，只听见老弱的哭声。咱们安插在寨子里的白荆传出话来说，这些寨子里的男丁从昨天晚上起就不知去向。山下面紧张得很，大人怕主君再遇袭，所以将所有人都带了回来。"

"甘水、青岗、伏牛、黑檀这几个寨子呢？"裴寄沉吟着，缓缓地道。

"青岗和伏牛寨的白荆已经逃了回来，在路上追上了赵大人。"信使道，"他们说，他们路过黑檀寨，看见寨门已经悬挂起了派去的白荆的头颅。"

在场的人面面相觑。突如其来的大战，一下子将所有人的心揪紧。

裴寄抱着受伤的胳膊，沉吟半响，道："当阳那边呢？"

"小人不知道。但是似乎从第一矿场往当阳的路还没有断。赵大人派小人出来的时候，还有三十多名前来走货的白荆在营地里，赵大人派他们立刻赶回当阳城。"

"他比我冷静得多啊，"裴寄感慨道，"幸好有他居后……"

"国君这是打仗受的伤？"岑诺突兀地问道。

"难道还能是打猎受的伤？"裴寄咳嗽一声。

"小伤而已。"岑诺淡淡地道，"昔日先召公东征鬼方，也曾伤肘，不也五日便平定了鬼方？"

裴寄哭笑不得。这小子任何时候都能举个让人无法反驳的例子出来，他也是头一次见到这样安慰国君的。

苏青荻又要上前怒叱，但刚才岑诺一声吼吓得他差点走了真魂，现在已然失去了勇气，只敢看着裴寄，等待他下令。

裴寄沉吟了一下，摆摆手道："都下去。"

众人一愣，裴寄又道："岑诺——留下。"

顿时所有的目光都投在岑诺身上。裴林当先一步站起，却步退出，众人一时间稀里哗啦走得干干净净。

苏青荻却步退后，将门带上。破破烂烂的棚屋周围全是漏洞，只有一扇门是完好的，关门倒显得滑稽可笑。但裴国众人哪里敢笑？以裴林为首，诸人安安静静地在月光下的林中坐着，随时等候国君的召唤。

苏青荻在棚屋周围悄没声地巡逻，转过墙角，眼前这一面墙几乎倒塌，屋中的一切都看得清清楚楚。

但见裴寄大咧咧地就坐在席上。岑诺长跪在他身旁，神情严肃，便如端坐在天子身旁的大臣一般。苏青荻见岑诺冷冷的目光扫过来，吓得赶紧加快脚步,闪到棚屋的另一边去。

棚屋里一时无言——裴寄冷眼看着岑诺,以为这小子有很多问题要问,但岑诺皱紧眉头思考了好一阵子,才道:"按我的猜测,应该三日之后才开战。"

裴寄眉毛一挑。

"打仗从来都不光是拼那一枪一刀,真正的战事在见血之前很久就开始了。"岑诺淡淡地道,"国君全力推行以稻替黍的国策,又减少肉干、鱼干的补给,除了准备打仗,还能做什么?"

裴寄紧皱的眉头一松:"这也被你瞧出来了,你这计头当得不错啊。"

"国君准备这场战事,已经很久了吧?"

"废话。"

"还是被打了个出其不意啊。"

"对方岂不是准备得更久?"裴寄不以为意地道,"打仗嘛,自然是实力占优的一方有选择开战的权力。我们国小民贫,难道还能主动挑衅?"

"诚然如此,"岑诺道,"国君与谁开仗?是丹阳,还是黑荆?"

"你去过黑荆部落吗?"裴寄声音喑哑地问。

"没有。"

"黑荆各部皆是以一棵大树为根基,经历数百载经营,整个寨子随着大树长大,一棵树就是一座城寨。"

"想来一定很是壮观。"

"前天晚上一座黑荆寨子被烧了,一个人也没逃出来,无人知道发生了什么。今天下午,这么一座……"裴寄双手比画着,苦笑道,"这么大一座寨子,就在我眼皮子底下被烧掉了,也是一个人都没逃出来。"

岑诺皱着眉头，并没有马上答话。裴寄也不催他，饶有兴致地看着他皱着小眉头，一副工于算计的模样，忽然间觉得有些好笑。他从打骨寨死里逃生出来，没有立刻向手握重兵的赵石靠拢，而是翻山越岭来到第二矿场，连他自己也觉得奇怪。但现在看来，这一步似乎是走对了。

"是楚军。"岑诺终于得出结论，"寨子是黑荆赖以生存的基础。若是黑荆人所为，断然不会烧毁寨子。"

裴寄微微点头。

"丹阳出动大军，那就是与我大周全面开战。"

裴寄再点点头。

岑诺低着头，搜肠刮肚地回忆着。周制，公卿的家臣都被视作主君的谋士，国家大事是可以在自己家的厅堂里公然讨论的。岑诺从十一岁起就听岑伯与陆叔等家臣讨论诸侯事务。最近三年以来，岑伯家的客厅里回荡的便是周楚争霸的余音，岑诺就算不听，也早就灌得满脑子都是。

"不——不对，"岑诺的小脑袋又摇了一下，"不是全面战争。"

"哦？"

"若是那样，楚军先锋就该直取庚城，再不济拿下权国，再派大军渡江，与大周争霸于江汉之间。怎么可能从又穷又小的裴国开始？"

裴寄"哈哈"地笑了出来。

"眼下的形势，不过是丹阳想重新控制黑荆，作为与大周争霸的支点罢了。"岑诺长出一口气，看看裴寄，又道，"国君不可能想不到。"

"那么，我会怎么做呢？"裴寄双手抱胸微笑道，"你不妨再猜上一猜。"

黑荆森林中某处

今晚的月色给森林镀上了一层明亮的辉光,在距离裴寄等人不到五十里的某处深山幽谷中,正在发生怪异的事情。

大树一棵接一棵倒下,沉重的倒塌声震撼着密林。数不清的宿鸟如同一小团乌云惊起,在那不断扩大的空地上空盘旋。

楚国少府婴支祁站在一棵刚刚伐倒的树身上,抬头看着头顶的乌云,脸上露出一丝冰冷的微笑。

三百名赤荆卫披盔戴甲,环卫四周。在更外层的圈子,数百名黑荆人正在奋力砍伐一排排大树,扩大这片硬伐出来的空地。

火光一闪,屈通空在两名手持火把的赤荆卫护卫下,从空地的另一边匆匆过来。

"大人,裴寄跑了!"

婴支祁无所谓地点点头:"知道了。本来也没指望你那个小计谋真的能奏效,吓吓他就足够了。他去哪儿了?逃回当阳了吗?"

屈通空哽了一下:"咱们的斥候回报,裴军主力如今应该在第一矿场,没有返回当阳的迹象。当阳也没有全城戒备的迹象。"

婴支祁转向东方,目光似乎越过眼前高高的林冠,看到了远处的第一矿场,冷笑道:"哦,没有落荒而逃啊……"

"大人,是否立刻全军进攻第一矿场?"

"慌什么?在这里的都是赤荆的好男儿,岂能浪费?"婴支祁道,"经过白天这一轮惊吓,那些首鼠两端的黑荆老乌鸦,都想好了吧?"

"是。一个时辰前,十六个寨子的族长已经发誓,动员族中青壮成立联军,听候大人吩咐!"

"虽然不济事,但还算可以用了。"婴支祁举起手,借着月光细看自己掌中的纹路。"黑檀寨的人呢？"

"黑檀寨主黑肩负荆请降。已经奉大人之令，由其子将他在黑檀寨前斩首，但是……"屈通空道，"黑檀寨中已经空无一人，不知道族人都去了哪里。大人，会不会是去了当阳？"

"不见了？"婴支祁冷笑一声，"那岂不是更好？"

屈通空愣了一下："愿听大人教诲。"

"屈通空，"婴支祁懒洋洋地道，"你了解裴寄吗？"

"属下只是听说过这个名字。"

"咱们在镐京的细作传话回来，这个人在卿士寮是出了名地狡诈多谋。"婴支祁道，"一个十五年前还是下士的国人之子，转眼间就蹿到卿士寮中大夫、小君的位置上。这样的人，你以为他会像只受了惊的兔子，一蹦三跳地逃回窝里去？"

"大人？"

"裴军主力回师第一矿场，只不过是老虎受了伤，回窝里舔伤口罢了。裴寄马上就会跳出来，他一定会主动出击，到这黑荆森林中来与我决一死战。"

"大人高见！那大人的意思……"

"失去了打骨寨，裴寄就只剩下黑檀寨这唯一的支柱了，"婴支祁沉吟着，"他会不会赌一把？"

林子里忽然亮了起来，月亮从东边的林冠上空露出半边银盘，清光大盛。婴支祁眯着眼睛看着那团灿烂的光芒，委实难以决定。

"要不要赌一把呢？"

裴国第二矿场

月到中天之时。

"国君要立刻重返黑荆森林?"

看到岑诺终于露出惊讶的表情,裴寄忍不住哈哈大笑起来。

不过岑诺稍稍惊讶了一下便恢复平静。山崩于前而色不变,这是陆叔用条子抽打出来的教养,轻易哪里改得了。他摸着脸颊思虑了一下:"国君这是何意?"

"你猜呢?"

"恕我难以……"

"你一定得猜。"裴寄道,"在我冒险再入黑荆森林之时,我必须确认,在我的后方有人真正明白我的用意,不然我何以安心?"

"这么说,赵石大人并未懂您真意?"

"别废话,我要听你的真实想法。"

"我的想法可能与赵石大人相同。"岑诺稍一思索便道,"国君应该立刻将所有裴人召回当阳,避免在野外与楚军浪战。"

裴寄盯着他,目光渐渐变得严厉,冷声道:"岑伯之子,如果你也是这样的平庸之人,那我可真的看走了眼。城守当阳——亏你想得出来,当阳有城吗?城墙何处?"

岑诺毫不畏惧地看着他:"国君想要出奇制胜,可是出奇得有出奇的能耐。如今裴国……"

"够了!"裴寄断喝一声,"收起你那些逢十进一的算盘!打仗不是下厨做饭,还有什么狗屁的数米下锅!要真这样,楚国只消扳起手指算一算人头,就该他娘的屁滚尿流来庚城请降了!我到这里来,是想听听你真实的想法,不想听那些工于心计的陈词滥调!"

岑诺强行压抑怦怦乱跳的心，双手撑在地面上，僵硬地保持半跪的姿势，陷入沉思。

苏青荻第三次绕着屋子转了过来，只见裴寄、岑诺二人几乎膝盖相抵地坐在地上，一起低头沉思着。两人的表情动作，仿佛早忘了国君与矿丁悬远的身份差异。他吓了一跳，不敢多看，又打着火把走开。

火光晃动，岑诺眼中也是一闪。

"我明白国君的意思了。"

"说来听听。"

"放弃守城，主动出击，在森林中等待时机，直取楚军将领首级。"

裴寄"嘿嘿"地笑起来："终于有一个人能跟上我的想法。"

"国君的意思并不难猜，只是诸臣都没有勇气赞成而已。"岑诺摇头道，"这样做，须得完全放弃当阳，甚至以当阳为饵，还要抓住那稍纵即逝的时机，才能直取楚军将领，夺取全胜——国君就为这渺茫的机会，要赌上裴国的国运？"

"国运？你懂国运？"裴寄恶狠狠地道，"裴国的国运是什么？是存活吗？！是夺取黑荆、进取江水啊！傻瓜！"

裴寄眼中的熊熊火光，烧得岑诺心中一寒。果然！裴国的命运，根本不是裴寄能够决定的！

"城守当阳，坐等黑荆诸部全部臣服丹阳，那裴国就没用了，明白吗！你听着，裴国不要小胜小败。要么大败，要么全胜！"裴寄冷冷地道，"这是我身为国君，为这个国家指引的道路。"

岑诺禁不住打了个寒战。裴寄出身国人，靠着连立不世之功才爬上中大夫之位，这份死里求生的意志原在岑诺想象之中，只是没想到成为小君后，他居然把社稷也当成了孤注一掷的筹码！

但他立刻警醒起来——裴寄既已下定决心，就好似那日岑伯做好了决死一搏的准备，登上前往应门的轩车。当时的自己无能为力，明知赴死也只能隐忍随行，现在的自己决不能再失去重获生机的机会！他脑子飞速转动，一瞬间，各种各样的可能、筹谋、后果，纷乱地飞入脑海中。

他的目光渐渐凝聚，沉声道："那么……国君打算如何奇袭，获得全胜？"

"楚军偷袭我，现在必定以为我已经逃回当阳。裴寄岂是狼狈逃窜之人！我要杀回黑荆森林，躲——不，潜伏起来！"裴寄转过身，向着屋外的黑暗伸出手去，"黑荆森林就是我的战场，楚军将领决计猜不到！就算知道，他也找不到我——想要消灭我，光靠他的力量还不够！"

"所以，他一时半会儿还会把精力放在动员黑荆部落上。"

"直到今日下午，他还在烧黑荆人的寨子，说明黑荆人也没那么容易就范。这些黑荆是我裴国将来的支柱啊！"裴寄看着双手，仿佛看到满手的财富一般颤抖着，"我岂能容忍楚军随意烧杀我的人！"

"……既然如此，国君何不遂了楚军的意？"岑诺抬起头，冷静地迎上裴寄的目光。

裴寄一愣，愕然地盯着他。

"楚国在丹阳建都之后，便将黑荆抛弃在江北近百年。对楚国而言，黑荆可有可无，有则可增加对抗大周的力量，无则少了些隐藏在丛林中的桀骜之徒，也算是斩了大周进军江右的臂膀。所以，他们会毫不犹豫地烧杀，把那些首鼠两端的部族杀光，以儆效尤。但这些部族，恰恰又是国君你必须要保的人。"

"说得没错……"裴寄疑惑地道，"那你为何……"

"天下事逃不过一个势。黑荆部落首鼠两端，不管是丹阳还是当阳，如今都还未能全然控制诸部落，其势未成。可等到丹阳杀人盈野，黑荆还会全心全意跟着丹阳吗？有一人被杀，就有一族恨丹阳；有一寨被烧，就有数百寨子噤若寒蝉，人心的向背就会慢慢变化。丹阳来的楚人没有把黑荆当人看，黑荆在他们眼中不过是些棋子。但那些棋子终究都是人，不是真的任人宰割的鱼肉！等到这些人再也忍受不了时，裴国就不再是单独与丹阳作战了，自然有一股力量会反噬丹阳，国君只需顺势而为……"

"你是说……"

"让他烧，任他杀！"岑诺恶狠狠地道，"国君需要做的，就是忍！忍到黑荆人自己忍无可忍！"

"忍……"裴寄没想到这小子狠起来比自己还决绝，倒有些犹豫起来，"就这样？"

"国君觉得这个时候，忍是一件很容易的事吗？"岑诺厉声道。

裴寄若有所思地摇摇头。

"也忍不了多久，火烧屁股的事，能忍得了多久？"岑诺道，"战事在这几日就会分出胜负，忍与不忍，都在这几天了。"

"可是……找不到楚军啊。"裴寄苦笑着拍拍膝盖，"差点把自己赔进去，也没能引楚军出来……丹阳派出的也算个人物，咱们派出去的斥候至今也没找到对手的下落——这，怎么办？"

"对方当然也在等。"

"等什么？"

"等你。"

"唔……"

"除了楚军，黑荆仆从军也一定都在搜寻国君你的下落。"岑诺低声道，"没有你的准确下落，直扑当阳他们是不敢的，害怕会中了汉水联军的合围。只要能抢先一步找到你，杀了你，这场仗就赢了，当阳不过是个添头。"

"那是自然，国君就是国家啊。"裴寄悠然道。

"不管是丹阳来的楚军，还是大部分黑荆，其实都不认识国君。大家都在黑暗中乱摸，"岑诺盯着裴寄的脸，"好比在黑暗中摸蛇，要是忽然被咬了……"

"那就是蛇头咬的！"

岑诺慎重地点点头。

裴寄忍不住站起来，在屋里转着圈，但没转两圈，一脸兴奋之情又淡了下来。

"你知道……赵石在山下第一矿场做什么吗？"

岑诺的目光追着裴寄的身影，稍稍思索片刻，道："在固守。"

"哦，固守什么？"

"国君选择在黑荆森林中与楚军决战，当阳实际上已经是一座空城。第一矿场就是全部裴军的唯一退路。"岑诺的声音也喑哑下来，"第一矿场失守，陷入苦战的诸军就没有了退路……也就不战自溃了。所以，国君把中大夫赵石作为压舱石，放在第一矿场。"

"对，没人比你看得更明白。"裴寄平静地道，"所以你该明白，赵石是我的左右手，我连他都派了出去，手边哪里还有人，能够代替我去当那个蛇头？"

"有的。"

裴寄瞪大了眼睛，不可思议地看着岑诺。

"在哪里？"

"就在门外，"岑诺道，"您还有两名裴国上士，三十多名持械者，将近两百名矿丁。"

"这些人半年之前,不过是流徒、农夫罢了……"裴寄迟疑地又开始踱步转圈,"要他们担此重任,只怕……"

"国君错了!"岑诺毫不客气地道,"矿丁在黑暗的地下采掘矿石,那是拿命在换。服从命令、相互依靠、生死与共,他们才能活得下来!没有比他们更好的战士,国君既然已经来了,为何不用?"

"都带走了,那矿上……"

"国君!"岑诺一声暴喝,"既然您的决心已下,那么裴国只有战胜,所有人才看得到明日升起的太阳!狮子搏兔犹尽全力,何况以兔搏狮、火中取栗?!"

外面众人一直竖着耳朵,却听不清里头的动静,猛听得岑诺一声暴喝,都吓得面面相觑,忽然又听见裴寄放声大笑,喝道:"裴林!给老子滚进来!"

裴林推开门进来便匍匐在地:"小臣在!"

"你这里我已经待够了,"裴寄道,"我这就走,今夜就要赶到寒松岭。"

裴林吃了一惊,抬起头道:"主君!您还要亲自去?"

"怎么,难道打仗这些事,能够交给你这个笨蛋?"

裴林一张脸顿时涨得发紫,大声道:"请主君准许小臣在主君马前厮杀!"

"哈哈哈,不要性急,明白吗?"裴寄道,"我们现在不用着急,要学会忍。有几件事,你要立刻去办。"

"是!"裴林大声答应。

"把你营地里带械的,都召集起来。"裴林沉声道,"加上我带来的人,还有……郁苍!有郁苍的人在这里吗?"

门外一阵忙乱，郁苍的侍从匍匐在门前台阶上，不敢说话。

"哦，你是郁苍的小家臣啊，"裴寄一眼就认出了他，"你身上穿的是郁苍的甲吧？真是穷武人的家风。你能跑吗？"

"能！"

"跑回去，通知你的家主，"裴寄对他温和地道，"让他带上他手下全部带械的，立刻出发，从西边的山梁下山，天亮前赶到黑檀寨与裴林会合。知道黑檀寨在哪儿吗？"

"知道。"侍从简单地回道，见裴寄挥挥手，便立刻起身，头也不回地出门去了。

裴寄转头向裴林道："知道你该做什么吗？"

"这……天亮之前赶到黑檀寨！"

裴寄严厉地看着他。

"呃？"

"天亮之前攻下黑檀寨。"岑诺在一旁淡淡地道。裴林顿时福至心灵，大声道："主君放心，天亮之前，某一定屠了黑檀寨！"

裴寄瞥了眼插嘴的岑诺："不要屠，先不要动手。那是……那可能是咱们的人，懂吗？但现在……可能已经和打骨寨一样，被屠杀干净了……"

"这……"

"动动脑子！如果它没有被烧，那里面肯定有埋伏……如果是，就给我狠狠地打下来！"

"是！"

"打下来之后，你要和郁苍一起给我守住它。"

"坚守？"

"最迟中午,楚军的狗腿子就到黑檀寨了。"裴寄道,"你和郁苍要在那里坚守,明白吗?"

"小臣死也不会让荆蛮人攻进来!"裴林红着眼睛道。

"是拖住他们。"

裴林转头去看岑诺,岑诺赶紧将脸转开。

裴寄大声道:"不错,拖住他们。既不能让他们打下寨子,也不能让他们轻易跑了,要拖到傍晚的时候,明白吗?"

裴林总算明白,自己实在是跟不上在场某些人的思路,只好老老实实地道:"是……小臣就在黑檀寨拖住楚军的狗腿子,主君说拖多久就拖多久!"

"算起来,你和郁苍能凑齐几十个带械的,加上我这里不多的几个人……一共就百十号人……要攻下寨子,还要跟楚军周旋……"裴寄沉吟起来。

裴林心中"咯噔"一声。但这时候畏缩能有什么好结果?他梗着脖子道:"小臣死,也会拖到主君到来!"

"放心,我一定会来。"

裴林转回头,大声道:"鲍老三、丘骓、子马五、熙鲸!"

被喊到名字的人依次大声回应,匆匆来到门前跪下。

"把严老五、丘七那几个也叫上,带上家伙,"裴林恶狠狠地道,"咱们立刻就动身!"

"是!"

裴林向裴寄行了一礼,转身便行。经过岑诺身旁时,他不知怎的,稍稍迟疑了一下,或许知道经此一日,再也不可能像从前那样对这小崽子视若篾如,甚至有可能再也见不到这小崽子,想到此,竟然伸手在岑诺头上摸了摸,这才匆匆地出门。

外面传来他大声的吆喝,十余名营地中的带械者匆匆集合起来,不久便听见他们穿过营地的声音。

裴寄站着,似乎在倾听屋外的动静。有那么一瞬间,岑诺觉得自己看到了国君的动摇——还没有开仗,最后的预备队就出发了,这情景令人毛骨悚然——但裴寄的目光很快又变得决绝。

"准备吧。"他低声道。

苏青荻立刻上前。裴寄一动不动地站着,任由苏青荻给他掩上左肩的锦袍,待要重新戴上左肩的护肩,裴寄一扬手道:"不必了。备马!我们出发。"

屋内屋外数十人齐声答应。裴寄走到门口,忽然回过身来,看着岑诺:"唔,差点把你忘了。"

岑诺微微点头行礼:"听从国君吩咐。"

"你永远也不会自称臣,是吗?"裴寄笑道。

"因为我还不是臣。"

"好吧。你虽然不是臣,刚刚你却说了那些话,我也不能再把你当作一名矿丁,你明白吗?"

"裴国国贫民少,但凡有口气的,都得用到极致才行。"

裴寄难堪地笑了起来。

"你的话可真难听。唉,你好像从来也没跟我说过一句中听的话。"

岑诺微微弯了一下腰,却不说话。

裴寄想要开口,一时竟不知说什么,转身要走,迈开了腿又收了回来,疑惑地道:"你……就没有什么想提醒我的?"

"已经提醒过了。"岑诺摇头道,"国君愿意放弃孤注一掷,留守当阳吗？"

裴寄无可奈何地笑了笑，转身出门，刚走两步，忽听岑诺道："国君还差一个东西。"

裴寄立刻转回身，一脚门里一脚门外，盯着岑诺不言声。

"国君的手下，有人知道国君的计策吗？"

裴寄摇摇头。

"国相、中大夫赵石大人，与国君同心吗？"

裴寄苦笑着摇摇头。

"如今国君要将自己化作一支利箭直射敌阵，手下的重臣却与国君不同心，怎么办？国君抛弃当阳，带全军在森林中迂回，将士们心忧当阳、心念家人，谁能同心同德，与国君做殊死之战？"

"所以，我才要亲自上阵，"裴寄恶狠狠地低声道，"用口水，用鞭子，用刀剑，把我的信念贯彻到每一个人！"

"信念有时候就是一把火，"岑诺幽幽地道，"国君何不主动燃起那把火？"

"火？"裴寄奇怪地看着他。

"第三矿场，足以俯瞰整个黑荆森林。"岑诺道，"反之，整个黑荆森林都看得到山巅的第三矿场。"

"唔……"

"在山巅上放一把火，告诉全军，只要火还在，矿场就在，当阳就在！全军静默潜藏以待战机。任何人只要抬起头就能看到，只要火不熄灭，信念就不会动摇！号令全军，若是大火熄灭，离矿山最近的队伍就自行反攻，务必夺回矿场，继续点燃大火。"

沉默了好一会儿，裴寄道："那火得燃上三十六个时辰呢。"

"一刻都不会停。"

"好！哈哈哈哈！"裴寄大笑着推开门，走下台阶，扫视了一圈围坐着的矿丁。

"裴林、郁苍都走了，关系我国运的大战就在眼前！"裴寄大声道，"裴国今日有进无退，所有人都要跟上我的脚步！"

在场的矿丁"哗哗"地坐直身子，注视着他们的国君。

"我要率裴军进入黑荆森林，决胜在此一举，国运亦在于此！我走之后，矿场要一切如常。如有战事，第二、三矿场便由岑诺代管，有不听令于岑诺者、临阵脱逃者，斩！"

说完，裴寄大步流星地走出营地。苏青荻抱着他的剑、弓匆匆跟上。远处传来下大夫何辛欣的大声吆喝，须臾间蹄声如雷，刚刚还布满营地的武人簇拥着裴寄下山而去，不多会儿整个营地又陷入一片沉寂。

岑诺一屁股坐回破烂不堪的地板，这才觉得背上冰凉，不知何时出了一身大汗。

半个多月来他对战争的猜想，忽然以一个令他无论如何都想不到的方式来到眼前，又向着一个他无论如何都不想看到的末路狂奔而去。

裴国要亡了？

一个念头划过心底，他又立刻将它赶走。不！绝不！盯着眼前燃烧的火盆，他心中万般念头如野火一般狂热地燃烧着——古怪的是，他现在心里却满是窦公、岑伯、陆叔的影子。

一直以来，他都觉得窦公他们太过疯狂。在镐京时，连他都已看出情势不妙，窦公却驾驶着自己庞大的战车，向着根本不可能逾越的国法之墙冲去，直到撞得粉身碎骨。他虽然不敢明言，却始终无法想通、无法接受，每每梦中惊醒，还在为已经消散无影的过往痛悔不已。

现在，他总算有一点明白了。踏上征途的人根本没有选择，或者说，看上去明智的道路往往不在选择之列。裴寄不知道他说的话有道理？裴寄觉得他说的话太有道理了！准确地说，裴寄知道自己有去无回了，才来第二矿场的。

但是有何用处？裴寄敢退回当阳吗？只要退回去，不败也是败了。庚城不会拿海量的资源，仅仅只在深山里建一座无用之城。裴寄退回当阳保住的是命，却会葬送政治生命，这和死有何区别？

成年人的世界，便是一再地向前狂奔，根本没有选择和退路可言。

岑伯驾车冲向应门的一幕，在心底不断闪现，不知何时，岑诺已是满脸泪水。

第九章

大周汉水荆山
穆王三年秋七月十日昼

裴国第二矿场

黎明时分。

不知道过了多久,火盆里"啪"的一声轻微爆裂,岑诺从沉思中猛然惊醒,抬起头来,却见头顶破棚之上的林冠,已被晨曦微微照亮。一夜就此过去,这时无论是裴寄也好,裴林也好,都已经在赶赴前线的路上。

却听一人粗声大气地道:"老子管它什么黑荆白荆?趁早赶回当阳,难道大伙儿还全都在这里等死不成?"

岑诺站起来走到破门边,他先擦了一下脸上凝固的泪痕,轻轻拉开门,不由得吃了一惊。

四五十名蓬头垢面的汉子挤坐在门前的小空地上，一张张被乱发覆盖的脸上露出鬼火般的目光，直勾勾地盯着站在中间的矿头。另一人身穿褐色葛衣与他当面而立，岑诺不知道他的名字，却认出来是在郁苍屋子里一同吃过饭的人。

那人手持一根木杖，有些歪斜地站着，道："我等奉郁大人之命来此地，是听候小岑大人吩咐，可没人告诉我们要退回当阳。"

"什么小岑大人老岑大人！"矿头怒道，"不过是个还没镐头高的屁大点孩儿！你们郁大人有命，我们裴大人可没说过这个！"

"矿头……"尹六在旁边低声道，"这话可是主君说的。"

"你懂个屁！"矿头咆哮起来，"主君说的是矿场一切如常！要黑荆狗腿子打起来了，才……"他说着说着一回头，却一眼瞥见了岑诺，顿时哽住，后面的话便没说出来。

众人都发现了站在台阶上的岑诺，顿时数十双目光齐刷刷地投向他。

"哦，岑娃子！"尹六叫道，"你终于醒了！大伙儿都等着你发话呢！"

矿头恶狠狠地盯了尹六一眼，尹六装作没瞧见。自从他跟岑诺去了一趟当阳，亲眼见到岑诺是如何将弄臣到中大夫再到国君一路顶翻，从此对岑诺又敬又怕，虽然还叫他"娃子"，可半点不敢把他当娃子看待。

岑诺扫了众人一眼，立刻便明白过来，眼前的便是第二、第三矿场剩下的全部人等。郁苍前脚下山，后脚便命剩下的人都来听岑诺的吩咐，这是一种姿态。他刚刚要以四百石矿从裴林手中换岑诺，主君便委以岑诺重任，这种时候他当然要全力支持岑诺，否则便说明他无识人之明。

岑诺不敢失礼，先向那褐衣人微微躬身道："您是——"

"在下是邢国的韦处道。"那人忙还礼道，"郁大人临走，下令我等谨遵小岑大人的号令。"

"有劳了。"

"喂,岑娃子,"矿头冷声道,"既然你已经出来了——这里这么多叔伯,等着你下令呢。"

岑诺心头一紧——矿头的话里带着刺,但从周围人的眼神看来,他可不是唯一的刺。矿丁们最讲究秩序、长幼尊卑。门大家什么也不是,可在矿上人人尊崇,便是因为他的年龄和资历。反过来,自己这个矿上最小的小不点,地位却骤然提升,要是人人都心服口服那才是有鬼了。裴寄临走时的那句话表面上看给予他在矿上无限的权力,却也直接把他扔到了火坑里。

他发现自己还站在台阶上,忙往下走了两步,将自己的身段降下来。"各位,在这里我年纪最小,各位都是我的叔伯,年纪再大点的,我得叫声爷。你们这么站着,太累,大伙儿坐一下吧。"

众人中除了熟识岑诺的那几个人,其他人谁乐意站着听一个半大小子装大尾巴狼?顿时稀稀拉拉地坐了一地,说话的,道苦的,骂娘的,发抖的,"嗡嗡"地闹成一团,所有人的话题,自然都离不开突然开始的战事——

"听说,昨晚上主君就受伤了呢。"

"黑荆林子里烧起好大的火……黑荆狗腿子烧了自己的窝子?"

"胡说八道!黑荆狗腿子打仗杀人不放火,窝子比命还重要!"

"开战了?"人群中还有人梦游一般,"开什么战?"

"黑荆狗腿子造反了!"

"造什么反?这里本来就是黑荆的地盘……"

"狗屁,这是咱裴国的地界!"

人群中吵成一团。对裴国的绝大多数人而言——甚至包括那些跟着裴寄上了战场的士卒——这场战事究竟因何而起，又与谁作战，根本就是一团迷雾。

却听矿头大声道："都他娘的别闹了！没看见主君都受伤了吗？打成啥样咱们管不了，依我说，趁早回到当阳，等主君得胜回来再说！"

顿时便有一多半人叫好，只有韦处道带来的人坐着不动，也无人出声。

"矿头，"尹六再次跳出来大声道，"主君可没说让咱们回当阳。"

"主君不是让岑娃子管事吗？"矿头斜睨着岑诺，"岑娃子，你给句话，趁着还早，咱们赶紧走！"

岑诺一直站着，等矿头开口问他了，他才上前一步，稳重地看着众人。

"我们已经回不去当阳了。"

"你什么意思？"矿头转过身来正对着他。

"岑娃子，"门大家忧虑重重道，"到底发生了啥，你给大伙儿说说看。"

岑诺再上前一步，来到了人群中间，他扫视众人一眼，才道："诸位，战争已经开始了。"

"楚军已经进入黑荆森林，正在整合黑荆部族，烧杀那些与我国走得近的寨子，国君也是因此受伤。最多再过一两天时间，黑荆部落就不得不全部臣服于楚国。

"楚军至少在三百人以上，最多不超过一千。但人数越少越可怕，因为派出的可能是楚国最精锐的赤荆卫。

"一个黑荆部落，大的在三百户，小的三十户，按大周抽丁令十五抽一，抽尽黑荆部族可得六千到八千人。除去被烧杀的氏族，至少也可得三千人。

"国君已经竭尽全国兵力，最多不超过五百人。庚城方面可能有援军来，但也不会超过一千人。满打满算，大周有一千五百人的战力——而且国君最多只能指挥其中的一半。"

在场的人都目瞪口呆地看着岑诺。

"眼下，国君决定不退守当阳，而是将所有的兵力尽数投入黑荆森林，寻机与楚军、黑荆仆从军决战。

"山下的第一矿场，是黑荆森林到当阳的最后一道防线。"看着众人逐渐紧张得抽搐变形的脸庞，岑诺的声音愈发冰冷，"但赵石大人手中最多有两百人，扣去第一矿场的矿丁，能战者不过一百。只消动员黑荆十分之一的力量，便可将第一矿场踏为平地，这还没算上楚国赤荆卫。

"但是，这座山是黑荆森林与当阳之间最后的屏障，一步也不能后撤。只要裴人还在这座山上，楚军就不敢贸然进攻当阳，国君也就还有获胜的机会！

"所有在场的人都是裴国最后的士卒，我们要在此放一把大火。诸位，这就是国君给予我的命令。"

"我不信……老子不信！"岑诺话音刚落，矿头就跳起来喊道，"老子们只是矿丁，连执械之权都没有，拿什么去打仗，啊？就凭这些老弱病残、木头棍子？"

岑诺冷冷地看着他："正是。"

"胡说八道！"矿头道，"主君英明神武，还用得着咱们这些玩意儿去打仗？你小子乱传命令……你小子要造反！"

"郁大人命我等……"

"你闭嘴！"矿头转头冲着韦处道吼道，"你主子郁苍与这小子勾结，咱们在场的都听得清清楚楚！"

"大胆的东西！"

韦处道手按在剑柄上，矿头瞪目道："怎么？你第三矿场的，要打第二矿场的头儿？！"

场中顿时一片混乱。矿丁虽然地位低下，但最讲抱团，加上半年来三处矿场明争暗斗，相互之间嫌隙甚深。矿头一声吼，原来第二矿场的人顿时纷纷站起，有人顺手便操起放在脚边的木耙、石锤，韦处道带来的人则纷纷站到他身后。剩下一些不明就里的，呆呆地将两人看着。

岑诺心中大震，知道眼下一个不慎，别说团结这帮子人守卫矿场，只怕立刻就要尸横遍地。就在这时，门大家微微一动，岑诺忙向站在一旁的尹六使个眼色，两人上前一左一右将门大家扶了起来。

门大家站稳了，推开二人的手，独自走到剑拔弩张的两拨人中间，也不说话，目光在第二矿场众人的脸上扫过。

"知道……咱们是什么人吗？"门大家冷冷地问。

"大家……"

"咱们是矿丁，是裴国人！"门大家压着嗓子吼起来，"这里没有黑荆人，给我把家伙都放下！"

在他的逼视下，众人都躲闪着低下头，手中的各色家伙相继垂下。

"门大家……"矿头厉声道，"你也要站到他们那边去？"

"老头子我没力气站哪边……"门大家喃喃地道，忽然提高嗓门，"老头子要站在活命的一边！"

在他面前的众人都同时往后一缩。

"昨儿晚上，都瞧见主君了吧？看见他肩上受的伤了吧？主君是猎鹿，还是打兔子受的伤啊？"门大家低沉地吼道，"都没长眼睛吗？连主君都受伤了，这仗打得还小吗？咱们矿上就这么点人，还想自己掐脖子捅刀子，赶在黑荆人来之前，全死个精光吗？"

"门大家,你不能这么说……"

"你别以为老头子老糊涂了,"门大家恶狠狠地盯着矿头,"昨儿人人都听得清楚,主君临走前说的话,也不是只有尹六一个人听见——有不听令于岑诺者、临阵脱逃者斩。这可是主君说的话?"

矿头不敢直视门大家的目光,咽了口口水道:"门大家……话是这么说,可把咱们这么多人的命,交到一个乳臭未干的小子手里,你们谁敢说放心?"

此言一出,矿丁中立时起了一阵骚动。

"那你说,该听谁的?"门大家道。

"都是些矿丁泥腿子,能听谁的?"矿头一扬手道,"都跟老子走,下山到第一矿场上,听赵石大人的。中大夫的话,你们总该听了?"

门大家佝偻的身子微微颤了一下,转过头来看着岑诺。

岑诺放开门大家的胳膊,上前一步,迎着矿头的目光道:"不行,我不允许。"

矿头看着还没他胸口高的岑诺,冷笑一声,道:"小子,就凭你?"

"国君走的时候说的话,大伙儿都听得清清楚楚。"岑诺张开双手大声道,"第一,矿上一切如常。矿上平日里严禁擅离!第二,如有战事,第二、三矿场由我管事!没有听见哪个字是允许你们下山的!"

矿头很想提起脚来一脚踹死他,看了看不远处一脸警惕的韦处道,强忍着气道:"赵石大人是国相,是裴大人、郁大人的顶头上司,矿上有事一向都是禀报赵大人!现在裴、郁大人都不在,不找他找谁?"

"国君平时便以军法治国,更何况现在乃是战时?赵石奉命守卫第一矿场,那里便是军事要地,不是矿丁可以随意进出之处,更不可能从他那里逃回当阳,"岑诺平静地道,"你们擅离矿场,以为赵石大人会放过你们？"

矿丁骚动的声音顿时小了许多。

矿头左右看看，大声道："别听岑诺这小子危言耸听！就算要听令，也要听赵石大人的命令，想活命的都跟我走，去见赵石大人！"

韦处道上前一步，"嗖"地将剑拔出半截。岑诺忙一手按在他的手上，将剑压回剑鞘。

"大伙儿虽然都是矿丁，可从前出身都不低，都识得好，听得懂话。"岑诺目光扫向众人，"我只说一遍，下山乃是违反国法，各位都知道违反国法是何下场。愿意走的，悉听尊便！"

矿头怒哼一声，转身便走。人群中略微骚动了一下，七八个人跟上矿头，可走了几步，其中几人又返身回来。矿头头也不回，带着两三人便下山而去。

岑诺长出一口气，却听门大家低声道："傻孩子……留下来的人，命可都是你担着了。"

黑荆森林黑檀寨

攻取黑檀寨的命令是昨夜子时裴寄下达的，等到裴、郁二人集结起队伍，又花了一个时辰。事情紧迫，裴寄给他们下的命令，几乎是不可完成的，光是从第二矿场走大路赶到黑檀寨，就需得花上半天时间。

裴寄对此早有准备。派给他们的三名白荆向导带领他们从营地后一处几乎无人知道的兽道下山。只有一人宽的兽道从山顶直下山脚，一百零二人，后者踩着前者的肩头，依次从兽道滑下，几乎只用了不到半个时辰便到了山脚下。队伍中有三个人受伤，不过是崴脚而已。兴奋不已的裴人由三名白荆带路，连夜溜过了数个黑荆寨子。

黑荆寨子里都养着狗，夜里一狗吠影百犬吠声，最是难缠。这日寅时，乌云盖月，大地一片昏暗。郁苍采纳白荆向导的建议，令人抬着一面铜鼓，打着黑荆特有的松枝火把，从距离山脚最近的甘水寨和青岗寨之间穿过。寨子中的狗听见铜鼓"嚓嚓"的声音，闻到松枝火油的气味，竟然没有一只喧闹。紧赶慢赶，终于赶在日头从东面的神龙山下升起前抵达了黑檀寨门前。

日出前的寨子里一片昏暗，静得如同坟墓。带路的白荆上前，按照荆蛮的习俗，敲响了一只小小的铜手鼓。

门内立刻有人应声："是哪座山？"

白荆喊话："山溪水流绕山转，山溪下流到盘弯。"

门内答："山溪水流到坪坝，田坎点苗分三拢。门外是哪一拢？"

白荆："贵花溪。"

那是接近山脚下的一座寨子。门里沉吟了一会儿。此时此刻，郁苍带着大队在三十丈之外的田坎下伏着，裴林和十六个精选出的力士口含利刃，紧贴在寨门口两边的木墙下。

黑檀寨是三百户的大寨，历经数百年已经被建得如同堡垒一般，一丈高的夯土墙将整个寨子包裹起来，上面还立着两丈高的栅板，门楼、角楼还有林立的箭楼，在黑荆诸城寨中算得上数一数二的守御。箭楼上有人探出身来看了看，吆喝一声，大门轰地抖动一下，"咯吱咯吱"地缓缓向内开启。

白荆向导后退一步，缓慢而又沉重地唱起来："山溪水流到坪坝，坪坝阿细住竹楼，竹楼下面生竹丫，竹丫笋头嘛长起来！"

裴林等人持剑在手，齐声大喊："长起来！"前面四人撞开大门，剁翻两名开门的黑荆，剩下的人一拥而入。

抢攻比预期的要顺利得多。开门的黑荆只有两人,箭楼上只有一人,空荡荡的街道上竟然一个人也没有。裴林分散手下,只半刻钟不到就抢占了寨子周围四座箭楼和前后两道大门。此时寨中尚一片平静,郁苍率众从容进寨,将寨子的核心建筑——一座建筑在一丈多高的堡坎上的木制碉楼包围起来时,太阳才刚刚从神龙山半山腰上射出万丈光芒。

阳光投射在碉楼顶上,几乎同时,整个寨子中大街小巷同时亮堂了起来。一名士卒正要上前踹门,郁苍忽然一举手,周围的人同时伏下身子,警惕地望向四处。

"不对……"郁苍低声道,"快叫裴老四来!"

话音未落,裴林就一溜小跑地从寨子后面跑来,低吼道:"郁老三,不对劲啊!"

郁苍瞪了他一眼,呼了口气站起来。

岂止是不对劲。

偌大的黑檀寨中,除了守在门口那几个倒霉鬼,再没有一个人影。已是日上三竿的时候,哪有整个寨子都还在睡觉的?

"有点不对劲,不行的话,咱们先退出去。"

"要退你退,"裴林得了裴寄当面嘱托,哪里敢乱来。"我裴林奉主君之命,唯有战死而已!"

"傻瓜!"郁苍哭笑不得,但也明白,从冲进这寨子的一刻开始,他们就没有了退路。

"那好,利索点!一刻钟内彻底搜查全寨!"

"好嘞!"

裴林拔出长剑,转身便跑。早已等待在街道上的众手下不等他发话,同时上前凶狠地踹门,寨中顿时响起一片压抑的惊叫声。

郁苍转回头，向他对面的汉子点点头。那人站起来，用力一脚踢在碉楼的正门上。

那扇门并没有想象中坚固，也没有向两旁分开，而是直挺挺地向后倒去，"咣当"一声砸在坚硬的石头地板上。

蹲在门前等着扑进去的几个人都有些蒙。郁苍愣怔了一下，立刻大喊一声，带头冲了进去。

碉楼的搜查很快便结束了，一个人也没有。这里本是黑檀寨寨主家，但屋里乱成一团，仿佛刚刚被人洗劫过一般。

郁苍心中疑虑愈发重了，不敢久留，命几名手下彻底搜查，便匆匆出来，迎头便见裴林也似无头苍蝇一般在狭窄的街道上乱转。

"裴老四！"

"搜完了，一个人也没有！是个空寨子！"

"这奇怪了，那刚才答话的人呢？"

"死了！"

"……"郁苍脑子里一阵发晕，伸手扶着墙镇定了一下。

"郁老三，咱们中埋伏了？"

"这还用问？咱们走！"

两人转身便沿着青石板路跑起来，跑了几步，裴林一把抓住郁苍的胳膊。

"等等，等一下！"

"咋了？"

"主君……主君说，让我们在此坚守，直到他来！"

"什么？！还有没有说什么？"

裴林发了一下呆，脑海里滚过岑诺那小小的身影，道："……没……

没了……"

郁苍用力拍了下大腿,正在没计较处,却听寨门传来一声惊叫。两人对视一眼,同时拔腿向寨门冲去。

远远地便看见几个守在寨门外接应的手下慌慌张张拥进门来,反身便将寨门顶上。裴林大怒,喝道:"谁让你们进来的?!"

"大人,上门楼吧!"

裴林还要啰唆,郁苍转身便冲上了大门旁狭窄陡峭的梯子。裴林暗骂一声,只得也跟着上楼。

黑荆人虽然世代住在同一片森林,有些寨子之间不仅只相距数里,而且世代通婚,但彼此之间的小规模械斗从未停息过,各家寨子都是年年增建。这寨子的门楼足有两丈多高,和由夯土、木栅栏组成的寨墙结合,甚至和背靠的大榕树的气生根都融成了一体,坚不可摧,唯一的缺憾是女墙后的通道太狭窄,仅能供两人侧身通行而已。

裴林冲上门楼,在纠结的气生根中艰难地走了数丈,来到郁苍身后,往外望了一眼,顿时倒抽一口冷气。

一面高大的黑色旗幡,出现在三里之外的林线边上。

黑荆人的旗幡与中原的大相径庭,乃是一根两丈高、碗口粗的巨柱,上端捆扎着一圈一圈的各色茅草,顶端再饰以熊头、鹿角、牛角等代表氏族的饰物,长长的柱身上捆着又细又长的旗帜,有点像当年周人还在岐山脚下做前商藩属小国时建的旌旗。

在眼前这面旗幡的顶端摆放着一颗硕大的白熊头,正是十六寨中势力最大的白熊寨的标志。裴林听说,白熊寨在黑荆森林西南方向,人口和地域都比黑檀寨大了三倍不止。

"他奶奶的,果然是埋伏!郁老三,咱们冲出去!"

"你不是说主君下令坚守吗？"

"……"

"现在冲出去是送死！"郁苍的目光在远处的林线边恶狠狠地扫来扫去，"不会就这么一支。等我们一离开寨子，就会落入真正的陷阱中，懂吗！"

裴林愤愤地往墙外唾了一口："那他奶奶的……咱们就在这里等着。我去把弟兄们召集起来。"

郁苍沉吟着点点头。他比裴林想得深远。裴寄的话跟眼前的事一联系起来便知，裴寄确确实实是把他们当作棋子，用来吸引黑荆人的主力。作为卿士寮曾经的低级从吏，他对此并无什么怨恨，"奇兵"的运用本就是卿士寮庙算中的一条。但眼前的形势可不比战阵上，奇兵不管用在什么地方，总能看清敌人，也知道支撑下去总有同袍来救。眼下，既不知道敌人究竟是谁、有多少、在哪里，更不知道同袍在哪儿、能不能来……

就在这时，第二面旗幡出现在西面的森林边。陆续有四个寨子的旗帜和裸露着黝黑身躯的黑荆人交替出现在黑檀寨的四方。半个时辰之后，第五支队伍出现，从此之后再无新队伍加入对黑檀寨的合围。

每一支黑荆队伍的服色都截然不同。黑荆人深居莽林，不与外人相通，服饰、纹画等等不仅迥异于中原，彼此之间也大相径庭。黑荆人又擅长调配鲜艳的颜色，因此黑荆人的战旗、衣甲甚至是藤盾、刀枪上都染满鲜艳的颜色。一队队黑荆人站在林线边上，树林好似被一道缤纷的彩虹包围起来一般。

"白熊、青鹿、知更鸟。"

"后方是青果和黑豚。"

"这都是些什么乱七八糟的。"裴林恶狠狠地道，"化外之人，形同禽兽，呸！"

"慎言。楚国与他们可是同文同种。这些人是祝融之后，所祭祀的亦是正神。你瞧瞧他们的服色……都是衣冠灿烂之族啊。"

裴林看了眼郁苍，好不容易把一嘴的脏话咽回肚子。

"他们在等。"

"等什么？"

"等着来救我们的人。"

"奶奶的，主君不能上这个当！"

"主君不会上这个当。"郁苍苦涩地笑起来。

"奶奶的……"裴林抽了口冷气，想要骂又不敢，只得跟着苦笑起来。

便在这时，仿佛已经凝固了的黑荆阵线忽然骚动起来。

排在最前面的白熊寨的队伍向两旁散开，一队身穿黑衣、头上包着白帕的人马穿过他们中间，从林线下到田坎，稀稀拉拉地列出一个新的阵形。看上去，总数在二百人左右。

这些人乱七八糟地列阵一刻钟才摆好队形。林中传出一声响亮的海螺号角，二百人像被抽了一鞭子似的，一起向前走了大约一百丈远。海螺声再响起，队伍又停下。

"郁老三……"裴林抽着凉气道，"来了。"

"看看再说。"

海螺声又响了起来，那支队伍继续前进。很快，他们与黑檀寨之间的距离缩短到两里之内，已经能依稀看见面目。队伍中全是精壮的汉子，没有披甲，武器也杂乱，长矛、短刀，有些看上去甚至像是砍柴的柴刀。这些人隔着黑檀寨老远便渐次停下，似乎有所畏惧，海螺声不断地催促着他们，逼得他们不断前进。

"这是来突阵的啊,"裴林道,"黑荆人也会这一套?"

"先试试咱们的斤两,"郁苍一笑道,"咱们厌了,他们就可以大摇大摆地把我们围困起来。"

"他奶奶的,老子不厌。"裴林道,"老子带三十个人出去,干他一票!"

"……他们人数可不少。"

"你奶奶的打过仗没有?"裴林道,"守城不赖城!赖在寨子里,死得更快!"

郁苍死死地盯着那群人,嘴巴抿成一条线,快速地思索着。裴林满不在乎地将散开的皮甲穿好,扎紧每一条皮带。"老子也不是傻的。我在前面那堵田坎下等着。黑荆狗腿子若是不过来,你就用箭撩他们。他们人不多,经不起撩,只能往前冲。"

"这些人既然来突阵,就没打算回去。"郁苍道,"别被他们咬住,不然我没法把你们收回来。"

"收不回来就给老子收尸,"裴林满不在乎地道,"反正老子光棍一条,郁老三你记得每年给老子备点酒菜就行。"

"收不回来,你就沿墙根走。"郁苍盯着他道,"记住,贴紧墙根,绕着走!"

"得嘞。"

两人都是老行伍,几句话便各自心中有数。裴林扎好皮甲,从门楼上几步跳下,大声道:"熙鲸、鲍老三,把咱们弟兄叫上!"

寨子里响起了尖锐的哨子声,这是裴国军队使用的竹哨。裴国人大多都已集中在门楼前的街道上,裴林三下两下便挑选了三十人出来。

"听着,跟老子出去打一仗!"裴林高举右手,大声道,"都跟着老子,不要怕!谁怕,老子亲手宰了谁!听清了吗?"

众人低声回应。这些人头天晚上还是矿丁，最多不过在家乡打过猎、杀过牲口。现在就要上阵厮杀，人人都紧张得脸色发白，有人牙齿"咯咯"作响，有人双腿发软，满头大汗地靠在石墙上。

"宫六、乌西九，"郁苍的声音从头顶上传来，"叫所有能张弓的都上来！"

裴林指着头顶大声道："听见了吗？有郁老三在后面看着，咱们屁股后面稳稳的，不用怕！来呀！"

"是！"

"开门！"

裴国第二矿场

矿头等人的离去仿佛是一场狂风，一夜间将原来安稳的日子一扫而空，惶恐不安与茫然不解同时写在人们的脸上。

岑诺扶门大家在台阶上坐下，便也静静地坐着，一言不发。他从小就受到培养，如何于稠人广坐之中夺取话语权，根本无须大声吆喝。他倒是有时间细细观察每一个人。只见喧闹的人群中，郁苍手下的人十分守礼，一个个凝神端坐，就算交谈，也压低声音，浅谈几句，又重新端坐。裴林手下的人却一个个箕踞而坐，大声嚷嚷，全无顾忌。

双方都是流徒出身，也就是贵族或者官宦出身，至低也有百石左右的身家，礼仪学问应该没有什么差别，何以会有如此明显的差别？这大概就是双方头目的区别。郁苍将流徒收作家臣，以臣礼待之，这些人自然以家臣自居。裴林将这群流徒当狗，大家自然而然习惯了当狗，也就无所谓了。王气如风，民气如草，待人以何礼，则人自以为何物，这就是统治者御下的准则。这些道理，岑伯和陆叔在他很小的时候便传授给他，真是至理名言。

看着面前或喧闹或沉默或交头接耳或东张西望的人,他心中暗叹口气。这就是孤身一人、没有权威的局面了。他见过岑伯、裴寄等人下达命令,从上到下无不景从,那是因为有一群强干的中层官吏能够将他们的命令贯彻下去。自己面对这么一大群人,人微言轻,基本不会有人愿意听自己这么个小屁孩的话,更别说一旦有事,将性命交托给自己了。

裴寄临走时说要让火燃三十六个时辰。他很清楚,如果开战超过三天裴国人还没取胜,那就不用想后面的事了。但岑诺不能不想。他现在愈发相信裴寄可能会失算,那他就必须给裴寄一个坚持到翻盘的机会,但首先他得将眼前这盘散沙紧紧地捏成一团。

他心中计较已定,收起脸上的笑容,沉默地站了起来。

一开始,几乎没人注意到他,人群继续喧闹不已。岑诺也不说话,只沉着脸站着。过了一会儿,坐在他面前的门大家、韦处道等都觉得不对劲,这小孩子面色一沉,几个大人都感到如芒在背般的压力,不由得统统坐直了身子。

又顶了一阵,几个人越发觉得难挨。韦处道先站起来,打着手势让第三矿场的人都闭嘴,然后又坐了下去。接着门大家也站了起来,背着手,雪白的眉头拧成一团,一言不发地注视着场内。在他严厉的注视之下,一个接一个地,第二矿场的人慢慢停止了议论,惊讶地看着门大家,还有站在他身后面色沉静的岑诺。

"按说各位支持了我,我应该感谢各位,"岑诺慢慢地道,"但各位都是明事理的人,之所以选择留下,是因为国法犹在。我岑诺不感谢各位,但为各位庆幸而已。"

人群中又是一阵哄闹。

岑诺等到喧哗声再度小下去了，才道："韦处道！"

"啊？是！"韦处道忙答应道，"小岑大人有何吩咐？"

"我看见你配了剑。"

"是！"韦处道摸了一下腰间的佩剑，"小人有执械之权，但小人脚上有旧伤，走不得远路，郁大人才命小人前来听候小岑大人吩咐。"

"郁大人是怎么说的？"

"呃……郁大人命令小人，小岑大人的话就是他的话，小岑大人说什么，小人就做什么！"

"现在是在战争中，裴国上上下下，皆以军法治国。"

"是，小人明白！"

"好，你站起来。"

韦处道有些摸不着头脑地站起来，周围的人都仰头看他。韦处道尴尬地立在一大圈坐着的人中间，道："小岑大人……有何吩咐？"

"从现在开始，"岑诺一字一顿道，"我说话的时候，任何人胆敢说话，就把他的脑袋砍下来。"

场中顿时一片死寂，所有人都不敢置信地看着岑诺。

岑诺坐在地上，坦然地接受众人的瞪视，慢慢地道："我这个人一向喜欢把话说在前面，用嘴说一遍，接下来我就要用刀剑说话了，利索又方便。国君让我来做这个事，是给了我杀人之权的，昨夜在这里的人都是见证。因为国君他知道，这事非动刀子办不下来。"

他闭上嘴，等了一小会儿。在场众人大眼瞪小眼，一个个脸上都是难以置信的神色，但是韦处道站在人群中间，剑鞘就在众人头上晃来晃去，这帮家伙不信归不信，竟然还真没有一个人敢开口。

"看来大伙儿都是明白人，"岑诺一笑道，"那我也说明白话。矿头去找赵石大人了,不过我可以明明白白地告诉你们,赵石不会管。矿头要敢穿过第一矿场回当阳,赵石必然杀了他祭旗!这场仗来得极快,最多一二日便要见分晓。别人的事我管不了,但我要尽最大努力,让你们大多数人活下来!让裴国延续下来!要活命,就得拿命来说事——韦处道!"

"啊?啊!是!"

"叫你杀人就杀人。你不杀,我就斩了你,听清了吗?!"

"是!是!"韦处道慌慌张张地向岑诺低头行礼,浑然忘了这小子手上连一把菜刀都没有。

岑诺站起来,缓步走到人群中。人人都瞪大了眼睛仰视着他,但已没有人敢开口说话。

"我们还有一天的时间。"

"做什么啊,岑娃……小岑大人?"人群中有人低声问道。

"点起一堆扑不灭的大火。"

黑檀寨外的田野上

空中传来一片"嗡嗡"的振响,仿若千万只蜜蜂奔向蜂巢。

"当心箭雨!"门楼上传来破哑的吼叫声,跟着便是"嗖嗖"之声不绝于耳,周围的瓦、墙、地面顿时密密地插上了一片箭林。但没有赤金镞的箭甚至穿不透两层竹篱笆,只有偶尔一两支穿过竹篱笆的缝隙插在寨内某个倒霉鬼身上,也就擦破了一点儿油皮而已。

但门楼上就没有这般防御。只听一声惨叫,门楼一人踉跄后退,从两丈高的墙上翻落下来,僵扑在坚硬的树根上,血肉直喷溅到离得近的几名士卒脸上。

被血溅到的一人吓得肝胆俱裂，转身就往后跑。不料裴林正站在他身后，顺手用剑柄一扫，那人扑地便倒；跟着白光一闪，那人头上一凉，整个发髻都被斩断飞了出去。

众人惊呆了。那人一手摸着脑袋上的寸毛，一手握着断发，目瞪口呆地坐在地下。

"临阵脱逃者死！"裴林恶狠狠地大声叫嚷，"主君说过，裴国人少，一个要顶三个用，你小子才捡了条命！这次斩了你父母所赐之发，让裴国人人看到，都知道你是个逃兵、懦夫！"

那人迟钝地抬起头来看看裴林，又看看周围众人，放声痛哭起来。

"当心——箭雨！"

"往寨门上靠！靠墙！"裴林大喊道。集中在门前的人立刻拥到寨门边，其余众人都紧贴身旁的泥墙、木栅栏，只有那被斩了发髻的人坐在泥地中间，低着头哭泣。一人刚想要冲出去拉他，头上"嗖嗖"之声不绝，那人吓得赶紧缩回。门后的甬道箭如雨下，"嗖嗖嗖嗖"，两名靠在墙边的人发出惨叫扑倒在地，那坐在泥地中的人周围插满了箭，却偏偏没有一箭射中他。

忽见一个高大的身影举着盾牌从墙下冲出来，正是熙鲸。他一把抓住那人左臂，将他像拖狗一般拽回寨墙下。就这么短短一瞬，他的竹盾上也已插满了箭矢，好在这些箭都是石镞或者竹镞，根本射不透两层油竹扎起的盾面。

裴林鄙视地唾了一口，大声道："都不要动！蛮子用的是竹弓，杀伤力不大，最远也不过百步！等他们走到三十步内咱们再冲——听清了吗？！"

"听清了！"

裴林拔出长剑，躲在寨墙下的众士卒齐刷刷地拔出剑。他们中只有不到一半的人披甲，其中大部分也只是熟牛皮制成的皮甲而已，只有裴林和另外三四个有官衔者披挂了全副盔甲。

"鲍老三、子马五、石况！"裴林喊着那几个有甲胄的人名，"等我下命令，你们就跟着老子冲前头，明白吗？"

"是！跟您老冲出去，和荆蛮拼了！"

"放你娘的屁！我们是出去砍荆蛮，不要命地砍！明白吗？"

"是啰！"

"熙鲸，"裴林道，"你狗日的是个孬种吗？"

"裴国没有孬种！"

"那好！"裴林嘶声吼道，"所有人紧跟在我们四人身后冲，缩紧点，四个人一组举起篱笆，等听到老子的命令再分开来砍！熙鲸在最后，谁他娘的敢退一步，你就给老子剁了他！"

"大人要熙鲸躲在后面？！"

"我带弟兄们冲出去，"裴林红着眼道，"沿着田坎先往东，再往西——看见了吗？冲散他们的阵形。如果黑荆狗腿子使诈，从那林子后面截断我们的退路——看见了吗？"他举拳用力在熙鲸肩头捶了两下，"到时候就得靠你把弟兄们拉回来。"

裴林平时自大、狂傲，待人如奴如婢，可到了战场上却真是一条响当当的汉子。熙鲸用力点点头："喏！谁转身，我熙鲸就剁了谁。要是大人转身，熙鲸也是一刀，绝不迟疑！"

裴林哈哈大笑。被黑荆人射了一轮又一轮的裴国人一个个热血沸腾，等着命令。

门楼上的三人都已被射死，无人再报告军情。裴林心中暗暗计算着，猛然间站了起来，大喝一声："跟我来，干他奶奶的！"

早已准备好的四名壮汉奋力将沉重的寨门推开。外面"嗖嗖嗖"射进数箭，一人应声而倒。裴林大喊一声，率先冲出，三十多人跟着一拥而出。

前队的黑荆人扛着竹梯，正准备一举攀上那堵一丈多高的夯土墙，万万没有料到已经被箭雨钉得如刺猬一般的寨门忽然打开，竟然一下子冲出二三十人来。

这些人看上去完全不像是大周士卒，没有旗号，没有统一的武器，穿得乱七八糟，只有几个人有勉强称得上甲胄的全甲，其余一律穿着破破烂烂的麻袍，黑黢黢的，好像刚刚从矿坑中爬出来似的。

冲在前头的黑荆人脚步稍缓，试图看清这群又脏又邋遢的人。那群人冲出寨门，却并未如想象中那般散开，而是谨慎地收缩在一起。除去前面那几个人持剑，后面的人都缩在那几人身后，还顶着一扇扇门板或竹篱笆遮在头顶。他们拢成一团，喊着挖矿时的号子，慢慢穿过寨子外头高高低低的田垄，向几十丈之外拖成一条长龙般的黑荆人阵线走来。走着走着，其中一人在田垄上绊了一跤，带翻了身旁好几个人。离得最近的几名黑荆人忍不住"哈哈哈"地笑了起来。

却不料，那二三十个周人突然同时扔掉了门板和竹篱，大喝一声"杀！"就疯狂地扑了上来。蓦地里黑影闪动，一股铁血之味扑面而来，几名黑荆人本能地举起手中竹枪。"嚓"的一声，在靠后的黑荆人见前面的人一下子僵直不动，半边脑袋高高飞起。

只有前后两行、相距六步的黑荆人阵线瞬间就被撕开了一个大大的口子。这个口子刚好就在黑荆人阵线的正中，阵线被突破得又太快，远在两端的黑荆人把阵线拉成了一条弧线才看清发生了什么事。

远处的竹林中响起凄厉的哨声。黑荆人缓缓前进的阵线开始停下来。

裴林大声吆喝,转身向西,和身后的两名甲士排成紧密的三角形,身后的人再聚集成更大的一个三角。西面阵线上的黑荆人转过身来,便见一团厚重的黑云背着阳光袭来……

黑荆人中只有极少数装备了粗金刀。用低温熔炼、含锡量大的粗铜做出来的刀虽然锋利,却缺乏韧性,只能用来砍肉,据说连牛骨头都能把这种刀崩断。其余黑荆人只装备着竹弓和削尖的竹枪。

竹枪其实是非常危险的武器,特别是排列成密集阵形的竹枪阵,是徒卒阵形中杀伤力极强的。可惜眼下黑荆人却排列成稀稀拉拉的两行,且从一开始便被裴国人冲破了长阵,顺着这条软弱无力的线捋下来,黑荆人哪里还能建立起竹枪阵?

田垄上的黑荆人开始后退。一名身披藤甲之人,头上的木盔上插了一根极鲜艳的羽毛,似是这一队的首领。他用刺耳的土语喝止后退的黑荆人,自己带着六七人直奔裴林迎来。

近前还有二十步,那人大喝一声,将手中的刀还入鞘中,从身后一人手中接过六尺多长的竹枪,端平了向裴林刺来。裴林急冲向前,竹枪直透而来,又稳又疾。裴林身体微微一扭,间不容发地避过枪头,两人急冲之势不减,交错而过,"噗"的一声,那人脑袋向上高高飞起,身体却还在继续前冲。裴林身后的武人横过长剑在那飞奔的尸身上一推,那躯体直直地冲入旁边的水田中,才僵直不动了。

站在那人身后的黑荆人吓得魂飞魄散,惨叫一声,转身便跑。裴林一剑见血,顿时全身也跟着沸腾起来,发声呐喊,向前狂冲。在田垄上躲避不及的黑荆人只能硬着头皮挺竹枪来刺。裴林手中重剑轻易地劈开竹枪,身体微转,重剑绕了一个小圈转回来,黑荆人的脑袋纷纷应声向上飞起,鲜血"噗滋滋"地喷了裴林一身。裴林一脚踢开跪倒的尸身,继续大步向前,跟在他身后的众士卒甚至来不及改道,只能从那尸身上踩过。

田垄上的黑荆人发出凄厉的叫喊,开始拼命收缩阵形。然而已然太晚。黑荆人的阵形拖拉了将近百丈,除了后撤,根本无法在一端遭受攻击时收拢回来,更何况攻方不要命地向前猛冲,跑得比撤退的黑荆人还要快。

转眼之间,又是十余颗头颅滚落在地,僵直的尸身"扑通扑通"地栽进水田。这一侧的黑荆人吓得魂飞魄散,拼命向竹林逃去。而此时,"嗖嗖"之声再起,阵线那一头的黑荆竹弓手终于反应过来,向周人倾泻箭雨。

跑在队伍后端的几人纷纷中箭。田坎上又窄又滑,中箭的裴国人立刻滑倒在水田里,还带倒前后好几名同袍,队伍顿时大乱。跟在队伍后面的熙鲸暴喝一声,将手中长戟插在脚边,摘下自己身上的长弓,搭箭、挽弓,白光一闪,东侧阵线中一名黑荆人应弦而倒。

裴国人中爆发出一片叫好。熙鲸一箭射出,立刻又抽一箭,向前跨出两步,搭箭、挽弓,又一名黑荆人应弦而倒。直到这时,刚刚那些黑荆人射向他的箭才落地,可是他已经上前数步,这些箭便落在了他身后。

在裴国人的喝彩声中,熙鲸大步向前,一箭,一人。黑荆人的箭雨终于找准落点,开始向他倾泻。竹箭"嗖嗖"射来,熙鲸用长弓轻轻拨开射向面门的箭,并不躲闪,继续拔箭回射。竹箭"噼噼啪啪"地钉他身上,只能嵌入皮甲,却根本无法刺入他的身体。

就这么来回数轮,黑荆竹弓手已被射倒五人。而熙鲸已经冲到了距离敌阵十余丈远的地方——在他们之间,有一条潺潺流淌的小溪,黑荆竹弓手站在小溪高岸上,俯瞰熙鲸。

熙鲸停了下来,伸手摸箭囊——箭已射完。他身上密密麻麻插了十余支竹箭，顺手便拔出一支。站在高岸上的黑荆竹弓手以为他要搭竹箭再射，同时畏惧地向后一步。却不料熙鲸"咔嚓"一声将箭折为两段，扔到一边，大喝一声："拿来！"

刚才那一轮对射，已让竹弓队的黑荆人紧张得喘不过气，这时听他一喝，才见有一名裴国人扛着熙鲸的长戟，一直跟在他身后一丈远处。熙鲸身上都是箭羽，那人身上也不少。但是熙鲸身上披甲，箭不及肉，那人却只穿着薄薄的布袍，袍子已经被血染黑。

听见熙鲸一声喊，那人默不作声地递上长戟。熙鲸伸手接过，那人终于支撑不住，一头栽倒在田中。

小溪两岸陷入一片恐怖而怪异的沉默中。熙鲸抚摸着长戟上热乎乎的血，却不回头看那人一眼。黑荆竹弓手紧紧靠拢，竟然都忘了射箭。

蓦地里熙鲸大吼一声，平端长戟向前冲出。黑荆射手齐齐搭箭、挽弓，而熙鲸的长戟已经插进小溪的乱石中。他用力一撑，巨大的身躯高高越过小溪，重重地落在溪边的高岸上。

从竹弓队中发出的，除了寥寥几声弓弦的破空之声外，剩下的全是狂乱的呼号和奔跑逃亡之声。此时距离熙鲸从队列中挺身而出还不到半刻的时间。

"大人！大人！"

裴林气喘吁吁地转身，却见自己不知何时已把队伍丢下了数十丈远。放眼望去，跟着他冲出来的三十多人，现在只有不到十人还跟在自己身后，拖成将近一里长的战线，其他人则是踪影全无。

"他奶奶的，其他人呢？！"前后不过一炷香的工夫，他已经狂冲了将近三里地，阵斩超过十人，直到这时才感到心头狂跳，胸廓剧痛，脚下灌了铅一般沉重。

紧跟上来的人也跑得半死，好在他穿的是布袍，身上的披挂还不到裴林一半重，边跑边道："大人！弟兄们跟不上了！"

"放屁！砍几个脑袋就把脚砍软了吗？谁在给老子下稀拉肚？有人逃跑吗？为什么都没见几个人？熙鲸那家伙呢？有人逃跑，他竟然不砍几个人头？"

"大人，没有人逃跑！"

"是吗？！"

"熙鲸冲破了黑荆狗的弓箭阵，"那人指向身后的丘陵，"黑荆狗腿子招架不住，已经向林子里逃了——大人，我们打赢了！"

裴林站在田垄上，弯着腰，双腿发软，全身的重量都撑在长剑上，却还是忍不住哈哈大笑，浑身的汗水顺着黑色的衣袍向下直淌。在他身后的水田里，横七竖八地倒着数十具无头的尸身。黑荆人谁也没有胆子在这个时候反攻，逃向林子的黑荆人甚至没有一个敢回头，林子里的哨声也再未响起。

远远地听见众人呼喊，便见熙鲸扛着一个人，从溪西头的高岸上跳到东岸，十余名裴国人迎了上去。裴林将血淋淋的长剑扛在肩头，一摇三晃走过去，只见众人中间围着一人，那人身着普通裴国士卒的衣服，袍服已被淋漓的血染黑，双目紧闭，早已气绝。

"熙鲸！打得好啊！"裴林看一眼熙鲸浑身的箭羽和不停滴沥鲜血的长戟，不问便知是大胜，用力拍了他的肩头，"怎么样？杀了多少黑荆狗腿子？"

"十一个。"

"杀得好！这是谁？"裴林又指着地上躺着的断气的人。

"我不认识。"

"被黑荆狗腿子杀死的？"

"一条好汉。"

"那是当然。"裴林气喘吁吁地说。

站在这个位置，已经看不到逃窜的黑荆人身影。裴国众人又在田坎边站了好久，才列队往寨子里退。

裴林走在队伍的最后，倒退着走，死死地盯着森林的方向。奇怪的是，森林中始终没有人出来接应。太阳开始西斜，水田上反射着刺目的阳光，歪歪斜斜的尸体像一捆捆刚割下的麦子般半浸在水中，无人收拾。

他忽然停下脚步，疑惑地注视着西边的一片树林。那树林被层层梯田包围着，向后一直蔓延到无边无际的森林中。此刻午时刚过，树林上空一大群鸦雀正在"呀呀"地哄闹着盘旋，却始终没有一只鸟降下林中。

"裴大人！"

裴林转身小跑几步，跟上队伍，心中的疑虑却越来越深。

黑檀寨外林地中

裴林不知道的是，就在那片林子里，一双眼睛正在注视他的背影。

婴支祁骑在马上，庄严地披着代表丹阳权势的猩红大氅。在他的身后，密林中排列着将近千人的队伍，长矛密如刺林，三百多名楚军的赤色盔缨被数不清的黑荆人的玄色盔缨围在其中。

这支军队只消出现在树林外面，郁苍、裴林就得考虑自杀殉国了。但是婴支祁眼睁睁地看着外面的黑荆人被杀得尸横遍野，眉毛也没动一下。

"大人，"屈通空靠近他，低声道，"第一阵的人已经全部逃回，是不是……"

"传令，临阵逃脱者一律斩首。"

屈通空看了一眼那些在田野间乱窜的黑荆人，道："遵命！呃……紫木谷寨和甘水寨两位寨主自告奋勇，愿意为大人一战拿下黑檀寨，保准里面的裴国人一个都跑不了！"

"不用了，咱们这就走。"

"啊？"屈通空情不自禁喊了出来，慌忙捂住嘴巴。

"这里面没有裴寄，甚至都不是裴军的主力。"婴支祁有些疑惑地道，"裴寄确实还没回到当阳？"

"他今日凌晨离开第一矿场下山，确实是进了森林之中。咱们死了四个斥候，都没摸清他去了哪儿，但肯定没回当阳。"

"看来这场赌局，裴寄又不肯投骰，又不肯离席……他究竟想要干什么？"

"大人？"

婴支祁冷哼一声："传令给十六寨联军，让他们退后五里待命。裴寄要在森林跟咱们兜圈子，咱们就跟他好好玩玩。"

"是！那，这个寨子？"

"就三五十个人，能怎么样？不过是步死棋而已，不用管他们。"

"是！"

屈通空传令下去，立时便听见林中马蹄声凌乱地响起，人群一队一队地踏步转身。

婴支祁冷冷地扫了黑檀寨一眼，掉转马头，就在这时，一道奇怪的光闪过眼底。他猛地回过头，目光越过黑檀寨高高的寨门，越过寨后葱郁的森林，越过再往后的灰白色巨大山体……

就在神龙山雪顶下方不远处的一座山巅，燃起了一团大火，那团火几乎就在山巅的边缘燃烧，差不多整个黑荆森林都能看到那团两丈多高的火头。

"大人。"

"……"

"大人？"

婴支祁猛地回过神来，见屈通空正奇怪地看着自己。

"大人，诸队已经离开了，咱们？"

"那是什么火？"

"唔，"屈通空看着山顶，迟疑道，"那是何时……"

"就在刚才。"

"失火了？啊，不！"屈通空立刻就分辨出来，"火头很稳定，是有人放火！"

屈通空回头一招手，一名黑荆族长慌忙上前，弯腰屏息地站在马前。

"那是什么地方？"屈通空手指着远方的火头。

族长眯着眼睛看了好久，才道："回大人，那里是金宛顶，神龙山的第五峰。"

"那是哪一族的地盘？"

"大人们，神龙山乃是祝融之地，我等黑荆自古就不敢在山麓以上采伐、耕种，那里是祝融大神的领地。"族长恭恭敬敬地道。

"那为何会有火？"屈通空不耐烦地道。

"如果不是祝融大神的神恩的话……"族长小心地道，"那便是裴国人放的火。"

"什么？"

"大人们，金宛顶现在是裴国人的矿场——听说是叫作第三矿场——

之所在。"

"这火是天天都烧的吗?"

"裴国人在金宛顶开矿已有半年,这火还是第一次见。"

屈通空脸色一变,挥挥手,那族长忙又弯腰退得远远的。

"大人,如果是裴国人放的火,那必是裴寄害怕了。"

"何以见得?"

"裴国人定是在焚毁营寨。"屈通空兴奋地道,"他们怕了,正在逃回当阳!"

婴支祁盯着那团火,沉吟道:"可是裴寄还在林子里……"

"大人,裴国不过是刚刚立国,国人都是流徒无赖,哪里能和建国日久的真正诸侯国比!"屈通空不屑地道,"裴寄到森林里来拼命,他手下那些人只怕个个都怀异心,谁会陪他去送死?既然烧了营寨,那裴国人必然已经四散逃亡。裴寄除了他手下那点儿人马,什么都不剩了!"

婴支祁脸上总算浮现出一丝笑意,叹了口气道:"裴寄这是在找死。天欲其亡,必令其狂。咱们就瞧瞧这位卿士寮中大夫到底能在林子里藏多久。"

黑荆森林黑檀寨

裴林等人回到寨中,众人夹道欢呼,庆祝这突如其来的大胜。裴林拉长了脸,从满身油汗和血污的人群中挤过,前往寨门。郁苍站在门楼上,淡淡地看着他三步并作两步地跑上来。

"打得不错。"

"呸!"裴林啐了一口,接过旁边郁苍的侍从递过来的水囊,"根本就不算是打仗!我们是去砍脑袋的——没有甲胄,没有像样的兵器,不过是一群拿着竹竿的乡下人而已！"

"正是。"

"早上看到的可不是这些东西。"裴林一口饮下半皮囊的水，顺手擦了把滴滴沥沥的下巴，指着远处的林线道，"那可是甲胄鲜明的军队！"

郁苍冷冷地注视着那弯弯曲曲的林线。那里现在一片平静，什么也没有。清晨时，衣甲鲜明地排列在林线的一支支军队，现在连一点影子都没留下。午时的树林，林冠在阳光下反射着夺目的光芒，林子里却一片幽暗。

"我们回不去了。"

"啊！"裴林大叫一声，"什么？"

"黑荆人比我们想的可精明多了，"郁苍苦笑道，"不然你以为，你刚才为何会活着回来？"

"怎么？难道老子打得不好？"

"你出寨的时候，对面的阵线离你不到两里。那个时候，他们只要出动二成——不，一成的兵力，你就回不来了。"

"什么？"

"可是，恰恰是在你落单的时候，林子里的黑荆开始全部向后转移了，就在我的眼皮子底下。"郁苍冷冷地道，"你知道有多少人？多少马？多少枪？"

"什么？还有马？"

"一千六百人左右，其中骑兵两百。枪尖如林。"

裴林抽了口冷气，凝神细想，忽然大大地抽了口冷气。

"他……他奶奶的！黑荆人骗老子！"

"正是。你冲到尽头的时候，他们随便派出一百人往你身后一拦，你就回不来了。光是你那个大个子断后可不够。他们如果真要攻击这寨子，你我根本活不过一个时辰。就算是竹箭，也能活活把你我埋了。"

裴林吞了口口水，想骂娘，话却堵在嗓子眼里出不来。一股巨大的恐惧忽然攫住了他。

郁苍的目光在远处树林间来回扫视，良久才道："用这几十条人命，他们探出了我们的虚实，知道我们不是主力，哪里还会再跟我们纠缠？他们现在定是在林子里追寻主君带领的主力。"

"那主君的计策岂不是失败了？我们该怎么办？"

郁苍摇摇头。他虽然老成，却缺乏急智。裴寄让他来守寨，他便下定了死战不退的决心，可是现在敌人却没了，顿时便有些茫然。

"既然没得打了，那咱们……"裴林小声地道，"撤回矿上？"

"主君怎么跟你说的？"

"死……死守黑檀寨。"

"那咱们不能回去。"郁苍道，"主君还在森林中某个地方，咱们俩临阵逃脱，就是陷主君于危难。"

"那他奶奶的怎么办？"裴林嚷起来，"咱们在这里眼睁睁地看着？主君败了，咱们更回不去了！"

郁苍心中"弃子"二字一闪而过，不由得打了个寒战。他怕裴林看出自己的畏惧，故作沉吟地在箭楼上踱起步来。

"喂！"忽然间裴林喊了起来，"郁老三，你的矿场可是着火了？"

郁苍一惊，转头看去，只见远远的山巅之上、云海之间，一团忽然冒出的大火醒目地燃烧着。他有些疑惑地看了半晌，才认出来那果然正是自己第三矿的位置！

"完了！"裴林大喊一声，"第三矿场都完蛋了，那第一和第二……

还有当阳……全完了？！"

"裴林！"郁苍断喝一声，"你再胡说八道、动乱军心，老子斩了你！"

"郁老三！你自己瞧清楚，那是不是你的矿？"

郁苍呆呆地盯着那团火，疑惑道："看上去倒真是……但有些奇怪。"

"怎么？"

"就是把我矿上的屋子点着了，也不能有这么高的火头啊。"郁苍愈发惊讶，"这……这是多大的火啊！不，这绝不是矿上被攻击了，也不是矿上的火。"

"那是什么？"

郁苍摇摇头，心乱如麻。深入敌后，归路断绝，后方大火……这场仗从一开始就跳出了既有模式，扑朔迷离，让郁苍这般老行伍出身的人如堕云雾之中。

不知怎的，他现在满脑子都是岑诺的影子。他相信这个昨天下午才出现在他屋子里的小孩儿，定能给他想出好办法。只可惜这小孩儿不知有何神通，竟然立刻又让主君留意到了他。看样子这小子不出多久就能在主君的殿堂上和自己并肩而坐，只是不知道自己还能不能活到那个时候。

他心中一动，道："老裴。"

几乎同时，裴林也道："郁老三！"

"咋了？"

"我想到一个法子。"

"唔？"

"咱们要不要派人去，问问岑诺那小子？"

郁苍嘴巴抿得紧紧的，好一会儿才道："看来只有如此了。"

裴林一拍手道："那就这么定了，等到太阳下山……"

"不，傍晚就走。"

"呃……傍晚？光天化日之下？"

"对。黑荆人刚刚才在我们面前耀武扬威，以为我们不敢轻举妄动，所以眼前便是最好的时机！"

"好！那么派谁去？"

郁苍沉吟道："来的时候没有惊动黑荆寨子，现在可没那么好走了。你带来的那个大个子不错，可能得他去才行。"

"还得有一个，"裴林道，"你的侍从。"

郁苍惊讶地看了裴林一眼，摇摇头："不行。这里危险，弟兄们可能都回不去。我不能把自己的人支回去。"

"你以为他是逃回去吗？"裴林看了周围一眼，小声道，"他们要穿越三十里黑荆部落！那基本就是去送死——怎么样？我把我的人派去，你也总得派贴心的人，不然万一跟岑诺那小子说不清楚，怎么办？"

郁苍瞪了他一眼，一时也不及辨别裴林到底是何居心。但侍从如同亲儿一般，要让他和自己一起死在这不明不白的地方，郁苍也真于心不忍，咬咬牙道："也好。这趟路危险，让他去，别人没闲话。"

裴林拍了拍他的肩头："想个法子，咱们妥妥当当地送他们走。"

太阳西斜之时，黑檀寨前的水田被周围树林投下的阴影遮盖了大半。上午这里还军甲被山、炭气冲天，现在已看不到被乱军踩踏的林线，田野间一只只白鹭飞过，又是一派宁静安详的世外风光。

一些裹着头的妇女出现在田野间，重新开始了一日的劳作，似乎已经忘记了早上发生在眼前的事。只不过她们还是小心地远离黑檀寨，仿佛在水田里立着一道看不见的墙，将正常的世界——黑荆人世代生活了数千年的世界——与黑檀寨隔离开来。

黑檀寨东面的木栅栏上，出现了两个身影。这二人偷偷摸摸地在木栅栏上方看了许久，才快速地从寨墙最低处翻下来，紧贴着墙根，向北面走去。一丈高的夯土墙投下的影子勉强掩盖住他们的身形，只见他们一人身背长弓，另一人背上缚着一支用粗布裹住的长戟，几乎超出了他的头顶。

田野间的黑荆妇女显然发现了他们，不约而同地提高了嗓门，田野间顿时弥散开异国风情的歌声。

那两人沿着大路向北面走，走着走着忽然一猫腰，钻进了路边半人高的稻丛中。稻田中一阵骚动，再也没见这二人出来。

在田野的另一边，林线边缘的荒草丛中，一个黑荆汉子跃起，向林中飞奔而去。身后传来一声轻微的呼啸，他心中骤然一紧——一支长箭透胸而出，"铮"的一声将他死死钉在距离林线最近的一棵大榕树的树根上。

黑荆人一时未死透，身体手脚剧烈抽搐，却发不出声。远远的身后，那两人从稻田中冒了出来，已经靠近了东边的树林，一闪身便进了林子中。

黑檀寨箭楼上的郁苍收回弓，舒了口气。裴林兴奋地搓搓手，连声道："好了好了，走了，走了！"

"咱们得小心点，"郁苍道，"黑荆人的斥候绝不止这一个，要是他们知道我们送走了信使，只怕就不会容忍咱们在这里了。"

"老子知道！"裴林道，"我这就去布置一下，咱们这百十号人，难道还能被几个刀剑都不齐整的家伙偷了寨子去？"说着从两丈多高的箭楼上一跃而下，就地一滚站起来，拍拍屁股去了。

郁苍笑骂一声。这家伙粗俗归粗俗，却是有真本领的。裴寄从卿士寮、番士寮中简拔了不少人才，裴林这卫国来的乡野武人却凭着一身蛮力入仕为裴国上士，倒也并非浪得虚名。

寨子里响起裴林恶狠狠的叫骂声。郁苍不去管他，靠在箭楼上望着逐渐陷入黄昏的田野。黑荆妇女唱着歌，结队回寨。白鹭早上从西飞到东，现在又结队掠过田野，回到西方的树林。

这里很像家乡啊。郁苍默默地想着，手指在长弓的弦上轻轻地拨动。

第十章

●

> 大周汉水荆山
> 穆王三年秋七月十日夜

●

裴国驼背岭

天刚向晚,站在驼背岭上向下望去,小小的裴都当阳早已沉入山脉的阴影中,迎来了黄昏。

今夜的当阳与往日不同。平日里便是夜半时分,当阳城中也燃着一簇簇篝火,传来不绝于耳的斧凿之声。裴国人昼夜不息地建设着这座小小的城池,令它如一头深山中诡异的怪兽般迅猛地生长着。

而今夜,除去几团微弱的火光,整座城都安静了下来。不,那不是安静,那是一种在黑暗中瑟瑟发抖的寂静。大部分人已经离开了,他们中相当一部分几乎不可能回来,剩下的妇孺老弱此刻全部屏住了呼吸,等待着不可知的命运的降临。

老卒端坐在悬崖边的树桩上，身旁只有一盏昏黄的油灯和一壶浊酒。老卒将酒壶抱在怀中，长久地摩挲着已被磨得发亮的牛皮壶身，似乎在犹豫着要不要再喝上一口。

"阿大、阿细，"老卒半眯着眼，晕乎乎地自言自语，"要是你们还活着，我也该抱上孙子了吧？嘿嘿……孙戏膝下，倒是可以喝上一口。"

他拍了拍壶身，终于还是没有拿起来饮上一口。

"再过一日，怕就要来瞧你们了，"老卒喃喃道，"从燕山走到这劳什子的山，也该到头了……"

黑暗中什么东西一闪。老卒尽力凝聚起目光，却见一只奇怪的鸟儿无声无息地穿过虚空，扑闪着翅膀落到他面前不远处的悬崖边上。它在一根倒卧的树枝上跳来跳去，一双大大的眼睛精光四射，却好似长着一张人的脸庞。

被那眼睛瞧了一眼，老卒心脏像被什么攥紧了般地难受，身体抽搐着滑下了木桩。他一手紧紧按住胸口，老半天才缓过气来。

那鸟"嗒嗒嗒"地在树枝上跳动着，诡异的人脸却一直盯着老卒，两只巨大的眼睛滴溜溜地转动。老卒从地下挣起来，举着油灯细看，它也丝毫不避，只不耐烦地张了张羽翼。

"可怕的东西……"老卒低声呵斥起来，"快走，走！"

鸟停下脚步，黑宝石般的眸子盯着老卒，脑袋微微转动，不鸣也不叫。

油灯愈发昏暗，老卒昏花的老眼已瞧不清楚。他佝偻着站起，慢慢走向那只鸟，哆嗦着道："这张脸……好生熟悉……阿大，是你？"

他的手刚要碰到那只鸟，鸟却忽然嘶声凄厉地叫起来，扑扇着翅膀猛地扑向老卒。老卒羸弱的身体被劲风带倒，却见鸟低低地向他身后飞出去几丈远,落在一个身材高大的白衣男子肩上。

那男子不知何时起站在那里,白色曳地袍服在昏暗中格外显眼。老卒出身燕都小吏,自然识得这一身代表朝廷重臣的中大夫朝服,慌忙翻身匍匐在地,一时间惊得魂都飞了。

"小、小、小……小人不知大人驾到……"

那人看也不看他一眼,只逗弄着肩头的猫头鹰,喃喃道:"寒影,你瞧见什么了?"

猫头鹰"喳喳"地叫起来,声音喑哑,令人不寒而栗。那人却连连点头,道:"是了,我也闻到那股子味儿……"

他转过头,似乎这时才瞧见老卒,冷冷地道:"我乃庚城奉行、番士寮中大夫伯行,你可认识?"

老卒用力磕了一下头,道:"小人……认得大人的朝服。"

"我来问尔,这国中的人,都上哪儿了?"

"听……听说是黑荆造反,国君两日前便倾国而出,前去黑荆森林了。"老卒小心地道,"留下的都是走不动路的老弱妇孺。"

十七抬头看了看远方星空下山脉的影子,脱口道:"哦?已经打起来了?"

"是……小人不知道大人大驾……"

"你国中可有一名巫女?"十七打断他道。

老卒一愣,道:"是,有的。跳舞跳得极好。他们说,她不是什么巫女……而是传说中的舞姬。"

猫头鹰"喳喳"地叫起来,扑棱着翅膀,在十七肩头不安地跳动。十七伸出手,它便跳到十七的手臂上,继续不安地跳动着。

"巫女在哪儿?"等了好一会儿,十七才压低声音道,"带她来见我。"

"巫女走了，"老卒道，"说是……国君前往黑荆森林，赌上了国运，巫女便和弄臣一起离开了。"

"去哪儿了？！"

严厉的声音让老卒白发苍苍的头埋得更低，他不敢说话，只颤巍巍地伸出手，指向身后的群山。

十七点了点头，不再言语，转身便走。

老卒匍匐在地，听得他的脚步声去得远了，才长长地喘了口气，抬起头来。

今夜连摔了几个跟头，他的老腰已经疼得直不起来了。他就势倚靠在木桩上，摸摸身旁，捡起那壶酒。

他舔着干裂的嘴唇，摩挲着酒壶，终于忍不住拧开了木塞，深深地吸了口气。甘冽的酒气令他浑身发抖，他颤抖着举起酒壶，送到唇边。

黑暗中白光一闪，先是"啪"的一声，油灯被震得飞起，跟着"咯咧咧"连声响动，一人多粗的木桩断裂成两半，老卒的身体也一边一半，"扑通"倒下。

酒壶"咕噜咕噜"滚出去老远，壶中酒泼出壶口，洒在长满绒草的地面上。

这个时候，油灯才落回地面，燃烧着的灯芯滚入草中，地面上猛地蹿起一股火头，"噼里啪啦"地烧了起来。

裴国第三矿场

夜色渐暗，巨大的火堆猎猎燃烧，无数细小的火星像一条溪流向着天顶流淌。

不断有刚刚采伐下来的木柴被扔进火堆。这些潮湿的木料先是冒起浓烟，接着在火堆中扭曲、断裂，很快就变成一根根通红的薪柴。燃尽的炭灰已经堆起数尺高，周围两丈内的地面都烤裂了。

山顶原本十分寒冷，但此刻火堆边一群赤裸着上身的汉子正满头大汗地将木柴扔进火堆。在他们身后，堆放着成摞的新柴。在更远处，数十支火把熊熊燃烧，数不清的身影在火光下穿梭，矮松林正在一片片地倒下。

"一个时辰消耗了三十方木料，"岑诺站在离火不远处，一边喃喃自语，一边在自己的树皮上匆匆地记着，"唔……看来是太多了。"

尹六站在他身旁高举着火把，情不自禁地咽了口口水，将火把举得更高。

自从矿头负气出走，以门大家、韦处道为首，第二、第三矿场的众人算是彻底跟了岑诺。摆在众矿丁面前的只有一件事：燃起一堆大火。

说归说，但要在山头放起一堆百里可见的大火谈何容易？矿丁以前最多也不过生一堆取暖的火，要造座两三丈高的柴山，矿丁别说没干过，听都没听说过。

"柴山"这个名字，本就不是凡间之物。当日黄帝"柴燎祭天"，据说在岱山上建造的柴山高达六十六丈，周四十丈，动员十万丁，每昼夜燃薪达到了惊人的十一万六千八百料。以黄帝全盛时代的煌煌帝业，也只支撑得起燃烧三日两夜。宏伟的柴山在第三日日落前崩塌，死者以千计，据说黄帝帝业之衰便是由此而起。

从那之后，历代天子柴燎，最多只到十丈高。夏代以降，柴燎没有超过五丈。即便如此，也需要经过大规模动员，至少前后数十日准备木料、油脂、香料、五牲……寻常诸侯家，就算天子恩准，也没几家烧得起。

岑诺自有办法。他小小年纪，论到术算、心算的能力，太史宫里的术算师也只能瞠乎其后。岑诺三岁启蒙、五岁授业，是岑伯、陆叔这样的宗师用心血、荆条一点一点磨出来的，岂是白学的？何况他现在只需要放起一堆大火，而且不计代价。

他先将剩下的矿丁按年龄大小、体力强弱分为两队，委任门大家、韦处道各为队头。

"不知要我等老弱做什么？"门大家很客气地问，"若是打仗，只怕……"

"这里三间窝棚要在一个时辰内拆光。"岑诺道，"我要每一根柱头、每一束草料都统统保留下来，一个时辰之后捆装成摞，由第二队运往第三矿场。"

"什么？！"

岑诺平静地看着众人。

"一个时辰拆光窝棚，这……那……还能用吗？"

"门大家，"岑诺恭敬地道，"我说过还要用吗？"

于是整个第二矿场的物资和所有矿丁，两个时辰后便完完整整地出现在了第三矿场。其中分拆、运输、调度不过是些小动静，岑诺三言两语便安排妥当，众人但听吩咐，不知不觉间便已诸事俱毕。

就在郁苍日日俯瞰黑荆森林的悬崖边，岑诺下令将拆下的所有木柴集中起来——还包括了所有第三矿场用来支撑矿坑的木料。但这些匆匆集中起来的木料，总共还不到三百料，垒起来也就一丈多高而已；并且还没有可供补充的木料，即便烧起来也只能支撑不到两个时辰。

柴山一旦着火便玉石俱焚，通常是采用木料层层堆叠紧压，但岑诺另有办法。矿丁日日在井下干活，需要大量的井下施工，为洞壁建立支撑结构，备下了大量奢侈的赤金构件。岑诺指挥矿丁用少量的成型木料加上矿上的赤金构件，先搭出近三丈高、三丈宽的四方形架子，架子每三尺分为一层，中央留下近一丈宽的空间。

第二队矿丁动手搭架子的同时，第一队矿丁则动手采伐第三矿场周围的矮松林。矮松虽矮小，却多油脂，是不可多得的柴薪；只是太过细短，无法搭架子，一般只用作烧火和制作火把。用半个下午的时间，矿丁采伐了数十棵矮松，按岑诺的命令全部截为五尺长短，一排排简单地捆扎后安放在搭好的架子上。

等架子搭好，将大量的茅草填满架底的空间，一声令下，便从架子的四面八方同时燃起火苗。此刻距离他给裴寄出此建议还不到六个时辰。

大火燃起，很快便展现出远超小锅小灶的吞噬能力。好在附近矮松林十分茂密，可堪供应。岑诺分好的两队各有任务。韦处道一组人高马大、精力旺盛，岑诺又将他们分为三人一小队，一人负责伐树，二人负责搬运。十个小队一起开动，矮松树如同割草一般倒下，砍倒的松树被堆放到指定的空地上。门大家手下的一组则四人为一小队，分解一棵树，枝叶、树梢、主干全部由专人负责处理并堆放到另一片指定的空地上。

经过极为简单的工序，岑诺便有了三种材料可以使用：大团大团的松叶、细长而木质疏松的树梢，以及一大堆直径八分上下的木料。

只消四个人，便可把松枝和树梢源源不绝地投入火中——树梢用来不断垫高构架内的柴薪，保持柴山的稳定，富含油料的松枝则提供了巨大的火焰，但用来构架柴山的木料却并不会被烧垮，只要松枝稳定供给，这几乎是一座烧不完的柴山。

几个时辰运转下来，大火越烧越旺。在场的每一个人都在干活，却无繁剧闲散的区别，人人都不觉得自己吃了亏，反而充满干劲。

眼看天色渐晚，岑诺又将人分了一半——夜里，大火只需要白天五分之一的高度，便足够光耀四野。矿丁现在可以做一个时辰休息一个时辰，甚至觉得比下矿还轻松得多。

岑诺处理完所有事，在树皮上一一记录清楚，才长舒一口气。他抬起头来，却见天已黑尽，尹六规规矩矩举着火把站在自己身旁，韦处道也恭敬地站在一边。

"哦，抱歉！"岑诺忙站起来，"韦大叔、尹大哥，麻烦你们了。"

韦处道忙摇摇头："小岑大人，何必如此客气？"

"韦大叔，您还是叫我岑娃子吧。"

"不敢，"和几个时辰前比起来，韦处道更加恭敬，连连摇头道，"小岑大人将来必定平步青云，岂是我等能随便乱喊的？"

岑诺摇手道："韦大叔，咱们能不能过这一劫还难说，将来的事再说吧。"

"可还有什么难处？"

岑诺转过身，面向黑荆森林的方向。

厚厚的云层遮蔽了星月，大地一片灰暗，往日里比繁星还亮堂的黑荆森林，今夜一片死寂，看不到半点灯火。不知道有多少人此刻正在恐怖的黑暗中屏住呼吸，祈祷战争的大火不会从天而降。

沉默了好一会儿，韦处道才道："往日间站在此处，整个黑荆部落历历在目，今日都瞧不见了。"

"正是如此。"岑诺道，"眼下，方圆百里——不，整个黑荆森林，只有这把火是唯一的光亮。"

韦处道倒抽一口凉气，忽然明白过来。

"楚军将领如果够聪明，这里很快就是他攻击的目标。"岑诺道，"当然，楚国人想来不会派个笨蛋来黑荆森林，韦大叔说是吧？"

"正……正是！"韦处道惶恐地道，"小岑大人！那咱们……"

"不要急，楚军没那么快反应过来。"岑诺双手抱在胸前，沉思着，"国君与楚军之间的周旋，大概还要一两天。楚军须得先拿下第一矿场，然后才能到此地……最快的话，也得两天。"

"只有两天吗？"韦处道心惊肉跳地道。

"韦大叔，我们该担心的，是国君撑不撑得到两天。"

"能撑住吗？"

"在这里看得到黑檀寨吗？"岑诺反问道。

韦处道伸长了脖子，仔细瞧了半天，指着远方一处黑乎乎的突起道："在那儿。"

"得看看郁大人、裴大人他们打得如何了……"岑诺低声道，"乱中取胜，才是唯一的希望。"

忽然，眼前一黑，韦处道转头看去，却是尹六将火把杵在地下熄灭了。

"有人来了！"尹六抢在韦处道暴怒之前低声叫道，"有火光！"

韦处道一把将岑诺揽到自己身后，一手按在剑柄上，低声喝道："何人？"

黑荆森林某无名河谷

这条深幽的河谷不到十丈宽，两岸都是陡峭的悬崖，昏暗中看不见河水，只听见潺潺的水流声。

河谷上方忽然亮起一点火光。那火光先是在高耸的河岸上晃了晃，接着向前移动，竟似凭空移动到了河的上空，诡异地摇晃着穿越河谷，到了另一边的崖岸上，慢慢远去，终于消失不见。

河水继续潺潺流淌。没有星月的晚上，河水不再反射月光，一切都隐藏在昏暗中。

河谷上空忽然又亮了起来,越来越亮,仿佛红色的月亮正在林中升起。忽然,一连串的火把出现在河岸上,传来人喊马嘶的声音。

越来越多的火把出现在河岸上,河水都被照亮。火把的长龙沿着刚才那支孤零零的火把走过的路线流动,也开始出现在河水之上。

大片的火光照亮了周围,原来那是一根倒卧的巨树,漆黑的树身几乎不反射任何光芒,沉默地横亘在河谷上空。打着火把的队伍源源不绝地从巨树上穿过,队伍中不断有人喧哗,用的全是黑荆人的土话。

在一刻钟内,超过一千人和数十匹负重的骡马穿过河谷,向东而去。等到最后一支火把离开巨树进入东岸的森林,整个河谷重又陷入一片漆黑中。

又过了好一会儿。

"啪"的一声,火星一闪,一支火把在树桥底下燃了起来。这支火把十分袖珍,燃起的火也十分微弱,连三尺之下的地面也照不亮。

手持火把的人探出头去望了望,又缩回树桥底下。火光一晃,树桥底下闪过一张长满络腮胡子的脸,却是卿士寮中大夫、将作少监、庚城天子行在六奉行之一、裴国国君裴寄!

裴寄睁开眼,淡淡地道:"走了?"

"是!"苏青荻小心地举着火把,"都走了。"

裴寄有些疲惫地又闭上眼,靠在坚硬的石壁上。"是哪个寨子?"

旁边一名侍卫低声道:"听口音,至少有三个寨子。"

"一千多号人呢,"裴寄喃喃地道,"这么说,黑荆至少动员了四千人。"

火把"啵"地炸了个油花,苏青荻与那侍卫对视一眼,眼底都是掩饰不住的惧色。

"去接应权国、庚城军马的人回来没有？"裴寄道。

"没有。咱们今天下午已经损失了四名斥候，没有接到两支军队的消息。"

"丹阳来的朋友呢？"

"主君，已经打探到对方主将的名号，是一名白荆冒死探听来的，"苏青获低声道，"敌军主将是楚国少府婴支祁！"

裴寄双眼遽然睁开，眸中火光跳动。"是他？"

"主君，您听说过？"

裴寄忽然笑了，闭上眼往后一靠。"传令下去——在河谷中再休整一个时辰，不准喧哗，不准点火，后半夜咱们出发，往东边去。"

"是！"侍卫抱拳应了，转身便沿着河谷跑去，只听见压低的传令声，河谷中传来偶尔一两声铠甲摩擦声。裴寄带出来的三百裴国精锐，竟然全都蹲伏在河谷底下。随着那侍卫一路跑去，昏暗中无数影子微微晃动，仿佛河谷自己醒过来了一般。

苏青获见裴寄闭眼无话，便把手中火把熄了，将一件虎皮大氅轻轻地盖在裴寄身上，自己用一张鹿皮裹了，勉强地斜靠在河谷坚硬的石头上躺下。

却听裴寄似睡非睡地嘀咕道："婴支祁……哼……小竖子……"

苏青获忽然觉得浑身一松，倒头便睡，三天来第一次睡了个安稳觉。

裴国第三矿场

高高的柴山喷涌着大火，周围的泥地都被烤得焦化坚硬，站在十余丈外仍能感受到滚滚热浪扑面而来。

郁苍的侍从背对着柴山，盘腿坐在泥地上，端着手里的木碗大口大口地喝着粥。坐在他身旁的熙鲸却是直接抱着粥桶喝。两人浑身上下全是泥浆,头发都糊成了一团。大火炙烤着他们的后背,侍从的手却还在发着抖。

"慢慢吃,"韦处道心疼地给侍从又递过来一碗,"有的是,慢慢吃个够!"

熙鲸将桶一放,抹了下嘴。韦处道忙道:"再添一桶来!"

"不要添了。"盘膝坐在熙鲸对面的岑诺道,"他们刚走了远路,待会儿还要走,吃多了伤身子。"

韦处道一愣,熙鲸和侍从同时向他点头致谢,然后转向岑诺。

"黑檀寨打下来了吧?"岑诺道。

"是,"熙鲸点点头,"裴大人带头,一个冲锋就打下来了。除了几名守卫,寨子里一个人都没有。"

"上当了。"

"是。"

"说说看。"

"我等寅时下到黑荆森林之中……"

熙鲸口齿清晰,将临走时郁苍交代的事、他们进入黑檀寨之后的种种,一一说明。侍从就坐在熙鲸身边,熙鲸说到哪里,侍从就用一根烧焦了的木条在地上勾画。他记性甚好,走过的山山水水都被他画了出来。

岑诺俯身在地,手轻轻在侍从勾画的地图上拂过,好似能透过那极其简陋的线条,将整个纷繁复杂、令人如堕五里雾中的局势尽收眼底。他看了很久,无意中将"地图"抓成了一小撮土山。

柴山"噼啪"地响着,众人盘腿端坐,一言不发。

熙鲸骤然惊觉,上一次见到岑诺时,他还在灶头边忙着给众人做饭,还被裴林挤对得没法子，要独自去郁苍那里冒险。不过短短一日过去，怎么这么多人在他面前连大气都不敢出一口，一个个眼神坚定地盯着他，似乎相信他一定能做出最为正确的决定？

这日头真是变了啊。熙鲸巨大的身躯不安地挪动了一下。

岑诺玩着手中的土，目光慢慢从在场众人脸上扫过。其实他早已想通了这其中的关节，但陆叔说过，上位者不可擅听擅纳，不可轻易表露自己的念头。重要的是心中所想不能被别人抓住苗头，不能再像孩童般，有一个念头跳入脑中，便拍手欢笑到处传唱。他心底里默默地叹了口气。

"黑檀寨里，除了几个守门的，什么人都没有？也没有烧杀过的痕迹？"

侍从和熙鲸一起摇摇头。

"已经有两个大寨子被烧被杀，按理黑檀寨地近我国，必然也是屠杀的对象。"岑诺慢慢地道，"这样看来，黑檀寨的人怕是提前跑了。"

"丢下寨子不要了？"

"当然不是。他们也在等。"岑诺一笑，"这场战争，真正动手的少，看热闹的多，都在等着看结果。要是丹阳最终大胜，也不会把拥有实力的黑檀寨怎么样。但若他们现在不跑，就必然要被逼上其中一方的战车……黑檀寨的主人，看来也是个老狐狸。"

说到狐狸，岑诺脑子里不由得闪过胖子的身影。不知为啥，风拂若的影子也一闪而过。岑诺忙摇摇头，把这些无关紧要的念头甩出去。

"好几个寨子的黑荆把你们围起来，却只派了二百人过来送死，便就此撤走了。"岑诺咂着嘴道，"黑荆人也不是傻子，你们不是主力，一眼就看出来了。"

"这就很奇怪。我们全力出击，将他们打得落花流水，他们怎么会看破我们不是主力?"侍从忍不住问道。

"这有何奇怪?"岑诺道,"裴国就这么点人,主力必然是国君亲自率领。面对远超己方的黑荆联军,却派人出来浪战,一看就是些送死的棋子。国君怎么会拿自己不多的主力出来消耗?"

侍从一愣。郁苍和裴林想破脑袋也想不通的道理,岑诺居然半点没有犹豫便道破了真相。

"这便是郁大人要俺们来的原因。"熙鲸道,"黑荆人不上钩,楚军不肯露面,这仗还怎么打?俺们走的时候,黑荆人已经撤得干干净净,看样子是根本不拿俺们当回事了。"

岑诺满脸苦笑。让裴林、郁苍作为疑兵是他的主意,现在看起来,自己太小看楚军了。他握拳敲敲自己的脑袋,深吸口气,镇定下来。

既然疑兵之计失策,毫无疑问,裴寄周旋的空间更小了,时刻都处在被楚军找到的危机中。和楚军、黑荆联军动辄上千人的队伍比起来,裴寄东拼西凑的那几百人要在这场战争中获胜,唯一的机会便是集中所有兵力,在乱军中突袭楚军主将。但若是裴寄先被发现,那就只有死路一条。现在看来,裴寄还是托大了,在黑荆人世代居住的森林中想要藏身,太难了。最多再有一个白天,裴寄就无路可逃了。

从庙算上来说,这也等同于彻底断了大周收服黑荆的路,从此必须将黑荆部落视为北之狄、东之夷,不灭不休了。再加上国君战死,小君国被灭,只怕庚城的谢城宰也得去卿士寮后街的小巷子里自杀谢罪。大周在汉水经营的卿大夫都免不了被问罪。

岑诺的心直往下沉,但他立刻就惊醒——这不是发呆的时候,从现在开始,每一息都至关重要!

办法,他早就有了,需要的仅仅是下决心而已。裴寄的胜算就是火中取栗，想要帮他，无非是让这把火更旺而已——岑诺瞥了一眼烧得发白的柴山，心中冷笑。论到放火，他还没怕过谁。

"要有死的觉悟啊！"

"小岑大人你说什么？"

岑诺摇摇头，转向熙鲸。

"郁大人和裴大人要你们来，是想问我拿个主意吧。"

"正是。"

"这是打仗，每一个主意，都是拿人命去填的，"岑诺冰冷地回应道，"包括我在内。"

韦处道等人惴惴不安地挪动一下屁股。若说他们之前对战争还没实际的感觉，如今只消看熙鲸那一身暗黑色的血迹，便足够让他们噤若寒蝉了。

"临走时郁大人让我给你带句话。"熙鲸忽道，"郁大人说，岑诺是口舌之才，还是四百石之才，就看这一回了。"

"四百石之才吗？"岑诺苦笑一声。按裴国的规模，即便是中大夫赵石也拿不到四百石俸禄，不过区区一百石，只相当于齐晋等大国的上士水平而已。郁苍此言，只不过是在提醒岑诺，要想向上爬，就得将自己捆绑到裴国的生死上。

岑诺向熙鲸伸出一根手指："你说，今日出现在黑檀寨外的，有大约一千两百黑荆？"

"五面旗帜，"熙鲸道，"但不一定只有五个寨子。"

"唔？"

"上士大人以为，以黑荆的人丁，要十个寨子左右才能召集一千到一千六百人的军队。"

"很有道理，"岑诺轻轻一拍掌道，"那么今日出现在黑檀寨的，差不多是十个黑荆寨子的主力，也当是楚军能征召到的黑荆联军主力。"

"但他们并没有上当，现在已经不知去向。"熙鲸道。

"人有腿可以到处跑，寨子可跑不了。"岑诺恶狠狠地道，"烧了它！"

"啊，烧了黑檀寨？"

"烧它有什么用？记住，黑檀寨将来必是国君的臂膀，"岑诺道，"凡服从国君的，都不能烧。"

"那……"

"已经确知加入黑荆联军的那几个寨子，随便哪一个，打下来，烧了它！"岑诺的手在地图上一挥，"最好是靠近西边大山的，离当阳越远越好。"

"就用上士大人手下的不到一百人？！"

"黑荆联军正在到处搜索国君的下落，他们的寨子里最多也不过是老弱妇孺，"岑诺道，"难道上士大人连老弱妇孺都打不过？"

熙鲸面色可怕地端坐着，门大家、韦处道等人不由得心里"咚咚咚"地敲起鼓来。

"打下一个寨子烧一个。"岑诺根本不看熙鲸，"上士大人要是心软，就把老弱妇孺都赶出来。要是没时间，就一把火统统烧了……"

"啪"的一声，柴山中一段松枝炸裂开来，众人同时吓了一跳，却并不是被火吓到的。熙鲸皱紧眉头，问道："老弱妇孺都不放过？"

"对。"

"往西走？"

"不要管黑荆联军，也别被缠上。只管烧，只管往西！"岑诺毫不迟疑地道，"告诉上士大人，此乃……千里马和十里马的抉择。"

"就这样？"

"就这样。"岑诺道，"把我的话，原原本本带给上士大人！"

熙鲸一拍大腿，站了起来。侍从忙跟着站起，却不料熙鲸在他肩头一拍，他身不由己地又坐了下来。

"俺一个人去就行了，"熙鲸利落地将休息时解开的腰带重新绑好，一边对侍从道，"你留在这里。"

"不行！"侍从叫了起来，"我要跟着家主！"

熙鲸瞥了岑诺一眼，岑诺顿时心领神会。"郁大人那里人够了，我这里却需要人。你们两人，只能走一个人。"

"黑灯瞎火的，小孩子家家哪里赶得了夜路。"熙鲸笑着拍了拍侍从的肩头，"小岑大人这里也是要紧，全靠你了！"

说着，他慎重地向众人一抱拳，从旁人手中接过火把，头也不回地走入浓如泼墨的夜色中。

第十一章

> 大周汉水荆山
> 穆王三年秋七月十一日昼

黑荆森林某处

夜晚刚刚过去,黎明却来得迟疑。天空乌云密布,云层低低地压在森林上空,神龙山与雪顶都被遮蔽在云海之外。透过阴冷的云层,只隐隐瞧得见山脉间的那团大火。

番士寮上士、权国中大夫南宫拓掀开遮挡了一夜的枝叶,骂骂咧咧地站起来,伸了个大大的懒腰。

在他周围,一个接一个,权国士卒从藏身的草窝子里冒出来,打哈欠的,伸懒腰的,骂娘的,小小的草甸子顿时热闹起来。

"奶奶的天!"南宫拓拍了拍护肩,却从半挂着的兕甲里倒出一汪水来。南宫拓怒骂起来，他的侍从慌忙过来帮他除下甲胄。南宫拓浑身上下都打湿了，侍从只得在周围张开牛皮幕，伺候这位大腹便便的中大夫更衣。

南宫拓赤条条地站在牛皮幕内，仰头望天，任由贴身侍从为他更换里衣、中衣，一面冷冷地道："裴寄呢？还没消息过来？"

"回大人，没有。"侍从有些慌乱地道。

"哼！"南宫拓用力哼了一声，但是身为番士寮上士，对卿士寮中大夫的愤恨也就只能到此为止。侍从为他穿好了中衣，拿来湿淋淋的甲胄。南宫拓眉头一皱，道："烤干。"

侍从慌慌张张地捧了甲胄钻出牛皮幕。幕外传来嘈杂的声音，数百人忙着生火，擦拭甲胄，草甸子里蛇多，还有闹着驱赶蛇虫的。

南宫拓皱皱眉，也懒得去管。他率权军进入黑荆森林已是第四天。按裴寄的命令，他的军队不准露面、不准宿营、不准接近任何一个黑荆寨子，只能在野地里躲着等待命令。南宫拓虽是土生土长的权国人，在江水北岸生活了四十多年，却何曾吃过这番苦头？在不见天日的老林子里待了三天，已有五名士卒莫名其妙地死去。昨晚他冒险带着队伍走出林子，在这不知是何处的草甸子里过了一夜。

权国数十年来都在准备与楚国展开大规模的平原车战，乍然将徒卒拉到这荒野之中，自是各处走烟起火，军纪一时也乱了，南宫拓却也懒得管。他已经半截身子入土的人了，打完这一仗，就该请辞中大夫之职，回乡下去养老了……

"呼"的一声轻响，似乎是什么鸟儿快速掠过头顶，南宫拓睁开眼看了看，什么也没瞧见。

"来呀，着甲。"虽然没什么动静，但南宫拓还是本能地感到一丝不妙，开口喝令道。

"呼……呼呼……呼呼呼……嗖嗖嗖……"

忽然之间,破空之声大作,喊杀声、惨号声、密如雨点般的箭羽入肉之声,同时从牛皮幕的四面八方爆发。

南宫拓吓得一屁股坐翻在地,胫衣都踩落了,只剩下兜裆布。他哪里还顾得了中大夫的体面,抱起脑袋狂喊:"怎么了!怎么了啊?!来人,来人啊!"

周围全是狂乱的脚步声,连续三轮箭雨之后,权军顿时崩溃,再顾不上他们大腹便便的中大夫,四散奔逃。但草甸子是一处凹地,周围的林岗上全部布满了弓箭手和成排的枪阵,围得密不透风,权军如无头苍蝇般乱窜,换来的是一轮又一轮冷酷而精准的箭雨……

不到一刻钟,草甸子中只剩下一片片低声的惨号,再也没有一个站着的活人。一声清脆的海螺声响起,大开杀戒的弓手们退下,手持长矛的步阵同时从四面林岗"隆隆"地走下来。

南宫拓抱着脑袋趴在地下,觉得自己是在做梦。这真是一个奇怪的梦,又冷,又湿,周围不断地传来"扑哧"的声音;每一声响起,便有一个低低的惨号声戛然而止。血腥味、恶臭味弥漫开来,一向爱好美食、名卉,号称汉水第一兰花培育高手的南宫拓禁不住跟着屎尿齐流。

忽然,一个跟跟跄跄的脚步声响起,他的侍从气喘吁吁地喊着:"大人,大人!"

他的喊声被一阵"嗡嗡"破空之声打断,紧接着,什么东西重重地撞在牛皮幕上。牛皮幕轰然倒下,他的侍从被一支长箭贯穿身体,连他抱在怀中的南宫拓的甲胄串在一起,扑倒在地。

他抬起头来,用尽最后一丝力气想说什么,但嘴里喷着血沫子,终究还是一个字都没说出来，就那样瞪大了眼睛盯着南宫拓断了气。

四面八方围上来的赤甲楚兵，南宫拓已经瞧不见了。他面带微笑地坐在自己的屎尿上，歪着头，仿佛在品评刚刚由侍从呈上来的珍稀兰花。

一把高高扬起的长剑用力劈下，结束了这场还不到一刻钟的战斗。

又过了一刻钟，南宫拓翻着白眼的头颅摆在了婴支祁的面前。

"唔，"婴支祁捂着鼻子，"怎么搞的？怎么臭烘烘的？"

"敌将在受死之前，已吓得屁滚尿流，脑袋砍下来时掉进了自己的秽物之中。"跪在下首的斥候恭恭敬敬地回道。

婴支祁周围响起低声的哄笑。

婴支祁挥挥手，侍从端起南宫拓的头下去，装入木匣中，准备送回丹阳。

"等收齐了裴寄的脑袋，再一起送过江吧。"婴支祁道，"裴寄在哪儿，找到了吗？"

"……回大人，没有。"

"在搞什么！"婴支祁大声叱道，"黑荆联军呢？"

"按大人的命令，联军分为三队，正在到处搜寻……今日下午……想必就有消息了。"

"除去权国人、裴国人，林子里还有周国的几只耗子在乱窜，"婴支祁冷冷地道，"一只都不能让他们跑了。等我毁弃当阳城时，要有足够多的脑袋来筑造京观。"

"是……是！"

斥候正要离去，婴支祁忽然眉头一皱，又招手将他喊住。

"昨日黑檀寨里那群矿丁，"婴支祁道，"他们逃回当阳了吗？"

斥候一愣，左右看看，迟疑地道："大人……不是下令不管他们吗？"

"我是问他们去哪儿了！"

斥候跪在地下，犹豫着道："……小人不知……好像……没人知道……"

"混账！"

"属下立刻派人追查！"

"算了！"婴支祁转眼间便改变了主意，"一群废物。先把裴寄给我找到，还有那些混迹林中的周国诸侯军队！那是军队，不是一窝兔子，怎么就找不着？快滚！"

黑荆森林走水洼寨

火从箭楼底层燃起，火头蹿了几蹿，便将高大的箭楼吞没。矗立了超过两百年的箭楼，木料早已干裂，火苗一蹿起，立刻发出"噼里啪啦"的爆裂声，站在十余丈外，犹能感觉到那干柴烈火发出的强烈热浪。

热浪卷腾而上，引起大风，大风又将火星撒向四方，转眼间，周围到处都响起了"噼啪"的声音。一座在山中生长了数百年的寨子，转眼间就要灰飞烟灭。

裴林看着纹丝不动的郁苍，不由得心生钦佩。郁苍平日御下极有恩义，将手下的福祉性命看得很重，可是一旦开始打仗，杀人放火毫不迟疑。裴林平日里嘴臭，真上了阵却下不了狠手。

他擦了把汗，眼见一颗火星蹦到郁苍肩上，布袍顿时冒起烟来，忙伸手过去拍灭，一转眼见几名矿丁站在身后，裴林喝道："贼头贼脑的干什么？"

那几名矿丁默不作声地让开，露出身后的人群。

狭窄的街道上密密麻麻跪着数十名黑荆人，都用粗绳缚得死死的，低头垂首看不见面目。黑荆人的缠头都被打落，露出来的不是白发，就是黄毛。

裴林心中骤然一缩，忙望向郁苍。郁苍已经转过身来，只瞥了一眼自己肩头兀自在冒的轻烟，一言不发地向那群黑荆俘虏走去。

裴林忙跟在后面，喝道："寨子里就剩这点人了吗？"

"回上士大人，是！"马上有人应道，"寨子里一个壮丁也没有，只有六十以上的老狗腿和十四岁以下的小崽子！"

"还有女人！"

裴林看了眼郁苍，后者脸上没有任何表情，道："有多少人？"

"四十六个！"

郁苍伸手把住剑柄。周围数人同声道："大人！"

"怎么？"

裴林看了郁苍一眼，不知怎么忽然结巴起来："郁老三……你该不会想……"他做了个抹脖子的手势，眼中深含恐惧地看了那群黑荆人一眼。

来裴国的都是流徒，或者家无余资想要在边僻之地寻个出身的人，却没有什么真正的大奸大恶之辈。这样的人反而更加胆小，若是身边出了个杀人不眨眼的，那可是连觉都睡不安稳。围在周围的裴人目光顿时都集中在郁苍身上。

郁苍冷笑一声，喝道："熙鲸，出来！"

熙鲸从人堆中出来，干净利落地一抱拳道："小人在！"

"岑诺——他跟你怎么说的？"

"他说，"熙鲸清了清嗓子，"上士大人若要为国效力，当选择黑荆联军之中靠西边的寨子，向西攻击。能吸引联军回师为上，至少要打乱联军的部署，将大部分黑荆主力引向西面。"

"然后呢？"

"攻下村寨，不要停留，一把火烧光即走，若……"他终于也哽了一下，"若有人口，放之亦可……"

"亦可？还有呢？"

"上士大人若嫌麻烦，烧……杀之……亦可。"

裴林喘了两口粗气。没想到那看上去挺可怜一个小崽子，心肠竟如此狠硬。但是郁苍这老哥似乎对那小子信任不疑，万一……

"哦，"郁苍语气平淡地道，"他，还说了什么？"

"他说，这事儿做不做，乃是千里马和十里马的抉择。"

"这是什么意思？"裴林忍不住喝道，"岑诺那小畜生逼着郁老三杀人，还说这么冠冕堂皇的话！"

郁苍没有回答，眯着眼睛望向东北——清光夺目的天幕下，神龙山笼罩着一层淡紫色的光晕，看不大分明。第三矿场的那团火只比油灯的火苗大一点儿，但从黑荆森林的任何一处望去，都可清晰地将它与天幕、山麓区分开来。

一团火，仅仅是遥遥一团火，便让出征的队伍安下心来。郁苍忽然"哈哈哈"地笑了起来。

"千里马和十里马？那小子可真会逗人玩儿！老子是马吗？哈哈哈哈哈！"

郁苍出身虽低，却从未在人前谈吐粗俗，乍然自称"老子"，众人都瞪大了眼睛。却见他手一挥，简短地下令："把这些黑荆人赶出寨子去，割了绳索让他们滚。老裴，你来放火，四边角楼火一起，咱们就走。"

裴林吓了一跳："去哪儿？"

"继续往西。烧得一个是一个。这都是黑荆人经营了数百年的老窝子，迟早烧得黑荆人吃不消！"

"还要往西……"裴林心中打了个突，"老裴，西边的老林子里是啥样子，谁也不知道。咱们就这么硬闯……"

"只要看得见第三矿场上的火就回得去。"郁苍豪迈地说，"黑荆人以为我们会逃回去，路上必定早有埋伏。咱们偏偏不钻黑荆狗腿子的陷阱。带上家伙，走！"

众人得令，齐声应诺。数名矿丁便将捆成一串的黑荆老弱往外赶。这些黑荆听不懂周人的话，只道是要牵出去杀了，顿时哭喊惨号之声大起。郁苍下令只赶不杀，众矿丁倒是松了一大口气，驱赶起黑荆人便也不再客气，连敲带打，黑荆老弱终于一个个从寨门洞中被驱赶出去。

裴林指挥众人放火，转过脸看见熙鲸高举着火把正在烧街边的屋子，问道："人都走了？"

"没呢，在水田里哭着。有几个要进来和寨子同归于尽，兄弟们拦不住。属下命人打断了他们的腿，又扔回水田里去了。"

"干得好。给命不要命，这么着算是便宜他们了。"

"幸亏上士大人仁心……"熙鲸嘟囔道。

"咳……都是娘生爹养的，老子们从远地来到这鸟不拉屎的地方，又不是当真来杀人放火的。"裴林唾了一口。街道两旁的火势渐盛，他和熙鲸并肩往外走，一边小心地躲避着房梁上滚下来的火星，一边道："岑诺那小崽子，心忒毒。给郁老三说什么千里马十里马的，是要逼得郁老三杀人，逼得老子杀人，他才痛快啊？"

熙鲸不敢与他并肩，落后一步，低头不敢说话。

"嗯？怎么，你跟那小狗崽子在一个窝棚，你该清楚。那小狗崽子一直都如此狠毒吗？"

走在狭窄湿滑的青石板路上，熙鲸小心地道："属下倒觉得……岑诺的话似乎另有深意。"

"什么？"

"郁大人曾经和岑诺有过深谈，才有了四百石交换之事。郁大人让属下……"

"轰隆"一声，一座歪歪斜斜的两层吊脚楼垮塌下来，正挡在出寨的路上。两人都吓了一跳。还好黑荆寨子中道路曲曲拐拐，右边的寨子已经陷入火海，左边地势低下，一时只见烟，还未见明火。两人忙走进左边的小巷子，转了几转，终于到了寨门。

裴国人都已出了寨子，站在寨门口。裴林回头看看，大声道："都看过了？寨子里还有……咱们的人吗？"

"都出来了！"有人在门外大声道。

"下一个寨子，是哪里？"郁苍大声发问。

"下泉寨，正西，离这里十六里！"白荆向导答道。

"还有吗？"

"……老鹊窝，西南边儿，离这里二十里！"

"去老鹊窝，"郁苍笃定地道，"不要让黑荆人猜到我们的动向。走！"

从黑檀寨带出来的众矿丁早将生死置之度外，一声令下，拔腿便走。裴林和熙鲸跟在队伍的最后，看一眼天色，竟然还未到巳时。他们从黑檀寨奔袭十余里，烧了两座寨子，居然还没超过四个时辰。看样子，只要今天还走得动，郁苍是决心要烧得黑荆部落鸡飞狗跳了。

千里马和十里马，难道是在暗讽郁苍要不停地跑腿儿？裴林糊里糊涂地搔搔脑袋。"熙鲸，你说……岑诺说的千里马十里马的，到底是啥意思？"

"小人不懂。"熙鲸老老实实地道,"郁大人让小人给岑诺带话,说什么四百石之才,岑诺似乎无可推辞,便想了这个主意出来,却又要小人给郁大人带了千里马的话。小人不懂他们究竟在说什么,但是小人觉得……岑诺是在警告上士大人,不可滥杀无辜。"

"呸!"裴林恶狠狠地往水田里唾了一口,"警告?他一个小狗崽子,敢警告上士?"

熙鲸沉默不语地跟在后面,走了一里多地,才道:"大人。"

"怎么?"

"岑诺不是狗崽子,是实实在在的亡国之子。而且……如果这场仗打完,裴国侥幸不亡,他以后恐怕再也不会是矿场上的小泥腿子了。"

"……"

裴林憋了半天,太阳穴终于开始一蹦一跳地疼了起来。

黑荆森林中某处

不知从哪里传来了"轰隆隆"的水声,菖蒲忽然停下脚步,往远处看了看。

"怎么了?"走在前面的石斛回过身来道。

菖蒲慌忙摇摇头,又埋头跟上石斛。

他们正在攀登一座陡峭的山崖。这座山崖与石斛在中原见惯的山不同,即便陡峭得连猿猴都难攀爬,却长满了高大的树木,地面上亦生满灌木,几乎无从下脚。只有灌木丛中一条隐隐约约的小路勉强可供人落脚。

算起来,他们离开黑檀寨已逾两日。本来离传说中的裴国并不算远,但当日他们刚离开黑檀寨不久,迎面便撞上了一支楚军。楚国军队!出现在距离裴国不到五十里的山里!石斛震惊之余,直接带着菖蒲逃入了密林之中。

一开始，他以为楚军是来征调黑荆部落的——这就有点像朝廷用兵北戎，需要在北方十六国征调差役一样。楚人要与大周为敌，更需要大量的黑荆人口担任辅兵和民夫。但接下来的情形就令人迷惘了——楚军的旗帜消失在林中，越来越多的黑荆联军出没，熊、鹿、象……各色旗帜如乱云一般在森林、山谷和田野间晃动，低沉的牛角声、高亢的金鼓、四处升起的浓烟……这不是在征调，这是在打仗！

开战了？大周与楚国？身为卿士寮上士的石斛可太明白这意味着什么了。若真如此，那可就是三十年来最大的战争，比齐国征讨东夷、晋国讨伐北戎的战争规模还要大！这太不可思议了，而且当日在楚都丹阳，自己明明亲耳听到楚国君臣不欲与大周对垒，已经写好了戴罪伏诛奏——在自己受困黑檀寨的这几个月里，两国之间到底发生了什么？

再说了，若荆楚与大周交战，难道此时不该是举全国之力，奋力北上，与大周争霸于庚城，或者是沿江展开，扫荡江水两岸尚未臣服于楚的方国和周室诸侯吗？怎会在这烟瘴之地开启战端？

若是伯行在此，必有一番见解，石斛却是完全摸不着头脑。但有一点是明确无误的，往裴国的路不通了。好在数月前曾来神龙山中公干，还依稀辨得一些方向，石斛便带了菖蒲，不管不顾地往深山里钻，指望着能翻过神龙山脚的丘陵到达季国。

从太阳出来之前，他们便开始翻越这座山崖，如今抬头已经看不见日头——太阳早就西斜到神龙山的另一头，林子里提前陷入了黄昏。

"过了这座山，怕是就到裴国了，"石斛紧了紧背上背着的阔剑，"到了那里，咱们便可好好休息休息。"

少年紧紧抓住石斛的衣角，只点点头。

石斛拖着少年，继续往上爬。看着要到崖顶，却是最难爬的一段，石斛几乎全靠一只手拽着自己和少年的身体向上，他甚至有些诧异——自己数月前才身受重伤，这伤口换在以前，必死无疑，他却不仅活了下来，反觉更加生龙活虎。

真的是这小哑巴救了自己的命？他究竟是何方神圣？他握着少年温暖而干燥的手，心中充满疑虑。但有一点毫无疑问，一旦发生什么事，石斛豁出命也要保护他。

又一阵风声从头顶的山崖上传来。少年的手忽然变得僵硬。

这一次，石斛也听见了。从山崖上传下来的并非风声，而是嘶喊之声，还有利刃破空之声——上面在打仗？石斛侧耳听去，果然是刀剑劈砍之声。山崖上脚步声凌乱，不知多少人在吼叫着缠斗，忽听一人惨叫着滚到悬崖边，碎石子雨点般从崖顶落下。

石斛将菖蒲一拉，缩在崖壁的凹陷里。他心中一时拿不定主意，是等上面的人杀完离开了再走，还是趁着上面胶着，赶紧离开？但山崖陡峭，本就只有一条路，难道还能退回山下？

忽然，从头顶传来低低的呻吟声，却是那倒在悬崖边的人一时还未咽气，断断续续地道："别……别管……快走……走……"

是扈国的口音！石斛脑子里"嗡"的一声——离家六年有余，第一次听到家乡的口音，竟然是在这诡异的森林之中！那人只低低呜咽了几声，喉头"咕噜咕噜"响动，很快便没了动静。石斛只觉浑身上下的血都冲到脑门，再也忍耐不住，将身上包袱取下往菖蒲怀中一推，低声吼道："不要动，等着我！"

菖蒲恐惧地点点头。石斛热血上涌，却并不鲁莽，拔出剑先左右看看，确定无人注意到这个角落，才抓住藤蔓，慢慢爬上崖顶。

他眼睛从乱草中露出,第一眼便瞧见那死在崖边的人。那人穿着唐国下士的服饰,领口扎着绣有扈国双鱼纹饰的领巾,双眼微睁,已然没了呼吸。石斛顾不上心酸,往前望去,只见昏暗的灌木丛中,六名不知哪个寨子的黑荆人正在围攻一名唐国甲士,那甲士的头盔、皮甲都已被砍落,浑身是血地跪在人群中,手中的剑已经挥得不成章法,眼见也是不行了。

石斛翻身跳上崖顶,就在这一瞬间,一支竹枪从后贯穿了那甲士的身体,那甲士只发出轻微的惨呼声,向前栽倒。

那刺倒甲士的黑荆人还未来得及拔出竹枪,忽然耳边风响,紧接着白光一闪——

他的头颅高高飞起,脸上犹带着不可思议的表情,从一众目瞪口呆的黑荆人眼前飞过,直落下悬崖。

他那没有头颅的身体兀自站立不倒,从脖颈喷出的血雾唬得其他几名黑荆人连连后退,接着他僵直的身体被人从身后一脚踹倒,露出身披蓑衣、面沉如水的石斛。

"嘀啦下……萨可!"

站得最近的黑荆人刚刚喊出一声,石斛身影已逼到眼前。那黑荆人徒劳地举起竹枪,"噗"的一声,身形顿挫,身不由己地向前倒去,直到摔倒在地,才发现自己小腿齐膝断裂,已飞出数尺之外。

在那人撕心裂肺的惨号声中,剩下四名黑荆人一齐发喊,四支竹枪从四面同时刺来。石斛却不闪避,反欹身向前,身子穿过四支竹枪中的空隙,站到四名黑荆人中央。

悬崖边一声凌厉的破空之声,所有的杂音仿佛都被这一声斩断,连那倒地的黑荆人都停下了嘶号,目瞪口呆地注视着围成一圈的四名黑荆人。

石斛将长剑在胳膊弯里一抹，擦干鲜血，冷哼一声，四名黑荆人开花般向四个方向僵直倒下。

那先倒在地下的黑荆人心魂俱裂，翻身去找自己的兵刃，刚一动弹，石斛的剑尖便刺破了他背心的衣衫，微微刺进了皮肉。那人顿时浑身僵直，抽搐着用不太熟练的官话道："饶命，饶命！"

"你是白荆？"石斛冷冷地道。

"俺……俺是黑荆……"那人疼得上气不接下气地道，"大爷饶命……俺……"

"你们胆敢杀周人！"石斛厉声道，"谁下的令？"

"大爷……爷……"那人身下血流如注，无力弓着腰，"开……开战了……到处……都是周人……俺……俺也不……"

"这山上没有人烟，怎么你们会在这里厮杀？"

"那团火……"那人抽搐起来，"忽然燃起来……俺们要立刻……去……"

石斛见那人已经匍匐在地，忙弯下腰道："喂，你们要去哪里？什么火？嗯？"

一阵死一般的沉默。

石斛站起身来，环视周围，已无一人存活。就这么不到三丈方圆的一小块悬崖边，躺着四具周人、八具黑荆人的尸首，每一张张开的嘴，仿佛都在无声地述说着在石斛不知道的远方正在发生着的重大战争。

"战火马上就要烧遍这座莽林了。"黑肩的话在心底一闪而过，石斛却越发迷惘。唐国参战了，而且动员了各国在唐国留守的军队。这场战争的深度与广度，可能远远超越自己的想象。他原计划去裳国，可看现在这样子,这个传说中立足于荆山的小君国,可还存在?

悬崖边"咔"的一响,菖蒲爬了上来。满地的尸骸,他却毫不介意地光着脚踩过泥泞般的血污,扑到石斛怀中。

"嗯?"石斛拍拍他的后背,"怎么了?"

菖蒲头也不回,手向悬崖另一面的山脉深处一指,却见日光下一股淡淡的烟柱从那山林里升了起来。

石斛握住菖蒲的手,低声道:"别怕,不是昨晚上烧的火……那是东方,不是黑荆森林……那里说不定便是那个叫作裴国的地方,是大周的地界。"

菖蒲双手用力抓紧石斛的胳膊。石斛忽地笑了,扬了扬手中长剑,道:"不用怕!我以为我已经废了,却不道这把剑如此称手。走,但得有一口气在,我也要把你带回大周。"

黑荆森林楚军本营

午后的阳光懒洋洋地透过层层枝叶,洒在楚国少府婴支祁的脸上。他闭着眼,迎着那阳光,深深地舒了口气。

跪在他面前的斥候立刻将一颗还淌着鲜血的脑袋移开。跪在一旁的侍从奉上一碗酒。

"鄀国才派出这点儿人,还不到一百吧?"婴支祁闭着眼,品尝着美酒,懒洋洋地问。

"据当阳的细作回报,汉水方伯派来当阳的,应该在六百人上下。但裴寄将他们分成了六队,先后跟随裴寄进入林中……"侍从小心地道,"裴寄是不是失心疯了?这不是把人当沙子往水里撒吗?"

"我早就说过,周国朝廷里尽皆争权夺利之徒,天子和执政都争得不可开交,更不用说下面这些诸侯。"婴支祁冷笑道,"裴寄哪里是失心疯?他是怕汉水援军抢了他独自平定黑荆的功劳!哼……死到临头了,还玩这些花样儿。"

"大人高见!"

"打仗的时候,就少拍点马屁。"婴支祁满意地品了一口酒,又道:"当阳那边呢?"

"已经出现逃亡潮,裴国人正在向东逃窜。"

婴支祁满意地品了第二口酒。

"裴寄呢?"

"……"

"捉个耗子,就这么难?"婴支祁不满道,"今日日落之前,必须找到裴寄!"

树林中传来马蹄声,数名斥候向着四方散去。

"满上。"婴支祁仰头喝完碗中的酒,侍从忙为他斟上第二碗。

"大人,裴军的主力应该在神龙山南麓野猪寨一带。他们的斥候防守严密,咱们的人靠不过去,反倒证明了裴寄主力的存在。"

"很好。"婴支祁一口干了碗中的酒,站起来伸了个懒腰,"叫咱们的儿郎准备好,决战就在眼前了。"

命令被无声地传递下去,林子里立刻响起了"嚓嚓"的声音。赤荆卫在认真地擦拭武器和藤甲。

婴支祁点点头,对自己统率的这支军队十分满意。可能在整个江水以南,再难找到一支这般训练有素、忠贞不贰的军队了吧?一想到经过漫长的等待,这支军队马上就要对宿敌发起摧枯拉朽的冲击,他就按捺不住想要拔出腰间的长剑。

不行,还得再等等。丹阳的赤荆卫如此珍贵,岂能用在最开始的消耗中?

"黑荆联军在哪里?传令给他们,不要再等了,今夜就包围野猪寨。裴寄已经插翅难飞,让他们做好准备,在日出之前开始攻击。"

他拍了拍袍子,双手张开,等着侍从给他披上金光闪闪的赤金甲,可是等了一会儿,却没有任何动静。他回过头,却见侍从愣愣地跪在地下,似乎完全忘了给他穿甲的事。

"怎么了?"婴支祁冷冷地道。

"啊……啊!"侍从这才反应过来,忙站起来给他穿甲,一边穿一边小心地道,"大人,黑荆联军现在不在凉风垭。"

"怎么搞的?"婴支祁皱眉道,"不是已经下令让他们向凉风垭集结了吗?派人去催,两个时辰内必须集合完毕!"

"……"侍从哽了半天,颤声道,"大人……现在找不到黑荆联军……"

婴支祁转过身来,不认识他似的上下打量着他,一字一顿地道:"你说什么?"

"哗啦"一声,半边赤金甲落在地下。侍从慌得顺势跪下道:"这是刚……刚才传到的消息,属下该死!黑荆联军已经四散,不知去向,属下已经派出所有斥候去催他们……"

"他们——去哪儿了?!"婴支祁咆哮起来。

"不知道哪里来的一股裴军正在到处流窜,已经烧了三座寨子。"侍从瑟瑟发抖地道,"黑荆联军全乱了,现在已经分成数支,到处去追杀这股裴军……他们说……他们说要是再晚一刻,自己家数百年的寨子就保不住了!"

"这是……哪里来的军队?!"婴支祁瞪目大喊。

"属下不知！已、已、已……已经派人去查……"

婴支祁跳起来，一脚踹倒侍从，怒喝道："该死的黑荆！该死的裴寄！该死的……你们连裴寄的一根毛都找不到，为何他的命令却始终通行无阻？那些裴国人是怎么收到裴寄的——"

忽然间，他的声音像被什么东西塞在咽喉中一般，戛然而止。侍从抬起头，却见婴支祁浑身僵硬地转过身去，凝视着林冠之上的什么东西。

"去……"他哆嗦着伸出一只手，"把屈通空叫来，马上！"

一刻钟不到，屈通空就匆匆赶到，他滚鞍下马时人和马都"嗞嗞"地直冒热气。

在场的侍从、斥候都瑟瑟发抖，一见屈通空来，都松了口气。屈通空将马缰往迎上来的人身上一扔："大人呢？"

众人不敢言语，躬身让开，却见婴支祁背着手站在营地边，正愣愣地注视远方。

"大人！"

"我们上当了。"

"大人？"

"那火还在烧。"

屈通空一愣，忙走到婴支祁身后，果见林冠之上，远处神龙山脉间，昨日燃起的那团大火还在熊熊燃烧。

"这是什么烧起来了，竟然能烧这么久？"

"仔细看看，那像什么？"

屈通空皱着眉张望着："这……恕属下愚驽——那似乎真的是一团火。"

"傻瓜！"婴支祁勃然大怒道，"那不是失火，也不是裴国人跑了——

那是裴国人本营的旗帜！"

屈通空茫然地注视着那团大火："旗帜？"

"不管裴寄在何处，所有躲在森林里的裴军也好，汉水来的援军也好，人人都看得见那团大火！"婴支祁愤怒地吼起来，"只要看见那团火，就等于看见裴寄认旗——他们就知道自己该继续潜藏，根本不需要斥候往来报信！这就是为何你一直逮不到周人的军队！"

屈通空脸色渐渐发白，转瞬又涨得发红。"大人！给属下五十人，属下灭了那火！"

"你带一百五十人去。"

"大人！现在黑荆联军不在，你身边只剩三百人了！"

"裴寄躲都来不及，难道还敢来窥测我本营？"婴支祁冷笑道，"不过我也没耐心跟他兜圈子了。你不仅要灭了那火，还要顺道拿下第一矿场，堵住裴寄逃回当阳的路，明白吗？大火一熄灭，裴寄就得赶紧逃回老窝了——那时候就是我你二人在第一矿场前后夹击他的最好时机！"

屈通空稍一迟疑，抱拳道："属下定在第一矿场，等候大人到来！"

第十二章

大周裴国第一矿场
穆王三年秋七月十一日夜

裴国第一矿场

酉时,天顶上还满是血红的云霞,位于谷底的第一矿场已陷入昏暗。与第二、第三矿场不同,第一矿场营寨本身就是以前线堡垒为目标修筑,离矿口不到一里远,高大的木墙围起一片六七亩大的寨子,四角金鼓高悬,四壁箭楼密布,牢牢地扼守住黑荆森林通往当阳唯一的大道。

若在平日,此时角楼上已经燃起大火,为来往当阳和黑荆森林的旅人照亮道路。今日整个营地却好似睡着了一般,别说角楼,连火把、灯烛、灶台的火光都没有,营中鸦雀无声,似乎是一座空营。

天上的晚霞越来越暗,红得好似要滴落下来,大地正以肉眼可见的速度陷入黑夜。寨墙上的角楼、箭楼已完全隐没不见，忽然，西边的角楼上传来一阵"咕咕"的鸟叫，一个接一个，每座角楼上都传来了"咕咕"的鸣叫。

东边角楼的内墙根下，一大片灰蒙蒙的东西仿佛忽然活过来般，依次走出木墙的阴影。

最后一抹晚霞的光在当先一人肩头的赤金甲上反射着微光，照亮了他的脸庞，正是朝廷上士、裴国中大夫赵石。

一个矮小的身影手脚麻利地爬下角楼，来到赵石面前，跪下道："大人，一刻钟前，林中的楚军斥候离开了。前后一共有四骑。"

"四骑斥候，"赵石脸色比夜色还沉，喃喃地道，"按我大周的兵制，对方至少有四百人……这怎么可能？"

"大人，楚军会不会全军来攻？"他的副手、同样来自唐国的宫九低声道。

"怎么会？"赵石直摇头，"主君正在黑荆森林中与之周旋，楚军怎么可能丢下黑荆部落，到这里来强攻我等驻守的障塞？这不是弃生路而自陷绝地吗？绝不可能。"

"是，大人高见。"

"楚军中有高手哪，"赵石冷笑一声道，"用几个斥候，就想把我困死在这里？我倒要陪你玩玩。宫九你亲自去传令，营中继续保持静默，不得喧哗走动，不得用火，违令者斩！"

"是！"

赵石抬头看看，天顶上最后一丝晚霞的余光迅速消散，不由得松了口气。

自从下午第一名斥候出现在附近，他便果断下达了静默令。裴寄留给他固守第一矿场的只有不到八十名士卒和第一矿场的五十多名矿丁。用这点人来扼守如此重要的战略据点太过勉强，如果被楚军摸清虚实，立刻便是灭顶之灾。现在看来，这示之以虚的静默之计起了作用，楚军斥候在寨外逡巡半日，始终不得其实，只好远遁。这一天算是熬过去了。

他伸了伸懒腰，在木墙边的夯土台上坐了下来。侍从掏出干粮，恭敬地递给他。赵石咬了口干得像老树皮的麦饼，接过侍从递来的水壶喝了一口，满意地长出一口气。

他为人严峻，军法苛严，自己坐着吃喝，周围数十名士卒默不作声地站着，口水都不敢咽一下。赵石吃完一张饼，喝完一壶蜜水，接过侍从递来的布巾抹了抹嘴，才道："好了，都别站着了，吃点东西，安静点。"

众人一起坐下，几名侍从将饼一一发到众人手中，所有人接下饼都未即刻开吃，直到赵石点了点头，才一起低头大吃起来。

赵石满意地站起来，背着手在昏暗的营地中走着。即便主君和裴军主力此刻都深陷黑暗中不知去向，这位在裴国一人之下的中大夫也并不怎么焦虑。作为裴寄多年的副手，没有人比他更了解裴寄。越了解那个人，便越是对眼前的乱局有清醒的认识——这混乱是裴寄亲手造成的，越是混乱，裴寄就越易火中取栗。以他对楚军的了解，能在如此乱局中战胜裴寄的人寥寥可数。

在这样的乱局中，楚军只要不是傻子，切断裴寄的后路绝对是第一选择。但楚军肯投入多少军队来断绝裴寄的后路？以赵石的想法，全军投入都不算过分。别说断了后路，哪怕第一矿场上升起一道烟，裴寄就只剩逃命一条路了，多犹豫半会儿都是致命的。

他脚下忽然一软，这才留意到自己竟然不知不觉间从寨子的东头走到了西头，踩在了西门前的软泥上。

宫九就守在门前,见他过来,忙上前行礼。赵石摇摇手示意他噤声,自己走到门边,从门缝里向外张望。

门外陷入夜色的森林像一面黑色的石墙,毫无动静。赵石并不怀疑,此刻林中定有人在注视着寨子。他一直在猜测对方会投入多少力量,对方自然也一直在猜测寨中的实力。现在双方都小心地掩饰着实力,这仗越来越有意思了。不过,赵石对自己亲自督造的营寨很有信心,这寨子在一百多人驻守的情况下,若是敌军没有攻城兵器,轻易便可顶住三四百人的围攻。而且,这还要看楚军不惜人命的决心有多大。

忽然,一丝不安侵入他的内心——这样的结果,会不会是裴寄早就想好的?毕竟,断绝裴军后路,甚至直取当阳,楚军主将很难拒绝这样的诱惑。那么,自己和第一矿场,难道是裴寄布下的诱饵?

如果真是这样……

"大人。"

"嗯?"

"主君……还能回来吗?"

"当然能,丹阳来的蠢货,岂是主君的对手?"

宫九沉默了。赵石有些烦躁地在门缝里寻找森林里的动静。面对那片黑暗的丛林,这位从军已快二十年的老兵第一次动摇了。他习惯堂堂正正地列阵,千军万马的交战。眼前这片充满蛇虫野兽的莽林,就连白昼也难以踏足,一旦天黑下来,更是令人生畏。

他刚刚还对裴寄的战略充满信心,但现在心已经乱了。他毫不怀疑裴寄战胜楚军的能力,但这山、这林、这险恶的黑夜……只怕远不是想象中那么容易对付。

"如果主君不回来,那大人就是新的国君了。"

赵石猛地回过身来，又惊又怒地盯着宫九。

"混……混账！"

"大人息怒，"宫九并不畏惧，"属下只是在为大人着想。"

"混账东西！"赵石有些慌乱地看看周围，幸好众士卒都离得远远的，"你疯了吗？主君是我裴国的唯一希望！要是主君败了……"

"主君不听大人的苦谏，执意要进入森林与楚军浪战，全靠大人作为身后的屏障。"黑暗中看不清宫九的脸色，只听他幽幽地道，"说大人是主君最后的希望一点不为过，但若是……这屏障没有了呢？"

赵石伸手便去拔剑，手刚碰到冰冷的剑柄，顿时又犹豫了——众士卒都远远地看着，战时行的是军法，剑拔出来就必斩了宫九，可宫九跟了他快二十年，一时也犹豫……

"大人要觉得属下说得不对，就该斩了属下，"宫九低声道，"既然大人不杀属下……"

"我不杀你，是不想乱我军心！"赵石咬牙切齿地道，"你不要再在这里当差了，明日一早就回当阳去！"

"大人，主君没有后嗣。"宫九并不慌张，淡淡地道，"一旦主君身死，属下请大人立刻退回当阳。庚城的大人们没得选择，只能拥立大人为裴国新君。"

"住嘴！"赵石狂怒地低声吼道，"住嘴住嘴住嘴！你这……你这该死的东西……这是何等的大逆不道，大逆不道！"

"大人知道今日抓到的那个从第二矿场逃下来的人吗？"宫九并不畏惧，继续道，"您可知他说了什么？主君把裴林、郁苍那样的粗坯派去打仗，把您拴在这里——败了您负全责，胜了与您何干？主君离开第二矿场之前，竟然把第二、第三矿场剩下的人全都交给了那个在社祭上顶撞您的无耻小童！大人是要看着那黄毛小儿日后在您头上撒野吗？！"

"住嘴……"赵石颤抖着道，"我等在此，乃是全军的后背，全军的后背！"

"正是如此，"宫九低声道，"正因为举足轻重，所以属下斗胆请大人三思。"

赵石木着脸，半晌才道："你乱我军心，其罪不小。念在你追随我多年，且先饶过你。去吧，不要再提起此事，否则休怪我无情。"

宫九轻叹一声，退后几步，隐没在黑暗中。

赵石看着他远去，心头忽然间狂跳不止，脚下发软，忙扶住大门。

"大人。"

"……"

"大人！"

"唔？"赵石猛然惊觉，慌忙站直了，回头斥道，"干什么！"

过来报信的侍卫吓得后退一步，低声道："有人从当阳来了，说……"

"说什么说！"赵石怒道，"我早说过了，不管是当阳来的还是黑荆来的，一律扣押，关在马棚里！"

"大人……"侍卫又退了一步，拿不定主意地道，"您还是……去看看吧。"

赵石扶住大门，尽力调匀呼吸，这才虎着脸点点头。侍卫忙转身在前面引路。

深蓝的夜空洒下诡异的紫蓝色幽光，借着这光，赵石深一脚浅一脚地来到东门外，立刻便明白了侍卫不知所措的原因。

一个又高又胖的身影立在门边，几乎将他旁边那个小小的身影完全挡住。但在场所有人的目光都被那少女的身姿所吸引。

赵石走到那两人面前。那胖子抢先一步行礼："中大夫大人。"

赵石点点头，算是回礼。但那少女一直稳稳地站着不动。赵石迟疑了一下，还是上前主动行礼："巫女。"

在场众士卒一起弯腰行礼，虽不敢大声喧哗，但个个态度虔诚，不敢稍有失礼。

自从一场惊艳绝伦的舞蹈引来天地变色、六月飞雪，裴国已经很少有人将风拂若当作凡人看待。普通裴人常常会在路边跪迎，引发混乱，直到裴寄下令"国人见巫女须执平礼，勿碍观瞻"，才慢慢平息了国人对巫女的崇拜之潮——国人都以为裴寄不信巫女，但作为他心腹的赵石最清楚，裴寄唯一的爱女当年聪颖过人，在卿士寮中下层官僚中有神童的美誉，结果十岁上就夭折了。自古情深不寿，过慧易夭，裴寄是怕给风拂若招来造化之嫉，所以才暗中保护她。这份爱惜不是普通人能明白的，也足见巫女在裴寄心目中的地位。

"此间已是战地，"赵石目光不敢在风拂若脸上停留，转而严厉地看着胖子，"兵凶战危，你身为主君的近侍，把巫女带到险地来做什么？！"

胖子吓得一缩。风拂若上前一步，拦在胖子身前。

"中大夫大人，"风拂若道，"是小女子自愿来此，近侍是陪同小女子来的。"

"巫女，"赵石惊讶地道，"可是有什么重大的事？"

"对，"风拂若道，"我要请中大夫大人点起一堆火。"

"一堆火？"

"一堆大火，"风拂若道，"足以让神龙山西面的整个黑荆森林看见。"

"哦……"赵石沉吟道，"需要多长时间呢？"

"直到主君胜利归来。"

"是这样啊……"

赵石转过身,望向西方的夜空。明亮的星河正从西南方向升起,远方的森林一片漆黑,没有一丝灯光。裴国与黑荆、楚国与大周之间的战争已在这黑暗的森林中打了几日,现在在寨中放上一把火?赵石无声地冷笑起来,又将这表情隐去。

"巫女,这里是战场,不是当阳城内宫。"赵石道,"别说放一把大火,本寨中一支火把都不能点。你也看见了,大伙儿接下来好几日都要吃干粮冷食呢。"

"小女子并非无礼请求,"风拂若坚持道,"但点起大火,对主君战胜很重要!"

"哦?这,是主君的命令?"

风拂若犹豫了一下。虽是黑夜中,赵石也敏锐地捕捉到她的动摇。

"若非主君之令,恕赵石不敢从命。"

"这是占卜的结果。"风拂若鼓起勇气,朗声道,"我受主君之命,占卜此战的凶吉。必须要在裴国的山上点燃一堆火,庇佑战场中的主君!"

赵石心中一动,道:"若如巫女所言,那要是火堆熄灭了呢?"

"主君便将遭遇不测。"

胖子急得跳出来双手乱摇:"啊呸呸呸!岂有此理岂有此理!中大夫大人,巫女这是口误,主君安若泰山,绝无意外!"

赵石一扬手,胖子忙住了口。风拂若毫无惧色地回应着赵石的怒目瞪视,幽蓝的星光下,她的瞳孔也在反射着蓝色的光芒。

赵石心中万马奔腾一般,种种念头飞驰而过。猛然间,宫九的话在心底闪过,他脸上忍不住剧烈抽搐了两下。

"第一矿场是主君深入黑荆的背后屏障,赵石奉命坚守主君退路,不敢稍有差池。"他心中拿定了主意，从容地道，"点上一堆大火，后果难测，请恕赵石不敢奉命。"

"占卜结果绝不会错！"

"占卜有龟甲、牛骨，再次也有符文、竹简为证，"赵石心中冷笑，"请巫女示下，不然赵石岂敢拿主君的性命、国家的安危开玩笑？"

"我的占卜乃风，无形无质，如何示人？"

"打仗岂能无凭无据？"赵石厉声道，"此处乃是兵家必争之地，在巫女瞧不见的丛林中，正有数不清的楚军、黑荆等待我军露出破绽！敢问巫女，主君在前，当阳在后，巫女敢保点燃大火的后果吗？"

风拂若一愣："中大夫要小女子保什么后果？"

"自然是大火点燃，主君就大获全胜！"

"岂有……"胖子脱口喊道。赵石冰冷的目光扫过来，胖子立刻捂住嘴巴往后一缩。

"中大夫大人，御风之术只是一个预期，"风拂若道，"小女子只能为主君、为裹国的胜利尽一份力。但风无常势，若是小女子随便做什么都能担保，那还要主君和诸位大臣奋战何用？"

赵石注视风拂若片刻，淡淡地道："巫女，此地凶险，本不是你该来的地方，可你已经来了。你身为国之巫女，安危关乎国运，赵石不敢怠慢——请巫女在营中暂留，直到当阳城内外安全为止。"

风拂若拱手行礼道："不必了。既然中大夫大人不信小女子的话，那小女子自有去处。"说完一甩长袖，转身便走。刚走了两步，周围人影晃动，一大群士卒无声地将她和胖子围了起来。

赵石的声音从背后冷冷地传来："巫女，赵石可不是在求你。"

"嘿嘿嘿，中大夫大人，您看这是……"眼看赵石将话说僵，胖子忙上前赔笑。不料刚一开口，赵石勃然大怒："主君将巫女和当阳百姓尽数托付于你，你竟敢丢下当阳，裹挟巫女来此险恶之地！大胆的东西，来呀，将他给我拿下！"

众士卒齐声答应，"嚓嚓"地拔剑，胖子顿时吓得浑身僵直。风拂若张开双手拦在胖子身前，大声道："这全是我的主意，与他无关，要抓就抓我！"

"巫女言重了，赵石岂敢对巫女无礼？但请巫女在营中暂留，直到安全为止。若巫女强行离开，也请自便。但赵石当斩了近侍，再自缚面君，以谢怠慢巫女之罪。"

风拂若目瞪口呆。她离开郁代之后虽然屡经磨难，但都是生死存亡的大危机，并没有见识过公卿大夫阶层的钩心斗角。她的底线与想法几乎是清清楚楚写在脸上，赵石直接用无关紧要的胖子的生死，便将她的手脚捆得死死的。

"送巫女到马棚里休息，"他朗声道，"把近侍捆在棚外，巫女有任何闪失，先杀了近侍！"

"是！"

赵石冷冷地扫了风拂若一眼，转身便走，一边大声下令："传令！营中继续静默，有出声者，斩！"

在场士卒一起弯腰行礼，无人敢违逆中大夫的命令。

几名士卒围上前来，风拂若一甩长袖，众人吓得同时停下脚步。

胖子担心地看着她，生怕她就此大发雷霆，将营地掀个底儿朝天。但风拂若叹了口气，垂下手，只淡淡地道："有劳各位了。"

几个士卒对视一眼，其中一人小声道："抱歉，我等军令在身，得罪了。"说着谦卑地在前面带路，风拂若从容地跟在他身后，胖子也弯腰跟在后面。

忽然,一个极细极细的声音钻进胖子的耳朵。

"赵石要死了。"

胖子脚下一个趔趄,差点摔倒在砾石遍布的路上。他抬头看着风拂若单薄的背影,一丝恐怖袭上心头。

这小妮子,到底知道些什么?

裴国第一矿场外莽林

胖子并不知道的恐怖,就在距离他不到三里的地方。

有些令人意外的是,林中并没有赵石想象的那么黑暗。今夜星月交辉,微弱的星光穿透林冠投射下来,勾勒出一大片低伏的身影。没有话语,无人动弹,只听见一片压抑而紧张的呼吸声。一排排兵刃反射着星光,仿佛昏暗中一道道掠过的闪电。

屈通空独自站在林线边,注视着不远处的第一矿场营寨。从傍晚时分开始,他和手下就在此守候了。赵石的防守令他意外——寨子一直保持着令人不安的沉默,仿佛早已空无一人,但偏偏是这种太过真实的假象,令人难以琢磨。

他的助手忍不住再次提醒他:"大人命我们子时前拿下第一矿场……"

"大人叫我们拿下矿场,不是去送死!"

"属下在这儿瞧了快两个时辰,寨中死寂,裴国人怕是早跑了。"

"你看见鸟了吗?"

"啊?"

"夜归的鸟都远远避开那寨子,"屈通空朝天上一指,"如果那寨子里真的无人,鸟群早就扑进去觅食了。"

"啊？是，大人高见！"

屈通空叹了口气。他何尝不知道拿下第一矿场关乎整个战局的生死？他只有不到一百五十人的队伍，虽说都是精锐赤荆卫，但昨日亲眼见到的黑檀寨里那群周人的战力和战斗意志确实令他震惊。如果双方兵力接近，还真难说谁胜谁负。更何况第一矿场的营寨修建得如此坚固，进攻方本就处于劣势，而且……

守卫这个寨子的裴国人，确实是高手啊。实力藏而不露，怎么看都像是一个精致的陷阱，就等待着自己一脚踏进去。

踏不踏呢？子时正在逼近，婴支祁正在等待。而且打下第一矿场还只是个开始，他还得灭掉山顶上的那团火！他现在已有些后悔了——能点起如此大的火堆并维持稳定的燃烧，在他看来非两百人不能办到，且是山高林密，自己这点人，真的够吗？

"……来呀。"

助手立刻上前跪倒。

"叫弟兄们准备火箭，"屈通空道，"派人摸清楚寨子里草料场的位置，等我的命令，烧了它！"

助手不解道："大人说要拿下第一矿场，烧了可就没有了。"

"你懂个屁，这是要让裴寄知道后路被抄，逼他现身！快去，把我的鹫羽弓拿来！"

助手转身去了。屈通空眯着眼睛，眺望着那矗立在星空之下的剪影般的箭楼，冷冷地笑起来。

"听说周人的祖先是叫作弃的神人哪，"屈通空喃喃道，"我荆楚源自祝融大神，乃是真神……今日就让周人知道知道，什么叫作天下之火。"

裴国第一矿场

"今夜怕是有点凶险。"胖子忽然打了个喷嚏,嘟嘟囔囔地道。

站在胖子旁边的士卒横了他一眼。胖子嘿嘿地笑起来。那士卒想踢他一脚又不敢,只好翻翻白眼走开。

胖子背靠马棚,坦然地坐在冰冷的地下,仰头望天。

"如果待会儿月亮上来是红色的,那必是大凶之兆,"胖子自言自语道,"老子的命可别废在这里。"

"大……大人……"旁边忽然有个声音哆哆嗦嗦地问,"大人您是主君身边的?"

胖子斜睨身旁,一个瘦小的中年男子和他一样也被用绳索捆在马棚边的木桩子上。只不过胖子可以靠在墙上,那人却只能别扭地半跪在地下,"呼哧呼哧"地低声喘着气,一看就是个又穷又贱的矿丁。胖子翻翻白眼,转过头去。

"大人是主君身边的人,可知主君去了哪里?"

胖子哼了一声,哪里肯屈尊回答这等草民,却听马棚里风拂若忽道:"你是何人?可曾见过主君?"

"巫女,小人是第二矿场的矿头。昨儿个晚上,小人还曾见到主君。"

"哦?"风拂若有些惊讶地道,"主君在第二矿场?"

"主君已经离开了,当夜就离开了……在跟岑诺那小子谈过之后,立刻就走了。"

"岑诺?"风拂若更加惊讶了,"和主君谈?"

"那小子惯会蛊惑主君。"矿头恨恨地道,"他不知跟主君说了什么,主君本已受伤,却又立刻重新返回了黑荆森林!"

"主君果然又去了黑荆森林,"胖子倒吸一口凉气,"这么说,他不会回守当阳了?喂,巫女……和你看到的一模一样。"

"喂、喂!"矿头叫起来,"巫女,你占卜到什么?我们会……会死吗?"

"巫女不懂得占卜。"胖子白了他一眼道,"巫女看到的东西,比占卜更玄妙诡异……你这个乡巴佬懂什么?"

矿头不敢再说,猥琐地缩成一团。

"说起来,你不是第二矿场的吗?"胖子冷冷瞥他一眼,"为何会在此地?"

矿头慌乱道:"我?我是来向赵石大人报信的!"

"报什么?"

"岑诺假传君命,将第二、第三矿场中人统统煽动起来,不准大伙儿逃回当阳!"

"哦……"胖子满脸都是鄙夷之色,"既然如此,你为何被赵石抓了起来?"

矿头嘴角抽搐,惶恐道:"我……我不知道!你……你为何也被抓了起来?"

胖子往木栅栏上一靠,打了个哈欠。"这有何奇怪?裴国是大难临头了,有人倒霉,就有人心怀叵测。嘿……就看今夜,主君熬不熬得过去了。"

"胖……胖大人……"矿头小心地道,"要是熬不过去呢?"

胖子闭目不答,过了好一会儿才长叹一声:"那咱们可都过不去了。"

"胖大人……"矿头牙齿"咯咯"作响,"那您和巫女来这里做什么?当阳……已经没了吗?"

"哼,"胖子冷笑道,"巫女要做的事,你懂什么?"

"胖大人,可否给小的说说?小的还有老母在当阳……小的想活……"

胖子瞥他一眼:"看看月亮吧。月亮红了,你就别想再见到你老母了。"

矿头牙关响得更加厉害,僵直地抬起头。

天空布满浓云,看不到一丝星光,云层反射着幽暗的红光,不知道是月亮还是什么的光。矿头心中打了个突,顿时半边身子都麻了。

"胖、胖、胖……胖大人!"

"别闹,那不是月亮,"胖子眯着眼,有些迟疑地道,"那似乎……是一团火?"

"胖大人,天底下哪有那么大的火,把云都照亮了?"

"什么火?"风拂若惊讶地问,"哪儿有火?"

"是月亮,"胖子忙道,"应该是月亮。"

"我瞧不见,"风拂若在马棚里幽幽地道,"可是我闻到一股子火的味道。"

"哦,"胖子忙抽动鼻子,"火是什么味?"

空气中充满了林木的香气,还有矿石那独特的土腥气,似乎一切如常。但天空中的云层越来越红,仿佛厚厚的云层之后一轮血红的月亮正在升起。这诡异的天象令整个寨中人人屏息,惊恐地仰望着。

忽然间,黑暗中响起"咯咯咯"的声音,胖子回头一看,却是矿头的牙关在打战。

"喂,你怕什么?!"胖子低声吼道。

"火、火、火……火油!"矿头口齿不清地道,"巫女都闻到了,火油的气味!"

"哪有这味儿!"胖子奇怪地道,"怎么可能你鼻子比我还灵?!"

"大……大人……你没下过矿，没闻过这味儿……"矿头抽着鼻子道，"小人的鼻子已经闻不出别的味儿了，就、就、就……只认得这个。"

胖子皱眉左右看了看，向一名站得近的兵士喊道："喂，你闻到什么味儿没有？"

那兵士严厉地低声道："别作声！"

"问你闻到什么味儿没有，"胖子道，"营地里应该有火油吧？"

那兵士举了举手中的长枪，威胁地看着胖子。

"喂！你是傻瓜吗？"胖子冒火道，"营地里有没有火油，这也算是禁忌吗？"

那兵士黑了脸，站起来慢慢向胖子走来。

"喂……喂喂……等一下，等一下！"

那兵士横端着长枪，冷笑着走近。就在这时，胖子忽然一歪头，惊叫道："那是什么？"

这胖子平日里在裴国内游手好闲，行为乖张，喜欢当街戏弄人，早就被人看不惯。那兵士哪里信他的话，继续狞笑着走近，却见胖子旁边那个被捆着的精瘦汉子也张大了嘴。眼前忽然大亮，一道急速接近的光将兵士的影子投到胖子身上。胖子大叫着往旁边一滚。

一根六尺长的巨箭从空中闪电般地落下，像贯穿皮口袋一般射透了兵士的身体，"当"的一声直插入地。兵士往前一栽，却被箭身撑住不倒。箭身涂满油膏，正燃着大火，那兵士"轰"的一声全身着火，滚烫的热流逼得胖子和矿头拼死往后躲闪，火焰中还能看见兵士双手高举，似乎还在挣扎。

矿头吓得嘶声狂叫，几名站得近的兵士都惊呆了，哪里还管他叫不叫？

"是火箭，火箭！"胖子倒是识得厉害，尖叫起来。便在这时，彤云变换色彩，一支支火箭呼啸着落下，寨子里仿佛下起暴雨，火油爆燃着向四面八方喷射。

胖子喵叫着浑身缩成一团，蓦地里一股劲风刮过，四溅的火油撞上一道看不见的风墙，在空中收缩成一团灼热得让人睁不开眼的烈火，瞬间便燃烧干净。寨子里又陷入一片昏暗中，只有第一个被射中的兵士仍兀自燃烧着，整个人都烧成了黑炭，他身上的火还烧得"吱吱"作响，尸身僵直恐怖地歪在原地。

胖子心中一松，立时便觉得胯下也一松，忙拼命夹紧双腿，大口大口喘息起来。却听身后的木板墙后也传来一阵压抑的喘息，他心中一动，道："姑娘，胖子又欠你一条命！"

赵石也赶到了。他根本不问发生了什么事，高举一只手，边走边厉声呵斥："不准大声喧哗！所有人守住原地，乱动者斩！"

众士卒哪里敢动，各人都站在棚屋、木墙下，紧张地抬头望着天。

"喂，中大夫！"胖子大叫起来，"这是荆楚的火油箭，看看那倒霉的弟兄——这玩意儿只要射中了，就是赤金也能给你烧起来！"

赵石脸上看不到一丝表情，沉声道："那又如何？"

"你运气好，有人帮你挡了大难，"胖子道，"但若是再来一轮火箭，这寨子里怕是跑不了几个人。"

"你想说什么，不妨直说。"

"这里太过危险，请中大夫放了小人……"胖子赔笑道，"小人和巫女留在此地，也不过给中大夫添乱……"

"如今是在打仗，谁也不准乱走。"赵石咬着牙道。对眼下的形势，他远比宫九更清楚，也更明白。裴寄全师返回当阳的机会微乎其微，只要不把对裴寄举足轻重的巫女放走,这机会就更加渺茫。裴国对于朝廷而言,与其说是小君国,不如说是一座前线堡垒。小君裴寄战死,中大夫赵石就是唯一的国君候补,不做第二人想。

"把巫女和近侍看紧,不得放纵!"

几名士卒立刻弯腰称是。

胖子大惊,嚷道:"岂有此理,你可知适才是谁救了大伙儿?!"

"我管他是谁?!"赵石直杠杠地顶回去,"巫女不是说要放一把大火吗?那把这寨子烧了,岂不如她的意?裴国人都在此听得清清楚楚,巫女要放火,便有火油箭之灾!是谁暗中搞鬼,还用赵石说吗?"

"你——"胖子顿时哽住。

赵石冷冷地一甩手,转身要走。就在这时,天空再度大亮,第二轮火箭出现在天空。

"大人!"赵石的侍从架着他便往墙底下躲,只听"咚咚"数声,寨门、箭楼同时中箭,大火噌地便往上冲,两名箭楼上的兵士惨叫着从火中跳下。

"都不要动!"赵石大声喝道,"着火的人用沙土扑灭,其他人不准动,擅动者斩!"

"中大夫,再不跑就来不及了!"

"煽摇军心,"赵石指着胖子厉声道,"给我斩了他!"

他的侍从毫不迟疑地拔出剑,刚离开木墙两步,数支火油箭"啪啪啪"地从天而降,插在距离马棚不到三丈远的泥地中。巨大的冲力将火油炸开,侍从头上手臂上落了数不清的火种,"轰"地顺着衣物头发燃起来,侍从惨叫着翻滚在地。

"沙土!沙土!"赵石怒喝起来。但天上火油箭越来越多,旁边几名士卒拼命贴在木墙上,一个个吓得脚都软了,谁敢上前?

猛然间"咻"的一声脆响，一股劲风从马棚中卷出，那侍从被猛地从地上掀起来，在沙地上飞快地翻滚，一路滚过整个营地，重重地撞在西边用来堵门的土垒中。侍从一声不吭，显然已经失去知觉，但身上的火却因为这一滚彻底熄灭。

胖子一直贴在木板墙上，听着风拂若的喘息变得更加急促，忙道："喂！姑娘！这可不是闹着玩的，精气不足而强为之，风可是会反噬的！"

"来……来了……"风拂若气喘吁吁地道。

天空变得更加明亮，恐怖之火如同流星般掠过天际。胖子正要抱头，忽然间整个马棚"轰"的一声爆响，无数看不见的风刃破空而出，胖子脸上身上"啪啪"连响，血油交射，惨叫着翻倒在地。

从天而降的火箭向营地猛砸下来，但每支落下的箭在离地六丈高处都像被一双巨大的看不见的手抓住般，猛烈地撞击在一起。火油在空中散开复又爆燃，即便离着数丈远，在场裴国人无不被热流逼得连连后退。

火箭如暴雨般无穷无尽地落下，却始终冲不破那道看不见的风墙。被聚集在一起的火箭越来越多，像一支巨大的火把，火焰直冲十余丈高。在数里之外看来，就好似第一矿场整个都剧烈燃烧起来一般。

胖子顾不上脸上身上火辣辣的疼，拼命把胖脸贴在木板墙上——风拂若的呼吸已经听不大清楚，胖子大急，叫起来："喂！喂！"

就在这时，"砰"的一声巨响，灿烂的火光照得寨子通亮——一支火油箭正中那团火炬，火炬轰然炸开。包裹火炬的风墙消散无踪，星星点点的小火团暴雨般地打在寨子里，到处都响起了惨叫声。

胖子耳听得木板墙那头"咕咚"一声，心道不妙，跳起来便向马棚门冲去。守在门前的两名兵士被火团烫得直跳，哪里顾得上胖子。胖子肥大的身躯撞在门上，两片门扇立刻横飞出去。

他冲进马棚，便见风拂若伏在草堆上一动不动。胖子小心地将她翻过来，她一张小脸白得吓人，但尚有微弱的呼吸。胖子不由得大大地松了口气。

门外一片惨叫中，传来赵石的声音："火油箭非是凡品，楚军已经射完了！快，上箭楼！灭掉所有的火，保持静默，出声者斩！"

果然，除了零乱的脚步声和偶尔一两人坚持不住的痛哼，外面再没有什么声音。最后的爆炸虽然声势惊人，却是真正的强弩之末，火油都烧干净了，爆出来的一点火星，连寨里房顶的草都没点燃。

"真是可怕的御风者。"胖子看着风拂若苍白的脸，喃喃地道，"我姐姐当年若有如此本事，也不用死在朝歌的大火中……"

他伸手在风拂若脖颈处一抄，但见精光闪烁，穿髓流光的寒气刺得他一哆嗦。

"这东西迟早要了你的命，"胖子冷笑一声，"就像风九那样。"他将穿髓流光塞回风拂若的领口，一使劲将她横抱起，走出马棚。却听耳边"唰唰"两声，两柄雪亮的剑架在自己脖子上。

"近侍，"赵石就站在两丈外，冷漠地看着他，"你好大的胆子。"

"中……中大夫，"胖子谄媚地笑着，"您别吓唬小人，小人胆子最小。"

"放下巫女，我可免你一死。"

"这……"胖子低头看了看，赔笑道，"您明鉴，巫女这可是吓晕了，再不给她治疗，会出人命的。"

"近侍，我知道你是会点把戏的人。"赵石幽幽地道，"留在我的手下，对你有好处。"

"小人哪敢巴望中大夫的垂青？"胖子没皮没脸地笑道，"敢求大人高抬贵手，把小人当个屁——给放了吧！"

"……是吗？"赵石眉毛渐渐竖起，忽然决绝地一挥手道，"近侍胆敢乱我军心、坏我军法，斩！"

胖子也收起笑脸，将抱着的风拂若举过胸前，淡淡地道："是吗？这是乱军心、坏军法者吗，嗯？"

身旁的两名兵士看到风拂若，都抖了一下，手里长剑往回缩了缩。

"这是救你们狗命的人！"胖子陡然怒喝一声，两个兵士吓得同时往后一跳。"都睁大眼睛看清楚，要不是她，你们一个个都烧成黑炭了！都是瞎子吗？赵石说的话，你们就敢昧着良心听？！"

"你好大的胆子！给我拿下！"

周围十余名士卒一阵沉默，忽然不约而同地后退一步。

看着赵石逐渐发白的脸庞，胖子忽地又满脸堆上谄媚的笑："中大夫，你想要做什么，别人不是不知道。只不过小人想把话留在肚子里，活得长久些。"

"你说得……有点道理，"赵石太阳穴上青筋一跳一跳的，"既然如此，那就祝你少说话，多活几年。"

"那小人就恭敬不如从命。"胖子向赵石微微一点头，转身便向东门走去。

身后一人惨声叫道："胖……胖大人！求您老把小人一起带走吧，大人！"

胖子回头一看，却是矿头见他和风拂若要走，吓得屁滚尿流。胖子看一眼赵石，赵石厌烦地一挥手，转身便走。

一名兵士斩断了捆着矿头的绳索。矿头连滚带爬地跟上胖子。守卫东门的士卒见胖子抱着风拂若过来，抢先一步打开了寨门，其中一人还递给矿头一支火把。等到三人出门十余丈外，大门才重又轧轧关上。

直到大门轰然关闭，胖子才长长地松了口气，脚下发软，踉跄了好几步。

"胖大人……"矿头心惊胆战地问道，"咱们这是去哪儿？"

胖子脚步猛地一停，矿头差点一头撞上他厚重的背。

"怎么，胖大人……你不知道？"

"鬼扯！老子有不知道的？"

"那是去……当阳？"矿头小心地问。

胖子犹豫着往前走了几步，蓦地里，一滴冰冷的水滴落在他额头上，他立刻停下了脚步。

黑暗中响起了淅淅沥沥的雨声。头顶低压的彤云被矿场上空浓烈的烟气一冲，终于开始下起大雨来。回头望去，不过十余丈外的第一矿场在雨雾中已经看不清楚。

矿头惨叫起来，一手狠狠地遮在头上，一手歪举着火把，生怕它熄灭了。

"怎么好好的，就下起雨来了？"

矿头叫了两声没听见回答，转头望去，却见胖子横抱着风拂若，如雕塑般木然而立，一双眸子在昏暗中放射出幽幽的碧蓝色光芒。矿头尖叫一声，一屁股坐在泥水里，火把飞了出去，顿时四周一片漆黑，只有胖子那双发光的眸子清晰可见。

"鬼！鬼啊！"

"不妙，不好，糟了，"胖子仿佛没听见矿头的惨号，喃喃道，"御风者刚刚出手了。"

"什什什……什么？！"矿头牙齿"咯咯"相击，雨声渐大，没听清他的话。

"结果已经改变,天变即是预兆!"胖子连连倒抽冷气,"这下可怎么办,怎么办?!"

"大、大、大人您说什么?"

听到矿头的声音,胖子忽地一愣,低下头来盯着他。

"你……"胖子有些拿不定主意,"你是从上面矿上下来的?"

"是,是!小人是从第二矿场来的!"

"岑诺……岑诺在做什么?"

"岑诺?"矿头被各种意外折磨了一个晚上,在大雨中已经有点神志不清,"小人不知道……他好像要放火,放一把大火……"

胖子眸中的清光陡然变亮,在雨帘中仿佛两道青色的火焰。矿头只觉下身一热,抱着脑袋缩成一团。

"滚起来!"胖子一脚踹在矿头屁股上,矿头惨叫一声扑在泥水里。

"带我去矿场,第二矿场,快,快!"

黑荆森林某个遥远的寨子

几乎半个黑荆森林都注意到了第一矿场上的那团大火。这个夜晚,森林里几乎无人睡觉,却也无人敢点起灯烛。浓云覆盖大地,无星无月,对许多世代居住在老林子里的黑荆人而言,这也是从未有过的暗夜。于漆黑中乍然闪现的大火,在许多人眼中留下了可怕的残影。

"那是……第一矿场吧?"站在高高的箭楼上,裴林冒险探出身子眺望远处。但火光乍明乍灭,在没有星月的夜晚也无法分辨方位,他眯着眼睛瞧了半天,到底也没看清楚,只得悻悻地退回来。

"错不了,是第一矿场。"郁苍坐在湿漉漉的地板上,正在重新给弓上弦——黑荆森林潮湿,白天用过的弓,到晚上就得重新调校,否则就容易松弦。

"郁老三！"裴林的声音有些发抖，"第一矿场……怕是完了！"

郁苍抬眼看看他，继续低头擦拭弓弦。

"完了，完了，"裴林一屁股坐下来，抹了把脸上的汗水，"咱们可算是上了岑诺那小子的当，没有回头路走了。"

"一开始就没有回头路，你现在才想起来？"郁苍冷冷地道，"但凡有回头路走，主君会亲自出来拼命？"

"现在谁都没回头路可走了，"裴林苦笑道，"主君还不知道在哪里，也不知道……"

"如果主君死了，森林里应该到处都是劝降你我的声音了。"郁苍道，"只消一名骑士挑着主君的脑袋在森林里走一遭，裴国人哪个不望风而降？"

"说得也是……"

"不过，主君再躲不了多久了。"郁苍把弓竖起来，闭着左眼虚瞄几下，"权国人已经全军覆灭，唐国的新衍五应该已经逃出了林子——黑荆森林就这么点儿大，最迟明日午时，主君就再藏不住了。"

"要不是咱们把黑荆人一直牵在屁股后头，主君昨天就藏不住了。"裴林冷哼道，"咱们这主君哪，可算是——"

"为人臣子，尽忠而已。"郁苍淡淡地打断他道。

"……有勇有谋，"裴林难得机灵，话头立马转回来道，"但就是不知还能坚持多久。"

"什么声音？"郁苍忽然问道。

一阵巨大的喧哗快速地由远而近，仿佛千军万马奔腾而来。两人同时扑到栏杆边，一股潮湿而冰冷的雾气扑面而来，紧接着便是豆大的雨点，

"噼里啪啦"地打到他们脸上。

下暴雨了？这念头刚刚转过脑子，周围便轰然一声，倾盆大雨当头泼下，狂风卷着断枝碎叶灌满了箭楼。

"唔！该死的雨！"

两人扶着栏杆，好容易才在暴风中稳住身形。眼见雨越下越大，云层间仿佛有银索缠绕，惨白的电光不时照亮大地。两人对视一眼，都深有忧色。

"郁老三，这下……"哽了半天，裴林强笑起来，"这破寨子可烧不起来了。"

箭楼下传来急促的脚步声，熙鲸和另外几名矿丁浑身湿漉漉地爬上来。

"熙鲸，你回来了！"裴林慌忙跳起来。对这个曾经的手下，他已经丝毫没有架子，忙将箭楼上仅剩的干燥地板让出来。熙鲸也不客气，气喘吁吁地一屁股坐下来。

"好大的雨，"郁苍道，"弟兄们都回来了吗？"

"回来了，幸好有这场雨。"熙鲸大口喘着气，"黑荆狗腿子围上了咱们，差十丈就围拢了，雨一下，咱们就趁乱冲出来了。"

"黑荆狗腿子到哪儿了？"

"已经进到一里之内，"熙鲸指着外面如泼的雨帘道，"至少有两个氏族，有咱们烧掉的走水洼寨的，还有一个不认识。"

"有多少人？"

"雨太大了，他们的人都躲在林子里不敢举火，瞧不清楚。"熙鲸从怀里掏出几块烂银打造的锁片扔在地板上，"咱们抓了几个在林子边上巡夜的人，但都听不懂他们的话，只带回来这些。"

郁苍拿起一块锁片看看，皱眉道："这玩意儿好似在哪儿见过。"

"嘻，前日打下黑檀寨，那几个守门的倒霉鬼就戴着这玩意儿。"裴林道，"咱们是被黑檀寨的家伙缠上了。"

"黑檀寨里里外外透露着古怪，"郁苍眉头皱得更紧，"总觉得哪里不对……"

"管那么多干吗？"裴林道，"反正也拼命！娘的！就外面那些拿木棍的黑荆狗腿子，还怕他们怎的？"

箭楼上几人对视一眼，都沉默下来。

从黑檀寨出来，一行人且战且走，一路烧杀，两天内一共攻下了四座寨子，烧了其中三座。虽然一直没有碰上黑荆的大队人马，但这些甲胄都不齐全的矿丁攻略高墙硬寨，还是付出了惨重的代价，出发前的一百余人，现在还有气的也就只剩下五十多人，还能站着的不过四十而已。

论到黑荆恨之入骨者，这群人如今远在裴寄之上。岑诺出的这个绝户计，让他们成为全体黑荆人追杀的对象。他们在两名白荆向导的带领下，一路翻山越岭，好不容易来到眼下这个连白荆向导都不知道名字的寨子，依老规矩赶走了所有人后，却发现——他们已经被黑荆大军包围了起来。

这一次，绝不会再有试探两下就收手的好事了。黑荆人是来要他们命的，若不是天色已晚，他们早已是黑荆人的刀下之鬼。这场大雨，最多让他们的脑袋在脖子上多留两个时辰。

雨越下越大，云层中银鳞闪烁，轰鸣不绝。看不见的敌人就在不到百丈之外磨刀霍霍地等待着。裴林说得对，黑荆人守着宝山不自知，赤金武器很少，大多数是竹枪、竹甲，以及少量的劣金刀剑，怕是不怕的。但是明天早上黑荆人发起进攻，他们还是一个都跑不掉。

"嘻，老子不信了！"裴林强笑道，"这么高的墙，咱们手里箭还够多，还怕防不住这两三百人？"

"知道为什么他们不进攻吗？"郁苍冷冷地道，"真以为是天黑、下雨？"

"唔？"

"他们在等其他氏族，"熙鲸道，"等到天亮，就不是两三百了，至少是上千。"

裴林哽了半天，一巴掌拍在栏杆上。

"过河吧，要不连夜过河？"和熙鲸一起探营归来的矿丁忽然叫起来，"咱们渡河而来，他们以为咱们还要往西去，咱们连夜渡河东返……"

"下这么大的雨，"裴林气呼呼地道，"那河还能过吗？"

"来的时候，只有膝盖那么深……"

"这老鬼的天！这天杀的雨！"裴林"呸"的一口唾出去，"这他奶奶的哪里有人走的路！"

"说不定能过。"熙鲸道，"咱们一直往西，其实也是顺着黑荆森林西坡往上走。这里比黑檀寨高了至少一两百丈，雨才刚刚开始下，要涨也是涨下游的水。"

几个人目光都亮了起来。

裴林问道："郁老三，你看呢？"他虽然万事都要跟郁苍争，但关键时刻却还是知道该听谁的。

郁苍放下弓，站起来，目光在众人脸上扫过，缓缓地道："大伙儿都是跟着我出来的，我也想把大伙儿全须全尾都带回去……但是主君还在战斗，我们现在回去，就是临阵逃脱。主君死了，天下就没有咱们的容身之地。"

"我说句该杀头的话，"裴林道，"郁老三你自己说，就算楚国人没来，主君带着全裴国的人，杀得完这黑林子的人吗？"

众人的目光又暗淡下来。他们进攻黑荆寨子异常顺利，可也真真切切地见识了黑荆部族的庞大和兴盛。黑荆森林仿佛没有边际一般，放眼皆是黑荆村寨。和这样满山满谷的敌人交手，少得可怜的裴国人真的有胜算吗？在场的人没一个相信。

所有人的目光都集中到郁苍身上。出发以来第一次，郁苍下意识地躲闪众人的目光，转过身去面对大雨。

"那就……那就……"郁苍拍着栏杆，哽了几次都没说出来。忽然，他的目光被黑暗中的一团光所吸引——就在半空云端，透过密密麻麻的雨丝，那光温和、稳定地亮着，在黑幕一般漆黑的雨夜中，几乎是唯一的亮光。

是第三矿场的火。郁苍的心一定，然后又立刻沉了下来。

第一矿场已经失守了。楚军不管是直取当阳还是拿下第三矿场，都只是举手之劳而已。而且郁苍非常肯定，楚军会优先拿下第三矿场。这团火太惹眼了。裴寄不见踪影，这团火就是裴国本营的大旗。楚国人被骗了整整一天，现下他们绝不会手软。

"快跑吧，傻小子。"郁苍喃喃地道。

"郁老三？"

郁苍还剑入鞘，目光从众人脸上慢慢扫过，良久才道："各位，是我郁老三把你们带出来的，对不住了。"

"扯什么鬼话！"裴林道，"咱们都是为裴国来拼命的，不是为了你郁老三！"

"是我把大伙儿带到这死路上，"郁苍低头道，"如今看来……是没脸带大伙儿回去了。"

"大人,咱们不回去,跟黑荆狗腿子拼了!"

"把大伙儿都叫起来。"郁苍心中拿定了主意,声音重又镇定下来,"老裴,叫大伙儿马上把身上的干粮都吃个饱。半个时辰后,你带着大伙儿出寨往东北走,往上游走五里,找个地方过河,回当阳。"

"哎?"裴林一愣,"你不走?"

"黑荆狗腿子围得太紧了,就这么走怕是走不出去。"郁苍摇摇头道,"我先往西闯一下,把狗腿子们引开,你们才走得掉。"

"郁老三!"

"你不过是个蠢货,给老子闭嘴!"郁苍破口骂道,"你们都是老子带出来的,都得听老子的,叫你们怎么走就怎么走!"

"您一个人不成,连动静都闹不起来,"一直一言不发的熙鲸忽道,"在下随您一同往西去。"

裴林一愣,还要开口。郁苍大声道:"好!熙鲸是条汉子!老裴,你要是带种,就把弟兄们给我带回去。矿场不在了,带回当阳;当阳不在了,带回……能去哪儿去哪儿吧。"说到最后一句,终于声音还是喑哑下来。

低压的云层间猛地一闪,整个寨子、森林都被照得雪亮,转眼间又陷入比之前更加凝重的黑暗中,众人耳边听得奔雷如龙,向着东边一路蔓延过去。

一刻钟之后,寨子西墙上一根绳子扔了下来。郁苍和熙鲸一前一后,吃力地沿着湿滑不堪的墙面溜了下来。

两人蹲在墙脚,检查了一下周身是否都已经束扎整齐。郁苍背了整整两袋箭,熙鲸则手持长戟,背上用带子捆着十余根短矛——这是庚城运来的西六师专用的战矛,是与北戎交战中用来攻击重甲步兵的,但汉水流域的大周诸侯各军更愿意用它来近距离攻击骑兵。

两人的甲胄都极其沉重。检查完,两人相互扶持着站起。大雨比刚才稍稍小了一点,云层中微弱的闪电不断地闪烁着,隐隐照亮了西边的森林。

两人一言不发,深一脚浅一脚地往西摸去。忽然,闪电照亮了前方一大片模糊的人影,两人同时后退一步,郁苍已将长弓抓在手里。

"别射,郁老三,是我!"传来裴林的声音。

两人一愣,慢慢走近,却见一大堆人站在田坎上。借着闪电,郁苍一一看去,剩下的人竟然一个不少地都在这里!

"老裴,这可是西边儿!"

"对,西边儿,"裴林道,"再过去五里地,就是下一个寨子。这么大的雨,那些黑荆狗腿子还在睡觉吧?咱们赶得快,天亮之前还能再干他一个寨子!"

"你们……"郁苍终于回过神来,"你不是要带大伙儿回去吗?"

"还回得去吗,郁老三?"

"能回去多少是多少,裴国就这点人……"

"郁老三,"裴林的眸子在闪电下幽幽发光,"你想清楚,咱们今天不拼命,就没有裴国了。"

"只要还有人活下来,就还有裴国。"

"嘻!"裴林一笑,"那咱们就拼了命,让别人活下来吧。"

郁苍转头望去,所有人都盯着他。见他目光扫来,每个人都默默地点点头。

一道前所未见的闪电如银龙般从云中钻出来,沿着沟壑纵横的云层底部蔓延,听不见巨大的雷鸣,可是整个森林都被照得亮如白昼。每一个人的面目都清晰无比地印在郁苍的眼中。

他仰起头，抹了一把脸上的雨水。"走！"

裴国第一矿场外的莽林

突如其来的暴雨来回倾泼，即便有莽林的遮蔽，地面上的积水还是很快就淹到了脚踝。

屈通空顾不上泥泞，在积水中焦急地来回走着。数十口坛子七零八落地翻倒在水中，空气里弥漫着一股子油味。

"大人……"一名上了年纪的赤荆卫蹲在水中，扶着一口坛子，苦着脸道，"火油遭不得水，全完了！"

屈通空无声地咒骂了一声，忽然周围亮了起来，转头见到一名赤荆卫举着火把匆匆过来。屈通空勃然大怒："混账东西！把火灭了，想把大伙儿都害死吗？"

那赤荆卫吓得一跳，好在反应还算机敏，忙将火把按在湿淋淋的树身上，熄了火头。

屈通空这才松了口气："所有人都准备好了？"

"大人，都准备好了，可……"赤荆卫哽了一下，"有人说要面见大人。"

"哦？是婴大人的信使？"屈通空闻言，转身便向林子后面走去。

赤荆卫匆匆跟上，紧张地道："大人……来者是周人。"

屈通空猛然停步，盯着赤荆卫不言语。

那赤荆卫在他的逼视下连退两步："大人！此人突然闯入营中，咱们的人为了拿下他，被他伤了好多个……他只是不下杀手，打伤了咱们的人就扔在一旁，说要……要……"

"要我亲自出去见他？"屈通空咬牙切齿地道。

赤荆卫又退一步，却不敢再开口说话。

屈通空粗重地喘了口气，抹了把脸上横流的雨水："……去看看吧。"

来人倒是十分洒脱，白衣峨冠，背着双手，仰头立于大树之下。若不是暴雨倾盆，电闪雷鸣，周围数十名赤荆卫弯弓搭箭环伺，真如中原翩翩佳公子月下吟哦一般。

屈通空认得那一身周室朝廷中大夫的朝服，先吃了一惊——整个裴国只有裴寄是周国卿士寮中大夫，难道是他亲自前来？但眼前这人年纪轻轻，面目俊朗，断然不是裴寄老贼。

那人见屈通空满脚烂泥，浑身甲胄凌乱，披头散发，面如黑漆，不禁冷冷一笑，道："我乃是大周番士寮中大夫，伯行。"

屈通空一愣，顿时醒悟，一挥手："都退下！"

赤荆卫惊讶地收起弓刀，却步退出数丈远。

"看来，你也算是知道我。"

屈通空本能地想要抱拳行礼，想想此人非周非楚，甚至非人非鬼，不由得后退一步，道："我……我家大人曾提到阁下。不知此时此刻，阁下来此有何见教？"

"我要找的人，就在你攻不下的营地中，"十七淡淡地道，"不知何时才能得手？"

"惭愧，"屈通空终于还是抱拳道，"在下正……正在想……"

十七走到屈通空身旁。他的个头可比屈通空高多了，随手拍了拍他的肩头。

"我是何人？"

"你……呃……阁下……"

"我是周人。"十七冷笑道。

"哦……哦，哦！"

裴国第一矿场

同样的暴雨，也在第一矿场上空扫荡着。不绝于耳的雷鸣声，震得寨子每一处都瑟瑟发抖。

此时此刻，裴国国相、中大夫赵石的心中也在止不住地发抖。这场突如其来的暴雨，疯狂、无情、混沌不清，便如裴国的国运，令人迷惘而胆战。站在第一矿场的寨门口，如注的暴雨遮蔽了一切，令他不由得心神恍惚——裴寄还在吗？当阳还在吗？天地间，是否只剩下这一个破烂的寨子，其他的一切都化为腐朽无影无踪？

"大人。"

赵石浑身一震，清醒过来，却见宫九恭谨地站在身后。

"当阳那边，可有动静？"

"没有，除了近侍与巫女，已经整整一日没有人从当阳过来了。"

"当阳不会已经……"

"不会的，大人。"宫九跟随赵石多年，深知他最是多疑，忙道，"黑荆断不会绕过此处前往当阳，况且算算日子，庚城那边的援军应该也到当阳了。"

"嗯……"

"大人，"宫九靠近一步，低声道，"主君……不会回来了。"

"难说。"赵石现在也不避讳了，"至今林子里打成一片的，还是郁苍那帮家伙。主君在哪里，根本就无人知晓。"

"不会超过今夜了。"宫九道，"主君手下的三百人，不生火、不入寨，在野地里藏身三日。今夜这么大的雨，明日他们必会现身，否则即便是主君也带不了如此疲敝之旅了。"

赵石深以为然地点点头:"这么说来,最迟明日一早,主君就要寻机开战了。"

一道闪电闪过,借着电光,两人交换了一个心领神会的眼神。

"大人去休息一下吧。"宫九咳嗽一声道,"这么大的雨,楚军也没法再进攻了。火攻已破,楚国人不调集大军是攻不破这座寨子的,大人尽可安睡。"

赵石迟钝地点了点头。算起来,从裴寄前往打骨寨开始,自己已经几天几夜没有合眼了,实在也是熬得油尽灯枯。他抬头看看雨,将头盔往头上一按,走进大雨中,向自己的帐篷走去。

便在这时,西门传来"砰砰"的敲门声。

赵石惊讶地停下脚步,睡在四处廊下的兵士一个个也都惊讶地抬起头来。

寨子里一时间鸦雀无声,只听见大雨轰然落下。

停了一会儿,敲门声又响起来。赵石、宫九的脸不由得有些发白——那可是一扇原木的大门,即便是用脚踢也踢不出这么大的动静!

赵石转身便向大门走去,士卒也翻身起来,三三两两地跟在他身后。赵石在离门两丈处停下,手一扬,跟在他身后的士卒立刻散成扇形,一半人搭箭弯弓,另一半人拔剑在手,等待着他的命令。

"本官,"从门外传来中气十足的喊声,"乃番士寮中大夫、天子近侍伯行!速速开门!"

赵石跟宫九对视一眼,两人都惊得目瞪口呆。宫九忙爬上身旁的箭楼,从箭孔往外看了一眼,转头道:"大人!确是一人一骑,没有别人!"

赵石稍一迟疑,道:"开……开门!"

紧闭的大门发出沉重的呻吟声,缓缓打开。两名兵士手持火把走出门,火光照亮了来者。

番士寮中大夫、天子近侍、清河伯之子伯行身穿朝服,外罩罩衣,神采奕奕地端坐在马上。赵石再无怀疑,带头拜伏在地,在场众人一齐伏倒。

马蹄声"嗒嗒"作响,伯行从门外一直来到赵石的眼前。身为朝廷上士、区区小君国中大夫的赵石,在得到许可前,根本没有抬头仰望的资格,只能满心诧异地将额头贴在冰冷的地面上。

"抬起头来。"

赵石恭恭敬敬地再行一礼,才抬头仰望着番士寮中大夫。

"敢问大人……从何而来?"

"奉城宰之命前来。"十七傲然道,"裴国巫女,可在尔等营中?"

赵石大吃一惊,颤声道:"巫女?!"

"裴国巫女,乃天子驾前逃亡的舞姬,你不会不知道吧?"十七冷哼一声,"我去了当阳,得知巫女已走,她可有来此?"

赵石心念电转,大声道:"禀告大人,巫女不在营中!"

在场众人的头都同时下沉——赵石的意思,众人都听得明白,谁也不敢乱说乱动。

"是吗?"十七翻身下马,随意地往营中走去。赵石忙爬起来,跟在他身后。

"不知大人何以以为巫女在小臣营中?"

"当阳的人说,巫女已西行。离开当阳西行,可不就只能来这里吗?还有别的路走吗?"

赵石一脑门的汗,只好干笑两声。他曾在庚城多次见过这位赫赫有名的庚城六奉行之一，对伯行十分熟悉。如今半年没见，火光下见他神色如常，只是不知怎的，觉得他的口音有些怪怪的，听上去和平日的齐国腔有些不同。

"大人明鉴，从前日开始，当阳往西的路都封死了。"赵石斟酌着道，"没有主君的信符，寻常人是来不了的。大人……"

十七忽然停下脚步，使劲抽了抽鼻子："哪儿烧起来了？"

赵石心头"怦怦怦"地狂跳起来，强笑道："大人，笑话了。为抵御楚军攻击，小臣已下令寨中严禁火烛……"

十七加快脚步，赵石拼命跟上，结结巴巴地说不出来话，眼看十七直直地冲着风拂若曾滞留的马棚而去。赵石慌了手脚，抢上两步想要拦在十七面前。十七冷冷地一眼瞥来，赵石浑身打个寒战，脚下连打几个趔趄才停下。

十七浑身都被雨淋透，雪白的朝服早已污秽不堪。他似乎全无感觉，也不顾脚下泥泞，快步穿过院子，身影如鬼魅般地一下蹿上马棚前的台阶，如一道黑烟般悄无声息地进了棚子。

赵石心头"怦怦"乱跳，总觉得哪里不对。但朝廷番士寮的积年威望，岂容他造次？只好惴惴不安地站在屋前，恭谨地低着头。士卒更是离得远远的，不敢上前。

马棚里一开始静悄悄的，忽然间稀里哗啦一通乱响，还能听见十七暴怒的喘息声。赵石心中更是疑窦丛生，不由自主地将手按在剑柄上。

"人呢？！"

赵石不敢抬头，见十七满是烂泥的鞋出现在台阶上，忙将头垂得更低。

"小臣不明白中大夫所言何人？"

"巫女来过，"十七咬牙切齿道，"去哪儿了？！"

激动之下,他的口音听起来更是古怪,好似从带着血丝的喉头硬憋出来的气息。赵石忍不住抬头看去,恰在这时,一道耀眼的龙蛇光电从厚重的云中直刺下来,劈中寨子外不远处的一棵参天巨树,刹那间蓝紫色的火花四溅,十七本能地伸手遮在眼前,好像被这强光烧灼了眼睛一般。

在这一瞬间,赵石看得清清楚楚,面前这人脸色惨白,双目通红,眼窝深陷,仿佛被一团黑气笼罩般——只这一瞬,当他放下手,脸色又恢复如常。

"方伯之命,重逾泰山。"十七冷冷地道,"巫女究竟去哪儿了?"

赵石额上渗出一层冷汗。他已经隐隐觉得不对了……眼前这个人,还有巫女莫名其妙地逃走——巫女似乎真的是想告诉他什么,可是自己当时完全没有听。她好像在说放一把大火?

"巫女在当阳时曾告诉小臣,"他死盯着十七的脸,轻声道,"要小臣放一把大火。"

"哦,是吗?"

"巫女说……要在这山上燃起一团大火,此火事关裴国的国运。"

"巫女……是这么说的?"十七喃喃地道。他的双眼不自觉地眯了起来,脸颊上黑气尽现。

"中大夫大人……中大夫大人……"

十七忽然从沉思中惊觉,道:"怎么?"

"中大夫大人可还记得巫女?"

"唔?"十七微微一愣,"巫女?不……我……未曾见过。"

"请容小臣为中大夫大人解释。"

"你说。"

赵石恭敬地弯腰行礼,倒退出去几步,忽然拔剑在手,厉声道:"这人不是中大夫大人！是来历不明的楚国奸细，给我拿下！"

几名士卒齐声答应，平端长矛齐步上前。十七目光一闪，众士卒齐齐打了个寒战，其中一人甚至脚下一滑，差点一跤绊倒。

"赵石，你好大的胆子！"

"我的胆子小，却还有心！"赵石喝道，"天子大射礼我也在场，亲眼见到真正的中大夫大人击鼓，本国巫女在一旁献舞！你既然说她是天子驾前逃走的舞姬，你岂能不认识她！"

十七顿时哽住，双目一眯，放出慑人的寒光。

"小心，这人是楚国奸细，怕是会巫蛊之术！点起火来！"

士卒齐声答应。大雨中点起火把本非易事，但裴国人早有准备，数名士卒在廊下吹起用灰遮盖的火堆，将火把一根根点燃，再一根根传递开来——这种裹满丝茧浸泡了桐油的火把在暴雨下也能熊熊燃烧，场中顿时大亮。

十七一直低着头，似乎在沉吟着什么。直到最后一名士卒也点起了火，他才抬起头来，微微一笑。

"裴国，就这么点人？"

赵石一愣，跟着心头一紧，一种前所未有的恐惧骤然间攥紧了他的心。

他根本来不及反应，"嗖嗖"之声划破天空，箭如骤雨般向这道单薄的圈子洒了下来。

有那么一会儿工夫，赵石完全失去了意识。恍惚间，他耳边全是凄惨的号叫，只看见遍地挣扎的躯体、被斩成两段的宫九、晃得几乎看不清的白色身影、天空中浓浓的黑云和云隙间奔腾刺击的银蛇……

他最后看见的，是番士寮中大夫、天子近侍伯行，倒转他手中的长剑，插进了他的咽喉。

他眼中一片血红，仿佛一团跳动的大火……赵石徒劳地伸出手，想要抓住那团火。然而在他咽下最后一口气之前，这团火便熄灭了。

　　世界顿时陷入一片死一般的黑寂。

第十三章

```
大周汉水荆山
穆王三年秋七月十二日昧旦
```

裴国第三矿场

远比第一矿场高得多的第三矿场,大雨已下了近一个时辰。

从下午开始,来自东方的云团开始翻越神龙山脊。柴山冲天而起的热浪先是将雨雾推开,但烟气混入云层,反倒让云越来越厚重。傍晚时分,冰冷的云层覆盖了整个矿场,到入夜时分,云渐渐升高,淅淅沥沥的雨就落了下来。

和雨一起下来的,还有从神龙山雪顶上刮下的风,寒冷刺骨,站在悬崖边的岑诺禁不住抖了起来。

"这贼冷的风,吹得骨头都疼了。"站在他身旁的郁苍侍从道,"小岑大人,你也快两天没合眼了,去屋里闭闭眼吧。"

"胜败就在今夜,"岑诺声音喑哑地道,双手抱住肩头,"还没有消息吗?"

侍从有些惶恐地摇摇头。

放眼望去,黑荆森林就在他们脚下沉睡。往日里夜间有璀璨星空般灯火的森林,今夜只剩一片死气沉沉的晦暗。但岑诺知道,这是最后的平静。不管裴寄使用什么手段熬过了这三天的东躲西藏,这座森林留给他腾挪的空间都已经被挤压到极限了。明日天光亮起的那一刻,裴寄和楚军,谁先看见谁,谁就能将最后的优势化为胜利——目前几乎看不到裴寄有一丁点儿抢得先手的机会。

岑诺的目光不甘心地在森林中搜索。郁苍、裴林呢?他们干得远比他想象的出色得多,一天之内烧了三座寨子,现在却似乎消失了。他们或许已经死了,不然今夜的黑荆森林应该更加热闹,裴寄的希望也还能多上那么一分。但正因如此,他们比裴寄更无可能生还。

这都是自己出的计谋,却要别人去坦然送死。岑诺的心一直在下沉,但又不断地提醒自己,这是无可抵挡的命运,是国运,是裴寄,是……

是我让他们去送死的。岑诺绝望地闭上了眼睛。

又一阵凛冽的风刮过,周围忽然阴沉下来。岑诺睁开眼,只不过短短的一瞬,一片巨大的铅灰色云霾出现在森林上空,正以难以置信的速度扩散开来。

风更大了,岑诺小小的身子已经有些站不稳。侍从一把抓住他的胳膊,两人同时趔趄着向后退去。

这并非是因为风,而是因为脚下不知何时变得又松又软,两人的脚同时踩进了冰冷的水中。

回头一看,不知何时起,地上全是黑色的冰水。水流来得甚急,"哗哗"地沿着地面的缝隙流淌。侍从忙拉着岑诺往高处跑,忽然,岑诺用力挣脱了他的手。

"糟了！是那条小溪！"岑诺大叫一声，转身便向柴山的方向跑去。

跑了几步，他双脚就没入了齐膝深的水中，再跑两步便重重地摔在水里。冰冷刺骨的水浸得他一个激灵，马上清醒过来——是那条横亘营地的小溪化作瀑布倾泻下山了！

侍从扶起他向柴山走去。小溪的水早已流得遍地都是，但矿丁正干得热火朝天，谁也没去留意——砍下的木料摞得高高的，底下打湿一点，这有什么好在意的？

门大家在尹六的搀扶下，颤巍巍地站在柴山边指挥众人上料——燃烧了两天两夜的柴山已有三丈多高，下方全是层层叠叠的灰烬和炭渣，以至于矿丁不得不在柴山旁边搭了个三丈多高的台子，将木料送上台顶，再横着插入巨大的柴山，以保持柴山的稳定。

如此高的柴山，如此旺盛的火焰，巨大的热流冲天而起，将方圆十余丈内的风雨都驱散了，站在柴山周围甚至都感觉不到下雨。

韦处道站在离柴山不远的地方，负责指挥一小队人将柴山底下的灰掏出来，以便气流能顺利地从底下进入柴山。有人抱怨地面越来越湿，柴灰凝成了糊状。韦处道便招来更多的人手，一回头，却见岑诺深一脚浅一脚地直冲过来。

"小岑大人。"

"韦大叔！"岑诺浑身湿透，却连脸上的水都顾不上擦一下，一把抓住韦处道的胳膊，"溪水溢出来了！"

韦处道抬头看看头顶向上喷射的壮观火头："是啊，这水道浅，一下大雨就会溢出来——没事，雨都浇不熄这火呢！地上的柴，大伙儿一早就垫得高高的，小岑大人不必担心。"

岑诺低下头，注视着他的脚底。韦处道也低头看看——地上确是遍地泥浆，自己的脚已经陷在了泥里。

"怎么？"他见岑诺一脸惊慌，疑惑地问，"小岑大人……"

"柴山太重了！"

"什么？"韦处道一惊，便在这时，"咯咧咧"一连串爆裂般的巨响，三丈多高的送料台子像被抽了一鞭子似的猛地一抖，跟着便向柴山歪去。在众人的惊呼声中，一名身在台顶的矿丁惨叫着滚进了柴山。

岑诺撒腿便向着柴山冲去，边跑边大喊："台子！稳住台子！"

哪里还来得及？送料台本就是临时搭就，稍一歪斜便势不可挡地倾倒下来。台下众人纷纷奔散，尹六扛起门大家就跑。轰鸣中火星迸射，避走不及的人纷纷倒地。岑诺抱着脑袋一躲，再抬起头来时，却见台子整个倾倒在柴山上，一时间竟还未彻底散架。

"拿木头来！把台子撑起来！"岑诺绝望地尖叫着，不提防脚下一滑，重重地摔在泥水里，周围响起纷乱的脚步声，矿丁从四面飞奔过来，有人拉起岑诺，顺手将他往后一拽。岑诺眼前出现重重叠叠的身影，将他越挤越远。

"来搭把手，把架子撑开！"韦处道的声音在人群中响起，"先把人拉出来！"

岑诺一惊，忙叫起来："不，不能！"但他声音沙哑，在杂乱的人堆里根本无人听见。耳听众人齐声喊着号子，木台"咯咯"摇晃，连巨大的柴山都跟着晃动起来。

岑诺奋力推开面前的人，钻进人群中，却见木台下横七竖八地躺着十余名矿丁，有的嘶声惨号，有的身上还带着火苗，有的却已一动不动……

他脑子里"嗡"的一声，顿时忘记了自己想要说什么，只呆呆地站着。

"火！"忽然有人在耳边狂喊起来，"柴山！"

岑诺有些迟钝地抬起头，但见巨大的柴山已然豁成两半，一道诡异的火焰从两半柴山之中疯狂地喷射。倒在柴山上的木台也着了火，两团火焰纠缠在一起，诡异地向天空升去——升腾的火焰与倾倒的柴山，仿佛两个巨大的躯体正要硬生生地分开，木柴根根崩裂，火焰如箭矢般疯狂地喷射而出。

岑诺尖叫着，不顾一切地向柴山冲去，蓦地有人直冲过来，将他拦腰扑倒在泥水中。就在这一瞬，柴山顶上数根着火的木料被风卷起，带着巨大的火团向上直冲，剩下的部分仿佛失去了支撑一般，沉重地倾倒下来。地面剧烈震动，一股灼热的罡风横扫营地。

四周先是陷入一片恐怖的昏暗，既而又被微光照亮。终于有人惨号一声，像是唤醒了众人一般，顿时四下里哀号连连。

压在岑诺身上的人抬起头，却是韦处道。他看看周围，也不言语，爬起来便转身冲向柴山。

"离柴山远点，小心火！把人弄到料堆上！"韦处道嘶哑地吼着，"别让受伤的弟兄躺水里，拿布来！还有草料！"

矿丁忍着疼大声答应。由于彼时采矿之法极其落后，矿丁常年都要经历不断爆发的矿难，因此面对灾难时远比常人镇定、坚韧，立刻又有一个个身影在火光中晃动起来。

分裂成两半的柴山颓然地倾倒在地，其中一半在水流的冲击下向着悬崖边滑去。一阵狂风卷起，已经变得暗淡的柴山在那一瞬间猛地又蹿出高高的火焰，接着"轰隆隆"之声不绝，万千火星向上喷射，柴山落入了数百丈的悬崖深处。

一直被火焰排斥开的大雨终于落了下来。来自神龙山雪顶的寒风环绕着第三矿场，混合了烟尘的雨点很快就变成了纷纷扬扬的雪粒儿。剩下的灰烬像头倒地气绝的巨兽，雪粒儿"噼里啪啦"地砸下来。柴山上腾起大团大团的蒸汽，半点火星也瞧不见了。

悄然易手的裴国第一矿场

暴雨"轰隆隆"地下着，狂风疯狂地撕扯着林冠，森林在重压下瑟瑟发抖。

尽管风雨大作，但第一矿场箭楼上的两盏灯却一直奇迹般地亮着。整个矿场几乎都隐入黑暗中，只有这两盏灯诡异地亮着，在狂风暴雨中疯狂地上下跳动。

距离大门五丈远的雨地里跪着一人。那人低低地埋着头，只能看见他佝偻着的背影。大雨将他浑身上下浇得湿透，但借着两盏灯的微弱光线，或者那天边一闪而逝的闪电，仍能看清他身穿精美的袍服，两肩罩着雕花的皮质护肩，被扯得破絮一般的披风亦是厚重的鹿皮所制——在大周，只有代表了一国国相之人，才有资格披鹿皮披风。

风雨像鞭子般来回抽打大地，一阵紧似一阵，那人孤零零地跪在雨里，既无人陪伴，也没人管。有时候风更大了，他的身子便摇摇晃晃，可始终也没有倒下。

箭楼上，一双眼睛始终注视着那个背影。如果视线越过箭楼，便可俯瞰第一矿场整个寨子。偌大的空场子里，百余具尸首凌乱地散落在地，大部分都已没了头颅，血混合污物与雨水，将地面染成一片漆黑。

数十名楚国赤荆卫藏身在高大的木栅栏、土墙和马棚后，持弓握剑，仿佛数十尊雕塑般屏息静气地等待着。

在雷电的间隙，远方似乎传来山呼海啸般的声音。蹲在一堵山墙下的屈通空一举右手,身后的赤荆卫立刻半拔剑在手。但听了好一会儿,屈通空又放下了手,周围顿时传来一片轻微的还剑入鞘声。

借着黑暗的掩护,屈通空稍稍挪动了一下蹲得麻木的双腿。他们这般等待已有一个多时辰,他相信——不,他坚信,随着第一矿场这个最紧要的关隘失守,所有藏身黑荆森林、后路被断的周国军队都只能拼死来夺。他手下的人不多,却是此番渡江的最精锐赤荆卫,只要周国军队敢上来,他便将化身一座坚实的磨盘,和婴支祁的大军前后夹击,将周国军队磨成齑粉!

天空中滚过一阵闷雷,猛然间,一道极其夺目的闪电凌空劈下,正劈在距离寨子不到百丈的森林中,所有人都被那猝不及防的强光刺得半晌睁不开眼。好不容易等到可以重新视物,眼前也全是白花花的闪光。

"传令下去,"屈通空道,"都别傻瞪着天,一半人闭眼休息,一半人等着轮换。"

命令小声地传递了下去。屈通空揉揉发红的眼睛,勉力扫视周围。忽然,他觉得有些不对——雨雾横扫的寨子里,似乎少了些什么,但一时之间又说不上来。他索性站起来,掀开斗笠,任由暴雨打在脸上,细细地看去。

破烂的山墙、在黑暗中闪闪发光的赤金矿堆、高大的栅栏、摇晃的箭楼、遍地尸骸……

他猛地回过头,看着箭楼。

"人呢?"他低声咆哮起来,"箭楼上的人呢?!"

就在距离屈通空不到三十丈的林中,一棵歪斜的大树在暴雨中燃烧着,诡异的火光只照亮了周围不到三丈方圆的泥地。在这棵刚刚被雷劈倒的树下,一人跪在泥地中,手中寒刃反射着火光。

还有两具躯体躺在他旁边,一具已经没有了头颅,另一具还在瑟瑟发抖。

"你们是何人?"石斛掐住那被他从箭楼上拽下来的倒霉鬼,厉声道,"堂堂裴国中大夫的脑袋,去哪儿了?!"

那赤荆卫被他双膝压在胸口,已是进气少出气多,却兀自冷笑:"哈……裴国……裴国中大夫,哈哈哈,胆小如鼠的中大夫……"

石斛手上微一用劲,那赤荆卫顿时两眼向外突出,说不出话来。

"你们赤荆卫,怎会在此地?"

"傻……傻瓜周人……"赤荆卫面目狰狞地强笑起来,"知道……知道这个裴国中大夫……怎么死的吗?哈哈,哈哈哈!"

一阵闷雷从头顶滚过,石斛回头看了寨门一眼,心中已然平静下来——此地凶险,根本没时间跟此人虚耗。他看也不看,反手一插,长剑直接插入背上的剑鞘,动作之纯熟,连那赤荆卫都看直了眼睛。

石斛从旁边泥地里捡起根被雷劈下的一尺长的木枝,静静地看着那人,那赤荆卫被他看得发毛,忍不住道:"你……你要……"

又一阵闷雷响起,石斛毫不犹豫地用力一扎,木枝直刺那人肩头,从肩胛骨后透出,深深地扎入了泥地中。那人全身抽搐,嘶声狂叫,都被滚动的闷雷盖了过去。

"我问什么,你老老实实说什么,我便给你一个好死,"石斛盯着他道,"否则你一定会恨爹妈生了你出来。"

那人疼得后脑勺死死顶在泥地里,挣扎着吼道:"狗……狗杂种的周人……杀了我……杀了我!"

"你们赤荆卫来此地做什么?"石斛冷冷地跪在那人身上,双手又高高举起一根木枝。

"啊……狗杂种！我们来……灭一团火……一团火！"

"什么？"

"一团在山上燃烧的火……狗杂种！"

一声闷雷，石斛抬起头来，喘着粗气道："到底是什么火？"

那人双肩被钉，身体在石斛的重压下不能动弹，已经翻起白眼，喉头"咕咕"作响，挣扎着道："你……你狗杂种的……你是瞎的吗……山上……那么大……一团火……火……周人……的火……灭……灭了它……"

他忽然头一歪，浑身松弛，一股恶臭之气弥漫开来，石斛捏住他脸颊一看，但见他眼睛已经翻得瞧不见瞳孔，嘴里的泡沫不断翻涌，眼见是不行了。

石斛站起来，心中的疑惑更甚。这人在临死前说的话，不像虚言。可这火到底有何深意？

他退开两步，却听那赤荆卫在地上"嘿嘿嘿"地笑了起来。

石斛猛然转身，黑暗中白光一闪，长剑已擎在手中。

"周人，周人，"那人的声音在大雨中变得又尖又细，"你可知，杀了裴国中大夫的是谁？"

石斛心中一动，道："你若肯说，我便给你去了木刑，给你个痛快。"

"哈哈哈，哈哈哈！"那人发出鬼魅一般的尖笑声，"裴国的贼子，乃是……被周国中大夫亲手……斩了……哈哈哈！"

"谁？！"石斛一愣，"哪来的周国中大夫？"

"若不是那个周国中大夫……"赤荆卫挣扎着道，"这道门岂能……轻易打开……"

石斛忍不住回头看了眼风雨中的寨门，又转回头，那人的笑声还在暴雨中回响。他忍不住过去一把揪住那人头发，将他上半身拉起，却见他双眼翻白，嘴大大张开，已是断了气息。石斛背上滚过一股恶寒之气，连退数步，差点跌坐进泥水里。

风更大了，雨密得他几乎睁不开眼。不知道是风声还是雨声的缘故，那人临死前的笑声一直在明灭不定的树林中回荡。石斛跟跟跄跄地走进树林深处，在一棵大树前一屁股坐了下来。

一双小手从树后伸出，抱住他的胳膊。石斛强自按捺住狂跳的心，拍拍菖蒲的小手。"这寨子过不去了，说不定周围到处都是赤荆卫，我能干掉一个，可没法保住你。咱们还是爬山，往山上去。"

"啊，啊啊啊啊，"菖蒲的声音在暴雨中十分清晰，"啊啊啊啊啊，啊！"

"什么，火？"石斛如今已能大致听懂菖蒲的意思，惊讶地道，"你看见火了，在哪儿？"

"啊啊啊啊啊，啊啊！"

"在山上？"石斛茫然地抬起头，望向周围。群山被夜和大雨隔绝在另一个世界，他目力所及之处，唯有黑暗。

"啊啊啊啊，啊啊！"

石斛茫然地瞧了半天，心中已然乱得不知作何想。耳听得寨子里忽然有了动静，大门开始"咯咯"作响，他不再犹豫，将菖蒲一把抓到自己背后，道："好吧，你说你瞧见了，那你便指给我方向吧。咱们再闯他一闯，且看看这是何方的火，弄得人人为它丧命。"

黑荆森林某处

暴雨像是永无止境般下着，山溪水轰然流淌，已经分不清雨声、水声，天地间仿佛都被那巨大的轰鸣充满。

裴寄身披大氅,站在溪流高处的巨石上,沉默地望着远处,然而黑暗中并没有什么远处——他甚至看不清脚下的溪流。至于溪水下方的那支沉默的军队,更是连影子都瞧不见。

连续在山林中奔波几日后,裴寄显得沧桑了许多,鬓边有了一丝霜色,一脸的络腮胡子更加浓密凌乱。他身上披着的大氅是谢昌所赠,据说是北海尽头的冰貂皮毛,水火不侵,可现在也早就湿透了,向下淌着水。

他已经在暴雨中站了一个多时辰,依然纹丝不动,仿佛已和溪边的巨石融为一体。

忽然,他抬起头望向远处,似乎听到了什么声音。暴雨和洪水的巨响没有令他动摇丝毫,但这来自黑暗中的若有似无的声音,却令裴国国君脸色大变。

他瞩目远方,倾听着,但一切又归于沉寂,只有风雨咆哮,震动天地。

"主君!"

裴寄冷漠地回过头,只见苏青荻举着一支火苗微弱的火把,慌慌张张地从小溪上游一路蹚着水跑来。

"主君!"苏青荻的声音在微微发抖,"第一矿场……失陷了!"

裴寄的目光猛然松动,但又立刻强行定住,淡淡地道:"赵石呢?"

"斥候没有瞧见……"

"往当阳方向,有动静吗?"

"没有败兵往当阳方向逃窜的迹象。"

"进攻的是楚军还是黑荆联军?"

"看不清楚,对方斥候封锁得很严,我们派去的三名斥候只有一人逃回来。"

"那就是楚军,"裴寄淡淡地道,"其他队伍呢?"

苏青荻哽了一下,"南宫大人的首级四处传示,咱们的人亲眼瞧见了。宋大人似乎也……新衍五大人还不知道在何处……应该就在附近,但与我们的联络已经中断……"

裴寄面无表情地站着,黑暗中只听见他双拳捏得"咯咯"作响。

"大人……"苏青荻鼓起勇气道,"要不要现在就放出狼烟,把各位大人的队伍都收拢过来?"

"不!"裴寄烦躁地道。

苏青荻无声地低头,不再说话。

尽管此时还是初秋,但黑荆森林中已经很冷了,倾盆大雨几乎带走了整座森林中的热气。苏青荻头发"滴滴答答"地滴着水,禁不住地浑身颤抖。

"火还在吗?"沉默了一会儿,裴寄道。

"大火……没多久就熄灭了。"

"我是问山顶上的火。"裴寄冷冷地道。

苏青荻紧张地摇摇头:"雨太大,瞧不见了。"

裴寄的目光再次松动了一些,转头看了看溪水下游。黑暗依旧笼罩了一切,隐隐传来人声和马匹嘶鸣之声。

"主君……"苏青荻稚嫩的声音变得喑哑,"咱们现在回当阳……还来得及……"

"裴林和郁苍……"裴寄苦涩地道,"也逃回矿场了?"

"不,主君,"苏青荻道,"二位大人并没有往矿场走。"

"哦?"裴寄惊讶地道,"去哪儿了?"

"斥候追不上他们。但从今日早上到日落前,西边连续有三个寨子冒起大火。"苏青荻道,"森林中的几条小路上,已经出现了逃亡的黑荆老弱！"

"哦——"裴寄瞪圆了眼睛，"哦？！"

黑荆森林某条无法逾越的河

　　破晓时分，连夜的暴雨快要停止，可是一条奔腾汹涌的河却拦住了裴国矿丁的去路。冒死下水探路的白荆向导连喊都没喊出来，就消失在滚滚波涛中。

　　然而退路也断绝了。就在白荆向导消失的当口，一条漫长的火把长蛇忽然出现在他们身后不到一里的地方。

　　"黑荆狗腿子尿货，"郁苍哈哈笑起来，"终于追上爷爷了！"

　　"那就干吧！"裴林叫道，"老子宁可死无全尸，也不跳水当王八！要当王八的说一声，可以帮爷带个口信回当阳，免得埋没了爷几个的姓氏！"

　　"裴大人，要当王八你去，"人群中有人喊道，"咱爷们儿本就没氏没名，不图这个！"

　　人群中一阵哄笑。人人都知道到了最后时刻，反倒个个都放松下来。

　　"不用谁去带信，"郁苍豪迈地道，"咱们爷几个杀得黑荆人屁滚尿流，几辈子都不敢忘，还用人说吗？再过几百年，黑荆森林里也有咱爷几个的名号！"

　　"郁老三，还是我先去冲一阵！你给老子压阵，后面就交给你了！"

　　郁苍也不答话，将弓摘下，用衣袖仔细地抹着。雨已经小了，但弓弦已经湿透，不擦拭干净是没法开弓的。几名射手站在郁苍身旁，也开始擦拭起弓弦和箭身。

　　裴林将剩下的人集中到身旁——都知道是必死之战，但这些已算是身经百战的矿丁岂能轻易送死？

"听着,这些黑荆狗腿子跟刚才一样,只是一个寨子的,其他人还没赶来。"裴林低声道,"就这么稀稀拉拉一圈火把,正好给我们指路。咱们往北边儿冲,冲破了口子再杀回来,就像咱们在黑檀寨外头那一仗——狗日的熙鲸,你那一仗打得好啊!没法给你记功了,心疼不?"

"脑袋都不心疼,还心疼这个?"

"那就再立一功,"裴林拍拍他的肩头道,"咱们冲过去,黑荆狗腿子必定要放箭。咱们排成紧密的两列,老子和熙鲸举盾在前面挡,撞进人群里再散开——听懂了吗?"

众人齐声称是。当下将装备束扎整齐,天顶开始微微发亮,再过片刻他们就将失去夜色的掩护。裴林和熙鲸一人举着一面盾——这盾是用皮盾包裹着赤金盾,外面再捆上缴获的黑荆竹盾,从上到下遮得严严实实,只是沉重无比,须得熙鲸、裴林这样的壮汉才端得住——并肩向黑荆人的阵线走去,矿丁一对一对地跟在他们身后。

对面传来海螺声,黑荆人也发现天色渐明,开始调动队列。

裴林和熙鲸先是慢慢地走,让身后的兄弟们跟上,等到走出三十丈远,开始加快脚步。跟在他们身后的矿丁肩并肩排成紧密的两列,后一人将手搭在前一人肩上,前冲后推,使得阵形的冲击力更强大——这是矿丁长期在井下手足并用推矿车的架势,世上没有哪支军队见过这般阵仗。

雨更小了,风却大了。黑荆人的长蛇阵背风而来,矿丁却是迎风而上。黑荆人听不见他们穿过灌木的声音,却已经隐隐看见了摇晃的林冠。

海螺声不断地响起,黑荆阵线时进时停,显然指挥者根本不知道发生了什么事,也根本没有人相信这么一丁点儿裴国人敢一头撞上这庞大的阵线。

裴林的脚步越来越快，他"呼哧呼哧"地喘息着，感到从肩上传来的力量似乎无穷无尽——就在这时，一支凌厉的箭羽掠过他们的头顶向前激射，前方顿时传来惊呼和惨叫。几乎是眨眼间，更多的箭羽从前方射来，同样也掠过他们的头顶，向身后飞去。

身后也传来了模糊的惨叫，但已经没有人去留意——火把圈已近在眼前。忽然，他们冲出了灌木丛，眼前不到三丈远便是一大片目瞪口呆的黑荆人。

几乎来不及发出喊杀的声音，两面巨盾就重重地撞进了黑荆人的队列，顿时人仰马翻，长长的队伍被撕开了一个巨大的口子。

远处骤然爆发出刀兵相交的锋鸣和惨号，郁苍伸手摸箭袋，已经射完了整整一袋。他转身过去取箭，刚抓起身后的箭袋，忽然间愣住了。

眼前一片漆黑，视野所及，只有近在咫尺的三名同伴。可是他记得，在遥远的地方，应该有一团火——这团火是黑暗中唯一的方向，就在片刻之前，就在开战之前，就在裴林他们冲出去之前，明明还在那里燃烧着！

第三矿场陷落了！裴国说不定已经完了！

"啊！"郁苍浑身一颤，哑声叫了出来。

"郁大人？"

三名同伴的目光禁不住投向他，手中的弓都不由自主地垂了下来。

"啊！哈哈哈！"郁苍一把抓起箭袋，高高地举起来，"老子还以为没有箭了！还有这么多，足够射死几十个黑荆狗腿子了，啊哈哈哈！"

三名同伴紧张地笑起来。

"来，不要停！"郁苍转过脸，不让别人看到自己滚下的热泪，"向南边射，快！快！给老裴他们把路打开！"

裴国第三矿场

岑诺像个孤独的鬼魂似的站在一人多高的灰烬边上。

灰烬堆里巨大的余热尚未散尽,一股股热流从柴山各处喷射出来。将雪粒融化成水,夹杂着黑灰流淌出来,变成一条浑浊的小溪……

岑诺忍不住热泪盈眶。这团灼热却又冰冷的灰烬,大约就是裴国最后的模样吧?他觉得自己已经尽力了,他累得站不直身,脑子抽痛不止。他日夜守在柴山边,祈求着一切能尽快过去……然而上天只打了个喷嚏,就将他做的一切抹了个一干二净。

"小岑大人!"

岑诺转过身,便见微光之下,尹六坐在浑水里,怀中抱着个人。他心中一紧,仿佛踩在云里一般轻飘飘地走过去,在那人面前跪了下来。

门大家半身浸在冰冷的水中,头靠在尹六的膝上,半边脸都肿了起来,雪粒儿落满他的须发,结上了一层薄薄的冰碴儿。

"门大家……大家……"岑诺双手紧紧抱头,几乎喘不上气来,"我……是我……"

"傻娃子……"门大家闭着眼喃喃地道,"这是命……矿丁只要……不死在地下……就是善终……"

"门大家!"

"娃子……"门大家颤巍巍地伸出手,在空气中摸索着,岑诺忙伸出双手紧紧握住。

"记住……我的……名字……我不叫……门……我……我……"

门大家的声音渐渐低落,终于叹息一声,花白的须发忽然间凝固了一般,再也不抖动一下。

尹六看看岑诺,绝望地摇了摇头。

岑诺闭上眼，将门大家的手放回他胸口。岑诺低声嘶吼，跳起来捡起块木料往灰烬中扔去。黑暗中火光一闪，却也仅仅是冒了些火星出来而已，闪了闪便重归恐怖的黑暗。

他发疯般捡起一块又一块木料扔进灰烬堆，直到精疲力竭，然而除了漫天飞扬的余烬和肮脏的雪，什么都没有。

"火已经熄了，下这么大的雪，你就算把所有木料扔进去，也燃不起来了。"

一个清冽的声音幽幽地道。

岑诺浑身一震，难以置信地转过身。

雪粒已经变成大雪，纷纷扬扬地洒落。风拂若身穿红衣，站在他身后，雪花纷落在她肩头。

岑诺揉了揉眼睛，想要开口，却发现嗓子已经哑得说不出话来。他咳嗽两声，清清嗓子……忽然发疯般冲到风拂若身前，一把抓住她的胳膊叫道："当阳？当阳完了？！"

风拂若微微摇头，疲惫地道："我不知道。"

岑诺见她两眼通红，吓得又道："国君！国君阵亡了？！"

风拂若用力摇摇头："我不知道！"

"那你们……"岑诺看看她，又看看站在她身旁的胖子，茫然地道，"这种时候，你们为何来此地？"

"我们听说此地有一堆大火，就来了。"胖子苦笑着道。

岑诺"哈哈"地笑起来，低下了头。他似乎忘记了自己还抓着风拂若的两条胳膊，风拂若静静地任由他抓着，既不说话也不动弹。

"灭了……"岑诺低声道，"你们来晚了。"

"人还是没法跟天斗啊。"胖子叹息一声道。

岑诺低着头，眼泪在眼眶中打转。他不敢让风拂若瞧见，不敢抬起头来，瓮声瓮气地道："你们要找一堆大火，干吗？"

"如果裴国最后的火熄灭，"风拂若低声道，"主君就会葬身在另一团大火中。"

岑诺诧异地抬起头来，盯着她的眸子。

"第一矿场的大火是毁灭之火，我以为裴国已经亡了。"风拂若迎着他的目光，淡淡地道，"没想到，你这里竟然还有如此大的一团火。"

"可是已经熄灭了！"

"能不能把它再点起来？"风拂若反手上来，抓住岑诺的胳膊，"没有了火，裴国就要亡了，我不知道如何形容……可是我真的相信这一点！"

"不用你说我也知道。"岑诺苦笑着摇摇头，"国君和深陷在林中的各国队伍已经奋战了三日。只要这团火熄灭，汉水和庚城来的援军说不定立刻就会崩溃，撤出森林，留给国君的只有死路一条。"

"那你还在等什么？"风拂若惊讶地道，"你为何还不把火点起来？"

岑诺松开她的胳膊，看了看周围的一片狼藉，"哈哈哈"地笑起来。

"我在等什么？我在……我在等天亮起来，我在等雨停下来，我在等他们把受伤的人救出来！"他红着眼睛吼道，"看看这里！看看这些人！连命都搭进去了……还要拿多少命来点火啊？！"

风拂若静静地看着他。岑诺被她的目光一刺，恶狠狠地转过头去。

"想想办法……"

"现在一切都已经晚了。"岑诺哽咽着道。

"这是你的事，晚不晚，没有人比你更清楚。"

"关我……关我何事！"岑诺忍不住叫起来，"国君抛弃社稷出去浪战，中大夫、上士都……都不知道要做什么……人人都来问我，人人都看着我，好像裴国的存亡全是我的责任……我用尽全力，点起一堆什么用都没有的火，有何意义？一场雪一阵风，老天爷要吹灭它，我有什么办法！就算把我投入火中，也烧不起来了！"

"这事只有你能做。"

岑诺眼中满是委屈痛恨之色，绝望地喊道："为什么？"

"我做了一个梦，裴国每一个人的命运都瞧得见。"风拂若道，"主君在火中奋战；我不认识的矿丁冲进密林，在河边决死奋战；有些人心怀叵测，却终究难逃一死……这些我都瞧得见，可是他们并非是能左右这场战争的人。"

她上前一步，岑诺心虚地转过脸去。风拂若伸出双手捧住他脏兮兮的脸，把他的脸转回来，额头几乎抵到岑诺面前，低声道："不管是梦也好，上天的旨意也好，我并不明白所看见的一切。我只知道应该有一团大火。而你，岑诺，你是知道为什么要放这堆火的。决定了整个裴国未来命运的人，不是主君，不是我。是你，岑诺，是你！"

岑诺脸色苍白地后退两步，看着风拂若和胖子，一句话都说不出来。

"赵石已经背叛了主君，"胖子道，"不过看样子他也活不了多久了。这场战争，最多……"

"最多还有一天就会结束。"岑诺打断他道，"说不定天亮的时候，一切就结束了。"

"如果火熄了，"胖子无所谓地吁了口气道，"那可能撑不到天亮了。"

岑诺悲哀地仰起头，感觉脸上一片冰冷。上一次有如此感觉还是在神龙山的另一边，"柒"死在他怀里的时候。那一天，他肩上压上了已亡的岑国，如今，他的肩头又要担起将亡的裴国？

"点火?"岑诺苦涩地咧嘴笑了笑,"没有风,哪来的火?"

"风吗?"风拂若皱眉道,"岑诺,即便我会引导风,那也不过是顺应天地的风而已。现在风太大了,也太乱了。

"但我会告诉你,风向何处吹。"

黑荆森林楚军本营

暴雨一阵密一阵疏,像篦子一般来回地梳着大地,浑浊的泥水在地表来回冲荡,本营中几无可下脚之处。

即便如此,楚国少府婴支祁依然手执长剑,端坐在自己的榻上。

十六名士卒肩扛着他的榻,站在泥水中,另有二十余人手持长戟,分列四周。

主将得有主将之尊。婴支祁竭尽全力端坐在摇摇晃晃的榻上,沉吟着。

因为这场可恶的大雨,裴寄再一次失去了踪影。跟丢了裴军的两名斥候的尸身现在便漂浮在几丈之外的浑水中。有那么一刻,婴支祁动摇了。难道天命真在裴国人一边?无边的大雨若是不停,裴寄说不定能逃回当阳。那婴支祁在森林中的这番折腾可就全白费了,再次聚拢起黑荆联军进攻当阳,将是一件极其困难的事。

可恶,可恶,可恶!

婴支祁正要大声召唤斥候,却见一名斥候慌慌张张地穿过人墙而来。这名斥候浑身上下都糊满了泥浆,几乎是拖着步子倒在榻前。

"怎么了?!"

"小人……是……屈通空大人派来……"

"屈通空在哪儿?"婴支祁厉声道。

"在……第一矿场……"斥候刚刚穿过了暴雨肆虐的森林,已经喘不过气来。两名侍从将他架起，才勉强说出话来。

"他还在第一矿场干什么？"婴支祁顿时大怒，"不是让他去灭了那团该死的火吗！"

"裴国中大夫被斩……但裴国人还是……死战不降……屈大人花了很长时间才拿下第一矿场营寨。"

"废话！那他现在在做什么？还不尽快去灭了那团火！"

"不知道为什么，拿下第一矿场没多久，忽然有两支敌军拼死进攻屈大人。屈大人被迫在第一矿场死守。"

"哪里来的军队？"婴支祁大吃一惊，"是裴寄？"

"不，不是裴国的军队，屈大人说是汉水诸侯国的。"斥候道，"人数也不多，两支加起来也就两百上下……但是冲劲猛得很，不要命地强攻。屈大人派小人来报信，说他要死守到天明，然后才能进攻第三矿场。"

"周人失去理智了？"婴支祁一愣，疑惑地摸着下巴。滂沱大雨中人人静立，无人敢打扰主将的沉思。

忽然，另一名斥候慌慌张张地冲过来，远远地便叫了起来。

"大人！火，火！"

"慌慌张张成何体统！"

"大人恕罪——火，山上的火灭了！"

婴支祁猛地站起，整个榻身都剧烈地一晃，下方众士卒"吭哧吭哧"地好容易才站稳。

"那，是何时？"婴支祁向那斥候伸出手，仿佛想要隔空掐死他一般，一字一顿道。

"大约一个时辰之前！"

婴支祁仰起头，一把推开给他打伞的侍从，任由暴雨落在自己脸上身上。

"哈……哈哈哈……"婴支祁大笑起来,"火不攻自灭,乃天要亡裴国!裴国完蛋了!裴寄要夺路逃回当阳,只好拼命了!哈哈哈哈!"

"请大人示下!"

"裴寄正在忙着逃跑,不过他定知道,逃掉的机会只到天明之前……"婴支祁兴奋地搓着手,在榻上走来走去。扛着榻的士卒们拼命架住沉重的榻不让它倾斜。

"再派一百人去,协助屈通空。"婴支祁刹那间下定了决心,"无论如何也要守住第一矿场。最迟到明日上午,我就能收拢黑荆联军,到时候,哼……"

斥候大声答应,转身去了。林中火把晃动,一名武官大声下令,带着一队人马跟着斥候离去。

"再派五名斥候出去,扩大搜索范围。"婴支祁大声下令,"裴寄要完蛋了,现在必是慌不择路地到处试探。找到他!"

裴国第三矿场

天,就快要亮了。无边无际的云海正出现一条条裂缝,显露出暗红色的沟渠,仿佛昨夜血战的河谷倒映到了天上。

还有不到一个时辰。如果天亮了而火未燃起,黑荆森林中就将上演一边倒的屠杀,失去斗志的汉水诸军进退无路,在敌人的地盘上只有死路一条。

需要点起火来。哪怕不是柴山也好,总得有一团火。必须要有一团火!

然而眼下,巨大的柴山只留下一堆灰烬和没来得及烧完的所剩无几的枝叶,超过三分之一的矿丁受伤,死难者八人。

只剩下不到三十名矿丁能够投入建造新柴山的工作，而且大部分都带着伤。

令人震惊的是，即便面临如此窘境，岑诺仍然对矿丁进行了分工！仿佛在他的世界里就没有"大伙儿一起来"这样简单而激动人心的口号，再简单的任务在他手中都会变成一道道看似复杂的工序，几个人做一个人的事，让效率神奇地翻上数倍。

高高垒起的木料旁全是攒动的人头。一队人将短而细的木料砍成整整齐齐的三尺长的木柴，一队人忙着将矿上用的松脂熬成脂油，一队人用长而粗的木料赶制成四方形的木架，连那些受伤站不起来的人也有活儿——他们负责将麻绳缠在木把头上，这活儿还很不轻松，受伤的人一边干活一边呻吟抽搐。

号子声、吵嚷声、吆喝声和痛号声此起彼伏。

"料来啰！"

"松脂起锅——小心烫肿狗头！"

"这儿再要一百根料！"

"起梁啰，嘿咋——嘿！"

"轻点——哎哟，哎哟！"

"我要喝水……我要喝水……"

"别给他喝水，一喝就死述了！给他麻绳，让他干活！"

因为一夜雨雪，狂风未曾停息，四周的矮松林都挂起了银光闪闪的冰凌。地面上滚过的泥水也是冰冷刺骨，露出水面的泥地上，处处可见盐一般的霜花。但矿丁个个干得满头大汗，一根木柴从被缠上麻绳、浸饱松脂，到插上宽大的木架，只需要不到一刻钟。只用了不到一个时辰，八具承载了四百余支火把的木架就要接近完工了。

雨雪终于停了，风却吹得人站不住脚。岑诺扶着一棵崖边的松树，借着晨曦的微光，凝望着如海涛般厚重的云层从附近山脉上空掠过，向下急坠，沉到黑荆森林之中。

"小岑大人，准备得差不多了！"韦处道靠近岑诺，在他耳边大声道。

"这样的天象，白天森林里能瞧见山上吗？"岑诺指着脚下的云层问道。

"小岑大人放心，山中暴雨都下不久，越大的暴雨散得越快。这样的天象看着虽险，天亮时一定会日出雾散。"

"好，"岑诺点点头，"我们点火。"

"但愿主君还看得见……"

"国君的命，国家的命，现在都交给上天了。"岑诺道，"点起火来吧，韦大叔，除此之外，我们什么也不用再想。"

"那就……点火吧。"韦处道苦涩地道。

众矿丁将八具木架抬到悬崖边，面向黑荆森林的方向紧密地排成一个方形。矿头带着两人早在悬崖边点起一小堆火，一个接一个，矿丁默默地将手中的火把点燃，然后依次去点木架上的火把。

风吹得猎猎作响，矿丁手里的火把点着了又熄灭，即便勉强点燃，却怎么也点不着木架上的火把。

"风太大了！"

"拿油脂来！"

"挡住风！"

"都靠过来，把火把集中！"

矿丁们紧紧靠在一起，将手中火把凑在一起，但巨大的山风"呜呜"地嘶鸣着，十余支凑在一起的火把上，竟然看不清火苗的存在。

猛然间，"呜"的一声尖啸，众人耳中剧痛，忍不住都捂住耳朵。便在这瞬间，雪顶吹下的寒风骤然变小，所有火把都"砰"的一声，火苗"噌噌"地跳动起来。

"快！"韦处道大喜，带头将火把伸向木架。木架上的火把一支接一支地燃起来，须臾工夫，木架上上下下数百支火把都燃了起来。

岑诺转头看去，便见风拂若端坐在木料堆上，狂风吹得她衣带飘飘。站在她下首的胖子都有些站立不稳，她却好似完全不受风力影响一般，沉静地端坐着，一手扶在鬓边，似在沉思。

她和胖子承受着狂风的冲击，但仅仅十丈之外的木架周围却一点风都没有，好似那里是另一个世界，丝毫不受风的影响。

见岑诺担心地望向自己，风拂若微微一笑，摇摇头。

岑诺悬得高高的心稍稍放下，转头看看，又禁不住悬了起来。

四百支火把的火太微弱了，聚在一起看上去声势惊人，但这火的高度和体量不到柴山的三分之一，稍隔得远一点，连火的热气都感觉不到。

"韦大叔，上松枝！"

"上松枝！"韦处道早有准备，举臂一呼，矿丁须臾便拖来数十捆松枝。这些带叶松枝被捆扎成数丈长，放在柴山边烘烤了一日。可惜柴山崩溃时，这些松枝都被雨水泡过，现在也只能将就用了。

韦处道带着几名矿丁爬上木架，用木棍搭起一个简陋的尖顶支架。矿丁将数丈高的松枝一束束立起，上端依靠在支架上。不一会儿，木架变成了一个用简陋松枝搭就的高大屋子，透过松枝，能看见里面密密麻麻的火把仍在燃烧。

数百支火把在松枝丛内"噼啪"地燃烧着，不久松枝顶上冒起一股白烟。紧接着，偌大的松枝丛处处都冒起了白烟，由于没有狂风的吹拂，白烟在松枝顶端凝聚成团,像一团淤积待雨的云。

矿丁屏息等待。四百支火把聚合成一个巨大的烤炉,炙烤着湿淋淋的松枝。白烟一开始还是湿漉漉的水汽,渐渐地,水汽淡去,变成了烟气。

烟气慢慢地向空中散去。岑诺的目光追逐着烟气,却见天空中的彤云越来越暗,彤云之后,却又越来越亮。

天要亮了!

"都别愣着!"岑诺吼起来,"再添点火把,快!"

矿丁轰然散开,将早已准备好的一捆捆火把搬来。由于地下全是水,几名矿丁自告奋勇掀开松枝底端爬进木架中,将火把一根根点燃插上。

松枝丛冒起的白烟越来越大,呛人的烟气弥漫开来,但始终都未看到任何火苗冒出来。

"火把,还要火把!继续添加!"岑诺的声音已变得极其沙哑,拖着步子在人群中挪动,推搡着那些走不动的矿丁,"还有油脂,全都弄来!"

"我们没有油脂了。"

"那就去割,快!"岑诺指着矮松林吼道,"矿头,你带第二队的人去砍树,只要短枝,快去!"

矿头被岑诺吼得一激灵。如今的他哪还敢跟岑诺叫板?慌忙带着一组人就往松林里跑。韦处道不待岑诺吩咐,自带着剩下的人捆扎松枝、添火添柴。烟气四溢,人人都被熏得眼泪长流,却无人敢停下。岑诺的怒气仿佛是一道比风墙还可怕的天罗地网,将矿场众人牢牢地锁住。

"情形不妙啊。"

岑诺微微转头,胖子不知何时凑到了他的身边。

岑诺冷冷地转回头,并不答话。

"天威难测,天命难违。"胖子幽幽地道,"你穷尽天下之智点起这团火，老天爷便风雨冰雪，无所不用其极，难道你真的就能逆天而行？"

岑诺继续目光坚定地盯着松枝丛，决不看他一眼。

"好好瞧瞧那小女子吧。"胖子低声道，"御风者乃是以性命改变天地，你以为她还能用她的生命坚持多久？"

岑诺的小身板微微一颤，转头要看，又猛然僵直，决绝地将视线转向前方。

"你真的不在乎她的死活？"

"到最后关头，你就带她走吧。"岑诺淡淡地道，"不要再回庚城，去东方吧……能走多远走多远。"

"难道你……"

"胖子！"岑诺厉声喝道，"这个时候了，还有退路吗？！"

胖子被唬得身上肥肉一抖，喃喃道："没……没有……"

"那还说什么废话！"岑诺恶狠狠地道，"没有退路就看着前面！生路死路都在前头，睁大眼睛看清楚！"

"主君就是把后路都断了，才落到如今这个下场！"胖子忍不住咆哮起来，话一出口，吓得脸都白了，忙死死捂住自己的嘴。

"国君就是这个国家的天，"岑诺淡淡地道，"那才是不可逆的天意。如今除了胜利，没有别的路走。"

胖子看看岑诺坚毅的侧脸，转头看看满头大汗却闭目不言的风拂若，叹了口气。

"全都疯了！"

他嘀咕着后退两步，一时间拿不定主意，是该偷偷地溜掉，还是该继续跟这群已经疯了的裴国人待在一起。

出生一百多年来，胖子第一次在逃命这件大是大非的事情上犯了难。

天色渐亮，一种难以言喻的阴郁的光笼罩在矿场上，黑暗中的物事渐渐都露出了模糊的身影，却又看不分明，像极了夜晚来临前的时刻。

胖子苦着脸，背着手，犹豫不决地踱着步，不知不觉间来到了矮松林前，忽见前面一人出来，却是矿头。

胖子此刻满心都是拔腿就跑的念头，对这个曾经逃过一次的家伙大起知己之感，招招手道："喂，矿头。"

矿头没有回答，继续蹒跚而行，微弱的晨光照在他脸上，露出一副奇怪的笑容。他身子佝偻着，扛着一截短短的松枝，吃力地一步一步挪动。胖子刚想上前去拍拍他的肩，蓦地一股寒流滚过背脊。胖子本能地往后一闪，庞大的身躯不可思议地跳出去足足一丈远，但脚下全是泥浆，胖子一屁股摔倒在地。

几乎就在同时，一道白光闪过他刚才站过的地方。白光没有碰到胖子，却扫过了还在蹒跚前行的矿头。一声极细微的金声振动，矿头浑身一抖，上半身滑了下来，"扑通"一声栽倒在地，下半身却还继续往前走着，走出去三步，两只僵直的腿终于踩在一起，像段木头一样倒下来。

胖子胯下一热，想要尖叫，喉头却像被什么掐住了般一丝声音都发不出来。他眼睁睁地看着一人从矮松林中走出，手中长剑一甩，沥干了血迹，道："该死的裴国人，竟敢对清河伯之子、番士寮中大夫如此无礼。"

裴国人的黎明也许永远都不会来了。

黑荆森林某处

黎明的巨手已经触及第三矿场所在的高山，黑荆森林却依旧沉浸在深深的夜色中，只有天顶上一丝晨曦穿透层层林冠，投射到哗哗作响的小溪边。

裴寄背着手，长久地注视着那晨曦。他身上的披风、甲胄都已脱去，只穿着一身被雨水浸透、晕出黑色的布袍。苏青荻正用细细的带子将他长袍的腋下、两肘、腰间等扎起来。

在他们身后，百余名士卒正在做同样的事——解下甲胄，将布袍捆扎起来。长戟、盾牌堆成一堆，人人身上都只留下一柄长剑。有些士卒只背长弓，腰间插一把匕首。有些人站在溪边，匆匆忙忙将剩下的食物一股脑塞进嘴里。

"轰"的一声巨响，苏青荻转头看去，却是数名负责辎重的士卒将两辆大车推入了溪水中，奔腾的溪水一瞬间就吞没了裴国人最后的补给。

"主君，"苏青荻打了个寒战，"现在就升起狼烟，召唤诸军吗？"

"……不，"裴寄沉吟半晌才缓缓地道，"再等一下。"

"是。"

一只早起的鸟儿扑簌着从他们头顶掠过。它并不在意苏青荻的目光，笔直地穿过溪谷，迎着即将到来的朝霞向东方飞去。

大片的林冠在它身下掠过，不久之后，绵延的林冠下忽然出现一大片空洞。鸟儿好奇地在空洞上方盘旋，蓦地尖啸一声，小小的身躯猛然打个滚，躲开了一支冷箭。

下方传来一声怒骂，鸟儿不敢停留，奋力振翅，向着东方飞去。在它的前方，万丈云海正在晨光的推动下慢慢散开。

婴支祁骂了一声，扔下长弓，侍从慌忙接住，不让这张镶满宝石的弓落到泥泞中。

楚军主将已经全身戎甲，端坐在马上。有赤荆卫拱卫左右，主将左顾右盼，端的是意气风发。

"天都亮了，"婴支祁不满地一扬马鞭，"裴寄还没动静吗？"

周围的侍从面面相觑,无人敢回答。

"裴寄就算要跑,也不敢一个人逃掉。"好在婴支祁并不在意有没有人回应,自言自语道,"庚城给他的援军,已经丢掉了两支。他如果把其他人都丢下自己跑了,在唐侯面前少不了挨上一刀。那火也灭了……他必然会升起狼烟,召集诸军。

"好,"婴支祁伸了个懒腰,大声道,"盯紧天空!裴寄随时都会升起狼烟,咱们等着瞧!"

裴国第三矿场

晨曦的光线一根一根,开始刺破厚重的云层。矿场上空渐渐亮起。

松枝丛大团大团地冒着浓烟,烟尘弥漫整个矿场。矿丁从烟气中冒出来,扛着更多松枝、更多火把、更多木料……他们又消失在烟气中,用尽一切办法让松枝丛燃烧起来。

有那么一会儿工夫,岑诺站在木料前,迷茫地看着眼前这一切。他已经两天两夜没有合眼,也没有片刻休息,现在脑中嗡嗡作响,眼耳都开始模糊起来……

一股淡淡的香气飘入鼻中,岑诺浑身一震,一下子清醒过来。

"拂若!"

风拂若还坐在远处的木料堆上,但已不是原来的端坐,而是不胜疲倦地靠在身旁的木料上,紧闭着眼。此处感觉不到的狂风吹撼着她的衣带,她瘦弱的身躯也终于开始随着风晃动起来。

岑诺不知哪儿来的力气,跳起来便向她奔去。奔了几步,忽然间风声大作,已经奔出了风墙。强烈的冰风吹得他一趔趄,他好不容易才站稳了身形。

就在这时,风拂若猛地睁开了眼睛。两人对视一眼,岑诺从她的目光中看到的竟然是无比恐惧之色!

"拂若!"

"快,快跑!"风拂若叫了起来。

耳边风声骤然变大,一个物事迎面飞来。岑诺本能地往旁边一让,胖子巨大的身躯擦过他的鼻子,重重地摔在地上。

"哎……哎哟……"胖子刚刚落地,就响起了中气十足的呻吟声,"摔死老子了!"

岑诺一步跨过他的身体,冲到风拂若面前,一把抓住风拂若的手,只觉得她双手冷如冰块。

"来不及了,"风拂若惊惶地道,"他来了!"

岑诺顺着她的目光看去,只见不远处,一柄雪亮的长刃从浓烈的烟气中伸出,"唰唰唰"连劈三下,烟气爆炸一般地散开,露出中大夫伯行如霜般冷峻的面容。

就在这一瞬间,失去控制的风墙崩溃了。强劲刺骨的冰风狂扫营地,一时间烟尘狂卷,木料横飞,高大的松枝丛发出可怕的断裂声,矿丁顿时惊叫起来。

岑诺紧握着风拂若的手,两人心底同时闪过一个念头:这个人,绝不是中大夫伯行!

十七目光凛然地扫过营地——遍地泥泞,大堆大堆的矿石,遍地散落的木料、枝叶,一群群衣衫褴褛、面如黑漆的瘦弱贱民,古怪的松枝丛……忽然,他的心"怦怦"乱跳起来——一名身穿红衣的少女坐在木料堆上,漆黑的长发和鲜红的飘带随风飞舞。只消看她一眼,便知不管是丹阳还是盘龙城,都不可能再有如此人物。

"御风者？终于找到你了。"十七冷冷地咧嘴笑了。

"喂！"一名中年男子迎面上来，喝道，"此处乃是裴国第三矿场，眼下已是战场，敢问阁下是何人？"

十七将身上蓑衣一把掀飞，露出中大夫的朝服。那人顿时脚下一软，单膝跪下道："在下是裴国韦处道，不知大人……"

"我乃番士寮中大夫、庚城奉行伯行，"十七冷冷地仰起头，"奉方伯之命，前来捉拿巫女。"

韦处道大惊，道："巫女乃我国正祀之官，不知犯了何禁，要劳动中大夫大人亲自捉拿？"

十七冷哼一声，眼角都懒得扫他一眼，只看向那少女。少女低头坐着，一个瘦如猴精的少年张开双臂，拦在她面前。十七心头忽然又不受控制地跳起来——这个小崽子好似在哪儿见过？不过他很快明白，这是尚未清除干净的伯行的记忆。

在这里有很多伯行见过的人哪。十七不由得有些慌乱。离伯行的记忆越近，那个深藏在他魂魄深处的东西就反噬得越厉害。

"大人？"

"……尔等好大的胆子！"十七猛然回过神来，沉声斥道，"胆敢质疑方伯之命？"

韦处道慌忙双膝跪下，颤声道："不敢！"

周围的矿丁像被狂风刮倒一般，齐齐匍匐在地。一转眼间，矿场上便只有那个瘦瘦的少年和一名身穿蓑衣的人还站在原地。

那人远远地站在木料堆后，戴着斗笠、身披蓑衣，看不清面目，但看样子并非这矿上的人，不知是哪里冒出来的乡下土包子。十七只瞥了他一眼，便冷哼一声，向着风拂若与少年走去。

那少年见他过来，毫无畏惧地上前一步，双手张开，大声道："中大夫大人是奉方伯之命来的？"

十七冷冷地扫他一眼，并不言语。

"中大夫大人可知巫女是我裴国的国祀巫女？"

十七双眼微阖，露出一丝危险的目光。

"国朝自有制度，巫蛊之祸，须得卿士寮会同太史宫杂治，就算要派监察御史来，也是卿士寮派遣。"岑诺迎着他的目光道，"上次见面，中大夫大人不就和我国国君同时治案吗？怎么今日却一个人来了？"

巫蛊之祸？裴寄？十七微觉奇怪，不由自主地回忆了一下……猛然间心底像是开了一道闸般，纷繁的画面涌上心头——在驿站中第一次见到风拂若、审问岑诺、六奉行会议……

一种难以言喻的恶心在胃里涌动，十七大喊一声，用力将那些从心底泛起的回忆甩出去，手按剑柄，厉声喝道："住嘴！你是什么混账东西？一个矿丁胆敢质疑本官？"

"那么你是什么人？"岑诺毫不畏惧地顶回来，"堂堂中大夫、庚城六奉行，你离开庚城，应当有十六骑侍卫护送；你以方伯的名义下临小国，应当建方伯的旌旗、由侍从官捧你的剑印；你抓捕巫蛊，应当有太史宫的巫师随行！无论是何等情状，你都不该身着朝服，只身一人前来此地！"

匍匐在地的矿丁惊呆了，木然地听着岑诺稚嫩的声音在狂风中怒斥中大夫。

死一般的沉默良久后，十七慢慢抽出了长剑。

"大人，大人！"韦处道慌道，"小岑大人乃是国君指定的……"

"韦处道！"岑诺厉声打断他道，"若此人杀了我，他就是冒牌的中大夫！杀了他，不要耽搁了大事！"

"啊？啊……小岑大人……"

十七低头注视着自己的剑，忽然笑了。

"山下那中大夫，要是有你一半带种，第一矿场说不定就守下来了。"

他抬起头来，目光略过岑诺，落在他身后那人的脸上。

隔得近了，风拂若的脸庞看得更加清晰。她依旧闭着眼，长长的睫毛微微颤动，一张小脸白得透明，似是心中恐惧至极。即便以十七百年修行、早已褪去生而为人的喜乐，看到这张脸也不由得怦然心动。

"巫女，睁开眼来，"十七按捺着狂跳的心，低沉地道，"让我……看一看你的眼睛。"

风拂若紧闭双眼，嘴唇禁不住地发起抖来。

"看看……让我看一看，"十七不知不觉间已经屏住了呼吸，"抬起头来！"

风拂若猛然间睁开眼，目光森然地扫向他，一双眸子在晨曦中闪着紫色的光芒。十七不由自主打了个寒战，道："是……果然是你！"

"你不是伯行大人，"风拂若声音发颤，却十分肯定，"你究竟是谁？"

"这个人虽然套着中大夫的人皮，却已经没有中大夫的心了。"身披蓑衣之人叹道，声音中充满了苦涩，"可惜了这一身好皮囊。"

十七一愣。这声音听上去好生熟悉，可为何自己的心忽然莫名其妙地狂跳起来？

那人分开人墙，向十七走来，边走边将斗笠摘下，露出坚毅的脸庞。

"上士大人！"岑诺惊喜地道，"好久不见！"

那人向岑诺点点头。众人这才看清，他披着黑荆人的灰草蓑衣，穿着黑荆人的衣服，赤着双脚，发髻随意地挽着，脸庞晒得通红，倒真像个黑荆人，但那一口大周北方口音却是装不来的。他身后还跟着一个穿着不合身的周人服饰的小孩，比岑诺还要瘦小，缩在人群中几乎看不见。

十七看着那人，浑身莫名其妙地不断冒出冷汗——他明明对那人非常熟悉，却又为何叫不出名字？他甚至不惜冒险放任对那人的回忆泛滥，脑海中满是那人的神情话语，却完全找不到他的名字。

那人走到十七面前，将落满雪粒的蓑衣解下，平静地看着他。

"你……"十七的声音竟然微微有些发抖，"你是……"

那人双手抓住衣襟一扯，露出胸口那条可怕的伤痕，冷笑道："中大夫大人，可还记得这条你亲手斩出的伤口？"

一瞬间，那人在庚城街头、大射礼的台阶下、昏暗的船舱、湿润的丹阳街头、阴森森的巷子、高大的城头——诸般景象如奔雷般闪过十七心底，最后一幕却定格在他跌落城头的那一瞬。这景象占据了十七的整个脑海，那股一直在他胃里翻涌的酸气再也控制不住地向上翻涌，他喉头抽搐几下，"哇"的一声呕出来。

在场众人大吃一惊，这位番士寮中大夫气场之强大，整个矿场几乎都无人敢于仰视，怎么见到这个黑荆打扮的人，竟然吓得都吐了？

十七干呕两声，粗重地喘息着。"原来……原来是你，哈哈哈……原来是你！"

"正是我，我回来了。"石斛坦然地遮上胸口，"我给你看这伤口并不是要责备你，恰恰相反，我是要感谢你。"

"感谢我？"十七歪着头，露出诡异的神情。

"是你在最后一刻收了手，才没把我石斛劈成两半。"石斛凝视着十七的眼睛，"这两个月来我设想了无数次，没有一次能在你那一剑之下逃过性命，所以我是来感谢你的。"

十七哈哈哈地笑了，眼中满是嘲讽。

"你是掉进江水摔傻了吧，上士？"

"没有，"石斛平静地从背后破烂的草口袋中拔出一把古朴的长剑，"我感谢的是伯行，伯行已经死了。现在我大周卿士寮上士石斛，要斩下你的头颅，祭奠他的在天之灵。"

十七看着石斛，眼皮不自觉地抽动起来。"好吧，这一次，我不会让他再拦我了。"

他漫不经心地扫视周围："我本来想安安静静地带巫女走，饶过尔等蝼蚁的性命，但现在嘛……今日在此的人，一个也别想活着离开。"

石斛并不理睬他的话，双手持剑，平举在胸前。"嚓嚓"两声响起，却是韦处道和郁苍的侍从同时拔剑——韦处道双手高举长剑，侍从却只将剑拔出一半，蓄势待发。

"看见了吧？"十七冷冷地道，"这两人试图谋反。姓韦的，杀了这两人，我便保举你为中士。"

"抱歉得很，中大夫大人。"韦处道高举长剑转向他道，"在下受命服从小岑大人的命令。中大夫与小人并非君臣，小人不敢受命。"

十七冷笑一声，单手拔出长剑，剑尖朝下，冷眼扫视。

在场的四名持剑人都如凝固了一般，全神贯注地准备着。

"真可惜，"十七忽然道，"没有人活得下来。"

他大踏步向前，长刃化作晨曦中的一道闪电，向着石斛直劈下来。

黑荆森林某条河边

一支竹箭歪歪斜斜地飞来，裴林早已看在眼中，欲挥剑去砍，竟然无力挥动，眼睁睁地看着那箭掠过面前的泥潭，正中自己的大腿。

他双膝一软，跪倒在地。又有几支竹箭"嗖嗖"飞来，他大喊一声，闭目待毙，只听"啪啪"数声，睁眼一看，熙鲸高大的身躯拦在他面前，竹盾上密密麻麻地插着刺猬一般的竹箭。

"老子又欠你一条命，"裴林苦笑道，"可惜没法还了。"说着一咬牙将竹箭箭身拗断。饶是他剽悍过人，也疼得一时间直欲晕倒。

恍惚中有人拖住他的胳膊，将他拽起来。裴林缓过一口气，喘道："老……老熙……把弟兄们……收回来……"

熙鲸没有回答，扶着他一瘸一拐地走动起来。裴林眼中望出去全是血色，昏暗中只见周围到处都是闪动的剑影、奔跑的人群、树林一般移动的长枪和遍地倒卧的发白躯体。已经很难看到站立着的矿丁了。

从发起冲击开始，他们一共冲破了三层黑荆人的阵列，在数里长的阵线上来回冲杀。黑荆人一开始被冲得大乱，但不久便摸清了他们的底细。从四方源源不绝拥上来的黑荆人彻底封死了所有道路。

不知从何时开始，矿丁一个个消失在身后，只听得见众人喊杀、惨号。喧闹声散布在河岸四周，终于一个个都归于沉寂。

裴林走了几步，左腿已经疼得失去了知觉。熙鲸也已力竭，两人在长满灌木的一处河床上停了下来，裴林歪斜着扑倒在地。

"熙鲸，老子承你情了，反正还不了，就这么着吧。"裴林挣扎着道，"你走……往东走，一个人才走得了，别他妈管我这废物了……"

熙鲸还未答话，蓦地一小队黑荆人出现在数丈外的河岸下。熙鲸将竹盾往裴林身上一盖，举着长戟便冲了过去。

"熙鲸！"裴林拼命撑起来，又颓然倒下，只能眼睁睁地看着熙鲸跳下河岸。河岸下响起凄厉的喊杀声，忽然间熙鲸的长戟高高飞起，裴林悲号一声，抽出剑架在自己脖子上。

正听河岸下喊杀声不绝，惨叫声不时响起，忽然又爆发出惊天的呼号，黑荆人溃散逃亡。

裴林艰难地喘息着，剑架在脖子上一动不敢动，遂见几个人互相搀扶着爬上河岸，正是熙鲸、郁苍和几名血葫芦一般的矿丁。

"郁老三……熙鲸……你们他娘的……"裴林又哭又笑，结结巴巴说不出话来。几个人都累得站立不稳，纷纷坐倒在裴林身边。

天顶已经亮了，黑荆森林仍然笼罩在雾气之中。所有人都躺在烂泥地上，没有人说话，也没人还有力气说话，只有此起彼伏的喘息声。一群宿鸟不知被什么惊动，"哗啦啦"地从仅存的裴国人头上飞过。

一阵风吹过，河岸上的雾气加快了流动。左边似乎传来什么动静，裴林无力地转过头去，只见数十丈开外，林线的边上，数不清的黑荆人举着竹盾和长枪，正慢慢走出树林。

他转回头，看着天上惊飞的宿鸟，无力地笑了笑。

"杀千刀的黑荆狗腿子。"

第十四章

> 大周汉水荆山
> 穆王三年秋七月十二日黎明

裴国第三矿场

太阳终于升起,久违的阳光像亿万道奔驰的利箭,在某个瞬间忽然突破了云层,洒向大地。那一瞬间天下大亮,人人都被刺得睁不开眼。

刚刚还弥漫在整个森林上空的浓雾被阳光席卷一空,一下子万里澄清。若不是亲眼所见,谁也不会相信。

黑荆森林赤裸裸地出现在眼前。

但是已经无人留心那座森林。

四个身影快速地围着松枝丛奔跑,身着番士寮中大夫雪白朝服的十七如同一道白烟,冲在前面,身后三道黑烟紧随着他。十七忽然停下脚步,"当"的一声,郁苍的侍从从他身旁疾冲而过,他长剑随手甩起,格开韦处道的当头一劈,向后退开两步,刚好让开石斛疾刺的一剑。

那三人虽然身形不乱,却都已气喘吁吁,只有十七好整以暇地拖着长剑,还有闲心掸了掸胸前沾上的木灰。

"一群土鸡瓦狗,"十七懒洋洋地道,"还不快快受死?"

"大家小心!"石斛高举着剑,"这人号称海岱第一剑客,他擅长劈斩,都离他远一点!"

"他的剑太沉了,"韦处喘不过气来,双手举剑都有些发抖,"架不住!"

十七冷笑着围着松枝丛慢慢转圈,石斛等只得举剑从三个方向围着他一同移动。十七不出手,谁也不敢出手相逼。

忽然,一名矿丁叫起来:"火,火!"

韦处道忍不住转头扫了一眼,却见松枝丛中的火把已然熄灭了大半。火把与木料不同,只要油脂烧完很快便熄灭掉。看这样子,要不了片刻松枝丛里的火把就会完全熄灭。

忽然眼前一花,一个小小的身影从四人身旁冲过,是岑诺。只见他拿着一支火把,冲到松枝丛边,一弯腰便从松枝底下的缝隙中钻了进去。

十七脸色一变。"原来如此!吓得楚国主将睡不着觉的,原来便是这个!"手一扬,剑气到处,岑诺刚刚钻进的松枝丛无声地裂开,一大簇松枝倒了下来。

风拂若惊叫一声,众人耳鼓同时一胀,一道看不见的凌厉风刃向十七激射而去。十七微微倾身,长剑上撩,"啪"的一声,众人耳鼓又是一胀,一名站得甚远的矿丁一声不响地栽倒在地。

"风的力量,"十七微微一笑,"可惜,盘龙城已经不再惧怕了!"

话音刚落,众人眼前一花,十七高大的身影不知怎的便冲出了韦处道等人围成的圈子,鬼魅般地向风拂若扑去。

"拦住他！"韦处道大喊一声，不顾性命地向十七的背影扑去。十七身形微转，间不容发地闪开他的剑锋，左掌直击韦处道后背。韦处道闷哼一声，身子轻飘飘地飞了出去。

眼前白光闪动，石斛的长剑已到眼前，十七凝神招架。石斛的招式大起大落，十七却站着不动，一柄长剑如风般将自己全身罩住，两人的长剑"铮铮"相交，火花四溅。

"咦？"十七忽道，"你用的竟是我大商的剑？"一边说，一边跨步上前，伸手便来抓石斛的右手。石斛剑往上举，一连串的刺砍直逼十七面门。十七以手中长剑振开，道："这般重剑，岂是你小小周人能用的？"

"前商已亡，你这天不收地不要的无主亡魂，尚在祸害世间！"石斛抖开长剑，手中长剑如车轮般旋转着劈砍。十七步步后退，长剑在石斛的剑尖轻轻拨弄，石斛的每一剑都砍到了松枝丛上，一时间枝叶乱飞，石斛猛然惊觉，向后纵去，松枝丛已被他砍开长长的一段。

十七哈哈大笑，忽觉身边热气逼人，转头看去，却见斩开的松枝缺口中，岑诺正在木架间钻来钻去，用手中的火把点燃那些新插上却还来不及点燃的火把。

"混账小儿！"十七手中长剑一振，一剑便向岑诺刺去。蓦地背心里剑气大盛，十七回剑一挡，轻轻格开这一剑，左手一掌正击在扑来的郁苍侍从的胸口，"啪啪"之声连响，侍从剑与肋骨齐断，远远地飞了出去。

就在这一瞬间，他腰间一紧，低头看去，却是韦处道不知何时又扑了上来，将自己死死抱住。

"别犯傻！"石斛明白了韦处道的心意，大喊起来。

韦处道嘶声狂吼,全力抱紧十七的腰。十七一个踉跄站住,反手一剑刺入了韦处道的咽喉。韦处道喉头"咕咕"作响,双手却是越抱越紧,脸上竟还露出笑容,盯着十七的眸子渐渐灰暗下去。

十七拔出长剑,鲜血激射而出。十七扭头躲避,却被韦处道双手抱得紧紧的无处可避,被那灼热的鲜血喷了一头一脸。强烈的血腥气直灌脑门,十七眼前一黑,顿时天旋地转……

他感到自己在下坠,无止境地下坠……自从第一次施展人殉夺舍大法以来,他早已对血失去了感知,闻不到任何血腥气,可眼下他却被这气味刺激得头疼欲裂,胃里疯狂地翻涌着。他疯狂地嘶喊起来,发疯般地一剑又一剑地扎进韦处道的身体,忽然间胸前一凉,一柄长剑从前胸插入,直透后背。

十七停下手,愣怔地抬起头看着石斛的脸。"你竟然……"话未说完,一大口污血从口中喷出。

石斛盯着他的脸,眼中全是泪水,大喝一声,用尽全力向前猛冲,长剑顶着十七高大的身躯撞进松枝丛,重重地撞在粗大的原木架上。

石斛狂喊着,全身力气都压在剑柄上。十七仰着头,似乎已经没有了意识,但他的手却慢慢举了起来,倒转手中长剑,在周围人的惊叫声中,用力向下刺去——

什么都没有发生。长剑依然悬在空中,哆嗦着,抖动着,却怎么也刺不进石斛的后背。

忽然之间,他发现自己竟然感觉不到右手的存在,无论怎么使劲,都无法让那剑前进分毫。

十七狂叫一声,伸出左手,一把掐住石斛的脖子,竟然将他整个人都举了起来。

"你这……傻瓜……"十七喷吐着鲜血，结结巴巴地笑道，"你根本……杀不死我……你这个可怜……可悲的……"

话未说完，石斛忽然用力一脚踹在剑柄上，"噗"的一声，长剑连带剑柄一起，深深插入了十七的胸口，从粗大原木的另一头穿了出来，将十七死死地钉在了原木上。

即便已修行百年，早已失去了肉体的一切感觉，十七还是发出了撕心裂肺的惨号。他手臂肌肉猛然爆胀，石斛身体骤然绷直，张大了嘴仰向天空，再也吸不进一口气。

"你们这些凡胎肉体，谁也杀不了我，没有人能杀得了我！"十七嘶声狂喊，手上用劲，石斛全身的骨骼"咯咯"作响，仿佛正在一块块碎裂。蓦地里众人耳鼓又一疼，这一次风压远超从前，离十七近的矿丁耳鼻中直接喷出了血。

十七只觉得浑身一松……似乎并没有什么异样的感觉。唯一异样的是石斛的躯体在他面前落下，僵直地滚倒在地——十七掐住他的左手还连在他的脖子上。

十七疑惑地转头看看，自己的左手已经不知去向，只留下一个黑色的光秃秃的左臂。他脑中"嗡嗡"作响，有些迟疑地又将目光转向正前方。

十余丈外的木料堆上，风拂若如一团烈火，正直直地盯着他的眼睛。十七好似被这团火烧灼了眼睛一般，拼命扭头躲开，叫道："不，不！这天杀的火，不！"

他只挣扎了两下，便全身颓然向后仰去，手脚身体都被一股巨大的风死死压在木架上，丝毫动弹不得。风拂若的怒火如同一记又一记看不见的重锤，接连地捶打在十七身上。十七全身剧烈抽搐，以人类难以想象的姿势扭曲着，竭尽全力地伸长脖子，嘴大大张着，好像有什么东西要从那张可怕的嘴里爬出来一般,却发不出一丁点声音。

"烧……烧死他!"终于,一名矿丁狂喊起来。瑟瑟发抖的矿丁顿时爆发出怒吼。尹六带头翻进木架,矿丁把大把大把的火把扔进来。尹六和岑诺一起捡起火把,重新插回木架上。

十七感觉到了背后的灼热。木架上数百根火把熊熊燃烧,烟从他身下冒出来,烤得他魂飞魄散……他的魂魄真的要散了,他觉得自己几乎失去了对这具身体的控制。他瑟瑟发抖,只想从这具身体中脱离,顺着烟气逃亡——但是巨大的风压将他从身体到灵魂都压得死死的,他的灵魂慢慢消融,却半点也无法从这具身体中挣脱出来。

十七瞪大了眼睛,绝望地看着天顶。天空正在快速变亮,云层变幻莫测,曙光一道道刺破万丈苍穹,向下坠落……天在变亮,眼前却在变黑,这一幕像极了当日朝歌城破的日出。十七浑身颤抖,泪流满面,等待着命运的终结。

等等,那是什么?云空之中,一个细微的黑点正向自己高速俯冲下来……那是……那是一只鸟!

寒影!

在最后关头,十七认出了这只灵鸟,他期盼地注视着它,期望它在黑暗最终吞噬自己之前将自己的灵魂带走。

"风还林,魂归土,"风拂若感到源源不绝的力量正从自己胸中涌出,她大声念出父亲一再禁止她念出的祝语,"九天苍雷舞,风雷动天下!消失吧,魂魄!"

十七的身体剧烈一挣,停留在一个"大"字上,再也不动了。几乎与此同时,风压急剧散开,松枝丛被风力一卷,整个地跳动了一下,紧接着,"噼噼啪啪"的火苗从松枝丛的中段开始冒出,迅速向上蔓延……

那只不为人注意的鸟在矿场上空飞速地转向，仍然被大火烧去了不少羽翼。它惨声嘶鸣，摇摇晃晃地向黑荆森林飞去。

石斛软软地躺倒在烂泥中。眼前的天空一点点亮起来，他的眼前却渐渐变得漆黑。只听见岑诺沙哑的声音大喊着："都别愣着，拿柴来！还要更多松枝……我们……"

声音飘飘然远去，连周围响起的脚步声、咆哮的风声，都变得朦朦胧胧。在最后昏过去之前，他听见一个爽朗的笑声，那笑声应已不再存乎于世，可在他听来却是如此熟悉而真实。

黑荆森林某处

林线上的黑荆队伍列队整齐，停了下来。

"哈，他奶奶的……"郁苍笑起来，"老子从来没见过列队如此整齐的黑荆人……"

"终于把真家伙给引出来了。"裴林哈哈大笑，"老子们一群矿丁，打得黑荆人屁滚尿流！"

"哈哈哈……"郁苍笑得牵动伤口，再也笑不下去，只剩下沉重的喘息。

"郁老三，要紧吗？"

"反正都是一死。"

右边也传来动静，"咔嚓咔嚓"的，不用看也知道，数不清的黑荆人正在右边的林线上集结。两边都堵得死死的，河岸上的裴国人就算变成飞鸟，也别想逃出去。

黑荆人稍稍整理了一下队形，便直接列队前进。两边的黑荆人如墙般"隆隆"推进，向中间小小的河岸压过来。

"好了……"裴林躺着，喃喃地道，"他们来了……"

"老子不想动了，"熙鲸吃力地道，"让他们……给老子们等一等……"

郁苍咳嗽了两声，强撑着坐起来。他瞥了眼那堵灰黑色的人墙，轻蔑地一笑，目光向上滑去，越过人墙后面的林冠，飞过森林后面的远山……那座灰苍苍的大山后面，便是当阳吧？

他的目光忽然一滞——东边的雪顶底下，在那被云雾笼罩着不分明的地方，一团不甚明亮却十分巨大的火焰在无声地燃烧着。

郁苍松弛地倒下，吸了两口气，哈哈大笑起来。

"有什么好笑的？"裴林闭着眼疲惫地问。

郁苍笑得咳嗽，笑得浑身抽搐，笑得眼泪横流，就是说不出话来。他身边的裴林、熙鲸、矿丁都跟着大笑起来。黑荆人加快脚步，地面震颤，泥水奔涌。裴国人却笑得前仰后合，涕泗滂沱。

左边的黑荆人近在咫尺。裴林和郁苍搀扶着跪立起来，郁苍高高举起手中长剑，嘶声道："裴国人……"

黑荆人墙"轰隆隆"地径直从他们身边冲过，与他们身后的黑荆人阵线重重地撞在一起，河岸上顿时爆发出可怕的喊杀声。

黑荆森林楚军本营

森林被晨曦照得透亮，无数鸟儿在低空盘旋、鸣叫。

楚军主将的本营中一片宁静。

骑士端坐在马上，不停地弯腰安抚马匹。排成整齐枪阵的士卒挺胸昂首、目不斜视，只有衣甲发出细碎的摩擦声。

人人都知道这场大战即将结束。人人都在等主将下达最后的命令，将不自量力的裴国宵小一扫而空。

第十四章

他们已经等待了超过一个时辰,却迟迟未等到命令。

婴支祁全身束甲,头盔上系着红色长缨——这是代表丹阳征讨四方的主将元冠,黑亮的赤金甲胄后披着三角形的短披风,端的是威风凛凛。

他沉着脸,手扶剑柄,在营地尽头的一处篝火边踱步,已经来回踱了一个时辰。他不时地偏过头,看看远处那群山。连续燃烧了两晚上的大火已经熄灭了,他每每想起此事,就忍不住长出一口气。

他走到小径的尽头,沉稳的脸色已露出些许笑容。他转回身来,继续踱步,边走边习惯性地偏头去看那山峰。

山峰上云雾缠绕,苍灰色的山峦半隐半现。那团困扰了他两天的大火在一个多时辰前消失不见了,他甚至为此还小睡了半个时辰。他以前从来没有想到过,一场火,竟然真的能动摇一场大战。

好在,现在一切终于又回到了原点。

不,不是原点,而是终点。再过一会儿,裴国人就要崩溃了,裴寄就要逃命了。对此,婴支祁感到前所未有的安心。这场周楚之间的争霸,即将以自己不可思议的全胜作为开端。

他脚下被石子一硌,跟跄两步,有些狼狈地抬起头来。幸好士卒都昂首挺胸地站着,无人留意到主将的狼狈。

脚底传来的疼痛,让婴支祁一时间不敢再随意踱步。他在营地边缘背手站着,遥望远不可及的神龙山。

云雾中什么东西渐渐亮了起来。婴支祁诧异地盯着看——确实,云中有个地方快速地亮起来,但看上去又不像柴山的大火——那光不太亮,倒是很宽大,实在想不出是什么东西能这样发光。

那亮光忽然又暗淡下去,几乎瞧不见了。婴支祁这才长出一口气,拍拍胸口。他继续踱起步来,但目光已经不敢离开那片山峰。他刚刚走出去数十步，那团光再度亮起，剧烈地闪了一下，瞬间变成一团高高跃起的火焰。

婴支祁脚尖再度重重地踢到那块坚硬的石头上，痛得连连跳了好几下，眼泪都差点涌了出来，好容易忍住了——火！这见鬼的东西！怎么又是火？！

营地外传来凄厉的马鸣声，婴支祁浑身一震，转过头来。

一名斥候衣甲凌乱，头盔不知去向，头发散乱，跌跌撞撞地挤过人群，扑到婴支祁脚下，喘得差点背过气去。

"大……大人！"

"瞧你那狼狈的样子，"婴支祁狠狠地哼了一声，"屈通空呢？第一矿场守住了吗？"

"大人，屈大人撤下来了……"

婴支祁猛地向他冲过去，斥候吓得一屁股坐倒在地。好在婴支祁冲了两步，一声痛哼，又停下了脚步。

"他……"婴支祁忍着脚尖传来的剧痛，发抖的手指着远方，"他胆敢抗命？那团火又是怎么回事？"

"又有三支周国诸侯军疯狂围攻第一矿场，屈大人从下半夜守到天亮，实在顶不住了……"斥候哆哆嗦嗦道，"屈大人说，周人发了疯似的强攻，伤亡更加惨重。他先撤下来，重整之后再夺回第一矿场！"

"伤亡惨重，那还用说！周国援军要为裴寄开路，当然是来拼命的！拿下了第一矿场，裴寄立刻就逃回当阳了！"

"屈大人说，没有发现裴寄要借道第一矿场的迹象。屈大人说……周国人似乎是为着那团火而来……"

"放他的狗屁……"婴支祁刚骂出口，忽然间愣住，张大了的嘴再也合不拢。

"大人……"

婴支祁心头突突乱跳,他伸手按住胸口,匀了几口气才哑声道:"让屈通空别管第一矿场了,先灭了那火!只要灭了那火,该死的周人就死心了,懂吗!第一矿场根本不重要!重要的是摧毁周人的信念!"

"大人的意思……"

"跳过第一矿场,让他去灭那团火!该死的火!那才是这场战争的关键!"

"是!小人马上传令!"

"你等等!"婴支祁烦躁地道,"让别人去。你立刻去召集黑荆人,所有的黑荆部族!日上三竿之前,我就要他们准备完毕,我要亲自拿下第一矿场,我要亲自……拿下当阳!"

斥候浑身一颤,茫然地跪在地上,没有立刻起身。

"怎么了?快去!"

"大人息怒……"斥候浑身颤抖,"黑荆联军昨夜连续大战,现在散落无踪,一时半会儿怕是……"

婴支祁愣了半晌,才道:"就……就几十个裴国人,黑荆人还没消灭他们?"

"昨夜有两个氏族被灭了,尸体沿河而下。现在黑荆联军乱成一团,恐怕……"

"就凭那几十个裴国人?"

"不,大人!"斥候迎上婴支祁的目光,哆嗦着道,"是黑檀寨的少寨主……他哥哥杀了黑肩,他却带走了黑檀寨所有的人……如今他在森林里到处传他的黑檀寨旗帜,凡不归顺他的氏族一律屠灭。黑荆联军一直在追那几十个裴国人,根本没料到背后起火,就……"

他以为婴支祁就要勃然大怒,越说越是缩成一团,不料说完了,半晌没听到动静,抬头一看,婴支祁双目幽幽地盯着他。斥候吓得差点一屁股坐倒在地,慌忙低下头,将脸死死地埋在冰冷的泥地上。

"起来。"婴支祁淡淡地道。

"大人?"

"要决战了,"婴支祁道,"立刻点起狼烟,向黑荆联军发出集结令!不要管黑檀寨,也不要管那些裴国人!我要黑荆部族立刻全面动员,听我号令!"

"大人!"侍从叫起来,"裴寄行踪不明,大人贸然放出狼烟,只怕……"

"点起狼烟!"婴支祁牙关紧咬,从喉咙深处挤出沙哑的吼声,"我要与裴寄决一死战!"

黑荆森林楚军本营五里外

溪水浑浊汹涌,"轰隆隆"地冲向下游,一支被泥浆裹得几乎看不出模样的军队沿着溪谷缓慢地走着。队伍中没有马,没有辎重,甚至没有一面旗帜。所有人都仅仅轻甲裹身,身背短刃和猎弓,有的人手里还拿着同样被泥浆裹得看不出模样的饼,一边走一边啃。他们在溪谷中爬了整整一夜,丢下了所有的辎重,人人都清楚,再过一日,等待他们的是什么结局。

裴寄走在整个队伍的最前面,手里撑着木棍,走得又稳又快。他华丽的大氅早已换成破烂的蓑衣,头戴斗笠,任谁也再认不出这位威名赫赫的卿士寮中大夫、裴国国君。

在这座森林里,他已勘察了数次。从穆王南巡起,他便受谢昌的委派,一头扎进黑荆森林和神龙山中,对这里的地形甚至比许多终生不出寨界的黑荆人还清楚。即便身处黑荆人的疯狂追捕中,他自信还能在这森林中再安稳地过上十天半月。

　　但他身后的那支军队已经疲敝到极限了。昨夜他们丢下最后的辎重,今夜就会有人饿得走不动路。别说十天半月,再过一天,再忠诚的军队都难以为继。

　　他停下脚步,仰头看看溪谷顶端的山坳。他忽然有种错觉,说不定等他们爬上山坳,就有整整一千人的黑荆军队在等着自己。

　　察觉到他忽然停下脚步,紧跟在他身后的亲卫道:"主君,休息一下吧。"

　　"不,"裴寄沉重地摇摇头,"上了山坳再说。"

　　"咱们的斥候还没回来,"亲卫道,"还不知道上面有什么。"

　　"要么是林子,要么是黑荆人,"裴寄苦笑一声,"还能有什么?"

　　"主君!"

　　裴寄吁了口气:"我说笑的,别紧张。传令下去,休息一下,但是别喝河里的水,去吧。"

　　"是!"

　　亲卫转身去了,裴寄随意在身旁的山石上坐了下来。他也口渴得紧,但一摸水囊,已经空了。亲卫不在,苏青荻现在也不在身旁。他喘了几口气,舔舔干渴的嘴唇,注视着上方的山坳沉默不语。

　　如果那个山坳上面,真的有一千人的黑荆军队怎么办?这可不是说笑……黑荆森林已被裴国人搅得天翻地覆,这仗打成了烂仗,他早已没有离开第二矿场时的狂傲和自信了。说不定岑诺那小子说得对,死守当阳才是唯一的办法?

想到岑诺,他有些不安地挪了下屁股。那团维持所有裴国人信念的大火,在两个时辰前就熄灭了。为了召回所有的军队,裴寄打破静默,下令点起黄色狼烟——可笑的是,他们在溪谷中转了整整两个时辰,竟然找不到一处可以升起狼烟的地方!没有狼烟,那些精心埋伏在林中的队伍就只能继续困守,他裴寄要是就这么逃回当阳,就等着监察御史来收项上人头吧。

雨雾纷纷扬扬地洒落在裴寄的脸上,满脸都是苦涩的笑容。岑诺是对的,赵石是对的,但现在,一切都已经太晚。即便能成功返回当阳,那也是惨败,是比一开始就死守当阳更大的惨败。他甚至怀疑自己到时候能否组织起足够的力量来守住当阳,说不定跟着庚城的援军直接返回庚城请罪,才是最合理的做法。

裴寄捏紧双拳,牙齿咬得"咯咯"作响。他不想让部下看到他失魂落魄的模样,于是转过身来。

便在这时,上方传来一些轻微的动静。裴寄吃了一惊,伸手便按在剑柄上,好在上方的人立刻冒出头来,是苏青荻。

"主君!"

裴寄大大地松了口气,差点儿瘫倒在石上。"青荻,你唬得我差点走了真魂!"

"大人!"苏青荻满脸通红,激动地道,"大火又重新燃起来了!"

"哦……哦!"裴寄一下子从石头上蹦了起来,"是第三矿场?!"

"就在原来大火的位置,属下绝不会看错!"

"哦——哦——"裴寄浑身发抖,一时间竟不知道这究竟意味着什么。

"大火又燃起不到半刻钟,前面的林子里就升起了赤色狼烟,"苏青荻道,"属下立刻就赶来禀告主君。"

"赤色狼烟?"裴寄惊讶地道,"可有响应?"

"属下在山顶上等了一会儿,至今没有看到回应。"

"赤色狼烟……"不知不觉间,裴寄双手捏得"咯咯"作响,"黑荆人不烧狼烟。只有楚军……"

"难道又是一支楚军?"

"不……"裴寄摇摇头,"权国和季国的军队都在靠近江水,丹阳短期内不会再遣兵冒险渡江。可是,这狼烟是要做什么?"

"属下再去探探?"

"等等。你说,大火又燃起来,然后狼烟就升起来了?"

"是,只是这场火不知为何,与之前的火不太一样,是忽然燃起来的。"苏青荻道,"前面的林子里,马上就升起了狼烟,属下还见有斥候飞骑离开。"

"有多少骑?"

"五骑。"

"林子离这里有多远?"

"五里。"

裴寄将脸埋在粗糙的双掌中,用力揉了揉才抬起头来。苏青荻惊讶地发现,裴寄竟然在笑!这位在他看来已经有点疯疯癫癫的主君正在无声地开怀大笑,脸上的胡子眉毛都笑得发抖。

"主君……"

裴寄站起身来,默不作声地掀下蓑衣,拔出长剑,面对着下方目瞪口呆的士卒,大声道:"除了弓箭、短刃和火油,其他一律丢下!裴国人,决死一战,就在眼下,所有人跟我来!"

黑荆森林楚军本营

楚军主将的本营周围,大火随风奔腾,火舌飞过数十丈远,从本营的一头蔓延到另一头。

婴支祁目瞪口呆地仰望着数丈高的大火,在他身后,战马受惊狂嘶,赤荆卫疯狂地扑打着火的营帐。

"大人!"侍从紧紧抓住婴支祁的袖口,"风太大了,这里马上就要烧起来了,咱们走吧!"

"黑荆……"婴支祁咬牙切齿地道,"黑荆人在哪里?!"

"冲出去再说吧,大人!"

婴支祁一巴掌抽在侍从脸上,把他打翻在地。

"该死的东西!我要你放狼烟,召集黑荆部族,他们在哪儿?"

"大人!"侍从壮起胆子道,"他们不会来了,他们在到处找裴国人。他们的寨子被烧了,他们没时间听候大人的召唤!"

"畜生!赤、黄、黑荆,赤荆是主,丹阳是主!"婴支祁"唰"地将长剑拔出一半,"他们敢不听丹阳赤荆的召唤!你妖言惑众,我斩了你!"

"大人请先斩了属下,然后立刻离开!"侍从苦苦恳求道,"快上马,快走!"

婴支祁陷入了沉默,然后长长地舒了一口气。

"斩了你有什么用?我要留下来。我在此地,黑荆才会听命。"婴支祁"啪"的一声还剑回鞘,"你去找屈通空,告诉他立刻向当阳进军。我收拾齐了黑荆联军,就去当阳与他会合。快去。"

侍从睁大了眼,难以置信地看着他。

"给我留五十人即可,剩下的你都带走,"婴支祁严厉地道,"现在,我和裴寄算是打了个平手。只要拿下当阳,我们就算大胜,大胜!告诉屈通空,什么都别管了!什么大火,什么裴寄,统统别管,进军,进军当阳!快去!"

西边的林子火越烧越大,已经渐次蔓延到南北两个方向。而婴支祁口中的屈通空,按正理来说,正在重夺第一矿场,但侍从心知肚明,这根本就是不可能完成的任务。

他忽然清醒过来,慎重地向婴支祁叩头行礼,转身飞也似的奔向自己的战马。

海螺声连连响起,赤荆卫大部分都随着侍从离去。剩下的人谨慎地围成一圈,将婴支祁和大火隔开来。

"听说,中原有句俗语,叫作安如泰山。"婴支祁骑上自己的马,恢复了平静,左顾右盼,闲散地拍打着马鞍,"打仗嘛,总有输赢,只要最后能赢,大楚便安如泰山。非常好。"

左边的树林终于被大火烧出一大片缺口。一大群看不出是什么服色的军队出现在缺口处,他们拿着火把,在上风口疯狂地见什么就烧什么,忽然,他们发现了婴支祁的卫队。

所有人都在那一刻安静下来。双方的士卒,奔腾的大火,似乎一切声音都消失了。每个人都只听得见自己心头"怦怦"狂跳的声音。紧接着,两边都不约而同地爆发出狂吼,两股不同服色的人流如同两股浊浪般重重地撞在一起……

"要是我没猜错的话,"婴支祁端坐马上,点头自语道,"我和裴寄在赌谁先烧狼烟。看来,是我输了。"

末 章

> **大周镐京明堂宫**
> 穆王三年秋七月三十日

站在孚华殿的台阶上,能够听见远处传来的钟磬之声。声音纯和悠扬,象征着天子垂拱,天下大治。

端坐殿前的姬瞒,却毫无欣赏乐曲的心情。若是换了往年,此刻他不是站在父王的身后,便是端坐在王兄的身旁,俯视天下,得意快哉。但今日他却坐在数重宫墙之外,枯坐饮茶,身边不过数人而已。

"陛下来请殿下的车驾,已经换了三拨。"仆荧跪在台阶下,细声细气地道,"殿下若再不动身,只怕第四拨、第五拨也到了,那岂不是伤了陛下手足之情?"

"你说说看,"姬瞒瞧都不瞧他一眼,对跪在自己下首的人道,"夏侯丰临死前,真的是那么说的?"

"是,"羊舌直恭敬地道,"夏侯大人的吩咐,小人就是化成灰也记得!"

"一面派人来投待罪伏诛奏,一面杀了使团,"姬瞒皱着眉头道,"怎么看都不像是楚国所为。但怎么想都是楚国所为……这……"

"殿下,荆楚边僻小国,这些闲事能不能稍稍放一放?"仆荧一面转头对羊舌直道,"羊舌上士,你新编入成周侍卫,连大礼这么重要的事都不懂?非要引得主子把正事忘了?"

"噢!"羊舌直一听,吓得忙从席上退到台阶下,"殿下,仆荧所言乃是正理,请殿下立刻前往应门参加大典。"

"唯一可能的解释,此乃楚国疑兵之计。"姬瞒浑然没听到他二人的话,自言自语道,"既然是疑兵,就不会真的动手。楚国还是怕啊……"

"前日汉水送来的千里加急密报,不是说楚军已经渡过江水了吗?"

"那也是疑兵之计。"姬瞒皱眉道,"一个小小的裴国,立足未稳,楚国要灭裴国比摁死个苍蝇也难不了多少。"

"哎哟,老天爷,荆蛮敢灭天子之国?"仆荧大惊小怪地叫起来。

"不过是个小君国而已,灭了也就灭了。"姬瞒轻蔑地一哼,"楚国一再刺激朝廷,想要个名分。如今拿个小君国给他灭,楚国怕也该知足了。国家大政嘛,打打杀杀都是微末之道,最终还是得看做什么事划得来。"

"奴婢服侍殿下没多久,倒觉得殿下越来越稳重大气了呢。"

"胡说八道。"姬瞒轻轻踢了跪着的仆荧一脚,复又皱起眉头,"但是接下来,唐侯又该如何自处?这下也没法子了吧?"

"是,是是是。"仆荧偷偷地揉着跪得生疼的膝盖,赔笑道,"楚国是什么东西,也就想想这些脏主意。殿下,要不,咱们先去大殿瞧瞧?"

"嗯?"姬瞒忽然侧耳倾听,"你们听,怎么曲子变了?"

"啊?"仆荧惶恐地竖起耳朵,果然,从应门方向传来的曲调忽然一变,变得铿锵有力、雄壮激昂。

"这是《下武》啊!"姬瞒精通乐律,立刻便道,"国家有大胜了?怎么,讨伐北戎了?"

仆荧吞了口口水:"奴婢去瞧瞧。"说着一溜烟地下了殿前台阶,还没等他走到院门口,一名寺人忽然飞奔进来,边跑边喊:"殿下,殿下!"

"混账东西!"仆荧怒道,"在殿下面前岂能如此无礼?!"

"是奴婢孟浪了!"那寺人忙跪在地上叩首道,"是陛下命奴婢来传大好的消息。汉水来报,小君国裴大胜荆楚,阵斩主将,辟地数百里,人口万余,昧死以闻!"

"啪"的一声脆响,姬瞒手中的琉璃盏跌落在地,摔得粉碎。

尾　声

> **大周裴国当阳**
> 穆王三年秋八月末

人间还是一片金黄，正是收获的季节。从远在北方的燕、邢、晋，到东方的齐、鲁，到南方的汉水，平原、山川、谷地皆有大熟，各地派遣进京报丰年的使臣相望于道。自先昭王十三年以来，这是近十年最大的丰年。这本是执政周公姬瞒于穆王二年下达的《天下水利考》结出的硕果，但此刻京师里风声鹤唳，姬瞒已经自请贬斥，退归成周，诸侯大臣谁敢触这个霉头？纷纷将天下大丰归功于天子，一时之间，天子贤明之声鹊起，臣庶望其风采，以为天下太平可期。

若是从成王幼弟丹第一次渡过汉水算起，今年可算是汉水诸国有史以来最丰硕的年景，汉水两岸直至江水南北，皆大丰收。尽管方伯、城宰等人还在担忧荆楚的丰收将会给接下来的江汉形势带来怎样的变化，但庶民奔走欢庆，田野间处处炊烟，却是一派恬然悠闲。大半年的周楚争霸带来的恐慌，也被丰收的喜悦一扫而空。

裴都当阳的内城已告落成。版筑的墙壁用白色的灰浆刷了数遍，浆得硬如石面，在八月的秋日下反射着刺目的白光。门楼上挂满了硝制过的颅骨，有狼头，有熊头，有虎头，更多的是人头。

数十颗荆人发式的头颅，挂了整整一面门，每一颗眼窝空洞的头颅背后都代表了一个寨子，甚或是一支氏族。一个月前爆发的那场战事，在中原大国眼中不过就是乡下野人械斗，但在裴国却是立国以来第一场事关生死存亡的战争。

当日裴寄暗中潜伏靠近楚军本营，在最后关头纵火突进，阵斩了楚军主将婴支祁，剩下的楚军并未如想象般展开反击，而是落荒而逃，将胜利拱手相让。

而突入黑荆森林深处的郁苍、裴林等人，则坚持到了最后一刻——黑檀寨与四个不愿臣服楚国的寨子联合，在少主黑肘吾的率领下大破黑荆联军，当日阵斩上千，数支黑荆氏族就此在历史中销声匿迹。

战争莫名其妙地开始，又莫名其妙地结束，裴国在这场莫名其妙的立国之战中扩大了地盘，站稳了脚跟。

如今黑荆部族分崩离析，以黑檀寨、打骨寨为首的四姓二十六寨向当阳臣服。放眼望去，当阳周遭百里之内，已无可挑战的势力。八月下旬，官复原职的卿士寮上士石斛奉汉水方伯之命，以使节的名义宣抚黑荆森林。大周的旗帜穿过黑荆森林，直达江水北岸，事实上确立了裴国的边界。

一年之前，世上还没有裴国，当阳还远在大周治外，如今这里都已纳入大周的疆域，正式成为王土。此等功业，无赏赐何以劝将来？

内城之中，还有内宫。内宫全由当阳周围高大的樟木建成，没有上色漆，用桐油漆得锃亮，偌大的庭院里处处飘着木香。院落中央，那潭据说沉没过许多荆人的池塘上飘满了金黄的落叶。从庚城城宰府上移植来的枫树居然真的活了，被砍得只剩下主干的树上长出了一簇簇茂密的小枝丫，挂满金黄的树叶，假以时日，必将重新成长为参天大树。

内宫的主殿便在枫树之下。斜山顶的青锃屋瓦上亦铺满了落叶。屋檐之下，数十名身着黑色袍服和红色藤甲的裴国武人持戈而立，威武地守卫着主殿。

卿士寮上士、唐国中大夫、天子行在虎臣石斛，此刻正身着唐国中大夫朝服，端坐在主殿的正位主席之上。一名卿士寮下士手掌长剑，端坐在他的侧后方。

卿士寮上大夫、裴君裴寄，身着黑色衮服，外披红色罩衣，头戴白色皮弁，跪坐在石斛面前的大堂正中。他的身后，新任朝廷上士、裴国中大夫郁苍亦着黑色袍服、红色罩衣、红色皮弁。其后是裴国下大夫裴林、宋闲、乌伯鱼着褐色袍服、褐色罩衣、褐色皮弁。

裴国中士岑诺，灰色袍服，无罩衣，士冠，跪坐在所有人身后，一脸庄重，目不斜视。

在战争中立下奇功的岑诺，以亡国太子的身份再次入仕。现在裴国人人都相信，只要他想，没有什么做不成。

从庭院中望去，在一大群身材高大的武人中，岑诺小小的身体甚至无法撑起那件略大的袍服。在裴寄的带领下，众人一起恭恭敬敬地向代表方伯唐侯和城宰谢昌而来的石斛上士行礼。

一个胖得出奇的近侍手中捧着高脚漆盘，从旁席跪行出来，匍匐在石斛面前。石斛从漆盘中拿起一卷帛书，在漆盘中小心地摊开，然后用他那不太标准的镐京官话，开始抑扬顿挫地宣读唐侯的敕令。

小君国裴立国不过一年，却因为开采矿石和征服黑荆之功，升为男国，从而正式踏上大周诸侯的舞台，也书写了大周近百年小君国最快升迁的奇迹。

　　石斛淡然地念着这道敕令,以及上面认识的、不认识的人名,视线的余光从那些人庄重的脸上一一掠过。他的眉毛忽然不受控制地扬了起来,目光久久地停留在队列最后那个小小的身影上。

　　不到一年前,这个弱不胜衣的小子还只是一名流徒,在朝日初升的山坡上,抱着同伴的尸体木然呆坐。五个月前,他还是一名衣不蔽体的矿丁,在荒山中做着最下贱的营生,因为他拒绝成为国君的侍从。

　　如今他已经堂堂正正成为男国裴的臣子,踏上这座殿堂,永远与流徒、庶民的身份告别。坐在他前面的裴国君臣,身形巨大,罩衣鲜明,挡住了岑诺的视线。可是——石斛忍不住想——这些人真的拦得住他的目光吗?

　　心中的天地有多宽广,眼前的阡陌便有多辽远。石斛忽然想笑。他忍住了,将敕令摆放在漆盘中。胖侍从毕恭毕敬地将漆盘端到裴寄面前。石斛却失去了恭贺这位新贵的兴趣。他的目光越过众人,投向殿外那一片葱葱郁郁的莽林。

　　有那么一瞬间,他觉得自己看花了眼。

　　一个淡黄色的身影在林中且行且舞,在她的舞姿之下,看不见的烈风如刃,在云天间猎猎穿行。

卷三　完

后　记

在经历了漫长的创作后,我的第一部"周天"系列长篇小说《出云记》前三卷终于完成并付梓,算是迎来了一座新的里程碑。

长篇小说的创作是可怕的,甚于裴寄在黑暗溪谷中的向上爬行。创作长篇的念头,仿若镐京岑伯府上的岑诺一样天真,而写下故事的过程,则惨过神龙山上独活的柒……我从前不知道创作长篇是如此沉重、纠结、痛苦和漫长。

现在我已经知道了。

可惜神龙山已经丢在身后,而今除了前进,没有别的道路。

"周天"系列小说从开始构思创作到今日,已有二十年;距离《出云记》的第一个字写下,也已过去八年。最开始写《出云记》时,决定走刻画历史群像的路子,写完周公斗倒窦公时,一切看上去还那么完美。等到柒踏上流放之途,一切都变了,故事似乎在这里挽成了一个结,又像是平行宇宙在面前展开了无数个可能，然而没有一条路是可以轻易尝试的。柒若轻举妄动，或许会死在神龙山上，但若是不动，则会彻底丧失一线生机。

　　成立一个国家，唯一的要素在人。写小说也大抵如此吧！等我意识到这个问题，时间已经一晃过去了数载。

　　终于，在我的剧本工作告一段落后，我又重新捡起了《出云记》。从人的角度去写，说人话，做人事，让每个人活起来，按自己的想法去生活，而非像从前写作《狩偃》那般，把每个人都当作不得自主的棋子。或许，这就是长篇创作与中篇创作的不同吧。

　　《出云记》按目前的规划，大约每三卷会是一个阶段。写完这篇后记，我就要马不停蹄地写《出云记》卷四了。

　　黑荆森林已被抛在身后，等待岑诺的，将是何等的天地？

　　心中的天地有多宽广，眼前的阡陌便有多辽远。

　　谨以此纪念《出云记》的诞生。

拉拉

于重庆云景华庭

2023年2月1日